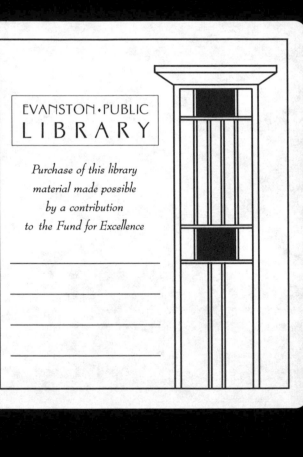

EL INTERMEDIARIO

John Grisham

EDICIONES B
GRUPO ZETA

Barcelona • Bogotá • Buenos Aires • Caracas • Madrid • México D.F. • Montevideo • Quito • Santiago de Chile

Título original: *The Broker*

Traducción: M.ª Antonia Menini

1.ª edición: marzo 2005

© 2005 by Belfry Holdings, Inc.
© Ediciones B, S.A., 2005
   Bailén, 84 - 08009 Barcelona (España)
   www.edicionesb.com

Printed in Spain
ISBN: 84-666-1966-6
Depósito legal: CO. 43-2005

Impreso por GRAFICROMO
Polígono industrial Las Quemadas (Córdoba)

El intermediario

John Grisham

Traducción de M.ª Antonia Menini

1

En las postrimerías de una presidencia destinada a interesar menos a los historiadores que cualquier otra, aparte tal vez de la de William Henry Harrison (treinta y un días desde el nombramiento hasta su muerte), Arthur Morgan se reunió en el Despacho Oval con el último amigo que le quedaba para reflexionar acerca de sus últimas disposiciones. En aquel momento tenía la sensación de haberse equivocado en todas las decisiones que había tomado durante los cuatro años precedentes y a aquellas alturas no confiaba demasiado en poder enmendar hasta cierto punto las cosas. Su amigo tampoco estaba muy seguro aunque, como siempre, apenas habló y lo poco que dijo fue lo que el presidente deseaba oír.

Se trataba de la cuestión de los indultos, de las súplicas desesperadas de ladrones, malversadores y embusteros, algunos de ellos todavía en la cárcel y otros que jamás habían cumplido condena pero, pese a ello, querían recuperar el buen nombre y ver restituidos sus privilegios. Todos alegaban ser amigos, o amigos de amigos, o bien partidarios acérrimos, a pesar de que sólo unos cuantos habían tenido la ocasión de manifestarle su apoyo antes de aquel momento. Qué pena que después de cuatro tumultuosos años de gobernar el mundo libre todo quedara reducido a un miserable montón de peticiones de un grupito de chorizos. ¿A qué ladrones se podía permitir volver a robar? Ésta era la trascendental cuestión a la que se enfrentaba el presidente en aquellas horas finales.

Su último amigo era Critz, un antiguo compañero de la asociación estudiantil de su época universitaria en Cornell. En aquellos tiempos Morgan dirigía la división administrativa y Critz atiborraba fraudulentamente de papeletas las urnas electorales. En los últimos cuatro años Critz había sido secretario de prensa, jefe de Estado Mayor, asesor de seguridad nacional e incluso secretario de Estado, aunque sólo duró tres meses en el cargo, del que fue fulminantemente destituido cuando, con su singular estilo diplomático, estuvo a punto de desencadenar la Tercera Guerra Mundial. El último nombramiento de Critz había tenido lugar el octubre anterior, durante las últimas y enloquecidas semanas de la violenta embestida de la reelección. Cuando las encuestas señalaban que el presidente Morgan iba quedando rezagado en por lo menos cuarenta estados, Critz se hizo con el control de la campaña y consiguió enemistarlo con el resto del país, excepto, hasta cierto punto, con Alaska.

Habían sido unas elecciones históricas; jamás un presidente en ejercicio había conseguido tan pocos votos electorales. Tres para ser exactos, todos de Alaska, el único estado que Morgan no había visitado siguiendo el consejo de Critz. Quinientos treinta y cinco para el aspirante, tres para el presidente Morgan. La expresión «aplastante victoria» no reflejaba ni por asomo la situación.

Una vez efectuado el recuento de votos, el aspirante, siguiendo un mal consejo, decidió poner en tela de juicio los resultados de Alaska. ¿Por qué no ir por los quinientos treinta y ocho votos electorales?, se dijo. Un candidato a la presidencia no tiene nunca la oportunidad de derrotar por completo a su contrincante, de alzarse con la madre de todas las victorias y dejar a su adversario sin un solo voto. El presidente tuvo que padecer todavía durante otras seis semanas mientras arreciaban los pleitos en Alaska. Cuando el Tribunal Supremo le otorgó finalmente los tres votos electorales del estado, él y Critz se bebieron discretamente una botella de champán.

El presidente Morgan se había enamorado de Alaska, a pesar de que los resultados sólo le habían concedido finalmente un escaso margen de diecisiete votos.

Habría tenido que evitar más estados.

Perdió incluso en su Delaware natal, donde el otrora esclarecido electorado le había permitido ocho maravillosos años como gobernador. Si él no había tenido tiempo de visitar Alaska, su contrincante había ignorado por completo Delaware... ni la menor organización, ni anuncios en televisión, nada para contrarrestar la campaña. ¡Y así y todo su oponente había obtenido el 52 % de los votos!

Critz, sentado en un sillón de cuero, sostenía en las manos un cuaderno de apuntes con una lista de los cientos de cosas que había que hacer de inmediato. Observó cómo su presidente se desplazaba muy despacio de una ventana a la siguiente mientras escudriñaba la oscuridad y soñaba con lo que hubiese podido ser. El hombre estaba deprimido y humillado. A los cincuenta y ocho años su vida había terminado, su carrera era un fracaso, su matrimonio se estaba desmoronando. La señora Morgan ya había regresado a Wilmington y bromeaba sin recato acerca de irse a vivir a una cabaña de Alaska. Critz abrigaba ciertas dudas acerca de la capacidad de su amigo de pasarse el resto de la vida cazando y pescando, pero la perspectiva de vivir a más de tres mil kilómetros de la señora Morgan resultaba de lo más seductora. Hubiesen podido ganar en Nebraska si la un tanto aristocrática primera dama no se hubiera referido a su equipo de fútbol como a los *Sooners*, tal como se conocía popularmente a los habitantes del estado de Oklahoma.

¡Los *Sooners* de Nebraska!

De la noche a la mañana, Morgan cayó en picado no sólo en las encuestas de Nebraska sino también en las de Oklahoma; jamás se recuperó.

Y en Tejas, su mujer tomó un bocado de una guindilla galardonada con un premio y vomitó. Mientras la llevaban a toda prisa al hospital, un micrófono captó sus todavía famosas palabras: «¿Cómo es posible que sean ustedes tan retrasados como para comer semejante mierda?»

Nebraska cuenta con cinco votos electorales. Tejas tiene treinta y cuatro. Insultar al equipo de fútbol local era un error al que hubiesen podido sobrevivir. Sin embargo, ningún candidato supera una descripción tan degradante de la guindilla de Tejas.

¡Menuda campaña! Critz estaba tentado de escribir un libro! Alguien tenía que dejar constancia del desastre.

La colaboración de casi cuarenta años entre ambos estaba a punto de terminar. Critz había conseguido un empleo con un contratista del Departamento de Defensa por 200.000 dólares anuales y llevaría a cabo una gira de conferencias a 50.000 dólares cada una siempre y cuando hubiera alguien suficientemente desesperado como para pagarlos. Tras dedicar su vida a la administración pública, se había quedado sin un céntimo, estaba envejeciendo rápidamente y ansiaba ganar unos dólares.

El presidente había vendido su preciosa casa de Georgetown a muy buen precio. Se había comprado un pequeño rancho en Alaska donde estaba claro que la gente lo admiraba y tenía previsto pasar el resto de sus días allí, cazando, pescando y quizás escribiendo sus memorias. Lo que hiciera en Alaska no tendría nada que ver ni con la política ni con Washington. No sería un veterano estadista, la figura decorativa del partido de nadie, la sabia voz de la experiencia. No emprendería ninguna gira de despedida, no pronunciaría discursos en convenciones, no le otorgarían ninguna cátedra de ciencias políticas. No habría ninguna biblioteca presidencial. La gente se había expresado con claridad, de un modo rotundo. Si no lo querían, él, desde luego, podía vivir sin ellos.

—Tenemos que tomar una decisión sobre Cuccinello —dijo Critz.

El presidente permanecía de pie junto a la ventana con la

mirada perdida en la oscuridad, pensando todavía en Delaware.

—¿Quién?

—Figgy Cuccinello, el director cinematográfico acusado de haber mantenido relaciones sexuales con una joven aspirante a actriz.

—¿Cómo de joven?

—De quince años, creo.

—Eso es muy joven.

—Pues sí. Huyó a Argentina, donde ya lleva diez años. Ahora siente nostalgia, quiere regresar y volver a rodar películas tremendas. Dice que su arte lo está llamando para que regrese a casa.

—A lo mejor, son las chicas jóvenes las que lo están llamando para que regrese a casa.

—Eso también.

—Diecisiete años no me molestaría. Quince es demasiado.

—Su oferta llega a los cinco millones.

El presidente se volvió y miró a Critz.

—¿Ofrece cinco millones por un indulto?

—Sí, y hay que decidir con rapidez. El dinero se tiene que sacar por transferencia de Suiza. Y allí son las tres de la madrugada.

—¿Adónde iría a parar?

—Tenemos cuentas *offshore* en paraísos fiscales. Es fácil.

—¿Qué haría la prensa?

—Sería desagradable.

—Siempre es desagradable.

—Pero esto sería especialmente desagradable.

—La verdad es que a mí la prensa me importa un bledo —dijo Morgan.

—Pues entonces, ¿por qué lo preguntas? —quiso saber Critz.

—¿Se puede seguir el rastro del dinero? —preguntó el presidente, volviéndose de nuevo hacia la ventana.

—No.

Con la mano derecha, el presidente se empezó a rascar la nuca, tal como siempre hacía cuando se enfrentaba con una decisión difícil. A punto de lanzar un ataque nuclear contra Corea del Norte se había rascado la piel hasta hacerse sangre y mancharse el cuello de la camisa blanca.

—La respuesta es no —dijo—. Quince es demasiado joven.

Sin previo aviso se abrió la puerta y Artie Morgan, el hijo del presidente, irrumpió en la habitación con una Heineken en una mano y unos papeles en la otra.

—Acabo de hablar con la CIA —dijo con aire indiferente. Llevaba unos vaqueros desteñidos e iba sin calcetines—. Maynard está de camino.

Dejó los papeles sobre el escritorio y se retiró dando un portazo.

Artie hubiese aceptado los cinco millones de dólares sin dudar, se dijo Critz, independientemente de la edad de la chica. Quince años seguro que no eran demasiado poco para Artie. Hubiesen ganado en Kansas si no hubieran sorprendido a Artie en la habitación de un motel de Topeka con tres animadoras, la mayor de diecisiete años. Un fiscal grandilocuente había desestimado finalmente las acusaciones, dos días después de las elecciones: las chicas firmaron una declaración jurada; no habían mantenido relaciones sexuales con Artie. Estaban a punto de hacerlo y, de hecho, habían faltado segundos para que participaran en toda clase de retozos, pero una de las madres llamó a la puerta de la habitación del motel e impidió la orgía.

El presidente se sentó en su mecedora de cuero simulando hojear unos inútiles documentos.

—¿Qué es lo último que se sabe sobre Backman? —preguntó.

En los dieciocho años que llevaba como director de la CIA, Teddy Maynard había estado en la Casa Blanca menos de diez veces. Y jamás para cenar (siempre declinaba la invitación por motivos de salud), y jamás para saludar a un pez gordo extranjero (era algo que le importaba un carajo). Cuando podía caminar se pasaba alguna vez por allí para consultas con el presidente de turno y quizá con algún que otro de los que elaboraban sus programas políticos. Desde que iba en silla de ruedas, hablaba con la Casa Blanca por teléfono. Nada menos que todo un vicepresidente había sido conducido dos veces en automóvil a Langley para reunirse con Maynard.

La única ventaja de ir en silla de ruedas era que le daba un pretexto para ir o quedarse o hacer lo que le diera la real gana. Nadie quería presionar a un viejo lisiado.

Se había pasado casi cincuenta años trabajando como espía, pero ahora prefería el lujo de mirar directamente a su espalda cuando se desplazaba por ahí. Viajaba en una furgoneta blanca sin identificación —con cristales a prueba de balas, paredes de plomo y dos chicos armados hasta los dientes sentados detrás del chófer, también armado hasta los dientes—, con su silla de ruedas fijada al suelo en la parte posterior y mirando hacia atrás para que Teddy viera el tráfico que no podía verle a él. Otras dos furgonetas lo seguían a cierta distancia: cualquier imprudente intento de acercarse al director hubiese sido inmediatamente abortado. No se esperaba ninguno. Casi todo el mundo creía a Teddy Maynard muerto o pasando perezosamente sus últimos días en alguna residencia secreta donde se enviaba a morir a los viejos espías.

Teddy así lo quería.

Iba envuelto en un pesado *quilt* de color gris y lo atendía Hoby, su fiel ayudante. Mientras la furgoneta circulaba por el Cinturón a una velocidad constante de noventa y cinco kilómetros por hora, Teddy bebía té verde escanciado desde un termo por Hoby y contemplaba los vehículos que los seguían.

Hoby permanecía sentado al lado de la silla de ruedas en un taburete de cuero hecho especialmente para él.

Tras tomarse un sorbo de té, Teddy preguntó:

—¿Dónde está Backman en estos momentos?

—En su celda —contestó Hoby.

—¿Y nuestra gente está con el director de la cárcel?

—Están sentados en su despacho, esperando.

Otro sorbo de la taza de papel cuidadosamente sostenida con ambas manos.

Las manos eran frágiles, surcadas por venas y del color de la leche descremada, como si ya hubieran muerto y esperaran pacientemente al resto del cuerpo.

—¿Cuánto se tardará en sacarlo del país?

—Unas cuatro horas.

—¿Y el plan está bien organizado?

—Todo está a punto. Esperamos la luz verde.

—Espero que este imbécil vea las cosas a mi manera.

Critz y el imbécil contemplaban las paredes del Despacho Oval y su silencio quedaba interrumpido de vez en cuando por algún comentario acerca de Joel Backman. Tenían que hablar de algo, pues ninguno de los dos quería mencionar lo que realmente pensaba.

«¿Es posible que esté ocurriendo?»

«¿De veras es el final?»

Cuarenta años. De Cornell al Despacho Oval. Un final tan brusco que no habían tenido tiempo para prepararse debidamente. Contaban con cuatro años más. Cuatro años de gloria para crearse un legado con habilidad y después alejarse noblemente hacia el ocaso.

Aunque ya era tarde, fuera parecía todavía más oscuro. Las ventanas que daban a la Rosaleda eran negras. Casi podía oírse el incesante tictac del reloj de pared colgado encima de la repisa de la chimenea en su cuenta atrás definitiva.

—¿Qué hará la prensa si indulto a Backman? —preguntó el presidente, no por primera vez.

—Se pondrá furiosa.

—Tendría gracia.

—Tú ya no estarás.

—No, es cierto.

Finalizada la ceremonia del traspaso de poderes, al mediodía del día siguiente, su huida de Washington empezaría en un jet privado (propiedad de una petrolera) hasta la residencia de un viejo amigo suyo en la isla de Barbados. Siguiendo las instrucciones de Morgan, se habían retirado los televisores de la residencia, no entregarían periódicos ni revistas y todos los teléfonos habían sido desconectados. No se mantendría en contacto con nadie, ni siquiera con Critz, y menos con la señora Morgan durante por lo menos un mes. Le importaba un bledo que ardiera Washington. De hecho, esperaba en su fuero interno que ardiera. Después, de Barbados se trasladaría en secreto a su cabaña de Alaska y allí seguiría ignorando al mundo durante el invierno y hasta la llegada de la primavera.

—¿Deberíamos indultarlo? —preguntó el presidente.

—Probablemente —contestó Critz.

Ahora el presidente había pasado al «nosotros», cosa que hacía invariablemente cuando tenía que tomar alguna decisión potencialmente impopular. Para las fáciles siempre utilizaba el «yo». Cuando necesitaba una muleta, y sobre todo cuando necesitaba a alguien a quien echar la culpa, ampliaba el proceso de toma de decisiones e incluía a Critz, que llevaba cuarenta años cargando con la culpa y, aunque no cabía duda de que estaba acostumbrado, era evidente que ya estaba cansado.

—Muy probablemente no estaríamos ahora aquí de no haber sido por Joel Backman.

—Puede que tengas razón —dijo el presidente.

Siempre había afirmado que debía su elección a su brillante y carismática personalidad para organizar campañas, a su impresionante comprensión de las cuestiones y a su clara visión de Estados Unidos. El hecho de tener que reconocer finalmente que le debía algo a Joel Backman resultaba casi sorprendente.

Pero Critz era demasiado insensible y estaba demasiado cansado para sorprenderse.

Seis años antes el escándalo Backman había arrastrado a buena parte de Washington y, al final, salpicado la Casa Blanca. Una nube se cernió sobre un presidente popular y le allanó el camino a Arthur Morgan hacia la presidencia.

Ahora, saliendo a trompicones, Morgan saboreaba la idea de propinarle un arbitrario tortazo en la cara al *establishment* de Washington que se había pasado cuatro años ninguneándolo. El indulto para Joel Backman sacudiría los muros de todos los edificios comerciales del distrito de Columbia y el escándalo de la prensa provocaría una conmoción de colosales proporciones. A Morgan le gustaba la idea. Mientras él tomaba el sol en Barbados, la ciudad volvería a quedarse atascada una vez más, los congresistas exigirían la celebración de vistas, los fiscales actuarían ante las cámaras y los insoportables bustos parlantes escupirían su verborrea en los noticiarios por cable.

El presidente sonrió, contemplando la oscuridad.

En el puente Arlington Memorial sobre el río Potomac Hoby volvió a llenar de té verde la taza de papel del director.

—Gracias —dijo Teddy en voz baja—. ¿Qué hará nuestro chico mañana cuando abandone el cargo? —preguntó.

—Huirá del país.

—Hubiese tenido que irse antes.

—Tiene previsto pasar un mes en el Caribe lamiéndose las heridas, ajeno al mundo, haciendo pucheros y esperando a que alguien le demuestre un poco de interés.

—¿Y la señora Morgan?

—Ya está otra vez en Delaware jugando al bridge.

—¿Se van a separar?

—Si él no es tonto. ¿Quién sabe?

Teddy tomó cuidadosamente un sorbo de té.

—Bueno pues, ¿cuál será nuestra influencia en caso de que Morgan oponga resistencia?

—No creo que la oponga. Las conversaciones preliminares han ido muy bien. Parece que Critz acepta la idea. Ahora comprende las cosas mucho mejor que Morgan. Critz sabe que jamás habrían visto el Despacho Oval de no ser por el escándalo Backman.

—Pero, repito, ¿qué influencia podemos ejercer en caso de que se resista?

—Ninguna, en realidad. Es idiota, pero honrado.

Abandonaron la avenida Constitución para enfilar la calle Dieciocho y cruzaron enseguida la puerta este de la Casa Blanca. Unos hombres armados con metralletas aparecieron en la oscuridad y poco después los agentes del Servicio Secreto con sus trincheras negras detuvieron la furgoneta. Se utilizaron unas palabras en clave, las radios chirriaron y, en cuestión de minutos, Teddy fue sacado de la furgoneta. Una vez dentro, un registro superficial de su silla de ruedas reveló tan sólo a un arropado y lisiado anciano.

Artie, sin la Heineken y una vez más sin llamar, asomó la cabeza por la puerta y anunció:

—Aquí está Maynard.

—O sea que está vivo —dijo el presidente.

—Por los pelos.

—Pues que lo hagan pasar.

Hoby y un agente llamado Priddy siguieron a la silla de ruedas hasta el interior del Despacho Oval. El presidente y Critz saludaron a sus huéspedes y los acompañaron a la zona de los asientos, ante la chimenea. Aunque Maynard evitaba la Casa Blanca, Priddy vivía prácticamente allí e informaba cada mañana al presidente acerca de cuestiones relacionadas con el servicio de espionaje.

Mientras se acomodaban, Teddy miró a su alrededor como si buscara micrófonos ocultos y dispositivos de escucha. Estaba casi seguro de que no había ninguno; aquella práctica se había terminado con el Watergate. Nixon había mandado instalar en la Casa Blanca suficientes alambres como para controlar a una pequeña ciudad, pero, como es natural, lo había pagado muy caro. Teddy, en cambio, estaba bien controlado. Cuidadosamente oculta encima del eje de su silla de ruedas, a pocos centímetros por debajo de su asiento, había una potente grabadora que captaría todos los sonidos emitidos en el transcurso de los siguientes treinta minutos.

Trató de mirar con una sonrisa al presidente Morgan, pero, en realidad, hubiese querido decirle algo así como: «Sin duda es usted el político más limitado que jamás he conocido. Sólo en Estados Unidos un imbécil como usted habría podido llegar a la cumbre.»

El presidente Morgan miró con una sonrisa a Teddy Maynard, pero, en realidad, hubiese querido decirle algo así como: «Le habría tenido que despedir hace cuatro años. Su agencia ha sido un constante motivo de vergüenza para este país.»

Teddy: «Me sorprendió que ganara en un solo estado, aunque fuera por diecisiete votos.»

Morgan: «No sería usted capaz de encontrar a un terrorista ni siquiera aunque se anunciara en un tablón de anuncios.»

Teddy: «Que le vaya bien la pesca. Pescará todavía menos truchas que votos.»

Morgan: «¿Por qué no se murió de una puñetera vez tal como todo el mundo me prometió que iba a hacer?»

Teddy: «Los presidentes van y vienen, pero yo nunca me voy.»

Morgan: «Fue Critz quien quiso mantenerle en el cargo. Agradézcaselo a él. Yo quería pegarle la patada a las dos semanas del comienzo de mi mandato.»

Critz preguntó en voz alta:

—¿Alguien quiere café?

—No —contestó Teddy y, en cuanto lo hubo dicho, Hoby y Priddy declinaron también el ofrecimiento.

Y, puesto que la CIA no quería café, el presidente Morgan dijo:

—Sí, solo y con dos terrones.

Critz le hizo una seña con la cabeza a un secretario que esperaba junto a una puerta lateral entornada. Se volvió hacia los reunidos diciendo:

—No disponemos de mucho tiempo.

Teddy se apresuró a contestar:

—Estoy aquí para discutir la cuestión de Joel Backman.

—Sí, por eso está usted aquí —dijo el presidente.

—Tal como usted sabe —añadió Teddy casi ignorando al presidente—, el señor Backman ingresó en prisión sin decir ni una palabra. Sigue conservando unos secretos que, francamente, podrían poner en un apuro la seguridad nacional.

—No se le puede matar —terció Critz.

—No podemos colocar en la diana a ciudadanos norteamericanos, señor Critz. Va en contra de la ley. Preferimos que lo haga otro.

—No le entiendo —dijo el presidente.

—Éste es el plan. Si usted concede el indulto al señor Backman y él acepta el indulto, lo sacaremos del país en cuestión de unas horas. Tendrá que acceder a pasarse el resto de su vida escondido. Eso no tendría que suponer ningún problema porque hay varias personas que quisieran verle muerto y él lo sabe. Lo recolocaremos en un país extranjero, probablemente en Europa, donde nos será más fácil vigilarlo. Dispondrá de una nueva identidad. Será un hombre libre y, con el tiempo, la gente se olvidará de Joel Backman.

—Eso no es el fin de la historia —dijo Critz.

—No. Esperaremos, puede que un año, filtraremos la noticia en los lugares apropiados. Localizarán al señor Backman y lo liquidarán y, cuando lo hagan, muchas de nuestras preguntas quedarán contestadas.

Una prolongada pausa mientras Teddy miraba a Critz y después al presidente. Cuando tuvo la certeza de que ambos estaban absolutamente desconcertados, siguió adelante.

—Es un plan muy sencillo, caballeros. Es simplemente cuestión de quién lo mata.

—¿O sea que usted lo controlará?

—Muy de cerca.

—¿Quién lo persigue? —preguntó el presidente.

Teddy volvió a juntar las venosas manos, se echó un poco hacia atrás y después miró hacia abajo desde su larga nariz como un maestro de escuela que se estuviera dirigiendo a sus párvulos de tercer grado.

—Tal vez los rusos, los chinos, quizá los israelíes. Podría haber otros.

Por supuesto que había otros, pero nadie esperaba que Teddy revelara todo lo que sabía. Jamás lo había hecho y jamás lo haría, independientemente de quién fuera el presidente y del tiempo que éste hubiera pasado en el Despacho Oval. Iban y venían, algunos duraban cuatro años, otros ocho. A algunos les encantaba el espionaje, otros sólo se preocupaban por las últimas encuestas. Morgan se había mostrado particularmente inepto en política exterior y, habida cuenta de las pocas horas que le quedaban en la Administración, estaba claro que Teddy no iba a divulgar más que lo necesario para conseguir el indulto.

—¿Y por qué razón iba Backman a aceptar semejante acuerdo? —preguntó Critz.

—Puede que no lo acepte —contestó Teddy—. Pero lleva seis años en una celda de aislamiento. Eso son veinticuatro horas al día en una diminuta celda. Una hora de sol. Tres duchas semanales. Mala comida... dicen que ha perdido veinticinco kilos. Tengo entendido que no anda muy bien de salud.

Dos meses antes, después de la arrolladora victoria del aspirante, Teddy Maynard había elaborado el plan de aquel indulto y tirado de alguno de sus muchos hilos: las condiciones de aislamiento de Backman habían empeorado considerablemente. Habían bajado casi cuatro grados la temperatura de la celda y llevaba un mes tosiendo sin parar. Su comida, más bien insulsa, se procesaba por segunda vez y se la servían fría. Se pasaban la mitad del tiempo echando el agua de su retrete. Los vigilantes lo despertaban a todas horas de la noche. Le habían recortado los privilegios telefónicos. Se le había prohibido de repente el acceso a la biblioteca jurídica que utilizaba dos veces por semana. Backman, que era abogado, conocía sus derechos y amenazaba con toda clase de denuncias contra la cárcel y el Gobierno, pero aún no había presentado ninguna. La lucha se estaba cobrando su tributo. Pedía pastillas para dormir y Prozac.

—¿Quiere que indulte a Joel Backman para que usted pueda organizar su asesinato? —preguntó el presidente.

—Sí —contestó Teddy sin andarse con rodeos—. Aunque, en realidad, no lo organizaremos.

—Pero ocurrirá.

—Sí.

—¿Y su muerte redundará en interés de nuestra seguridad nacional?

—Estoy firmemente convencido de ello.

2

El ala de aislamiento del Penal Federal de Rudley disponía de cuarenta celdas idénticas de unos tres metros y medio cuadrados, sin ventanas ni barrotes, con suelo de hormigón pintado de verde, paredes de ladrillo de cenizas y una sólida puerta metálica con una estrecha ranura en la parte inferior para las bandejas de la comida y una pequeña mirilla para que los guardias echaran un vistazo de vez en cuando. El ala estaba llena de confidentes del Gobierno, soplones relacionados con el narcotráfico, mafiosos inadaptados, un par de espías, hombres que necesitaban permanecer encerrados porque en casa había mucha gente gustosamente dispuesta a cortarles la garganta. Casi todos los cuarenta reclusos que permanecían en régimen de arresto protegido habían pedido estar en el ala A.

Joel Backman intentaba dormir cuando dos guardias abrieron ruidosamente su puerta y encendieron la luz.

—El director quiere verle —dijo uno de ellos, sin más explicaciones.

Cruzaron en silencio la gélida pradera de Oklahoma en una furgoneta de la prisión, pasando por delante de otros edificios que albergaban a delincuentes menos seguros hasta llegar al edificio de la administración. Backman, esposado sin ningún motivo aparente, fue conducido a toda prisa al interior y después le hicieron subir dos tramos de escalera y bajar por un largo pasillo hasta un espacioso despacho donde las luces permanecían encendidas y algo importante estaba ocurriendo. Vio un reloj en la pared; eran casi las once de la noche.

Jamás había visto al director, lo cual no era insólito. Por muchas y buenas razones el director no se dejaba ver demasiado. No se presentaba candidato a ningún cargo y no tenía el menor interés en motivar a sus tropas. Lo acompañaban otros tres hombres de aspecto muy serio que llevaban un rato conversando. A pesar de que el tabaco estaba rigurosamente prohibido en los despachos del Gobierno de Estados Unidos, había un cenicero lleno y una densa niebla se elevaba casi hasta el techo.

El director dijo sin preámbulos:

—Siéntese allí, señor Backman.

—Encantado de conocerle —dijo Backman, mirando a los otros hombres presentes en la estancia—. ¿Por qué estoy aquí exactamente?

—A eso vamos.

—¿Podría, por favor, quitarme estas esposas? Le prometo no matar a nadie.

El director chasqueó los dedos en dirección a uno de los guardias, que sacó rápidamente una llave y liberó a Backman. A continuación, el guardia salió a toda prisa de la habitación con un ruidoso portazo, para disgusto del director, que era un hombre muy nervioso.

—Éste es el agente especial Adair del FBI —dijo, señalándolo—. Éste es el señor Knabe del Departamento de Justicia. Y éste es el señor Sizemore, también de Washington.

Ninguno de los tres hizo ademán alguno de acercarse a Backman, que permanecía todavía de pie completamente perplejo. Los saludó con una inclinación de cabeza en un parco intento de ser educado. Sus esfuerzos no fueron correspondidos.

—Siéntese, por favor —dijo el director, y Backman, finalmente, se sentó—. Gracias. Como usted sabe, señor Backman, un nuevo presidente está a punto de jurar su cargo. El presidente Morgan está listo para marcharse. Ahora mismo se encuentra en el Despacho Oval, estudiando la decisión de concederle a usted el pleno indulto.

Backman experimentó de repente un violento acceso de tos, provocado en parte por la temperatura casi polar de su celda y en parte por el sobresalto de la palabra «indulto».

El señor Knabe del Departamento de Justicia le ofreció una botella de agua cuyo contenido él se bebió mojándose la barbilla hasta que, finalmente, consiguió dominar la tos.

—¿Un indulto? —preguntó en un susurro.

—Un pleno indulto con ciertos beneficios adicionales.

—Pero ¿por qué?

—El porqué no lo sé, señor Backman, mi misión no consiste en comprender lo que ocurre. Yo soy simplemente el mensajero.

El señor Sizemore, presentado simplemente como «de Washington», sin título o cargo añadido, dijo:

—Es un trato, señor Backman. A cambio de un pleno indulto, deberá usted acceder a abandonar el país para jamás regresar y vivir con una nueva identidad en un lugar donde nadie le pueda encontrar.

«Ningún problema», pensó Backman. No quería que lo encontraran.

—Pero ¿por qué? —volvió a preguntar.

La botella de agua que sostenía en la mano izquierda temblaba visiblemente.

Mientras la veía temblar, el señor Sizemore de Washington estudió a Joel Backman de la cabeza a los pies, desde su cabello gris casi rapado hasta sus viejas zapatillas de atletismo baratas, con los calcetines negros de la cárcel, y no pudo por menos que recordar la imagen de aquel hombre en su vida anterior. Le vino a la mente la portada de una revista. Una sofisticada fotografía de Joel Backman con un traje negro italiano de corte impecable, cuidado al detalle y mirando a la cámara con tanta vanidad como cupiera imaginar. Su cabello era entonces más largo y oscuro, el hermoso rostro terso y sin arrugas, la cintura ancha hablaba de muchos almuerzos de poder y de cenas de cuatro horas de duración. Le encantaban la comida, las mujeres y los automóviles deportivos. Tenía un jet privado, un yate y un puesto en Vail, de todo lo cual siempre estaba dispuesto a presumir. El llamativo titular por encima de su cabeza decía: EL INTERMEDIARIO: ¿ES EL SEGUNDO HOMBRE MÁS PODEROSO DE WASHINGTON?

La revista se encontraba en la cartera de documentos del señor Sizemore junto con una abultada carpeta acerca de Joel Backman. Le había echado un vistazo durante el vuelo de Washington a Tulsa.

Según el artículo de la revista, los ingresos del intermediario superaban al parecer los diez millones de dólares anuales, si bien el entrevistado se había mostrado más bien parco al respecto con el reportero. En el bufete jurídico que había fundado trabajaban doscientos abogados, un número más bien reducido para Washington, pero era sin duda el más poderoso en los círculos políticos: una máquina de fabricación de *lobbys*, no un lugar donde unos auténticos abogados ejercieran su profesión. Más bien una especie de burdel para poderosas empresas y Gobiernos extranjeros.

«Oh, cómo han caído los poderosos», pensó en su fuero interno el señor Sizemore mientras contemplaba el temblor de la botella.

—No lo entiendo —acertó a musitar Backman.

—Y nosotros no tenemos tiempo de explicárselo —dijo el señor Sizemore—. Es un trato rápido, señor Backman. Por desgracia, no dispone usted de tiempo para pensarlo. Se le exige que tome una decisión inmediata. Sí o no. ¿Quiere quedarse aquí o quiere vivir con otro nombre en la otra punta del mundo?

—¿Dónde?

—No sabemos dónde, pero ya lo pensaremos.

—¿Estaré seguro?

—Sólo usted puede responder a la pregunta, señor Backman.

Mientras el señor Backman reflexionaba acerca de su propia pregunta, su temblor se intensificó.

—¿Cuándo me iré? —preguntó muy despacio. Su voz había recuperado momentáneamente la fuerza, pero otro violento acceso de tos acechaba.

—Inmediatamente —contestó el señor Sizemore, el cual se había hecho con el control de la reunión, relegando al director, al FBI y al Departamento de Justicia al papel de simples espectadores.

—¿Quiere decir ahora mismo?

—Ya no regresará a su celda.

—Joder —exclamó Backman, y los demás no pudieron por menos que sonreír.

—Hay un guardia esperando junto a su celda —dijo el director—. Él le traerá lo que usted quiera.

—Siempre hay un guardia esperando junto a mi celda —le replicó Backman al director—. Si es ese pequeño y sádico hijoputa de Sloan, díganle que se corte las muñecas con mis cuchillas de afeitar.

Todos tragaron saliva y esperaron a que las palabras escaparan por los respiraderos de la calefacción, pero cortaron el contaminado aire y resonaron un instante en la habitación.

El señor Sizemore carraspeó, desplazó el peso del cuerpo de la posadera izquierda a la derecha y dijo:

—Hay unos caballeros esperando en el Despacho Oval, señor Backman. ¿Va usted a aceptar el trato?

—¿El presidente me está esperando a mí?

—Se podría decir que sí.

—Está en deuda conmigo. Yo lo coloqué allí.

—No es el momento de hablar de estas cuestiones, señor Backman —dijo serenamente el señor Sizemore.

—¿Acaso me devuelve el favor?

—Ignoro lo que piensa el presidente.

—Da por sentado que es capaz de pensar.

—Voy a llamar y a decirles que la respuesta es no.

—Espere.

Backman apuró el contenido de la botella de agua y pidió otra. Se secó la boca con la manga y después dijo:

—¿Es algo así como un programa de protección de testigos o algo por el estilo?

—No es un programa oficial, señor Backman. Pero, de vez en cuando, nos hace falta ocultar a la gente.

—¿Con cuánta frecuencia pierden a alguien?

—No con mucha.

—¿No con mucha? O sea que no hay garantía de que yo vaya a estar a salvo.

—No hay nada garantizado. Pero sus posibilidades son muy buenas.

Backman miró al director y le preguntó:

—¿Cuántos años me quedan aquí, Lester?

Lester regresó bruscamente a la conversación. Nadie le llamaba Lester, un nombre que él aborrecía y evitaba. La placa con el nombre que figuraba en su escritorio ponía «L. Howard Cass».

—Catorce años, y podría dirigirse a mí como director Cass.

—Cass un cuerno. Lo más probable es que muera dentro de tres. Una combinación de desnutrición, hipotermia y cuidados sanitarios negligentes se encargarían de ello. Aquí Lester gobierna muy bien el barco, chicos.

—¿Podríamos continuar? —preguntó el señor Sizemore.

—Por supuesto que acepto el trato —dijo Backman—. ¿Qué necio no lo haría?

Al final, el señor Knabe del Departamento de Justicia se movió. Abrió una cartera de documentos diciendo:

—Aquí está la documentación.

—¿Para quién trabaja? —le preguntó Backman al señor Sizemore.

—Para el presidente de Estados Unidos.

—Bien, dígale que no voté por él porque estaba en chirona. Pero lo habría hecho sin duda de haber tenido la ocasión. Y dígale que le he dado las gracias, ¿de acuerdo?

—Por supuesto.

Hoby llenó otra taza de té verde, ahora sin teína porque ya era casi medianoche, y se la entregó a Teddy, que, envuelto en una manta, contemplaba el tráfico que tenían a su espalda. Se encontraban en la avenida Constitución, saliendo de la ciudad, muy cerca del puente Roosevelt. El viejo tomó un sorbo y dijo:

—Morgan es demasiado estúpido como para vender indultos. Pero el que me preocupa es Critz.

—Hay una nueva cuenta en la isla de Nevis —dijo Hoby—. Apareció hace un par de semanas, abierta por una oscura empresa propiedad de Floyd Dunlap.

—¿Y ése quién es?

—Uno de los recaudadores de fondos de Morgan.

—¿Por qué Nevis?

—Es el lugar más en boga actualmente para las actividades *offshore*.

—¿Y la tenemos cubierta?

—Por todas partes. Cualquier transferencia debería tener lugar en las próximas cuarenta y ocho horas.

Teddy asintió levemente con la cabeza y miró a su izquierda para echar un vistazo parcial al centro Kennedy.

—¿Dónde está Backman?

—Está abandonando la prisión.

Teddy sonrió y tomó un sorbo de té. Cruzaron el puente en silencio y, cuando el Potomac estuvo a su espalda, preguntó finalmente:

—¿Quién se lo cargará?

—¿Importa eso realmente?

—No, por supuesto. Pero resultará muy agradable contemplar la contienda.

Vestido con un uniforme militar muy gastado pero almidonado y planchado, con todas las aplicaciones y las placas eliminadas, unas relucientes botas negras de combate y una gruesa parka de la Marina con capucha, que él se colocó cuidadosamente alrededor de la cabeza, Joel Backman salió del Penal Federal de Rudley cinco minutos después de medianoche, catorce años antes de lo debido. Había permanecido seis años allí en una celda de aislamiento y, al salir, llevaba consigo una pequeña bolsa de lona con unos cuantos libros y algunas fotografías. No miró atrás.

Tenía cincuenta y dos años, estaba divorciado y sin un céntimo, totalmente distanciado de dos de sus tres hijos. Todos los amigos le habían olvidado. Ninguno se había molestado en mantener una correspondencia después del primer año de su reclusión. Una antigua novia, una de las incontables secretarias a las que había perseguido por sus elegantes despachos, le había escrito durante diez meses hasta que el *Washington Post* publicó que el FBI había llegado a la conclusión de que no era probable que Joel Backman hubiera defraudado a su bufete y a sus clientes millones de dólares como inicialmente se había rumoreado. ¿Quién quiere cartearse con un abogado arruinado y convicto? Con uno rico, tal vez.

Su madre le escribía de vez en cuando, pero tenía noventa y un años y vivía en una residencia para personas con pocos recursos cerca de Oakland. Cada carta que recibía de ella le daba la impresión de que iba a ser la última. Él le escribía una vez a la semana, pero dudaba de que ella pudiera leer algo y estaba casi seguro de que nadie del personal tenía tiempo ni interés en leérselo. Ella siempre le decía «gracias por la carta», pero jamás le mencionaba lo que él le comentaba. Le enviaba postales en las ocasiones especiales. En una de sus cartas ella le había confesado que nadie más se acordaba de su cumpleaños.

Las botas pesaban mucho. Mientras avanzaba por la acera se dio cuenta de que se había pasado casi los seis años anteriores en calcetines y sin zapatos. Qué cosas tan curiosas piensa uno cuando lo sueltan sin previo aviso. ¿Cuándo había sido la última vez que calzó botas? ¿Y cuándo se podría librar de las muy condenadas?

Se detuvo un segundo y miró al cielo. Durante una hora diaria le habían permitido pasear por un pequeño patio de hierba en el exterior de su ala de la prisión. Siempre solo, siempre vigilado por un guardia, como si él, Joel Backman, un antiguo abogado que jamás en su vida había disparado un arma de fuego en un acceso de furia, fuera a convertirse de repente en un personaje peligroso y causar algún daño a alguien. El «jardín» estaba rodeado por una valla de tres metros de altura de tela metálica rematada por alambre de púas. Más allá había un canal de desagüe vacío y, más allá todavía, una interminable pradera sin árboles que debía de llegar hasta Tejas.

El señor Sizemore y el agente Adair eran sus escoltas. Lo acompañaron a un utilitario deportivo de color verde oscuro que, a pesar de no llevar identificación, proclamaba a gritos su condición de «propiedad estatal». Joel ocupó el asiento de atrás y se puso a rezar. Cerró fuertemente los ojos, apretó los dientes y le pidió a Dios que, por favor, permitiera que el motor se pusiera en marcha, las ruedas se movieran, las puertas se abrieran y la documentación estuviera en regla. «Por favor, Dios mío, no me gastes bromas crueles. ¡Que esto no sea un sueño, por favor, Dios mío!»

Veinte minutos más tarde, Sizemore fue el primero en hablar.

—Por cierto, señor Backman, ¿tiene usted apetito?

El señor Backman había dejado de rezar y se había puesto a llorar. El vehículo se había estado moviendo con regularidad, pero él no había abierto los ojos. Permanecía tumbado en el asiento trasero luchando infructuosamente con sus emociones.

—Desde luego que sí —contestó.

Se incorporó y miró afuera. Iban por una carretera interestatal. Pasaron junto a un cartel de señalización verde que decía: SALIDA PERRY. Se detuvieron en el estacionamiento de una casa especializada en tortitas, a menos de cuatrocientos metros de la interestatal. A lo lejos, grandes camiones circulaban penosamente a toda potencia de sus motores diésel. Joel los contempló un segundo y prestó atención. Levantó de nuevo los ojos y vio una media luna.

—¿Tenemos prisa? —preguntó Sizemore mientras entraban en el restaurante.

—Vamos bien de horario —fue la respuesta.

Se sentaron alrededor de una mesa cerca de la ventana de la fachada mientras Joel miraba hacia el exterior. Pidió una torrija impregnada de huevo y leche con fruta, nada muy sustancioso, pues temía que su cuerpo estuviera demasiado acostumbrado a las bazofias con que se había alimentado hasta entonces. La conversación fue muy escasa; los dos chicos del Gobierno estaban programados para decir muy poco y eran incapaces de mantener una conversación intrascendente. Y a Joel no le apetecía oír lo que pudieran decirle.

Trató de no sonreír. Sizemore informaría más tarde de que Backman miraba ocasionalmente hacia la puerta y parecía observar detenidamente a los demás clientes. No parecía asustado, muy al contrario. A medida que transcurrían los minutos y disminuía el sobresalto, pareció que se adaptaba rápidamente y se animaba un tanto. Devoró dos raciones de torrijas y se bebió cuatro tazas de café solo.

Pocos minutos después de las cuatro de la madrugada cruzaron la verja de Fort Summit, cerca de Brinkley, Tejas. Backman fue conducido al hospital de la base y examinado por dos médicos. Exceptuando un resfriado, la tos y la extrema delgadez, no estaba en mala forma. Después fue acompañado a un hangar donde le presentaron al coronel Gantner, el cual se convirtió de inmediato en su mejor amigo. Siguiendo las instrucciones de Gantner y bajo su estrecha supervisión, Joel se cambió de ropa y se puso un mono verde de paracaidista del Ejército con el apellido HERZOG estampado en el bolsillo derecho.

—¿Ése soy yo? —preguntó Joel, contemplando el apellido.

—Durante las próximas cuarenta y ocho horas —contestó Gantner.

—¿Y mi graduación?

—Comandante.

—No está mal.

En algún momento, durante aquellas sucintas instrucciones, el señor Sizemore de Washington y el agente Adair se marcharon y Joel Backman jamás los volvió a ver. Con las primeras luces del alba, Joel cruzó la escotilla posterior de un C-130 de carga y siguió a Gantner hasta un pequeño cuarto de literas del nivel superior donde otros seis soldados se estaban preparando para un largo vuelo.

—Ocupe esta litera —le dijo Gantner, indicándole una próxima al suelo.

—¿Puedo preguntar adónde vamos? —dijo Joel en voz baja.

—Puede, pero yo no le puedo contestar.

—Simple curiosidad.

—Le informaré cuando aterricemos.

—¿Y eso cuándo será?

—Dentro de unas catorce horas.

Sin ninguna ventanilla para distraerse, Joel se tumbó en la litera, se cubrió la cabeza con una manta y ya roncaba cuando despegaron.

3

Critz durmió unas cuantas horas y salió de casa mucho antes de que empezara el jaleo del comienzo del nuevo mandato. Poco después del amanecer, él y su esposa fueron trasladados a Londres en uno de los muchos jets privados de su nuevo patrón. Tendría que pasarse dos semanas allí y después regresar al torbellino del Cinturón, en calidad de nuevo e influyente representante de *lobbys* y participar en un juego muy antiguo. Aborrecía la idea. Se había pasado años viendo cómo los perdedores políticos cruzaban la calle e iniciaban nuevas carreras ejerciendo presión sobre sus antiguos compañeros y vendiendo su alma a quienquiera que tuviera dinero suficiente para pagar cualquier influencia que ellos alegaran tener. Era una actividad repugnante. Estaba harto de la vida política, pero, por desgracia, no sabía hacer otra cosa.

Pronunciaría algunos discursos, quizás escribiera un libro, se pasaría unos cuantos años esperando que alguien se acordara de él. Pero Critz sabía con cuánta rapidez se olvida en Washington a los otrora poderosos.

El presidente Morgan y el director Maynard habían acordado aplazar el caso Backman veinticuatro horas pasada la hora del inicio del mandato. A Morgan no le importaba; estaría en Barbados. En cambio, Critz no se sentía vinculado por ningún acuerdo y tanto menos con un personaje como Teddy

Maynard. Después de una larga cena regada con mucho vino, hacia las dos de la madrugada en Londres, llamó a un corresponsal de la CBS en la Casa Blanca y le reveló en secreto los datos esenciales del indulto de Backman. Tal como había previsto, la CBS dio a conocer la historia en su programa de chismorreos de primera hora y, antes de las ocho de la mañana, la noticia ya se había propagado como un rayo por todo el distrito de Columbia.

¡Joel Backman había recibido un pleno indulto incondicional en el último momento!

Se ignoraban los detalles de su liberación. Lo último que se sabía de él era que permanecía en una cárcel de máxima seguridad de Oklahoma.

En una ciudad ya de por sí crispada, el día comenzó con la irrupción del indulto en escena y el primer día de ocupación efectiva del cargo de un nuevo presidente.

El depauperado bufete jurídico Pratt & Bolling se encontraba en la avenida Massachusetts, a cuatro manzanas al norte de Dupont Circle; no era una mala ubicación, aunque no se parecía ni de lejos a su antigua sede de la avenida Nueva York. Unos cuantos años antes, cuando Joel Backman estaba al mando —y entonces el bufete se llamaba Backman, Pratt & Bolling—, éste había insistido en pagar el alquiler más alto de la ciudad para permanecer de pie delante de los enormes ventanales de su amplio despacho del octavo piso y contemplar la Casa Blanca desde arriba.

La Casa Blanca ya no se veía por ninguna parte; no había lujosos despachos con vistas impresionantes; el edificio tenía tres pisos en lugar de ocho. Y de los doscientos abogados generosamente remunerados quedaban aproximadamente treinta que a duras penas ganaban para vivir. La primera quiebra —conocida en los despachos como Backman I— había diezmado la firma, pero también había conseguido salvar milagrosamente de la cárcel a sus socios. La Backman II se había debido a tres años de encarnizadas luchas internas y pleitos entre los supervivientes. Los competidores del bufete gustaban de comentar que Pratt & Bolling se pasaba más tiempo demandándose a sí mismo que a aquellos a quienes lo contrataban para que demandara.

Pero a primera hora de aquella mañana los competidores se mostraban muy tranquilos. Joel Backman era un hombre libre. El intermediario estaba suelto. ¿Protagonizaría un regreso? ¿Volvería a Washington? ¿Sería cierto todo aquello? Seguramente no.

Kim Bolling se encontraba en aquellos momentos internado en un centro de desintoxicación alcohólica y desde allí sería enviado directamente a una clínica mental privada donde pasaría muchos años. La insoportable tensión de los últimos seis años lo había llevado al borde del abismo, hasta un punto sin retorno. La tarea de afrontar la última pesadilla de Joel Backman cayó sobre las anchas espaldas de Carl Pratt.

Pratt había sido el que veintidós años antes había pronunciado el fatídico «de acuerdo» cuando Backman le había propuesto la boda entre sus dos pequeños bufetes. Pratt había sido el que se había pasado dieciséis años trabajando duramente para limpiar la basura que Backman dejaba a su espalda mientras el bufete se ampliaba y los honorarios crecían como la espuma y todos los límites éticos se difuminaban hasta el extremo de resultar irreconocibles. Pratt había sido el que había luchado semanalmente con su socio, pero que, con el tiempo, había aprendido a gozar de los frutos de su enorme éxito.

Y había sido Pratt el que tan cerca había estado de una demanda federal poco antes de que Joel Backman asumiera heroicamente la culpa en nombre de todos. El acuerdo de Backman entre el fiscal y su defensa, un acuerdo que exculpaba a todos los demás socios del bufete, exigía una multa de diez millones de dólares que fue la causa directa de la primera quiebra, la Backman I.

Pero una quiebra era mejor que la cárcel, se recordaba Pratt a sí mismo casi a diario. Aquella mañana a primera hora empezó a pasear por su modesto despacho, murmurando para sus adentros mientras trataba desesperadamente de creer que la noticia simplemente no era cierta. De pie delante de su pequeña ventana que daba al edificio de ladrillo gris de la puerta de al lado, se preguntó cómo era posible que ocurriera tal cosa. ¿Cómo era posible que un antiguo abogado/intermediario arruinado, expulsado del colegio de abogados y totalmente desacreditado convenciera a un presidente a punto de finalizar su mandato de que le concediera un indulto en el último momento?

Sin embargo, reconocía Pratt, si alguien en el mundo era capaz de obrar semejante milagro, ése era Joel Backman.

Pratt se pasó unos minutos al teléfono, echando mano de su amplia red de soplones y sabelotodos. Un antiguo amigo que había conseguido sobrevivir en el Departamento de la Presidencia bajo cuatro presidentes —dos de cada partido— le había confirmado finalmente la verdad.

—¿Dónde está? —preguntó Pratt en tono apremiante, como si Backman pudiera resucitar de un momento a otro en el distrito de Columbia.

—Nadie lo sabe —fue la respuesta.

Pratt cerró la puerta y reprimió el impulso de abrir la botella de vodka del despacho. Tenía cuarenta y nueve años cuando su socio había sido enviado a prisión para cumplir una condena de veinte sin libertad condicional, y a menudo se preguntaba qué haría cuando tuviera sesenta y uno y Backman saliera de la cárcel. En aquel momento, Pratt tenía la sensación de haber sido víctima de una estafa de catorce años.

La sala de justicia estaba tan abarrotada de gente que el juez aplazó dos horas la vista para que se pudiera organizar y atender en cierto modo la demanda de asientos. Todas las agencias importantes de noticias del país exigían un lugar para sentarse o permanecer de pie. Numerosos peces gordos del Departamento de Justicia, el FBI, el Pentágono, la CIA, la NSA, la Casa Blanca y la Colina del Capitolio, sede del Congreso de Estados Unidos, querían un asiento porque según ellos cumplirían mejor sus objetivos si presenciaban el linchamiento de Joel Backman. Cuando el acusado apareció finalmente en la tensa sala, la gente se quedó repentinamente helada y el único sonido fue el del taquígrafo de actas preparando su máquina.

Backman fue acompañado a la mesa de la defensa; su pequeño ejército de abogados se apretujó a su alrededor como si esperara balas procedentes de la galería. Un tiroteo no hubiera constituido ninguna sorpresa, si bien los servicios de seguridad consideraban el riesgo muy inferior al de una visita presidencial. En primera fila, directamente detrás de la mesa de la defensa, se sentaban Carl Pratt y aproximadamente media docena de socios o desde hacía poco antiguos socios del señor Backman. Todos ellos habían sido registrados exhaustivamente y con razón. A pesar de que odiaban con toda su alma a aquel hombre, no tenían más remedio que ser partidarios suyos. Si su acuerdo entre el fiscal y la defensa no prosperaba a causa de un contratiempo de última hora, volverían a convertirse en piezas de caza y no tardarían en tener que afrontar desagradables juicios.

Por lo menos estaban sentados en la primera fila, entre el público, y no junto a la mesa de la defensa, donde estaban los timadores. Por lo menos estaban vivos. Ocho días antes, Jacy Hubbard, uno de sus socios estrella, había sido hallado muerto en el cementerio de Arlington: un supuesto suicidio que no convencía a nadie. Hubbard, antiguo senador por Tejas, había dejado su escaño después de veinticuatro años con el exclusivo, aunque secreto, propósito de ofrecer su significativa influencia al mejor postor. Naturalmente, Joel Backman jamás hubiese permitido que semejante pez gordo se escapara de su red, por lo que él y el resto de Backman, Pratt & Bolling habían contratado a Hubbard por un millón de dólares anuales por el simple hecho de que el bueno de Jacy podía entrar en el Despacho Oval siempre que quisiera.

La muerte de Hubbard había obrado maravillas; a Joel Backman ya no le cabía duda acerca del punto de vista del Gobierno. El obstáculo que había retrasado las negociaciones del acuerdo entre el fiscal y la defensa se había esfumado de repente. Backman no sólo aceptaría la condena de veinte años sino que lo haría de inmediato. ¡Estaba deseando que lo sometieran a un régimen de custodia protegida!

El fiscal del Estado era aquel día un alto funcionario del Departamento de Justicia y, en presencia de un público tan numeroso y prestigioso, actuó con mucha grandilocuencia. No iba a utilizar una sola palabra pudiendo utilizar tres; había demasiada gente. Estaba en el escenario: un insólito momento en una larga carrera más bien aburrida en que todo el país estaría casualmente viéndole. Con una completa falta de gracia se lanzó a la lectura a gritos del auto de acusación e inmediatamente quedó claro que no tenía ningún talento para la interpretación y que carecía del más mínimo instinto teatral por más que se esforzara. Al cabo de ocho minutos de soporífero monólogo, el juez, mirando con expresión adormilada por encima de sus gafas de lectura, dijo:

—¿Sería usted tan amable, señor, de darse un poco de prisa y bajar además la voz?

Los cargos eran dieciocho y los presuntos delitos iban del espionaje a la traición. Tras su lectura, Joel Backman quedó absolutamente vilipendiado, clasificado en la misma categoría que Hitler. Su abogado recordó inmediatamente al tribunal y a todos los presentes que ningún aspecto de la acusación se había demostrado, que, de hecho, se trataba de una simple exposición de parte del caso, es decir, del punto de vista absolutamente parcial del Gobierno acerca de aquellas cuestiones. Explicó que su cliente se declararía culpable sólo de cuatro de los dieciocho cargos: tenencia ilícita de documentos militares. A continuación, el juez leyó el largo acuerdo de culpabilidad y durante veinte minutos no se dijo nada. Los artistas sentados en la primera fila dibujaban la escena con frenético entusiasmo, pero sus imágenes no tenían casi ningún parecido con la realidad. Oculto en la última fila y sentado entre desconocidos estaba Neal Backman, el hijo mayor de Joel. En aquel momento seguía siendo un asociado de Backman, Pratt & Bolling, pero la situación estaba a punto de cambiar. Contemplaba el procedimiento sumido en un estado de conmoción, incapaz de creer que su otrora poderoso progenitor estuviera declarándose culpable y a punto de ser enterrado en el sistema penal federal.

Al final, el acusado fue acompañado al estrado, donde levantó la mirada hacia el juez con tanto orgullo como le fue posible. Mientras los abogados le hablaban en susurros a ambos oídos, se declaró culpable de los cuatro cargos y fue conducido de nuevo a su asiento. Consiguió no mirar a los ojos a nadie.

La fecha de la sentencia quedó fijada para el mes siguiente. Mientras esposaban y se llevaban a Backman, todos los presentes tenían muy claro que éste no se vería obligado a divulgar sus secretos y que permanecería efectivamente en la cárcel durante un período de tiempo prolongado, en cuyo transcurso sus conspiraciones se irían desvaneciendo. La gente empezó a dispersarse muy despacio. Los reporteros consiguieron la mitad de la historia que querían. Los grandes hombres de las agencias se marcharon en silencio... algunos se alegraban de que los secretos se hubieran protegido y otros estaban furiosos por el hecho de que se estuvieran ocultando los delitos. Carl Pratt y sus agobiados socios se dirigieron al bar más próximo.

El primer reportero llamó al despacho poco antes de las nueve de la mañana. Pratt ya había advertido a su secretaria de que se esperaban tales llamadas. Debía decir a todos que él estaba ocupado en los tribunales a causa de cierto asunto muy largo y que era probable que se pasara varios meses sin regresar al despacho. Las líneas telefónicas no tardaron en quedar colapsadas y una jornada aparentemente productiva se fue al traste. Los abogados y los empleados del bufete lo dejaron todo y se pasaron el rato hablando únicamente de la noticia de Backman. Muchos contemplaban la puerta principal como esperando que el fantasma regresara a buscarlos.

Solo, detrás de una puerta cerrada, Pratt se tomaba un Bloody Mary viendo las noticias por cable. Por suerte, un grupo de turistas daneses había sido secuestrado en Filipinas, de lo contrario Joel Backman hubiese sido el centro de atención. Pero se estaba acercando al segundo lugar, pues habían empezado a presentarse en pantalla toda clase de expertos, maquillados y colocados bajo los focos de los estudios, para comentar los legendarios pecados de aquel hombre.

Un antiguo jefe del Pentágono calificó el indulto de «golpe potencial a nuestra seguridad nacional». Un juez federal retirado, que aparentaba hasta el último de los noventa y tantos años que tenía, lo calificó, como era de esperar, de «error judicial». Un novato senador de Vermont reconoció que sabía muy poco acerca del escándalo Backman, pese a lo cual se mostró encantado de aparecer en directo en la televisión por cable y dijo que tenía previsto pedir toda clase de investigaciones. Un funcionario anónimo de la Casa Blanca dijo que el nuevo presidente estaba «muy molesto» por el indulto y pensaba revisarlo, pero cualquiera sabía lo que había querido decir con eso.

Y venga y venga. Pratt se preparó otro Bloody Mary.

Lo peor de lo peor, un «corresponsal» —no simplemente un «reportero»— sacó una nota acerca del senador Hubbard y Pratt tendió la mano hacia el mando a distancia. Subió el volumen cuando la pantalla mostró una fotografía de gran tamaño del rostro de Hubbard. El antiguo senador había sido encontrado muerto con una bala en la cabeza una semana antes de que Backman se declarara culpable. Lo que a primera vista parecía un suicidio fue calificado posteriormente de dudoso a pesar de que en ningún momento se había identificado a ningún sospechoso. La pistola carecía de identificación y probablemente era robada. Hubbard practicaba la caza, pero jamás había utilizado pistola. Los residuos de pólvora de su mano derecha planteaban dudas. La autopsia reveló una fuerte concentración de alcohol y barbitúricos en su cuerpo. El alcohol no era desde luego sorprendente, pero no se sabía que Hubbard consumiera pastillas. Pocas horas antes se le había visto con una atractiva joven en un bar de Georgetown, cosa bastante propia de él.

La teoría más extendida era la de que la señora le había introducido en el cuerpo suficiente cantidad de barbitúricos para dejarlo sin sentido y después lo había dejado en manos de asesinos profesionales. Éstos lo habían trasladado a una zona apartada del cementerio de Arlington y le habían disparado un solo tiro en la cabeza. Su cuerpo descansaba sobre la tumba de su hermano, un condecorado héroe del Vietnam. Un detalle muy bonito, pero quienes le conocían bien decían que raras veces hablaba de su familia y muchos ignoraban la existencia del hermano muerto.

La sospecha era que Hubbard había sido asesinado por los mismos que deseaban pegarle un tiro a Joel Backman. Y durante años Carl Pratt y Kim Bolling se habían gastado un montón de dinero en guardaespaldas profesionales por si acaso sus nombres figuraran en la misma lista. Pero no era así, evidentemente. Los detalles del fatídico acuerdo que atrapó a Backman y mató a Hubbard los habían elaborado ellos dos y, con el tiempo, Pratt había suavizado las medidas de seguridad que lo rodeaban, aunque seguía llevando consigo una Ruger a todas partes.

Pero Backman estaba lejos y la distancia aumentaba a cada minuto. Curiosamente, él también pensaba en Jacy Hubbard y en la gente que quizá lo había matado. Disponía de tiempo suficiente para pensar. Catorce horas en una litera plegable de un ruidoso avión de carga eran muy eficaces para embotar los sentidos de una persona normal. Sin embargo, para un recluso recién liberado que acababa de huir de seis años de aislamiento, el vuelo resultaba de lo más estimulante.

Quienquiera que hubiera asesinado a Jacy Hubbard estaría deseando hacer lo mismo con Joel Backman, por lo que, mientras volaba a ocho mil metros de altura, éste se planteó unas cuantas preguntas cruciales. ¿Quién había ejercido influencia para que le concedieran el indulto? ¿Dónde se proponían ocultarlo? ¿Quiénes eran exactamente «ellos»?

Unas preguntas agradables, en realidad. Menos de veinticuatro horas antes sus preguntas habían sido: ¿Tratan de matarme de hambre? ¿De congelarme? ¿Estoy perdiendo poco a poco la razón, en esta celda de tres metros y medio por tres metros y medio, o la estoy perdiendo muy rápido? ¿Veré alguna vez a mis nietos? ¿Lo deseo?

Le gustaban más las nuevas preguntas, por muy inquietantes que fueran. Por lo menos, podría caminar por una calle de algún lugar y respirar el aire y sentir el sol y detenerse tal vez en una cafetería y tomarse un café bien cargado.

Una vez había tenido un cliente, un acaudalado importador de cocaína, que había caído en una trampa de la DEA, el organismo de lucha contra la droga. El cliente era una pieza tan valiosa que los federales le ofrecieron una nueva vida con un nuevo nombre y un nuevo rostro a cambio de delatar a los colombianos. Los delató, efectivamente, y, después de someterse a una operación, reapareció al norte de Chicago. Allí regentaba una pequeña librería. Joel se había pasado por ella años más tarde y había encontrado al cliente con perilla, fumando en pipa y con pinta de personaje un tanto intelectual y mundano. Tenía una nueva esposa y tres hijastros, y los colombianos jamás tuvieron ni idea de lo ocurrido.

Aquí afuera hay un mundo muy grande. No es tan difícil esconderse.

Joel cerró los ojos, permaneció inmóvil prestando atención al constante zumbido de los cuatro motores y trató de decirse que dondequiera que lo llevaran no viviría como un fugitivo. Se adaptaría, sobreviviría, no viviría atemorizado.

Escuchó la conversación en voz baja, dos literas más abajo, de dos soldados intercambiando historias acerca de todas las chicas que habían conocido. Pensó en Mo, el delator de la mafia que en el transcurso de los últimos cuatro años había ocupado la celda de al lado y que, durante las veinticuatro horas del día, era el único ser humano con quien podía hablar. No se veían, pero ambos podían oírse por un respiradero. Mo no echaba de menos a su familia, a sus amigos, su barrio, la comida, la bebida o la luz del sol. Mo sólo hablaba de sexo. Contaba largas y complicadas historias acerca de sus aventuras. Contaba chistes, algunos de los más guarros que Joel hubiera escuchado en su vida. Incluso escribía poemas acerca de sus antiguas amantes, orgías y fantasías.

No echaría de menos a Mo y su imaginación.

Sin querer, se volvió a quedar dormido.

El coronel Gantner lo estaba sacudiendo mientras le decía en un susurro:

—Comandante Herzog, comandante Herzog. Tenemos que hablar.

Backman salió de su litera y siguió al coronel por un oscuro y estrecho pasillo entre las literas hasta llegar a un pequeño cuarto, un poco más cerca de la cabina.

—Siéntese —dijo Gantner.

Ambos se acurrucaron junto a una mesita metálica.

Gantner sostenía una carpeta en la mano.

—Éste es el trato —empezó diciendo—. Aterrizamos dentro de aproximadamente una hora. El plan consiste en que usted esté enfermo, tan enfermo como para que una ambulancia del hospital de la base permanezca esperando el aparato en la pista de aterrizaje. Las autoridades italianas efectuarán su habitual y rápida inspección de los documentos y puede que lleguen incluso a echarle un vistazo a usted. Probablemente no. Estaremos en una base militar norteamericana donde los soldados van y vienen constantemente. Tengo un pasaporte para usted. Yo hablaré con los italianos y después usted será conducido en la ambulancia al hospital.

—¿Italianos?

—Sí, italianos. ¿Ha oído hablar alguna vez de la Base Aérea de Aviano?

—No.

—Ya me lo imaginaba. Lleva en manos norteamericanas desde que expulsamos a los alemanes en 1945. Está al nordeste de Italia, cerca de los Alpes.

—Debe de ser bonito.

—No está mal, pero es una base.

—¿Cuánto tiempo permaneceré allí?

—La decisión no me corresponde a mí. Mi misión consiste en sacarle de este avión y llevarlo al hospital de la base. Allí, otra persona se hará cargo de la situación. Eche un vistazo a esta biografía del comandante Herzog, por si acaso.

Joel se pasó unos cuantos minutos leyendo la historia imaginaria del comandante Herzog y aprendiéndose de memoria los detalles de su pasaporte falso.

—Recuerde que está muy enfermo y sedado —dijo Gantner—. Finja simplemente estar en coma.

—Llevo seis años en coma.

—¿Le apetece un poco de café?

—¿Qué hora es en el lugar adonde vamos?

Gantner consultó su reloj y efectuó un rápido cálculo.

—Probablemente aterrizaremos cerca de la una de la madrugada.

—Me encantaría un poco de café.

Gantner le ofreció una taza de papel y un termo y se retiró. Tras beberse dos tazas, Joel notó que los motores reducían la potencia. Regresó a su litera y trató de cerrar los ojos.

Mientras el C-130 rodaba hasta detenerse, una ambulancia de las Fuerzas Aéreas se situó marcha atrás cerca de la escotilla posterior. Unos soldados paseaban por allí, buena parte de ellos todavía medio dormidos. La camilla que transportaba al comandante Herzog fue bajada por la escotilla y cuidadosamente colocada en la ambulancia. El más próximo oficial italiano permanecía sentado en el interior de un jeep estadounidense contemplando indiferente la escena mientras procuraba conservar el calor. La ambulancia se alejó sin demasiada prisa y, cinco minutos más tarde, el comandante Herzog fue introducido en el pequeño hospital de la base e instalado en una pequeña habitación del segundo piso donde dos policías militares montaron guardia junto a su puerta.

4

Por suerte para Backman, pese a que éste no tenía modo de saberlo ni ningún motivo para preocuparse, en el último momento el presidente Morgan también había concedido el indulto a un anciano prófugo multimillonario huido del país. El multimillonario, un inmigrante de un país eslavo a quien se había ofrecido la opción de cambiar de nombre a su llegada hacía varias décadas, había elegido en su juventud el título de duque de Mongo. El duque había donado paletadas de dinero para la campaña presidencial de Morgan. Cuando se reveló que se había pasado la vida evadiendo impuestos, se reveló también que había pasado varias noches en el Dormitorio Lincoln donde, tomando una última y cordial copa antes de irse a dormir, él y el presidente comentaban las inminentes acusaciones. Según la tercera persona presente en las charlas nocturnas, una joven pelandusca que en aquellos momentos representaba el papel de quinta esposa del duque, el presidente había prometido ejercer toda la presión que le fuera posible sobre el fisco y apartar a los sabuesos que perseguían a su amigo. No ocurrió tal cosa. La acusación tenía treinta y ocho páginas de extensión y, antes de que saliera de la impresora, el multimillonario, sin su esposa número cinco, ya estaba en Uruguay tumbado a la bartola en un palacio con su futura esposa número seis.

Ahora quería regresar a casa para morir con dignidad, como un verdadero patriota y ser enterrado en su granja Thoroughbred justo en las afueras de Lexington, Kentucky. Critz cerró el trato y, pocos minutos después de haber firmado el indulto para Joel Backman, el presidente Morgan le garantizó al duque de Mongo toda la clemencia.

La noticia tardó un día en filtrarse —por razones comprensibles, la Casa Blanca no hacía públicos los indultos— y la prensa perdió los estribos. Allí estaba, un hombre que le había estafado al Gobierno de la nación seiscientos millones de dólares a lo largo de un período de veinte años, un timador que merecía permanecer encerrado de por vida, a punto de regresar a casa en su gigantesco jet para pasar el resto de sus días rodeado de un lujo obsceno. La historia de Backman, por muy sensacional que fuera, tendría que competir no sólo con los turistas daneses secuestrados sino también con el mayor defraudador de impuestos del país.

Pero seguía siendo un tema candente. Buena parte de los periódicos matinales de la Costa Este publicaban una fotografía del «intermediario» en primera plana. Casi todos ofrecían reportajes sobre el escándalo, su declaración de culpabilidad y su presente indulto.

Carl Pratt los leyó todos *on line* en un desordenado y espacioso despacho que tenía encima de su garaje, en el noroeste de Washington. Usaba aquel lugar para esconderse, para alejarse de las luchas intestinas de su bufete, para evitar a los socios a los que no podía aguantar. Allí podía beber sin que a nadie le importara. Podía arrojar objetos, soltar maldiciones contra las paredes y hacer lo que le diera la real gana, pues era su refugio.

La carpeta Backman, guardada normalmente en una caja de cartón de gran tamaño escondida en un armario, estaba sobre su mesa de trabajo. La repasaba por primera vez en muchos años. Lo había guardado todo, los artículos que se publicaban, las fotografías, los memorándums internos del bufete, las notas confidenciales que él había tomado, las copias de las acusaciones, el informe de la autopsia de Jacy Hubbard.

Qué historia tan despreciable.

En enero de 1996, tres jóvenes informáticos paquistaníes hicieron un asombroso descubrimiento. Trabajando en una calurosa y pequeña vivienda situada en el último piso de un edificio de apartamentos de las afueras de Karachi, interconectaron varios ordenadores Hewlett-Packard adquiridos *on line* gracias a una subvención gubernamental. A continuación, conectaron su nuevo «superordenador» a un sofisticado teléfono militar vía satélite, facilitado también por el Gobierno. La operación, enteramente secreta, se basaba en protocolos militares. Su objetivo era muy sencillo: localizar y tratar de acceder a un nuevo satélite espía indio que daba vueltas a unos quinientos kilómetros de altura sobre Pakistán. Si conseguían acceder al satélite, esperaban poder controlar qué vigilaba. Un sueño añadido era intentar manipularlo.

Al principio, la información secreta robada fue muy emocionante, pero después resultó prácticamente inútil. Los nuevos «ojos» indios estaban haciendo más o menos lo mismo que llevaban haciendo los antiguos desde hacía diez años: tomar miles de fotografías de las mismas instalaciones militares. Durante aquellos mismos diez años, los satélites paquistaníes habían estado enviando fotografías de las bases militares y de los movimientos de tropas indios. Ambos países hubiesen podido intercambiar las fotografías sin averiguar nada.

Pero habían descubierto accidentalmente otro satélite, y después otro y otro más. No eran paquistaníes ni indios; no hubiesen tenido que estar allí: cada uno sobrevolaba a unos quinientos kilómetros la Tierra desplazándose en dirección norte-nordeste a una velocidad constante de ciento noventa y cinco kilómetros por hora. Mantenían entre sí una distancia de unos seiscientos cincuenta kilómetros. A lo largo de diez días, los emocionadísimos *hackers* controlaron los movimientos de por lo menos seis satélites distintos, todos ellos pertenecientes aparentemente al mismo sistema, a medida que se acercaban lentamente desde la península Arábiga y surcaban los cielos de Afganistán y Pakistán camino del oeste de China.

No se lo dijeron a nadie sino que, en lugar de eso, consiguieron que los militares les facilitaran un acceso vía satélite más potente alegando su necesidad de terminar un trabajo inconcluso acerca de la vigilancia india. Al cabo de un mes de metódicos controles durante las veinticuatro horas del día, consiguieron establecer la existencia de una red mundial de nueve satélites, todos ellos interconectados y todos cuidadosamente diseñados para que nadie aparte de quien lo había lanzado pudiera detectarlos.

Pusieron a su descubrimiento el nombre en clave de Neptuno.

Los tres jóvenes magos se habían educado en Estados Unidos. El jefe era Safi Mirza, un antiguo ayudante de profesor de la Universidad de Stanford que había trabajado durante una breve temporada en la Breedin Corp., antigua empresa subcontratada del Departamento de Defensa especializada en sistemas satelitales. Fazal Sharif había cursado estudios superiores en ciencias informáticas en el Georgia Tech.

El tercero y más joven miembro de la banda Neptuno era Farooq Khan, y fue Farooq quien finalmente creó el software capaz de penetrar en el primer satélite Neptuno. Una vez dentro de su sistema informático, Farooq se puso a descargar información de espionaje tan secreta que tanto él como Fazal y Safi comprendieron que se estaban adentrando en tierra de nadie. Había nítidas fotografías en color de campos de adiestramiento terrorista en Afganistán y de limusinas del Estado en Pekín. Neptuno captaba a los pilotos chinos bromeando entre sí a seis mil metros de altitud y observaba una sospechosa embarcación pesquera atracando en Yemen. Neptuno seguía el recorrido de un camión blindado, probablemente de

Castro, por las calles de La Habana. Y, en una grabación de vídeo en directo que les causó un fuerte impacto a los tres, se veía con toda claridad a Arafat en persona saliendo a una callejuela de su recinto de Gaza, encendiendo un cigarrillo y después orinando.

Durante dos días de insomnio, los tres fisgaron en los satélites durante su recorrido por Pakistán. El software estaba en inglés y, dado el interés de Neptuno por Oriente Medio, Asia y China, era fácil deducir que Neptuno pertenecía a Estados Unidos con la colaboración marginal en primer lugar del Reino Unido y, en segundo, de Israel. Puede que fuera un secreto conjunto estadounidense-israelí.

Después de dos días de fisgoneo abandonaron el pequeño apartamento y reorganizaron su leonera en la granja de un amigo, a quince kilómetros de Karachi. El descubrimiento ya era lo suficientemente emocionante de por sí, pero ellos, y especialmente Safi, querían dar un paso más. Safi confiaba en poder manipular el sistema.

Su primer éxito fue ver a Fazal Sharif leyendo un periódico. Para proteger su localización, Fazal tomó un autobús al centro de Karachi y, provisto de una boina verde y unas gafas de sol, se compró un periódico y se sentó en el banco de un parque, cerca de cierto cruce. Mientras Farooq accionaba los mandos a través de un enlace de potencia fraudulentamente ampliada, un satélite Neptuno localizó a Fazal, su zoom se acercó lo bastante como para que la cámara captara los titulares del periódico y lo transmitió todo a la granja donde lo contemplaron todo con incredulidad.

Las transmisiones de las imágenes a la Tierra poseían la máxima resolución tecnológica del momento... alcanzaban nada menos que aproximadamente la distancia de un metro veinte con la misma nitidez que los satélites de reconocimiento estadounidenses y dos veces más nítidas que las de los mejores satélites comerciales europeos y norteamericanos.

Durante semanas y meses los tres trabajaron sin descanso

elaborando software de fabricación casera para su descubrimiento. Rechazaron buena parte de lo que escribían, pero, mientras iban poniendo a punto sus programas, no dejaban de asombrarse con las posibilidades de Neptuno.

Dieciocho meses después de haber descubierto Neptuno, los tres ya tenían, en cuatro discos Jaz de dos gigabytes, un programa que no sólo aumentaba la velocidad a la cual Neptuno se comunicaba con sus numerosos contactos en la Tierra sino que también le permitía interferir en las transmisiones de muchos de los satélites de navegación, comunicaciones y reconocimiento en órbita. A falta de otro nombre en clave mejor bautizaron su programa como JAM, «interferencia».

Aunque el sistema que ellos llamaban Neptuno pertenecía a otros, los tres conspiradores consiguieron controlarlo, manipularlo por completo e incluso inutilizarlo. Empezó entonces una amarga disputa. Safi y Fazal se volvieron codiciosos y querían vender JAM al mejor postor. Farooq no veía en su producto más que una fuente de problemas. Quería vendérselo a los militares paquistaníes y lavarse las manos de todo aquel asunto.

En septiembre de 1998, Safi y Fazal viajaron a Washington y se pasaron un infructuoso mes tratando de entrar en el espionaje militar a través de sus contactos paquistaníes. Al final, un amigo les habló de Joel Backman, el hombre capaz de abrir cualquier puerta de Washington.

Pero llegar hasta su puerta fue todo un reto. El intermediario era un hombre muy importante con clientes muy importantes y muchas personas influyentes le exigían parte de su tiempo. Sus honorarios básicos para una hora de consulta con un nuevo cliente ascendían a cinco mil dólares, pero eso sólo estaba al alcance de los suficientemente afortunados como para ser mirados favorablemente por el gran hombre. Safi le pidió prestados dos mil dólares a un tío de Chicago y prometió al señor Backman pagarle el resto en noventa días. Los documentos del tribunal revelaron posteriormente que su primera entrevista había tenido lugar el 24 de octubre de 1998 en los despachos de Backman, Pratt & Bolling. Aquella entrevista acabaría por destruir finalmente la vida de todos los presentes.

Al principio, Backman se mostró escéptico a propósito de JAM y de sus increíbles posibilidades. O tal vez captó de inmediato su potencial y decidió pasarse de listo con sus nuevos clientes. Safi y Fazal soñaban con venderle JAM al Pentágono a cambio de una fortuna, cualquier suma que el señor Backman considerara que se podía conseguir a cambio de su producto. Y, si alguien en Washington podía conseguir una fortuna a cambio de JAM, éste era Joel Backman.

Al principio, se había puesto en contacto con Jacy Hubbard, su portavoz de un millón de dólares que seguía jugando al golf una vez a la semana con el presidente e iba de bar en bar con los peces gordos del Congreso. Era pintoresco, llamativo, combativo, tres veces divorciado y muy amante del whisky caro... sobre todo cuando lo pagaban los miembros de los *lobbys*. Había sobrevivido políticamente sólo por su fama de ser el más sucio organizador de campañas de la historia del Senado de Estados Unidos, lo cual no era moco de pavo. Conocido antisemita, en el transcurso de su carrera había establecido estrechos lazos con los saudíes. Muy estrechos. Una de las muchas investigaciones éticas reveló la existencia de una aportación de un millón de dólares a una campaña por parte de un príncipe con el cual Hubbard esquiaba en Austria.

En un principio, Hubbard y Backman hablaron del mejor modo de comercializar JAM. Hubbard quería ofrecérselo a los saudíes, los cuales, estaba convencido, pagarían mil millones de dólares por él. Pero Backman había adoptado un provinciano punto de vista según el cual un producto tan peligroso debía quedarse en casa. Hubbard estaba seguro de que podría cerrar un trato con los saudíes siempre y cuando éstos prometieran no utilizar jamás JAM contra Estados Unidos, su aliado declarado. Backman temía a los israelíes, a sus poderosos amigos en Estados Unidos, a sus militares y, por encima de todo, a sus servicios secretos de espionaje.

Por aquel entonces Backman, Pratt & Bolling representaba a muchas empresas y Gobiernos extranjeros. De hecho, el bufete era «la» dirección para cualquiera que buscara influencia inmediata en Washington. Bastaba con pagar sus impresionantes honorarios para tener acceso. En su interminable lista de clientes constaban la industria del acero japonesa, el Gobierno de Corea del Sur, los saudíes, buena parte del entramado bancario del Caribe, el régimen panameño, una cooperativa agrícola boliviana que sólo cultivaba cocaína, y así sucesivamente. Había muchos clientes legales y muchos no tan limpios.

El rumor acerca de JAM se fue propagando lentamente por sus despachos. Podía representar los honorarios más sustanciosos que jamás hubiera cobrado el bufete, y eso que había habido algunos de vértigo. A medida que transcurrían las semanas otros socios del bufete presentaron posibles focos alternativos para la comercialización de JAM. La idea del patriotismo fue paulatinamente olvidada... ¡había demasiado dinero de por medio! El bufete representaba a una empresa holandesa que construía componentes electrónicos para las Fuerzas Aéreas chinas y, con semejantes credenciales, se podía cerrar un trato muy lucrativo con el Gobierno de Pekín. Los surcoreanos podían descansar más tranquilos si sabían exactamente qué estaba ocurriendo en el norte. Los sirios hubiesen entregado su tesoro nacional a cambio de neutralizar las comunicaciones militares israelíes. Cierto cártel de la droga hubiese estado dispuesto a pagar miles de millones de dólares a cambio de controlar los intentos de prohibición de la DEA.

A cada día que pasaba, Joel Backman y su banda de voraces abogados se hacían más ricos. En los despachos más grandes del bufete no se hablaba de otra cosa.

El médico era un poco brusco y no parecía tener demasiado tiempo para su nuevo paciente. A fin de cuentas, aquello era un hospital militar. Sin apenas una palabra, le tomó el pulso y le examinó el corazón, los pulmones, la presión arterial, los reflejos y todo lo demás y después anunció inesperadamente:

—Creo que está usted deshidratado.

—¿Y eso cómo es posible? —preguntó Backman.

—Ocurre a menudo en los vuelos largos. Vamos a colocarle un gota a gota. Dentro de veinticuatro horas estará bien.

—¿Quiere decir una intravenosa?

—Eso es.

—A mí no me gustan las intravenosas.

—¿Perdón?

—Lo he dicho muy claro. No me gustan las agujas.

—Le hemos tomado una muestra de sangre.

—Sí, eso era sangre que salía, no algo que entra. Olvídelo, doctor, no quiero que me inyecten nada.

—Pero es que está usted deshidratado.

—Yo no me noto deshidratado.

—El médico soy yo y digo que está usted deshidratado.

—Pues deme un vaso de agua.

Media hora más tarde entró una sonriente enfermera con un puñado de medicamentos. Joel dijo que no a las píldoras para dormir y, cuando ella sacó una aguja hipodérmica, Backman le preguntó:

—¿Qué es eso?

—Ryax.

—¿Y qué demonios es Ryax?

—Un relajante muscular.

—Bueno, en estos momentos mis músculos están muy relajados. Jamás me he quejado de no tener los músculos relajados. Nadie me ha diagnosticado falta de relajación muscular. Nadie me ha preguntado si tengo los músculos relajados. Por consiguiente, puede tomar el Ryax y metérselo en el trasero y así estaremos los dos relajados y más contentos.

A la enfermera estuvo a punto de caérsele la aguja. Tras una larga y dolorosa pausa completamente sin habla, la enfermera consiguió tartamudear:

—Hablaré con el doctor.

—Hágalo. Pero, bien mirado, ¿por qué no se lo mete usted en su gordo trasero? Él es el que necesita relajarse.

Pero la enfermera ya se había marchado.

En el otro extremo de la base, un tal sargento McAuliffe tecleó en su ordenador un mensaje al Pentágono. Desde allí fue transmitido casi de inmediato a Langley, donde lo leyó Julia Javier, una veterana seleccionada personalmente por el director Maynard para ocuparse del caso Backman. Menos de diez minutos después del incidente con el Ryax, la señora Javier estudió su monitor, musitó un maldita sea y subió al piso de arriba.

Como de costumbre, Teddy Maynard permanecía sentado tras una larga mesa envuelto en un *quilt*, leyendo uno de los numerosos resúmenes que se amontonaban cada hora sobre su escritorio.

—Se acaban de recibir noticias de Aviano —dijo la señora Javier—. Nuestro chico rechaza todas las medicaciones. No acepta una intravenosa. No quiere tomar pastillas.

—¿No le pueden dar nada con la comida? —preguntó Teddy sin levantar la voz.

—No come.

—¿Qué dice?

—Que tiene el estómago revuelto.

—¿Es posible?

—No va al lavabo. Es difícil saberlo.

—¿Toma líquidos?

—Le han dado un vaso de agua que ha rechazado. Ha insistido sólo en beber agua embotellada. Cuando se la han llevado, ha examinado el tapón para asegurarse de que no se había roto el precinto.

Teddy apartó a un lado el informe que estaba leyendo y

se frotó los ojos con los nudillos. El primer plan consistía en sedar a Backman en el hospital con una intravenosa o una intramuscular, dejarlo inconsciente, mantenerlo drogado un par de días y después irle administrando poco a poco alguna deliciosa mezcla de sus más modernos narcóticos. Tras mantenerlo unos cuantos días en una especie de bruma, iniciarían el tratamiento con el pentotal, el suero de la verdad, que, hábilmente utilizado por sus veteranos interrogadores, permitía averiguar cualquier cosa.

El primer plan era fácil e infalible. El segundo llevaría un mes y el éxito distaba mucho de estar garantizado.

—Tiene grandes secretos, ¿verdad? —dijo Teddy.

—Sin duda.

—Pero eso ya lo sabíamos, ¿no?

—Sí, lo sabíamos.

5

Dos de los tres hijos de Joel Backman ya lo habían abandonado cuando estalló el escándalo. Neal, el mayor, había escrito a su padre por lo menos dos veces al mes, aunque en los primeros días tras la sentencia le había costado mucho escribir las cartas.

Neal, de veinticinco años, era un socio novato del bufete Backman cuando su padre fue a la cárcel. Aunque apenas sabía nada acerca de JAM y Neptuno, el FBI lo acosó sin piedad y, al final, los fiscales federales presentaron una acusación contra él.

La repentina decisión de Joel de declararse culpable tuvo mucho que ver con lo ocurrido a Jacy Hubbard, pero también se debió al maltrato infligido a su hijo por las autoridades. En el acuerdo se incluyó la retirada de las acusaciones contra Neal. Cuando su padre se fue para cumplir su condena de veinte años, Carl Pratt rescindió inmediatamente el contrato de Neal y los guardias armados del servicio de seguridad del bufete lo escoltaron hasta la calle. El apellido Backman era una maldición y encontrar un empleo en la zona de Washington resultaba imposible. Un compañero de la Facultad de Derecho tenía un tío juez, ya retirado; tras varias llamadas aquí y allá, Neal acabó en la pequeña ciudad de Culpeper, Virginia, trabajando en un bufete de cinco miembros y agradecido de haber tenido aquella oportunidad.

Buscaba el anonimato. Pensó en la posibilidad de cambiarse el apellido. Se negó a discutirlo con su padre. Se encargaba de escrituras, redactaba testamentos y títulos de propiedad y acabó adaptándose perfectamente a la vida de una pequeña localidad. Al final conoció y se casó con una chica del lugar, con la que no tardó en tener una hija: el segundo nieto de Joel y el único de quien éste poseía una fotografía.

Neal se enteró de la puesta en libertad de su padre en el *Post*. Lo comentó detenidamente con su mujer y brevemente con los compañeros de su bufete. La noticia puede que provocara terremotos en el distrito de Columbia, pero los temblores no llegaron a Culpeper. Nadie parecía saber nada o preocuparse por ello. Él no era el hijo del intermediario; era simplemente Neal Backman, uno de los muchos abogados de una pequeña ciudad sureña.

Un juez lo llevó aparte después de una vista y le preguntó:

—¿Dónde ocultan a su padre?

A lo cual Neal contestó respetuosamente:

—No es uno de mis temas preferidos, señoría.

Y éste fue el final de la conversación.

A primera vista, nada cambió en Culpeper. Neal seguía trabajando como si el indulto se hubiera concedido a un hombre que él no conocía. Esperaba una llamada telefónica; en algún momento su padre acabaría poniéndose en contacto con él.

Tras repetidas peticiones, la enfermera jefe pasó el sombrero y reunió casi tres dólares en calderilla. La cantidad le fue entregada al paciente al que seguían llamando comandante Herzog, un personaje cada vez más excéntrico cuyo estado se estaba agravando sin duda a causa del hambre. El comandante Herzog tomó el dinero y se fue directamente a las máquinas automáticas que había encontrado en el segundo piso y allí se compró tres bolsitas de maíz Fritos y dos Dr Peppers.

Lo consumió todo en cuestión de segundos y al cabo de una hora tuvo que ir al lavabo aquejado de una violenta diarrea.

Pero, por lo menos, ya no estaba tan hambriento y tampoco estaba drogado ni decía cosas que no debía.

Pese a ser un hombre técnicamente libre, plenamente indultado y demás, se encontraba todavía encerrado en unas instalaciones propiedad del Gobierno de Estados Unidos y seguía alojándose en una habitación no mucho más grande que su celda de Rudley. Allí la comida era espantosa, pero por lo menos se la podía comer sin temor a que lo sedaran. Ahora vivía de maíz frito y gaseosa. Las enfermeras eran sólo ligeramente más amables que los guardias que lo atormentaban. Los médicos querían simplemente drogarlo siguiendo instrucciones de arriba, de eso estaba seguro. Muy cerca de allí había una pequeña cámara de torturas donde esperaban echársele encima en cuanto las drogas empezaran a obrar sus milagros.

Ansiaba salir, respirar el aire y disfrutar del sol, comer en abundancia y mantener un poco de contacto humano con alguien que no vistiera de uniforme. Y, después de dos largos días, lo consiguió. Un hombre de rostro impasible llamado Stennett se presentó en su habitación al tercer día y le dijo amablemente:

—Bueno, Backman, éste es el trato. Me llamo Stennett.

Arrojó una carpeta sobre las mantas encima de las piernas de Joel, al lado de unas viejas revistas que éste estaba leyendo por tercera vez. Joel abrió la carpeta.

—¿Marco Lazzeri?

—Éste es usted, amigo, un italiano de pleno derecho. Aquí tiene su certificado de nacimiento y su carnet de identidad. Apréndase de memoria toda la información tan pronto como pueda.

—¿Que me la aprenda de memoria? Si ni siquiera la sé leer.

—Pues aprenda. Salimos dentro de unas tres horas. Lo conducirán a una ciudad cercana donde conocerá a su nuevo mejor amigo, el cual lo llevará de la mano unos cuantos días.

—¿Unos cuantos días?

—Puede que un mes, depende de lo bien que usted haga la transición.

Joel dejó la carpeta y miró a Stennett.

—¿Para quién trabaja usted?

—Si se lo dijera, lo tendría que matar.

—Muy gracioso. ¿La CIA?

—Estados Unidos, es lo único que le puedo decir y lo único que usted necesita saber.

Joel contempló la ventana de marco metálico provista de candado y dijo:

—No he visto pasaporte en la carpeta.

—Sí, bueno, eso es porque no irá usted a ninguna parte, Marco. Está a punto de iniciar una vida muy tranquila. Sus vecinos creerán que nació en Milán pero creció en Canadá, de ahí el mal italiano que está a punto de aprender. Si le entraran ganas de viajar, la situación podría ser muy peligrosa para usted.

—¿Peligrosa?

—Vamos, Marco. No juegue conmigo. Hay algunas personas francamente desagradables que estarían encantadas de localizarle. Haga lo que le digo y no lo harán.

—No sé ni una sola palabra de italiano.

—Pues claro que sí... *pizza, spaghetti, caffé latte, bravo, opera, mamma mia.* Ya irá aprendiendo. Cuanto más rápido aprenda y cuanto mejor lo haga, tanto más seguro estará. Tendrá un profesor.

—No tengo un céntimo.

—Eso dicen. No han podido encontrar nada, en todo caso. —Stennett se sacó unos cuantos billetes del bolsillo y los introdujo en la carpeta—. Mientras estaba usted encerrado, Italia abandonó la lira y adoptó el euro. Aquí hay trescientos. Un euro es aproximadamente un dólar. Regresaré dentro de una hora con un poco de ropa. En la carpeta hay un pequeño diccionario, doscientas de sus primeras palabras en italiano. Le sugiero que ponga manos a la obra.

Una hora más tarde Stennett regresó con una camisa, unos pantalones, una chaqueta, unos zapatos y calcetines, todo de estilo italiano.

—*Buon giorno* —dijo.

—Hola —contestó Backman.

—¿Cómo se dice automóvil?

—*Macchina*.

—Muy bien, Marco. Ya es hora de subir a la *macchina*.

Otro silencioso caballero se encontraba sentado al volante de un anodino Fiat utilitario. Joel se acomodó en el asiento de atrás con una bolsa de lona que contenía su valor neto. Stennett se sentó delante. El aire era frío y húmedo y una fina capa de nieve cubría apenas el suelo. Cuando cruzaron la verja de la Base Aérea de Aviano, Joel Backman experimentó por primera vez la sensación de libertad, a pesar de que la ligera oleada de emoción estaba envuelta en una gruesa capa de inquietud.

Estudió atentamente las señalizaciones de la carretera; ni una palabra desde el asiento delantero. Estaban en la carretera 251, una vía de dos carriles, circulando hacia el sur, le pareció. El tráfico se intensificó a medida que se iban acercando a la ciudad de Pordenone.

—¿Con cuántos habitantes cuenta Pordenone? —preguntó Joel, rompiendo el pesado silencio.

—Cincuenta mil —contestó Stennett.

—Esto está en el norte de Italia, ¿verdad?

—Nordeste.

—¿Queda muy lejos de los Alpes?

Stennett señaló vagamente hacia su derecha y contestó:

—A unos sesenta kilómetros siguiendo por aquí. En un día despejado, se pueden ver.

—¿Podríamos detenernos a tomar un café en algún sitio? —preguntó Joel.

—No... bueno... no estamos autorizados a detenernos.

Hasta aquel momento, el chófer parecía completamente sordo.

Rodearon Pordenone por el norte y no tardaron en adentrarse en la A28, una carretera de cuatro carriles donde todo el mundo menos los camioneros parecía estar llegando muy tarde al trabajo. Pequeños automóviles pasaban zumbando por su lado mientras ellos circulaban penosamente a escasos cien kilómetros por hora. Stennett desdobló un periódico italiano, *La Repubblica*, y cubrió con él la mitad del parabrisas.

Joel se alegró de circular en silencio y contemplar la campiña que pasaba ante sus ojos. La suave llanura parecía muy fértil a pesar de que estaban a finales de enero y los campos sin cultivar. De vez en cuando, por encima de los bancales de una colina, se distinguía alguna antigua mansión.

De hecho, una vez él había alquilado una. Aproximadamente hacía doce años, su esposa número dos había amenazado con largarse en caso de que no se la llevara a disfrutar de unas largas vacaciones en algún sitio. Joel trabajaba ochenta horas a la semana y todavía le faltaba tiempo para otros trabajos. Prefería vivir en el despacho y, a juzgar por cómo iban las cosas en casa, no cabía duda de que la vida allí era mucho más tranquila. Sin embargo, un divorcio le hubiese salido demasiado caro, por lo que anunció a todo el mundo que él y su querida esposa se irían a pasar un mes en Toscana. Se comportó como si todo hubiera sido idea suya: «¡Todo un mes de vino y aventuras gastronómicas en el corazón del Chianti!»

Encontraron un monasterio del siglo XIV cerca de la población medieval de San Gimignano, con ama de llaves, cocineros e incluso un chófer. Pero, al cuarto día de la aventura, Joel recibió la alarmante noticia de que el Comité de Asignaciones de la Cámara de Representantes del Senado estaba considerando la posibilidad de anular una partida que le arrebataría a uno de sus clientes contratistas del Departamento de Defensa nada menos que dos mil millones de dólares. Alquiló un jet para regresar a casa, puso manos a la obra y consiguió que el Senado rectificara. La esposa número dos se quedó en su lugar de vacaciones donde, tal como él averiguaría más adelante, empezó a acostarse con el joven chófer. Se pasó una semana llamando a diario y prometiendo regresar a la mansión para terminar las vacaciones, pero, pasada la segunda semana, ella dejó de atender sus llamadas. La Ley de Asignaciones volvió a modificarse favorablemente.

Un mes más tarde la mujer presentó una demanda de divorcio. En la amarga contienda que siguió él acabó perdiendo más de tres millones de dólares.

Y eso que ella era la preferida de las tres. Ahora las tres se habían ido, todas para siempre. La primera, la madre de dos de sus hijos, se había vuelto a casar dos veces desde el divorcio y su actual marido se había hecho rico vendiendo fertilizantes líquidos a países del Tercer Mundo. De hecho, su ex mujer había llegado a escribirle a la cárcel una cruel y pequeña nota en la que alababa el sistema judicial por haberle arreglado finalmente las cuentas a uno de sus más grandes estafadores.

No se lo podía reprochar. Había liado el petate tras sorprenderlo con una secretaria, una putita que se había convertido en su esposa número dos.

La esposa número tres había abandonado el barco poco después de la presentación de la acusación.

Qué vida tan perra. Cincuenta y dos años y ¿qué le había reportado una carrera dedicada a esquilmar a los clientes, perseguir a las secretarias por los despachos, apretarles las tuercas a corruptos políticos de tres al cuarto, trabajar siete días a la semana sin prestar la menor atención a unos hijos sorprendentemente formales, crearse una imagen pública y desarrollar un ego desmedido, persiguiendo dinero, dinero y más dinero? ¿Cuál es la recompensa de la implacable búsqueda del Gran Sueño Americano?

Seis años en la cárcel. Y luego un nombre falso porque el verdadero es demasiado peligroso. Y unos trescientos dólares en el bolsillo.

¿Marco? ¿Cómo podría mirarse al espejo cada mañana y decir «Buenos días, Marco»?

Claro que eso era mucho mejor que: «Buenos días, señor Delincuente.»

Stennett, más que leer el periódico, luchaba contra él. Bajo su examen, éste vibraba, brincaba y se arrugaba y hasta a veces el conductor se volvía a mirarlo, irritado.

Un cartel indicador ponía que Venecia se encontraba a sesenta kilómetros al sur y Joel decidió romper la monotonía.

—Me gustaría vivir en Venecia, si a la Casa Blanca le parece bien.

El chófer dio un respingo y el periódico de Stennett descendió unos quince centímetros. La atmósfera en el interior del pequeño automóvil se hizo por un instante irrespirable hasta que Stennett consiguió soltar un gruñido y encogerse de hombros.

—Lo siento —dijo.

—Perdone, pero tengo que mear —dijo Joel—. ¿Podría conseguir autorización para ir al lavabo?

Se detuvieron al norte de la ciudad de Conegliano, en un moderno *servizio* del borde de la carretera. Stennett llevó una bandeja de *espressos* de máquina. Joel tomó su taza y se acercó a la ventana de la fachada para contemplar el tráfico mientras escuchaba la discusión de una joven pareja en italiano. No recordaba ninguna de las doscientas palabras que había intentado aprenderse de memoria. Le parecía una tarea imposible.

Stennett se situó a su lado y contempló el tráfico.

—¿Ha pasado mucho tiempo en Italia? —le preguntó.

—Un mes una vez, en Toscana.

—¿De veras? ¿Todo un mes? Debió de ser bonito.

—En realidad, fueron cuatro días, pero mi mujer se quedó un mes. Hizo unos cuantos amigos. ¿Y usted? ¿Ésta es una de sus guaridas preferidas?

—Me muevo bastante. —Su rostro era tan vago como su respuesta. Tomó un sorbo de la tacita y añadió—: Conegliano es famoso por su Prosecco.

—La versión italiana del champán —dijo Joel.

—Sí. ¿A usted le gusta beber?

—Llevo seis años sin probar una gota.

—¿No le servían nada en la cárcel?

—No.

—¿Y ahora?

—Regresaré poquito a poco a él. El alcohol llegó a ser un vicio en otros tiempos.

—Será mejor que nos vayamos.

—¿Cuánto tardaremos?

—No mucho.

Stennett hizo ademán de dirigirse a la puerta, pero Joel lo detuvo.

—Verá, es que necesito comer algo. ¿Podría llevarme un bocadillo para el camino?

Stennett contempló un estante de *panini* ya preparados.

—¿Podrían ser dos?

—Faltaría más.

La A27 conducía al sur hacia Treviso y, cuando comprendió que no pasarían de largo, Joel dedujo que el trayecto estaba a punto de terminar. El conductor aminoró la marcha, tomó dos desvíos y muy pronto estuvieron circulando entre brincos por las estrechas calles de la ciudad.

—¿Cuántos habitantes tiene Treviso? —preguntó Joel.

—Ochenta y cinco mil —contestó Stennett.

—¿Qué sabe de la ciudad?

—Es una próspera y pequeña ciudad que no ha cambiado mucho en quinientos años. Fue antiguamente aliada acérrima de Venecia cuando todas estas ciudades luchaban entre sí. Lo bombardeamos todo en la Segunda Guerra Mundial. Un bonito lugar, sin demasiados turistas.

«Un buen lugar para ocultarse», pensó Joel.

—¿Éste es mi destino?

—Podría ser.

Una alta torre de reloj atraía todo el tráfico hacia el centro de la ciudad, donde los vehículos avanzaban a paso de tortuga alrededor de la Piazza dei Signori. Las motocicletas y los ciclomotores zigzagueaban entre los automóviles con unos conductores aparentemente temerarios. Joel devoró con la mirada las encantadoras tiendecitas: la *tabaccheria* con sus expositores de periódicos bloqueando la entrada, la farmacia con su cruz de neón verde, la carnicería con toda clase de embutidos en el escaparate y, como es natural, las pequeñas terrazas de los cafés con todas las mesas ocupadas por personas que parecían conformarse con sentarse a leer, chismorrear y beber *espressos* durante horas. Ya eran casi las once de la mañana. ¿En qué demonios debía de ganarse la vida aquella gente si podía hacer una pausa para un café una hora antes del almuerzo?

Llegó a la conclusión de que su reto sería averiguarlo.

El anónimo chófer entró en un improvisado estacionamiento. Stennett marcó unos números en un móvil, esperó y después habló rápidamente en italiano. Al terminar, señaló el parabrisas diciendo:

—¿Ve aquel café de allí, el que hay debajo del toldo rojo y blanco? ¿El Caffè Donati?

Joel miró desde el asiento de atrás y dijo:

—Sí, ya lo veo.

—Entre por la puerta principal, pase por delante de la barra de su derecha y diríjase hacia las ocho mesas del fondo. Tome asiento, pida un café y espere.

—¿Qué tengo que esperar?

—Un hombre se acercará a usted al cabo de unos diez minutos. Hará lo que él le diga.

—¿Y si no lo hago?

—No gaste bromas, señor Backman. Lo estaremos vigilando.

—¿Quién es ese hombre?

—Su nuevo mejor amigo. Sígalo y probablemente sobrevivirá. Como cometa alguna estupidez, no durará ni un mes.

Stennett lo dijo con cierto tono de vanidosa satisfacción,

como si le hiciera gracia el hecho de poder encargarse de liquidar al pobre Marco.

—O sea que aquí nos decimos adiós, ¿verdad? —dijo Joel, recogiendo su bolsa.

—*Arrivederci*, Marco, no adiós. ¿Tiene su documentación?

—Sí.

—Pues entonces, *arrivederci*.

Joel bajó despacio del vehículo y empezó a alejarse. Reprimió el impulso de mirar hacia atrás para asegurarse de que Stennett, su protector, aún estaba allí para protegerlo de lo desconocido. Pero no se volvió, sino que trató de aparentar naturalidad mientras bajaba por la calle con una bolsa de lona, la única bolsa de lona que él veía en aquel momento en el centro de Treviso.

Stennett lo estaría vigilando, claro. ¿Y quién más? Seguro que su nuevo mejor amigo debía de estar por allí, parcialmente escondido detrás de un periódico comunicándose con Stennett y el resto. Joel se detuvo un momento delante de la *tabaccheria* y echó un vistazo a los titulares de los periódicos italianos, a pesar de que no entendió ni una sola palabra. Se detuvo porque podía hacerlo, porque era un hombre libre con la capacidad y el derecho de detenerse donde le apeteciera y de hacer lo que le viniera en gana.

Entró en el Caffè Donati y el joven que estaba limpiando con un trapo la superficie de la barra lo saludó con un «*buon giorno*».

—*Buon giorno* —consiguió contestar Joel, sus primeras verdaderas palabras en italiano.

Para evitar alargar la conversación, siguió caminando. Pasó por delante de la barra, de una escalera de caracol donde un letrero señalaba el café del piso de arriba y de un gran mostrador lleno de deliciosos pasteles. La parte de atrás del local estaba oscura y llena de gente y de asfixiante humo de tabaco. Se sentó a una de las dos mesas libres e hizo caso omiso de las miradas de los demás parroquianos. Lo aterrorizaba el camarero, lo aterrorizaba el hecho de pedir una consumición y lo aterrorizaba la posibilidad de ser desenmascarado en una fase tan temprana de su huida, por lo que se limitó a permanecer sentado con la cabeza inclinada, leyendo sus nuevos documentos de identidad.

—*Buon giorno* —dijo una joven situada a su izquierda.

—*Buon giorno* —consiguió responder Joel. Y, antes de que ella pudiera comentarle algo acerca del menú, añadió—: *Espresso*.

La chica sonrió y dijo algo totalmente incomprensible, a lo cual él contestó:

—No.

Dio resultado, porque la chica se retiró y para Joel fue una gran victoria. Nadie lo miraba como si fuera un forastero ignorante. Cuando ella le sirvió el café, le dijo muy suavemente «*grazie*» y la camarera incluso le sonrió. Lo tomó muy despacio pues no sabía cuánto le tendría que durar y no quería terminárselo y verse obligado a pedir otra cosa.

El italiano se arremolinaba a su alrededor en una suave e incesante cháchara de amigos que chismorreaban a velocidad de vértigo. ¿El inglés resultaba tan ininteligible? Probablemente sí. La idea de aprender el idioma lo suficiente para comprender lo que se decía a su alrededor se le antojaba absolutamente imposible. Contempló su miserable lista de doscientas palabras y, por unos minutos, trató desesperadamente de oír pronunciar alguna de ellas.

Se acercó la camarera y le hizo una pregunta a la cual él contestó con su habitual «no», y volvió a dar resultado.

O sea que Joel Backman se estaba tomando un *espresso* en un pequeño bar de Via Verde, junto a la Piazza dei Signori, en el centro de Treviso, en el Véneto, en el nordeste de Italia, mientras allá en el penal de Rudley sus antiguos compañeros permanecían todavía encerrados en régimen de aislamiento protegido con una comida asquerosa, un café aguado y unos sádicos guardias y unas normas estúpidas y muchos años por delante antes de poder soñar siquiera con una vida en libertad.

Contra toda expectativa, Joel Backman no moriría detrás de las rejas de Rudley. No se le marchitarían la mente, el cuerpo y el espíritu. Les había arrancado catorce años a sus torturadores y ahora estaba sentado en un bonito café a una hora de Venecia.

¿Por qué pensaba en la cárcel? Porque uno no puede dejar atrás seis años de cualquier cosa sin experimentar un sobresalto: te llevas contigo parte del pasado por muy desagradable que éste haya sido. El horror de la cárcel hacía que su repentina puesta en libertad le resultara más dulce. Le llevaría tiempo, pero prometió concentrarse en el presente. Sin pensar en absoluto en el futuro. Escuchando los sonidos, la rápida charla de los amigos, las risas, el tipo hablando en susurros por un móvil, la bonita camarera transmitiendo en voz alta los pedidos a la cocina. Aspirando los olores... el humo del tabaco, el aromático café, los pastelillos recién hechos, el calor de un antiguo y pequeño local donde los habitantes del lugar llevaban siglos reuniéndose.

Y se preguntó por enésima vez por qué estaba allí exactamente. ¿Por qué lo habían sacado de tapadillo de la cárcel y del país? Una cosa es un indulto, pero ¿por qué una fuga internacional en toda regla? ¿Por qué no entregarle la documentación de su puesta en libertad, permitirle despedirse del viejo Rudley y vivir su vida como los demás delincuentes recién indultados?

Tenía una corazonada. Podía atreverse a formular una respuesta bastante acertada.

Y esa respuesta lo aterrorizaba.

Luigi apareció como llovido del cielo.

6

Luigi tenía treinta y pocos años, unos tristes ojos oscuros, un cabello moreno que le cubría parcialmente las orejas y una barba de por lo menos cuatro días. Iba embutido en una especie de gruesa chaqueta basta que, sumada al rostro sin afeitar, le confería un simpático aspecto de campesino. Pidió un *espresso* y se mostró muy sonriente. Joel observó inmediatamente que llevaba las manos y las uñas muy limpias y tenía una dentadura muy regular. La rústica y gruesa chaqueta y la barba formaban parte del disfraz. Probablemente Luigi había estudiado en Harvard.

Su impecable inglés tenía justo el acento suficiente para convencer a cualquiera de que era efectivamente italiano, dijo que de Milán. Su padre, italiano, era un diplomático que había viajado con su mujer norteamericana y sus dos hijos por todo el mundo al servicio de su país. Joel suponía que Luigi sabía muchas cosas acerca de él, por cuyo motivo hizo preguntas para averiguar todo lo que pudiera acerca de su nuevo entrenador.

No averiguó gran cosa. Matrimonio: ninguno. Colegio: Bolonia. Estudios en Estados Unidos, sí, en algún lugar del Medio Oeste. Trabajo: Gobierno. Qué gobierno: no podía decirlo. Sonreía con facilidad para esquivar las preguntas a las que no quería responder. Joel se enfrentaba con un profesional y lo sabía.

—Supongo que sabe usted algunas cosas acerca de mí —dijo Joel.

La sonrisa, la impecable dentadura. Los tristes ojos casi se cerraban cuando sonreía. Las señoras se lo comían con los ojos.

—He visto la carpeta.

—¿La carpeta? La carpeta sobre mí no cabría en este local.

—He visto la carpeta.

—Muy bien pues, ¿cuánto tiempo sirvió Jacy Hubbard en el Senado de Estados Unidos?

—Demasiado, diría yo. Mire, Marco, no vamos a revivir el pasado. Ahora tenemos muchas cosas que hacer.

—¿Me podrían poner otro nombre? No me gusta demasiado Marco.

—Yo no lo elegí.

—Bueno pues, ¿quién lo ha elegido?

—No lo sé, pero yo no. Hace usted muchas preguntas inútiles.

—He sido abogado durante veinticinco años. Es una vieja costumbre.

Luigi apuró su *espresso* y depositó unos cuantos euros sobre la mesa.

—Vamos a dar un paseo —dijo, levantándose.

Joel tomó su bolsa de lona y siguió a su entrenador hasta el exterior del café y la acera, bajando por una calle lateral con menos tráfico. Apenas habían dado unos pasos cuando Luigi se detuvo delante del *albergo* Campeol.

—Ésta será su primera parada —dijo.

—¿Qué es esto? —preguntó Joel.

Era un edificio de estuco de cuatro pisos encajado entre otros dos. Unas vistosas banderas ondeaban por encima del porche.

—Un pequeño y bonito hotel. *Albergo* significa hotel. También puede utilizar la palabra «hotel» si quiere, pero en las ciudades más pequeñas les gusta decir *albergo*.

—O sea que es un idioma fácil.

Joel estaba mirando arriba y abajo de la estrecha calle... que sería evidentemente su nuevo barrio.

—Más fácil que el inglés.

—Ya veremos. ¿Cuántos idiomas habla usted?

—Cinco o seis.

Entraron y cruzaron el pequeño vestíbulo. Luigi saludó con la cabeza al recepcionista del mostrador de la entrada como si ya lo conociera. Joel consiguió pronunciar un aceptable *«buon giorno»* sin detenerse para evitar una respuesta más complicada. Subieron tres tramos de escalera y llegaron al final de un estrecho pasillo. Luigi tenía la llave de la habitación 30, una sencilla pero muy bien amueblada suite con ventanas en tres paredes y una vista sobre un canal de abajo.

—Es la mejor —dijo Luigi—. Nada especial, pero adecuada.

—Habría tenido usted que ver mi última habitación.

Joel arrojó la bolsa sobre la cama y empezó a descorrer las cortinas.

Luigi abrió la puerta de un armario muy pequeño.

—Mire. Aquí tiene cuatro camisas, cuatro pantalones, dos chaquetas, dos pares de zapatos, todo de su talla. Y un grueso abrigo de lana... aquí en Treviso hace mucho frío.

Joel contempló su nuevo vestuario. Las prendas estaban perfectamente colgadas, todas planchadas y listas para su uso. Los colores eran discretos, de muy buen gusto, y todas las camisas se podían combinar con cada chaqueta y cada par de pantalones. Al final, se encogió de hombros diciendo:

—Gracias.

—En ese cajón de ahí encontrará un cinturón, calcetines, ropa interior, todo lo que necesite. En el cuarto de baño hay todos los artículos de aseo necesarios.

—¿Qué puedo decirle?

—Y aquí en el escritorio hay dos pares de gafas. —Luigi tomó un par y lo sostuvo contra la luz. Las pequeñas lentes rectangulares estaban rodeadas por una fina montura negra metálica, muy europea—. Armani —dijo Luigi con cierto orgullo.

—¿Gafas de lectura?

—Sí y no. Le sugiero que se las ponga siempre que salga de esta habitación. Forman parte del disfraz, Marco. Parte de su nuevo yo.

—Hubiese tenido usted que conocer al antiguo.

—No, gracias. El aspecto es muy importante para los italianos, sobre todo para nosotros los del norte. Su atuendo, sus gafas, su corte de cabello, todo tiene que encajar debidamente para no llamar la atención.

Joel se sintió de pronto muy cohibido, pero, qué demonios, pensó después. Llevaba enfundado en la ropa de la cárcel más tiempo del que hubiera querido recordar. En sus días de gloria se gastaba habitualmente tres mil dólares en un traje impecablemente confeccionado a medida.

Luigi le seguía dando instrucciones.

—Nada de pantalones cortos, nada de calcetines negros y calzado deportivo blanco, nada de pantalones de poliéster y camisas de golf y, por favor, no empiece a engordar.

—¿Cómo se dice en italiano «anda y que te jodan»?

—Ya llegaremos a eso más tarde. Los hábitos y las costumbres son importantes. Son fáciles de aprender y muy agradables. Por ejemplo, nunca pida un *cappuccino* después de las diez y media de la mañana. En cambio, un *espresso* se puede pedir a cualquier hora del día. ¿Lo sabía?

—Pues no.

—Sólo los turistas piden *cappuccinos* después del almuerzo o la cena. Una vergüenza. Toda aquella leche con el estómago lleno.

Por un instante, Luigi frunció el entrecejo como si estuviera a punto de vomitar de asco.

Joel levantó la mano derecha diciendo:

—Juro no hacerlo jamás.

—Siéntese —dijo Luigi, señalándole un pequeño escritorio y dos sillas. Ambos se sentaron y procuraron ponerse cómodos. Luigi añadió—: Primero, la habitación. Está a mi nombre, pero el personal cree que un hombre de negocios canadiense se alojará un par de semanas aquí.

—¿Un par de semanas?

—Sí, después se trasladará usted a otro sitio. —Luigi lo dijo en el tono más siniestro posible, como si unas cuadrillas de asesinos ya estuvieran en Treviso buscando a Joel Backman—. A partir de este momento, dejará usted un rastro. Métaselo en la cabeza: cualquier cosa que haga, cualquier persona con quien hable... todo formará parte de su rastro. El secreto de la supervivencia es dejar tan pocas pistas como sea posible. Hable con muy pocas personas, incluidos el recepcionista del mostrador de la entrada y la gobernanta. El personal del hotel observa a los clientes y suele tener muy buena memoria. Dentro de seis meses alguien podría venir a este mismo hotel y empezar a hacer preguntas acerca de usted. Podría llevar consigo una fotografía. Podría ofrecer sobornos. Y el recepcionista podría acordarse repentinamente de usted y del hecho de que apenas hablaba italiano.

—Tengo una pregunta.

—Y yo tengo muy pocas respuestas.

—¿Por qué aquí? ¿Por qué en un país donde no puedo hablar el idioma? ¿Por qué no en Inglaterra o Australia donde podría mezclarme con más facilidad?

—Esta decisión la tomó otra persona, Marco, no yo.

—Ya me lo imaginaba.

—Pues, ¿por qué lo pregunta?

—No lo sé. ¿Puedo pedir un traslado?

—Otra pregunta inútil.

—Es un chiste malo, no una mala pregunta.

—¿Podemos seguir?

—Sí.

—Durante los primeros días lo llevaré a comer y a cenar. Saldremos por ahí, siempre a lugares distintos. Treviso es una bonita ciudad con muchos cafés y los visitaremos todos. Tiene que empezar a pensar en el día en que yo ya no esté aquí. Tenga cuidado con las personas que conozca.

—Tengo otra pregunta.

—Sí, Marco.

—Es sobre el dinero. La verdad es que no me gusta estar sin un céntimo. ¿Tienen ustedes previsto concederme una asignación o algo por el estilo? Le lavaré el coche y me encargaré de otras tareas.

—¿Qué es una asignación?

—Dinero en efectivo, ¿comprende? Dinero para gastos.

—No se preocupe por el dinero. De momento, yo me encargo de las cuentas. No pasará hambre.

—De acuerdo.

Luigi rebuscó en el profundo bolsillo de la chaqueta y sacó un teléfono móvil.

—Esto es para usted.

—¿Y a quién voy a llamar exactamente?

—A mí, si necesita algo. Mi número está en la parte de atrás.

Joel aceptó el móvil y lo dejó encima del escritorio.

—Tengo apetito. He estado soñando con un largo almuerzo con pasta, vino y postre y, naturalmente, un *espresso*, no un *cappuccino* a esta hora, y después quizá la siesta de rigor. Ahora ya llevo cuatro días en Italia y no he comido más que maíz frito y bocadillos. ¿Qué dice?

Luigi consultó su reloj.

—Conozco el lugar apropiado, pero primero un poco más de instrucción. Usted no habla italiano, ¿de acuerdo?

Joel puso los ojos en blanco y trató de sonreír diciendo:

—No, jamás tuve ocasión de aprender italiano, francés, alemán ni ningún otro idioma. Soy estadounidense, Luigi, ¿comprende? Mi país es más grande que toda Europa junta. Me basta con saber inglés.

—Recuerde que es usted canadiense.

—De acuerdo, lo que sea, pero estamos aislados. Sólo nosotros y los estadounidenses.

—Mi misión es mantenerlo a salvo.

—Gracias.

—Y, para ayudarnos a conseguirlo, tiene que aprender mucho italiano tan rápido como pueda.

—Lo comprendo.

—Tendrá un profesor, un joven estudiante llamado Ermanno. Estudiará con él por la mañana y también por la tarde. El trabajo será duro.

—¿Durante cuánto tiempo?

—Todo el que haga falta. Eso depende de usted. Si trabaja con empeño, en tres o cuatro meses podría defenderse por su cuenta.

—¿Cuánto tardó usted en aprender inglés?

—Mi madre es estadounidense. En casa hablábamos inglés y fuera italiano.

—Eso es jugar con ventaja. ¿Qué más habla usted?

—Español, francés, algunos otros idiomas. Ermanno es un profesor excelente. El aula está unas puertas más abajo.

—¿No aquí, en el hotel?

—No, no, Marco. Tiene usted que pensar en su rastro. ¿Qué dirían el botones o la gobernanta si un chico se pasara cuatro horas diarias en la habitación con usted?

—Dios nos libre.

—La gobernanta escucharía detrás de la puerta y oiría las lecciones. Se lo diría a su jefe. En cuestión de uno o dos días todo el personal sabría que el hombre de negocios canadiense está estudiando intensamente. ¡Durante cuatro horas al día!

—Lo entiendo. Y ahora, el almuerzo.

Al salir del hotel, Joel consiguió mirar con una sonrisa al recepcionista, al conserje y al jefe de los botones sin decir ni una sola palabra. Recorrieron una manzana hasta el centro de Treviso, la Piazza dei Signori, la plaza principal rodeada de pórticos y cafés. Era mediodía y el tráfico de peatones, muy intenso, pues la gente se estaba yendo a almorzar. El tiempo estaba refrescando, pero Joel se encontraba muy a gusto con su nuevo abrigo de lana. Se esforzaba todo lo que podía en parecer italiano.

—¿Dentro o fuera? —preguntó Luigi.

—Dentro —contestó Joel, entrando en el Caffè Beltrame, que daba a la *piazza*.

Una estufa de ladrillo junto a la entrada calentaba el local y los efluvios del cotidiano festín se filtraban desde la parte de atrás. Luigi y el jefe de camareros hablaron simultáneamente, se rieron y después encontraron una mesa junto al ventanal que daba a la calle.

—Hemos tenido suerte —dijo Luigi mientras ambos se quitaban el abrigo y se sentaban—. El plato especial de hoy es *faraona* con polenta.

—¿Y eso qué es?

—Pintada con polenta.

—¿Y qué más?

Luigi estaba estudiando una pizarra que colgaba de una tosca viga transversal.

—*Panzerotti di funghi al burro*... raviolis grandes de setas fritos. *Conchiglie di cavolfiori*... conchas de vieira con coliflor. *Spiedino di carne misto alla griglia*... brochetas de carne variada a la parrilla.

—Me lo como todo.

—El vino de la casa es muy bueno.

—Lo prefiero tinto.

En pocos minutos el café se llenó de clientes habituales, todos los cuales parecían conocerse entre sí. Un afable hombrecillo pasó velozmente por delante de la mesa con un sucio delantal blanco, se detuvo justo lo suficiente para cruzar la mirada con Joel y no anotó nada mientras Luigi soltaba una larga lista de lo que querían comer. Llegó una jarra de vino de la casa con un cuenco de aceite de oliva tibio y una bandeja de *focaccia*, torta cortada en rebanadas, y Joel empezó a comer.

Luigi estaba ocupado explicando las complejidades del almuerzo y el desayuno, las costumbres, las tradiciones y los errores cometidos por los turistas que intentaban hacerse pasar por auténticos italianos.

Con Luigi todo sería una experiencia de aprendizaje.

Aunque Joel sorbió y saboreó muy despacio el primer vaso de vino, el alcohol se le subió directamente a la cabeza. Una maravillosa sensación de calor y un entumecimiento se apoderaron de su cuerpo. Era libre, tenía muchos años por delante y estaba sentado en un rústico y pequeño café de una ciudad italiana de la que jamás había oído hablar, bebiéndose un exquisito vino de la zona y aspirando los efluvios de un delicioso festín. Miró sonriendo a Luigi mientras éste seguía con sus explicaciones, pero, en determinado momento, Joel se perdió en otro mundo.

Ermanno afirmaba tener veintitrés años, pero no aparentaba más de dieciséis. Era alto, estaba dolorosamente delgado y, con su cabello de color arena y sus ojos de color avellana, más parecía alemán que italiano. Además, era muy tímido y muy nervioso y a Joel no le gustó la primera impresión. Se reunieron con Ermanno en su pequeño apartamento del tercer piso de un desvencijado edificio situado a unas seis manzanas de distancia del hotel de Joel. Constaba de tres pequeñas habitaciones —una cocina, un dormitorio y una zona de estar—, pero, puesto que Ermanno era estudiante, semejante ambiente no era inesperado. Sin embargo, todo daba la impresión de que el chico acababa de instalarse allí y podía mudarse a otro sitio de un momento a otro.

Se sentaron alrededor de un pequeño escritorio situado en el centro de la sala de estar. No había televisor. La habitación era fría y estaba muy mal iluminada, por lo que Joel no pudo por menos que pensar que lo habían llevado a una especie de lugar clandestino donde a los fugitivos se les mantiene con vida y se los traslada de un sitio a otro en secreto. El calor del almuerzo de dos horas de duración se estaba disipando rápidamente.

El nerviosismo de su profesor no contribuía a mejorar la situación.

Al ver que Ermanno se mostraba incapaz de controlar la reunión, Luigi intervino rápidamente para poner en marcha las cosas. Sugirió que estudiaran cada mañana de nueve a once con una pausa de dos horas y que, después, reanudaran las clases hasta que se cansaran. Ermanno y Joel parecieron de acuerdo, pero a éste se le ocurrió una pregunta: «Si mi nuevo hombre de aquí es un estudiante, ¿cómo tiene tiempo para pasarse el día dándome clase?» Pero lo dejó correr. Ya intentaría averiguarlo más tarde.

Oh, la de preguntas que se acumulaban en su mente.

Al final, Ermanno se tranquilizó y describió los detalles del curso. Cuando hablaba despacio, no se le notaba mucho el acento. Pero, cuando corría, cosa que tendía a hacer, su inglés habría podido sonar a italiano. Una vez Luigi lo interrumpió para decirle:

—Ermanno, es importante que hables muy despacio, por lo menos los primeros días.

—Gracias —dijo Joel dándoselas de listillo.

Ermanno se ruborizó y consiguió decir tímidamente:

—Perdón.

Entregó su primera remesa de material de estudio: el primer volumen del curso junto con una pequeña grabadora y dos casetes.

—Las cintas siguen el orden del curso —explicó muy despacio—. Esta noche tendrías que estudiar el primer capítulo y escuchar cada cinta varias veces. Mañana empezaremos por ahí.

—Será un curso muy intensivo —terció Luigi, ejerciendo más presión, como si fuera necesario.

—¿Dónde aprendiste inglés? —preguntó Joel.

—En la universidad —contestó Ermanno—. En Bolonia.

—¿O sea que no has estudiado en Estados Unidos?

—Sí que he estudiado —contestó el chico mirando nerviosamente a Luigi, como si prefiriera no hablar de nada que ocurriera en Estados Unidos. A diferencia de Luigi, Ermanno era muy transparente y estaba claro que no era un profesional.

—¿Dónde? —preguntó Joel, insistiendo para ver qué podía averiguar.

—Furman —contestó Ermanno—. Una pequeña escuela de Carolina del Sur.

—¿Cuándo estuviste allí?

Luigi acudió en su rescate, carraspeando.

—Ya habrá tiempo más tarde para estas conversaciones intrascendentes. Es importante que te olvides del inglés, Marco. A partir de hoy, vivirás en un mundo italiano. Todo lo que toques tiene un nombre italiano. Todo lo que pienses lo tendrás que traducir. Dentro de una semana pedirás las consumiciones en los restaurantes. Dentro de dos semanas soñarás en italiano. Es una inmersión total y absoluta en el idioma y la cultura, y no hay vuelta atrás.

—¿Podríamos empezar a las ocho de la mañana? —preguntó Joel.

Ermanno lo miró, se agitó con cierta impaciencia y, al final, dijo:

—Quizás a las ocho y media.

—Muy bien, estaré aquí a las ocho y media.

Abandonaron el apartamento y regresaron dando un paseo a la Piazza dei Signori. Era media tarde, el tráfico había disminuido considerablemente y las aceras estaban casi desiertas. Luigi se detuvo delante de la Trattoria del Monte y señaló la puerta diciendo:

—Me reuniré aquí mismo contigo a las ocho para cenar, ¿de acuerdo?

—Sí, de acuerdo.

—¿Sabes dónde está tu hotel?

—Sí, el *albergo*.

—¿Y tienes un plano de la ciudad?

—Sí.

—Muy bien. Ahora vete por tu cuenta, Marco.

Dicho lo cual, Luigi se adentró en una callejuela y desapareció. Joel se lo quedó mirando un segundo y después reanudó su paseo hasta la plaza principal.

Se sentía muy solo. Cuatro días después de haber abandonado Rudley era por fin libre, no llevaba escolta y puede que nadie lo observara, aunque lo dudaba. Decidió inmediatamente moverse por la ciudad e ir a lo suyo como si nadie lo vigilara.

Y decidió también, mientras fingía contemplar el escaparate de una pequeña tienda de artículos de cuero, no pasarse el resto de la vida volviendo la cabeza.

No lo encontrarían.

Vagó sin rumbo hasta llegar a la Piazza San Vito, una plazoleta donde había dos iglesias desde hacía setecientos años. Tanto la iglesia de Santa Lucia como la de San Vito estaban cerradas, pero, según decía la vetusta placa de latón, ambas volverían a abrir de cuatro a seis de la tarde. ¿Qué clase de lugar cierra desde el mediodía a las cuatro de la tarde?

Los bares no estaban cerrados, simplemente desiertos. Al final, hizo acopio de valor y entró en uno. Acercó un taburete, contuvo la respiración y pronunció la palabra «*birra*» cuando el barman estuvo más cerca.

El barman le contestó algo, esperó una respuesta y, por una décima de segundo, Joel estuvo tentado de salir disparado del local. Pero entonces vio el barril, lo señaló como si supiera muy bien lo que quería y el barman alargó la mano hacia una jarra vacía.

La primera cerveza en seis años. Estaba fría, era densa y aromática y la saboreó sorbo a sorbo. Una telenovela sonaba desde un televisor del fondo del bar. Prestó atención de vez en cuando, no entendió ni una sola palabra y trató de convencerse de que conseguiría dominar el idioma. Mientras estaba tomando la decisión de marcharse y regresar dando un paseo a su hotel, miró por la ventana de la fachada.

Vio pasar a Stennett.

Entonces pidió otra cerveza.

7

El caso Backman había sido ampliamente comentado por Dan Sandberg, un veterano del *Washington Post*. En 1998, había revelado la historia de ciertos documentos altamente secretos que habían abandonado el Pentágono sin autorización. La investigación del FBI que inmediatamente se abrió lo mantuvo ocupado durante medio año, en cuyo transcurso publicó dieciocho reportajes, casi todos de primera plana. Tenía contactos fidedignos tanto en la CIA como en el FBI. Conocía a los socios de Backman, Pratt & Bolling, y se había pasado algún tiempo en sus despachos. Acosó al Departamento de Justicia en demanda de información. Estaba presente en la sala del tribunal el día en que Backman se declaró precipitadamente culpable y desapareció.

Un año más tarde había escrito uno o dos libros acerca del escándalo. Vendió un respetable número de 24.000 ejemplares en tapa dura y, en otros formatos, aproximadamente la mitad. En el transcurso de sus investigaciones, Sandberg estableció ciertas relaciones básicas. Una de ellas resultó ser una valiosa aunque completamente inesperada fuente de información. Un mes antes de la muerte de Jacy Hubbard, Carl Pratt, que por aquel entonces era objeto de una grave acusación al igual que casi todos los socios más antiguos del bufete, se había puesto en contacto con él y concertado una cita. Al final, ambos acabaron reuniéndose más de doce veces mientras el escándalo seguía su curso, y en los años sucesivos se habían convertido en amigos de copas y solían reunirse de tapadillo por lo menos un par de veces al año para intercambiar chismes.

Tres días después de la divulgación de la noticia del indulto, Sandberg llamó a Pratt y concertó una cita con él en su local preferido, un bar estudiantil próximo a la Universidad de Georgetown.

Pratt tenía un aspecto espantoso, como si se hubiera pasado varios días bebiendo. Pidió un vodka; Sandberg prefirió seguir con la cerveza.

—Bueno pues, ¿dónde está tu chico? —preguntó Sandberg sonriendo.

—Ya no está en la cárcel, eso seguro.

Pratt tomó un sorbo casi letal de vodka y emitió un chasquido con los labios.

—¿Ni una sola palabra de él?

—Nada. Ni yo ni nadie del bufete.

—¿Te sorprendería que llamara o pasara por allí?

—Sí y no. Nada puede sorprenderme de Backman. —Más vodka—. Si jamás volviera a poner los pies en el distrito de Columbia, tampoco me sorprendería. Si apareciera mañana y anunciara la creación de un nuevo bufete, no me sorprendería.

—El indulto te sorprendió.

—Sí, pero eso no ha sido obra de Backman, ¿verdad?

—Lo dudo.

Pasó una estudiante y Sandberg le echó un vistazo. Se había divorciado un par de veces y siempre andaba al acecho. Tomó un sorbo de cerveza diciendo:

—No puede ejercer la profesión, ¿verdad? Creo que le retiraron la licencia.

—Eso no constituiría ningún obstáculo para Backman. Lo llamaría «relaciones gubernamentales» o «asesoría» o cualquier otra cosa. Los *lobbys* son su especialidad y para eso no hace falta ninguna licencia. Qué demonios, la mitad de los abogados de esta ciudad no sabría ni dónde está el Palacio de Justicia. Pero seguro que todos saben dónde está el Congreso.

—¿Y qué me dices de los clientes?

—Eso no va a ocurrir. Backman no regresará al distrito de Columbia. A no ser que tú hayas averiguado otra cosa.

—No he averiguado nada. Ha desaparecido. En la cárcel nadie dice ni una sola palabra. No consigo que nadie del penal suelte prenda.

—¿Cuál es tu teoría? —preguntó Pratt, apurando su consumición como si ya estuviera preparado para otra.

—Hoy he descubierto que Teddy Maynard fue a la Casa Blanca a última hora del día diecinueve. Sólo alguien como Teddy podría arrancarle algo a Morgan. Backman salió probablemente escoltado y ha desaparecido.

—¿Testigo protegido?

—Algo así. La CIA ya ha ocultado a gente otras veces. Tienen que hacerlo. No consta nada oficialmente, pero tienen recursos.

—Pero ¿por qué ocultar a Backman?

—Venganza. ¿Recuerdas a Aldrich Arnes, el topo más grande de la historia de la CIA?

—Pues claro.

—Ahora está encerrado a buen recaudo en algún penal federal. ¿No sabes que a la CIA le encantaría cargárselo? No pueden hacerlo porque va en contra de la ley... No pueden centrar su objetivo en ciudadanos de Estados Unidos, ni aquí ni en el extranjero.

—Backman no era un topo de la CIA. Qué caray, odiaba a Teddy Maynard y el sentimiento era recíproco.

—Maynard no lo mataría. Organizaría las cosas de tal manera que alguien esté encantado de hacerlo.

Pratt se estaba levantando.

—¿Quieres otra? —preguntó, señalando la cerveza.

—Tal vez más tarde —contestó Sandberg.

Levantó su jarra por segunda vez e ingirió un sorbo.

Pratt regresó con un vodka doble, se sentó y preguntó:

—O sea que tú crees que los días de Backman están contados.

—Me has preguntado mi teoría. Cuéntame la tuya.

Un razonable trago de vodka y después:

—El mismo resultado, pero desde un ángulo ligeramente distinto. —Pratt sumergió el dedo en la bebida, la removió y se lamió el dedo mientras reflexionaba unos segundos—. Todo confidencial, ¿de acuerdo?

—Naturalmente.

Habían hablado tanto a lo largo de los años que todo era siempre confidencial.

—Transcurrió un período de ocho días entre la muerte de Hubbard y la declaración de culpabilidad de Backman. Fue un período tremendo. Tanto Kim Bolling como yo estábamos bajo la protección del FBI las veinticuatro horas del día y en todas partes. Muy curioso, en realidad. El FBI estaba tratando por todos los medios de enviarnos a la cárcel para siempre y, al mismo tiempo, se sentía obligado a protegernos. —Un sorbo mientras miraba a su alrededor para ver si algún estudiante escuchaba con disimulo. No vio a ninguno—. Hubo algunas amenazas, algunas actuaciones muy serias por parte de las mismas personas que se habían cargado a Jacy Hubbard. Más tarde el FBI nos quitó la protección, meses después de la marcha de Backman, cuando la situación ya se había calmado. Nos sentimos un poco más tranquilos, pero Bolling y yo continuamos dos años pagándonos un servicio de vigilancia armada. Yo sigo mirando por el espejo retrovisor. El pobre Kim ha perdido el juicio.

—¿Quién profirió las amenazas?

—Los mismos que estarían encantados de descubrir el paradero de Joel Backman.

—¿Quiénes?

—Backman y Hubbard habían acordado vender su pequeño producto a los saudíes a cambio de una impresionante cantidad de dinero. Muy elevada, pero muy inferior al coste de la construcción de todo un nuevo sistema de satélites. El acuerdo se fue al carajo. Hubbard resultó muerto, Backman fue inmediatamente enviado a la cárcel y la cosa no les hizo ninguna gracia a los saudíes. Tampoco a los israelíes, porque ellos también querían cerrar un trato. —Hizo una pausa para tomar un trago, como si necesitara un poco más de fuerza para terminar la historia—. Después tenemos a los que crearon inicialmente el sistema.

—¿Los rusos?

—No es probable. A Jacy Hubbard le encantaban las chicas asiáticas. Lo vieron por última vez saliendo de un bar con una preciosa chiquita de torneadas piernas, largo cabello negro y rostro redondo, originaria de algún lugar del otro extremo del mundo. La China comunista utiliza aquí a miles de personas para obtener información. Todos sus estudiantes, hombres de negocios y diplomáticos en Estados Unidos. Este lugar está lleno de chinos que se dedican a fisgar. Además, sus servicios de inteligencia cuentan con unos agentes muy eficaces. Por una cosa de este tipo, no vacilarían en perseguir a Hubbard y Backman.

—¿Estás seguro de que es la China comunista?

—Nadie está seguro, hombre. Puede que Backman lo sepa, pero jamás se lo dijo a nadie. Ten en cuenta que la CIA ni siquiera estaba al corriente de la existencia de este sistema. Los pillaron con los pantalones bajados y el viejo Teddy aún está intentando ponerse al día.

—El viejo Teddy se lo está pasando en grande, ¿eh?

—Con toda seguridad. Le soltó a Morgan una información sobre la seguridad nacional. Morgan, como era de esperar, se lo traga. Backman sale. Teddy lo saca a escondidas del país y después vigila para ver quién aparece con una pistola. Es un juego en el que Teddy no puede perder.

—Es brillante.

—Es más que brillante, Dan. Piénsalo bien. Cuando Joel Backman se encuentre con su asesino, nadie lo sabrá jamás. Nadie sabe dónde está. Nadie sabrá quién es cuando encuentren su cuerpo.

—Si es que lo encuentran.

—Exactamente.

—¿Y Backman lo sabe?

Pratt apuró su segundo trago y se secó la boca con la manga. Estaba frunciendo el ceño.

—Backman no tiene un pelo de tonto. Pero buena parte de lo que sabemos salió a la luz cuando él se fue. Sobrevivió seis años en la cárcel y probablemente cree que podrá sobrevivir a cualquier cosa.

Critz entró en un pub cerca del hotel Connaught de Londres. Caía una persistente lluvia y necesitaba un lugar donde guarecerse.

Su mujer se encontraba en el pequeño apartamento que su nuevo jefe les había alquilado, por lo que Critz podía permitirse el lujo de permanecer sentado en un abarrotado pub donde nadie le conocía y tomarse un par de cervezas. Ya llevaba una semana en Londres y todavía faltaba otra para que cruzara de nuevo el Atlántico de regreso al distrito de Columbia, donde aceptaría un miserable trabajo como miembro de un *lobby* por cuenta de una empresa que fabricaba, entre otra quincalla, misiles defectuosos que el Pentágono aborrecía, pero que, a pesar de ello, se vería obligado a comprar porque la empresa contaba con todos los grupos de presión apropiados.

Encontró un reservado desocupado, sólo parcialmente visible a través de la bruma del humo de tabaco, entró y se sentó detrás de su cerveza. Qué agradable resultaba beber solo sin la preocupación de que alguien le viera y corriera a decirle:

«Oye, Critz, ¿qué pensabais hacer, estúpidos, con el veto de Berman?» Bla, bla, bla.

Escuchó las joviales voces británicas de los clientes que iban y venían. Ni siquiera le molestaba el humo. Estaba solo y era anónimo y disfrutaba de aquella intimidad.

Sin embargo, su anonimato no era completo. A su espalda apareció un hombrecillo tocado con una vieja gorra de marinero, entró en el reservado y se situó al otro lado de la mesa. Le pegó un susto.

—¿Le importa que me siente aquí con usted, señor Critz? —dijo el marinero, esbozando una sonrisa que dejó al descubierto unos grandes y amarillentos dientes.

Critz recordaría más adelante aquellos sucios dientes.

—Siéntese —dijo Critz en un tono cansado—. ¿Cómo se llama?

—Ben.

No era británico y el inglés no era su lengua materna. Ben tenía unos treinta años, cabello oscuro, ojos castaños y una larga y puntiaguda nariz que le confería un aspecto más bien griego.

—No tiene apellido, ¿eh? —Critz tomó un sorbo de su cerveza y dijo—: ¿Cómo ha averiguado exactamente mi apellido?

—Lo sé todo de usted.

—No sabía que fuera tan famoso.

—Yo a eso no lo llamaría fama, señor Critz. Seré breve. Trabajo por cuenta de unas personas que necesitan desesperadamente localizar a Joel Backman. Le pagarán una cuantiosa suma de dinero en efectivo. Dinero en efectivo en una caja o dinero en efectivo en un banco suizo, no importa. Se puede hacer rápidamente, en cuestión de horas. Usted nos dice dónde está, cobra un millón de dólares y jamás nadie lo sabrá.

—¿Cómo me han localizado?

—Muy sencillo, señor Critz. Digamos que somos profesionales.

—¿Espías?

—Eso no tiene importancia. Somos quienes somos y vamos a encontrar al señor Backman. El caso es, ¿quiere usted el millón de dólares?

—No sé dónde está.

—Pero lo puede averiguar.

—Tal vez.

—¿Le interesa el negocio?

—No por un millón de dólares.

—Pues, ¿por cuánto?

—Tendré que pensarlo.

—Piénselo rápido.

—¿Y si no consigo obtener la información?

—En tal caso, jamás lo volveremos a ver. Este encuentro jamás tuvo lugar. Es muy fácil.

Critz ingirió un buen trago de su cerveza y reflexionó acerca del asunto.

—De acuerdo, supongamos que consigo obtener esta información, no soy muy optimista al respecto, pero ¿y si tengo suerte? Entonces, ¿qué?

—Toma usted un avión de la Lufthansa desde Dulles hasta Amsterdam en primera clase. Se registra en el hotel Amstel de la calle Biddenham. Ya le encontraremos, tal como lo hemos encontrado aquí.

Critz hizo una pausa y se aprendió los detalles de memoria.

—¿Cuándo? —preguntó.

—Lo antes posible, señor Critz. Hay otros que lo están buscando.

Ben desapareció con la misma rapidez con que había aparecido y dejó a Critz mirando entre el humo mientras se preguntaba si todo habría sido un sueño. Critz abandonó el pub una hora más tarde con el rostro oculto bajo un paraguas, completamente seguro de que lo estaban vigilando.

¿También lo vigilarían en Washington? Tenía la inquietante sensación de que sí.

8

La siesta no dio resultado. El vino del almuerzo y las dos cervezas de la tarde tampoco le sirvieron de nada. Tenía simplemente demasiadas cosas en que pensar.

Además, estaba muy descansado; tenía suficiente sueño acumulado en el cuerpo. Seis años en solitario encierro reducen el cuerpo humano a un estado tan pasivo que el sueño se convierte en la principal actividad. Durante los primeros meses en Rudley, Joel dormía ocho horas por la noche y hacía una buena siesta después del almuerzo, lo cual era comprensible teniendo en cuenta lo poco que había dormido durante los veinte años anteriores, en que se pasaba la vida manteniendo en pie la República de día y persiguiendo faldas hasta el amanecer. Al cabo de un año, podía dormir nueve y a veces hasta diez horas. Había muy poco más que hacer aparte de leer y ver un poco la televisión. Una vez, por puro aburrimiento, llevó a cabo un estudio, una de sus muchas encuestas clandestinas, pasando una hoja de papel de celda en celda mientras los guardias hacían la siesta y, de treinta y siete encuestados de su bloque, el porcentaje era de once horas de sueño al día. Mo, el delator de la mafia, aseguraba dormir dieciséis horas y a menudo se le oía dormir al mediodía. Mad Cow Miller era el que menos dormía, apenas tres horas, pero el pobre hombre había perdido el juicio hacía años, por lo que Joel se vio obligado a eliminar sus respuestas del estudio.

Había períodos de insomnio, largos períodos en que se pasaba el rato mirando al techo y pensando en los errores y en los hijos y los nietos, en la humillación del pasado y el temor del futuro. Y había semanas en que le facilitaban píldoras para dormir en la celda, de una en una, pero jamás le daban resultado. Joel sospechaba que eran simples placebos.

Pero en seis años había dormido demasiado. Ahora su cuerpo estaba muy descansado. Y su mente trabajaba en exceso.

Se levantó lentamente de la cama donde llevaba una hora tumbado incapaz de cerrar los ojos y se acercó a la mesita donde tomó el móvil que Luigi le había facilitado. Se lo llevó a la ventana, tecleó los números pegados con cinta adhesiva en la parte posterior y, tras cuatro timbrazos, oyó una conocida voz.

—*Ciao, Marco. Come stai?*

—Simplemente comprobando a ver si funciona este chisme —contestó Joel.

—¿Me crees capaz de darte un teléfono defectuoso? —preguntó Luigi.

—No, por supuesto que no.

—¿Qué tal la siesta?

—Pues muy buena, estupenda. Te veré a la hora de cenar.

—*Ciao.*

¿Dónde estaba Luigi? ¿Acechando allí cerca con un móvil en el bolsillo, esperando a que Joel lo llamara? ¿Vigilando el hotel? Si Stennett y el chófer estaban todavía en Treviso, con Luigi y Ermanno habría en total cuatro «amigos» por decirlo de alguna manera encargados de vigilar a Joel Backman.

Asió el teléfono y se preguntó quién más de allí afuera estaría al corriente de la llamada. ¿Quién más estaría escuchando? Contempló la calle de abajo y se preguntó quién estaría allí. ¿Sólo Luigi?

Rechazó aquellos pensamientos y se sentó a la mesa. Le apetecía un café, tal vez un *espresso* doble para que se le pusieran en marcha los nervios, de ninguna manera un *cappuccino* debido a lo tardío de la hora, pero no estaba preparado para descolgar el auricular y pedirlo. Podía decir «hola» y «café» en italiano, pero había toda otra serie de palabras que todavía ignoraba.

¿Cómo puede sobrevivir un hombre sin un café cargado? En otros tiempos, su secretaria preferida solía servirle su primera taza de un impresionante brebaje turco exactamente a las seis y media de la mañana, seis días a la semana. Había estado casi a punto de casarse con ella. A las diez de la mañana, el intermediario estaba tan tenso que arrojaba cosas, les pegaba gritos a sus subordinados y atendía tres llamadas al mismo tiempo mientras unos senadores permanecían a la espera.

Aquel recuerdo no le gustó. Raras veces le gustaban sus recuerdos. Tenía muchos y se había pasado seis años librando en solitario una encarnizada batalla mental para depurar su pasado.

Volviendo al café, le asustaba pedirlo porque temía el idioma. Joel Backman jamás le había tenido miedo a nada y, si había sido capaz de seguir el desarrollo de trescientas disposiciones legales a través del laberinto del Congreso y efectuar cien llamadas telefónicas al día sin apenas examinar el Rolodex o una agenda, estaba seguro de que podría aprender suficiente italiano para pedir un café. Colocó cuidadosamente el material de estudio de Ermanno sobre la mesa y examinó la sinopsis. Comprobó las pilas de la pequeña grabadora y tomó las cintas. La primera clase de la lección era un tosco dibujo en color de la sala de estar de una familia con mamá, papá y los niños viendo la televisión. Los objetos estaban indicados tanto en el idioma materno como en italiano: puerta y *porta*, sofá y *sofà*, ventana y *finestra*, cuadro y *quadro*, etc. El chico era un *ragazzo*, la madre era la *madre*, el viejo que se tambaleaba en un rincón apoyado en un bastón era el abuelo o *il nonno*.

Cinco páginas más adelante estaban la cocina, el dormitorio y el cuarto de baño. Al cabo de una hora, y todavía sin café, Joel empezó a pasear lentamente por su habitación, señalando y pronunciando en voz baja los nombres de todo lo que veía: cama, *letto*, lámpara, *lampada*; reloj, *orologio*; jabón, *sapone*. Había unos cuantos verbos incluidos por precaución: hablar, *parlare*; comer, *mangiare*; beber, *bere*; pensar, *pensare*. Se colocó ante el pequeño espejo *(specchio)* de su cuarto de baño y trató de convencerse de que era efectivamente Marco. Marco Lazzeri. «*Sono Marco. Sono Marco*», repetía. Soy Marco. Soy Marco. En principio una tontería, pero tenía que hacer borrón y cuenta nueva. Había demasiadas cosas en juego para aferrarse a un antiguo nombre que lo podía matar. Si el hecho de ser Marco le podía salvar el pellejo, pues sería Marco.

Marco. Marco. Marco.

Empezó a buscar palabras que no estuvieran en los dibujos. En su nuevo diccionario encontró *carta igienica* para rollo de papel higiénico, *guanciale* para almohada, *soffitto* para techo. Todo tenía un nuevo nombre, todos los objetos de su habitación, de su pequeño y nuevo mundo, todo lo que podía ver en aquel momento se convertía en algo nuevo. Una y otra vez, mientras sus ojos saltaban de una cosa a otra, pronunciaba la palabra italiana.

¿Y qué decir de sí mismo? Tenía un *cervello*, cerebro. Tocaba una *mano*; un brazo, *braccio*; una pierna, *gamba*. Tenía que respirar, *respirare*; ver, *vedere*; tocar, *toccare*; oír, *sentire*; dormir, *dormire*; soñar, *sognare*. Estaba divagando y se contuvo. Mañana Ermanno empezaría con la primera lección, la primera descarga de vocabulario, poniendo el acento en lo más básico: saludos y felicitaciones, conversación cortés, números del uno al cien, los días de la semana, los meses del año e incluso el alfabeto. Los verbos ser *(essere)* y haber *(avere)* se conjugaban en presente, pasado simple y futuro.

A la hora de cenar, Marco ya se había aprendido de memoria toda la primera lección y escuchado la correspondiente cinta una docena de veces. Salió a la gélida noche y echó alegremente a andar hacia la Trattoria del Monte, donde sabía que Luigi lo estaría esperando con una de las mejores mesas y algunas excelentes sugerencias del menú. En la calle, con la cabeza todavía dándole vueltas después de varias horas de memorización mecánica, vio una motocicleta, una bicicleta, un perro y un par de hermanas gemelas y se enfrentó con la dura realidad de no conocer ninguna de aquellas palabras en su nuevo idioma.

Todo se lo había dejado en la habitación del hotel.

Pensando en la comida que lo esperaba, siguió impertérrito hacia delante, confiando todavía en que él, Marco, podría llegar a convertirse en cierto modo en un respetable italiano. En una mesa de la esquina, saludó a Luigi con un ceremonioso gesto.

—*Buona sera, signore, come sta?*

—*Sto bene, grazie, e tu?*

—*Molto bene, grazie* —contestó Marco. Muy bien, gracias.

—Has estado estudiando, ¿verdad? —dijo Luigi.

—Pues sí, no tenía otra cosa que hacer.

Antes de que Marco pudiera desdoblar la servilleta, se acercó un camarero con una botella de tinto de la casa protegida por una envoltura de paja. Llenó con presteza dos copas y se marchó.

—Ermanno es un profesor estupendo —estaba diciendo Luigi.

—¿Lo has utilizado otras veces? —preguntó Marco como el que no quiere la cosa.

—Sí.

—O sea que, ¿con cuánta frecuencia te traes aquí a alguien como yo y lo conviertes en italiano?

Luigi esbozó una sonrisa diciendo:

—De vez en cuando.

—Cuesta un poco creerlo.

—Puedes creer lo que quieras, Marco. Todo es imaginario.

—Hablas como un espía.

Un encogimiento de hombros que no fue una verdadera respuesta.

—¿Para quién trabajas, Luigi?

—¿Tú para quién crees?

—Formas parte de un alfabeto... CIA, FBI, NSA. Puede que alguna oscura rama del servicio de inteligencia militar.

—¿Te lo pasas bien, reuniéndote conmigo en estos encantadores restaurantes? —preguntó Luigi.

—¿Tengo otra alternativa?

—Sí. Como sigas haciendo estas preguntas, dejaremos de reunirnos. Y, cuando dejemos de reunirnos, tu vida, a pesar de lo vulnerable que ya es, se volverá todavía más frágil.

—Pensé que tu misión era proteger mi vida.

—Y lo es. Por consiguiente, deja de hacerme preguntas sobre mí. Te aseguro que no hay respuestas.

Como si estuviera en nómina, el camarero eligió el momento más oportuno para acercarse y depositó dos cartas de gran tamaño entre ambos, modificando con ello hábilmente el rumbo que estaba siguiendo la conversación. Marco frunció el entrecejo ante la lista de platos y recordó una vez más hasta dónde llegaban sus conocimientos de italiano. Al final reconoció las palabras *caffè*, *vino* y *birra*.

—¿Qué parece más recomendable? —preguntó.

—El chef es de Siena y, por consiguiente, le gustan los platos toscanos. El *risotto con funghi porcini* es excelente como primer plato. Yo tomaré un bistec florentino, que es sensacional.

Marco cerró la carta y aspiró los efluvios procedentes de la cocina.

—Tomaré las dos cosas.

Luigi cerró también la suya y le hizo una seña al camarero. Tras haber pedido los platos, ambos se pasaron unos cuantos minutos bebiendo vino en silencio.

—Hace unos años —empezó diciendo Luigi—, me desperté una mañana en un pequeño hotel de Estambul. Solo y con unos quinientos dólares en el bolsillo. Y un pasaporte falso. No hablaba una sola palabra de turco. Mi enlace estaba en la ciudad, pero, si yo me hubiera puesto en contacto con él, me habría visto obligado a buscarme una nueva carrera. En diez meses exactamente tenía que regresar al mismo hotel y reunirme con un amigo que me sacaría del país.

—Eso suena a adiestramiento básico de la CIA.

—Te has equivocado en la parte del alfabeto —dijo Luigi, haciendo una pausa para tomar un sorbo de vino antes de seguir adelante—. Puesto que disfruto con la comida, aprendí a sobrevivir. Me empapé del idioma y la cultura y de todo lo que me rodeaba. Me las arreglé bastante bien, me mezclé con el ambiente que me rodeaba y, diez meses más tarde, cuando me reuní con mi amigo, tenía más de mil dólares en el bolsillo.

—Italiano, inglés, francés, español, turco... ¿qué más?

—Ruso. Me soltaron durante un año en Stalingrado.

Marco estuvo casi a punto de preguntar «quiénes», pero lo dejó correr. No habría respuesta; además, ya creía conocerla.

—¿O sea que a mí me han soltado aquí?

El camarero depositó en la mesa una cesta de panecillos variados y un pequeño cuenco de aceite de oliva. Luigi empezó a mojar y a comer, y la pregunta quedó olvidada o ignorada. Les sirvieron más comida, una bandejita de jamón y *salame* con aceitunas, y la conversación empezó a languidecer. Luigi era un espía o un contraespía, o un agente secreto, o un agente de alguna otra clase, o simplemente un enlace o un contacto, o puede que un colaborador de segunda fila, pero era en primer lugar y por encima de todo italiano. Todo el adiestramiento del mundo no pudo desviar su atención del reto que tenía delante cuando la comida estuvo servida.

Mientras comía, Luigi cambió de tema. Explicó los detalles de una cena italiana como es debido. Primero, los *antipasti*, generalmente una bandeja de carnes variadas como la que en aquellos momentos tenían delante. Después, el primer plato, el *primo*, que, por regla general, es una considerable ración de pasta, arroz, sopa o polenta, cuyo propósito es preparar el estómago para el plato principal, el *secondo*, un sustancioso plato de carne, pescado, cerdo, pollo o cordero. «Ten cuidado con los postres», le advirtió en tono siniestro, mirando a su alrededor para asegurarse de que el camarero no le estuviera escuchando. Meneó compungido la cabeza para explicar que muchos buenos restaurantes los compraban fuera y estaban tan cargados de azúcar o de licores baratos que prácticamente se te cargaban los dientes.

Marco consiguió mostrarse lo suficientemente impresionado por aquel escándalo nacional.

—Apréndete la palabra *gelato* —dijo Luigi con los ojos nuevamente brillantes.

—Helado —dijo Marco.

—Muy bien. Los mejores del mundo. Hay una *gelateria* unas puertas más abajo. Iremos allí después de cenar.

El servicio de habitaciones terminaba a las doce de la noche. A las 11.55, Marco descolgó el auricular y marcó dos veces el número 44. Tragó profundamente saliva y contuvo la respiración. Llevaba treinta minutos practicando el diálogo.

Tras unos cuantos perezosos timbrazos en cuyo transcurso estuvo casi a punto de colgar un par de veces, una soñolienta voz contestó diciendo:

—*Buona sera.*

Marco cerró los ojos y se lanzó.

—*Buona sera. Vorrei un caffè, per favore. Un espresso doppio.*

—*Sì, latte e zucchero?* —¿Leche y azúcar?

—*No, senza latte e zucchero.*

—*Sì, cinque minuti.*

—*Grazie.*

Marco colgó rápidamente para evitar el riesgo de un ulterior diálogo, pese a que, dado el poco entusiasmo que se respiraba en el otro extremo de la línea, dudaba mucho que tal cosa fuera posible. Se puso en pie de un salto, levantó un puño en el aire y se dio una palmada en la espalda por haber completado su primera lección en italiano. No había habido el menor tropiezo. Cada una de las dos partes había comprendido todo lo que decía la otra.

A la una de la madrugada aún se tomaba su *espresso* doble, saboreándolo a pesar de que ya estaba frío. Mediada la tercera lección no pensaba ni de lejos en el sueño, sólo en devorar todo el libro de texto para su primera sesión con Ermanno.

Llamó a la puerta del apartamento con diez minutos de antelación. Era una cuestión de control. Por más que intentara resistirse, regresaba impulsivamente a sus viejos hábitos. Prefería ser él quien decidiera cuándo empezarían las lecciones. Diez minutos antes o veinte minutos después, la hora no importaba. Mientras esperaba en el oscuro rellano, le vino repentinamente a la memoria la reunión de altos vuelos de la cual había sido anfitrión una vez en su enorme sala de juntas. La sala estaba abarrotada de ejecutivos de multinacionales y peces gordos de distintas agencias gubernamentales, todos ellos convocados allí por el intermediario. A pesar de que la sala de juntas se encontraba a cincuenta pasos pasillo abajo de su despacho, él hizo su entrada veinte minutos más tarde, pidiendo disculpas y explicando que había estado hablando por teléfono con el despacho del primer ministro de no sé qué país de segunda.

Mezquinos, mezquinos, mezquinos los juegos que se montaba.

Ermanno no pareció impresionado. Hizo esperar a su alumno por lo menos cinco minutos antes de abrirle la puerta con una tímida sonrisa y un amistoso:

—*Buon giorno, signor Lazzeri.*

—*Buon giorno, Ermanno. Come stai?*

—*Molto bene, grazie. E tu?*

—*Molto bene, grazie.*

Ermanno abrió un poco más la puerta y, con un amplio gesto de la mano, añadió:

—*Prego*. Adelante, por favor.

Marco entró y se sorprendió una vez más de lo improvisado y provisional que parecía todo. Dejó sus libros en la mesita del centro de la habitación de la parte anterior del apartamento y decidió no quitarse el abrigo. Fuera la temperatura era de unos seis grados centígrados y aquel pequeño apartamento no estaba mucho más caldeado.

—*Vorresti un caffè?* —preguntó Ermanno. ¿Te apetece un café?

—*Sì, grazie.*

Se había pasado unas dos horas durmiendo, de cuatro a seis, después se había duchado y vestido y había decidido salir a las calles de Treviso, donde encontró un bar abierto en el que se reunían los ancianos tomando *espressos* y hablando todos a la vez. Le apetecía un poco más de café, pero lo que de verdad necesitaba era tomar un bocado. Un cruasán, un bollo o algo por el estilo, algo cuyo nombre todavía no había aprendido. Llegó a la conclusión de que podría aguantarse el hambre hasta el mediodía cuando se reuniera una vez más con Luigi para efectuar otra incursión en la gastronomía italiana.

—Tú eres estudiante, ¿verdad? —preguntó en inglés cuando Ermanno regresó de la cocina con dos tacitas.

—*Non inglese, Marco, non inglese.*

Y eso fue todo el inglés. Un brusco final; una áspera despedida definitiva de su idioma materno. Ermanno se sentó a un lado de la mesa y Marco al otro y, a las ocho y media en punto, ambos pasaron a la primera página de la primera lección. Marco leyó el primer diálogo en italiano y Ermanno hizo amablemente las correcciones aunque se quedó muy impresionado de la preparación de su alumno. Se había aprendido totalmente de memoria el vocabulario, pero el acento se tenía que trabajar. Una hora más tarde, Ermanno empezó a señalar distintos objetos de la habitación —alfombra, libro, revista, silla, *quilt*, cortinas, radio, suelo, pared, mochila— y Marco contestó con soltura. Con un acento cada vez más perfecto, soltó toda la lista de las expresiones de cortesía —buenos días, cómo está usted, muy bien, gracias, por favor, hasta luego, adiós, buenas noches— y treinta más. Recitó los días de la semana y los meses del año. La lección terminó al cabo de sólo dos horas y Ermanno preguntó si necesitaba un descanso.

—No.

Pasaron a la segunda lección, con otra página de vocabulario que Marco ya dominaba, y otros ejemplos de diálogo que éste pronunció de maravilla.

—Has estudiado mucho —murmuró Ermanno en inglés.

—*Non inglese, Ermanno, non inglese* —lo corrigió Marco.

El juego ya estaba en marcha: quién podía ser más aplicado. Al mediodía, el profesor ya estaba agotado y necesitaba un descanso, por lo que ambos suspiraron de alivio al oír una llamada a la puerta y la voz de Luigi en el rellano. Éste entró y los vio a los dos inclinados sobre la mesita atestada de papeles como si se hubieran pasado varias horas echando pulsos.

—*Come va?* —preguntó Luigi. ¿Cómo va?

Ermanno le miró con expresión cansada y contestó:

—*Molto intenso.*

—*Vorrei pranzare* —anunció Marco, levantándose muy despacio. Quisiera almorzar.

Marco esperaba disfrutar de un agradable almuerzo con un poco de inglés intercalado para facilitar las cosas y tal vez para aliviar la tensión mental de intentar traducir todas las palabras que oía. Sin embargo, después del brillante resumen de la sesión matinal que le había facilitado Ermanno, Luigi experimentó el impulso de seguir con la inmersión durante la comida o, por lo menos, la primera parte de ella. En el menú no había ni una sola palabra en inglés, por lo que, tras haberle explicado Luigi todos los platos en un incomprensible italiano, Marco levantó las manos diciendo:

—Se acabó. Me voy a pasar la siguiente hora sin hablar ni escuchar italiano.

—¿Y tu almuerzo?

—Me comeré el tuyo.

Tomó un sorbo de vino y procuró relajarse.

—Muy bien pues. Supongo que nos las podremos arreglar con el inglés durante una hora.

—*Grazie* —dijo Marco sin poder contenerse.

9

A media sesión matinal del día siguiente, Marco cambió bruscamente de estrategia. En mitad de un diálogo especialmente aburrido, soltó en inglés:

—Tú no eres estudiante.

Ermanno levantó los ojos del libro de instrucciones, hizo una momentánea pausa y después dijo:

—*Non inglese, Marco. Soltanto italiano.* —Sólo italiano.

—Ahora mismo estoy harto del italiano, ¿vale? Tú no eres estudiante.

Ermanno no sabía engañar, por lo que hizo una pausa excesivamente larga.

—Lo soy —dijo sin demasiada convicción.

—No, no lo creo. Es evidente que no vas a clase, de lo contrario, no podrías pasarte todo el día enseñándome a mí.

—A lo mejor, voy a clases nocturnas. ¿Eso qué importa?

—Tú no vas a ninguna clase. Aquí no hay ningún libro, ninguna publicación estudiantil, ninguna de las habituales porquerías que los estudiantes dejan tiradas por todas partes.

—A lo mejor está todo en la otra habitación.

—Déjame ver.

—¿Por qué? ¿Por qué es importante?

—Porque creo que estás trabajando para las mismas personas para las que trabaja Luigi.

—¿Y qué si lo hiciera?

—Quiero saber quiénes son.

—¿Y si yo no lo supiera? ¿A ti qué más te da? Tu tarea es aprender el idioma.

—¿Cuánto tiempo llevas viviendo aquí, en este apartamento?

—No tengo que contestar a tus preguntas.

—Mira, creo que te instalaste aquí la semana pasada; que esto es una especie de piso franco y que tú no eres realmente la persona que dices ser.

—Pues entonces ya somos dos.

Ermanno se levantó de golpe y entró en la cocinita trasera del apartamento. Regresó con unos papeles que deslizó delante de Marco. Era el resguardo de un paquete certificado de la Universidad de Bolonia con una etiqueta postal en la cual figuraba la dirección de Ermanno Rosconi, la dirección en la cual se encontraban ambos en aquel preciso momento.

—Pronto reanudaré las clases —dijo Ermanno—. ¿Quieres un poco más de café?

Marco estudiaba los impresos. Comprendía justo lo suficiente para captar el significado.

—Sí, por favor.

Era simple papeleo fácilmente falsificable. Sin embargo, en caso de que fuera falso, estaba muy bien hecho. Ermanno regresó a la cocina y abrió el grifo del agua.

Marco empujó su silla hacia atrás diciendo:

—Voy a dar una vuelta por la manzana. Necesito despejar un poco la cabeza.

La costumbre cambió a la hora de cenar. Luigi se reunió con él delante de un estanco que daba a la Piazza dei Signori y ambos bajaron por una bulliciosa callejuela cuando los tenderos ya estaban cerrando. Había oscurecido y hacía mucho frío, y los hombres de negocios arrebujados en sus elegantes atuendos regresaban corriendo a casa con bufanda y sombrero. Luigi llevaba las manos enguantadas en los bolsillos de lana de una especie de guardapolvo de áspero y grueso tejido que le llegaba hasta las rodillas y que tanto podía haber heredado de su abuelo como comprado la semana anterior en la tienda tremendamente cara de un diseñador de Milán. Pese a ello, lo lucía con mucho estilo y Marco envidió una vez más la natural elegancia de su instructor.

Luigi no tenía prisa y parecía disfrutar del frío. Hizo algunos comentarios en italiano, pero Marco se negó a seguirle la corriente.

—Inglés, Luigi —le dijo dos veces—. Necesito el inglés.

—De acuerdo. ¿Qué tal ha ido tu segundo día de clase?

—Muy bien. Ermanno no lo hace mal. No tiene sentido del humor, pero es un profesor eficaz.

—¿Estás haciendo progresos?

—¿Y cómo podría no hacer progresos?

—Ermanno me dice que tienes buen oído para el idioma.

—Ermanno es un embaucador muy malo y tú lo sabes. Trabajo duro porque muchas cosas dependen de ello. Me machaca seis horas al día y después me paso tres horas por la noche empollando. El progreso es inevitable.

—Trabajas muy duro —repitió Luigi. De repente, se detuvo a mirar lo que parecía una pequeña charcutería—. Aquí cenamos, Marco.

Marco hizo un gesto de reproche. La ventana de la fachada se encontraba a no más de cuatro metros y medio de distancia. Las mesas estaban todas apretujadas junto a la ventana y el local parecía lleno a rebosar.

—¿Estás seguro? —preguntó Marco.

—Sí, es un sitio muy bueno. Comida ligera, bocadillos y cosas por el estilo. Come tú solo. Yo no voy a entrar.

Marco le miró y fue a protestar, pero se contuvo y esbozó una sonrisa como si aceptara el reto de buen grado.

—El menú está en una pizarra, encima de la caja, nada de

inglés. Primero pides, pagas y después recoges la comida al final del mostrador; no es mal sitio para sentarse si consigues un taburete. La propina está incluida.

—¿Cuál es la especialidad de la casa? —preguntó Marco.

—La pizza de jamón con alcachofas es deliciosa. También lo son los bocadillos. Me reuniré contigo allí, junto a la fuente, dentro de una hora.

Marco apretó la mandíbula y entró en el local sintiéndose muy solo. Mientras esperaba detrás de dos señoras, estudió desesperadamente la pizarra en busca de algo que pudiera pronunciar. Que se fuera al carajo el sabor. Lo importante era pedir y pagar. Por suerte, la cajera era una dama de mediana edad que disfrutaba sonriendo. Marco la saludó con un cordial *«buona sera»* y, antes de que ella pudiera contestarle algo, le pidió *«un panino con prosciutto e formaggio»* —un bocata de jamón y queso— y una Coca-Cola.

—¡Ah, la Coca-Cola! Da igual en qué idioma se la nombre.

La caja se puso en marcha ruidosamente y ella pronunció un batiburrillo de palabras incomprensibles. Pero siguió sonriendo, dijo *«sì»* y entregó un billete de veinte euros que sin duda sería suficiente para pagar y recibir un poco de cambio. Dio resultado. El cambio iba acompañado de un resguardo.

—*Numero sessantasette* —dijo la cajera. Número sesenta y siete.

Tomó el resguardo y recorrió muy despacio el mostrador en dirección a la cocina. Nadie le miró, nadie pareció fijarse en él. ¿Se estaría haciendo pasar realmente por italiano, por un auténtico habitante del lugar? ¿O acaso se le notaba tanto que era forastero que la gente ni se molestaba en mirarle? Había adquirido rápidamente la costumbre de estudiar cómo vestían los demás hombres y creía haberse adaptado. Tal como Luigi le había dicho, los hombres del norte de Italia se preocupaban mucho más por el estilo y el aspecto que los norteamericanos. Se veían más chaquetas y pantalones a la medida, más jerséis y corbatas. Mucho menos tejido vaquero y prácticamente ninguna camiseta u otras manifestaciones de falta de interés por el aspecto.

Luigi, o quienquiera que le hubiera preparado el vestuario, alguien pagado sin duda por los contribuyentes estadounidenses, había hecho muy bien su trabajo. Para ser un hombre que se había pasado seis años vestido con la misma ropa carcelaria, Marco se estaba adaptando rápidamente a lo italiano. Observó las bandejas de comida que iban pasando por el mostrador, cerca de la parrilla. Al cabo de unos diez minutos apareció un voluminoso bocadillo. Un empleado lo tomó, arrancó un resguardo y gritó:

—*Numero sessantasette.*

Marco se adelantó sin decir nada y mostró su resguardo. Inmediatamente le sirvieron la bebida sin alcohol. Encontró sitio en una mesita de un rincón y disfrutó plenamente de la soledad de su cena. El local era ruidoso y estaba lleno de gente, un sitio de barrio en el que muchos de los clientes se conocían. Los saludos iban acompañados de besos y abrazos, largos holas y adioses todavía más largos. Hacer cola no constituía ningún problema, aunque a los italianos les costaba un poco comprender lo que es mantenerse los unos detrás de los otros. En Estados Unidos hubiese habido vehementes protestas de los clientes y puede que alguna palabrota del cajero.

En un país en el que una casa de trescientos años se considera nueva, el tiempo tiene un significado distinto. La comida es para disfrutarla, incluso en una pequeña charcutería con unas cuantas mesas. Los que estaban sentados cerca de Joel parecían dispuestos a pasarse horas digiriendo su pizza y sus bocadillos. ¡Tenían tantas cosas de que hablar!

El ritmo de muerte cerebral de la vida carcelaria le había embotado todos los sentidos. Había conservado la cordura leyendo ocho libros semanales, pero incluso aquel ejercicio había sido para huir, no necesariamente para aprender. Dos días de intensa memorización, conjugaciones y pronunciación, y de escuchar como jamás en su vida había escuchado le habían dejado mentalmente exhausto.

Por consiguiente, absorbió el estruendo italiano sin tratar de comprender nada. Disfrutaba del ritmo, la cadencia y las risas. De vez en cuando captaba alguna palabra, sobre todo de los saludos y las despedidas, y lo consideraba en cierto modo un progreso. La contemplación de las familias y los amigos le hacía sentirse solo, pero se negaba a pensar en ello. La soledad eran veinticuatro horas diarias en una pequeña celda con alguna que otra carta y un simple libro de bolsillo por toda compañía. Sabía lo que era la soledad; aquello, en cambio, era un día en la playa.

Procuró que el jamón y el queso le duraran al máximo, pero todo tenía un límite. Recordó pedir algún plato frito la siguiente vez porque con las frituras puedes seguir jugueteando incluso cuando ya están frías, alargando de este modo la comida mucho más de lo que se consideraría normal en Estados Unidos. Cedió su mesa a regañadientes. Casi una hora después de haber entrado en el local, abandonó su caldeado interior camino de la fuente. Habían cortado el agua para que no se helara. Luigi apareció a los pocos minutos como si hubiera permanecido acechando en la oscuridad. Tuvo el valor de sugerirle un *gelato*, un helado, pero Marco estaba temblando. Regresaron al hotel y se dieron las buenas noches.

El supervisor de Luigi contaba con cobertura diplomática en el consulado norteamericano de Milán. Se llamaba Whitaker y Backman era la menor de sus prioridades. Backman no tenía nada que ver con el espionaje ni el contraespionaje y Whitaker estaba demasiado ocupado en este sector como para molestarse por un poderoso ex intermediario de Washington que había sido ocultado en Italia. Sin embargo, preparaba debidamente sus resúmenes diarios y los enviaba a Langley. Allí eran recibidos y revisados por Julia Javier, la veterana con acceso directo al señor Maynard en persona. Gracias a la vigilancia de la señora Javier, Whitaker se mostraba tan diligente en Milán. De no haber sido por eso, quizá los resúmenes no hubiesen sido tan puntuales.

Teddy quería información.

La señora Javier fue llamada a su despacho del séptimo piso, al «Ala Teddy», como se la conocía en Langley. Entró en su «estación», su puesto, tal como él prefería que lo llamaran, y lo encontró una vez más tras una larga y ancha mesa de reuniones sentado en su elevada silla de ruedas, envuelto en varias mantas de tronco para abajo y vestido con su habitual traje negro, examinando montones de resúmenes mientras Hoby permanecía a la espera, listo para ir por otra taza del maldito té verde que Teddy estaba convencido de que lo mantenía vivo.

Estaba vivo por los pelos, pero Julia Javier ya llevaba muchos años pensando lo mismo.

Puesto que ella no bebía café y el té ni lo tocaba, no le ofrecieron nada. Ocupó su habitual lugar a la derecha de Teddy, en una especie de asiento de los testigos que todos los visitantes se esperaba que ocuparan —por el oído derecho oía mejor que por el izquierdo— y él consiguió saludarla con un cansado: «Hola, Julia.»

Como de costumbre, Hoby se sentó delante de ella y se dispuso a tomar notas.

Todos los sonidos de la «estación» eran captados por los más sofisticados dispositivos de grabación jamás creados por la moderna tecnología, pese a lo cual Hoby hacía el numerito de anotarlo todo.

—Infórmeme acerca de Backman —dijo Teddy.

Un informe oral como aquél tenía que ser conciso e ir al grano sin una sola palabra innecesaria.

Julia estudió sus notas, carraspeó y empezó a hablar para los micrófonos ocultos.

—Está en Treviso, una bonita y pequeña ciudad del norte

de Italia. Lleva cuatro días allí y por lo visto se está adaptando muy bien. Nuestro agente se mantiene en contacto constante con él y el profesor de idiomas, un lugareño, está haciendo un buen trabajo. Backman no tiene dinero ni pasaporte y hasta ahora se ha mostrado muy dispuesto a no separarse del agente. No ha utilizado el teléfono de su habitación del hotel ni el móvil, como no sea para llamar a nuestro agente. No ha demostrado ningún deseo de explorar o pasear. Está claro que las costumbres adquiridas en la cárcel no se pierden fácilmente. No se aleja de su hotel. Cuando no le dan clase o come, permanece en su habitación y estudia italiano.

—¿Qué tal va con el idioma?

—No está mal. Tiene cincuenta y dos años y, por consiguiente, no será muy rápido.

—Yo aprendí el árabe a los sesenta —dijo Teddy con orgullo, como si los sesenta años se encontraran a un siglo de distancia.

—Sí, lo sé —dijo Julia. En Langley todo el mundo lo sabía—. Estudia mucho y hace progresos, pero sólo lleva tres días. El profesor está impresionado.

—¿De qué habla?

—No del pasado, no de los viejos amigos ni de los viejos enemigos. De nada que a nosotros nos interese. Eso lo ha excluido, por lo menos de momento. La conversación suele girar en torno a su nuevo lugar de residencia, la cultura y el idioma.

—¿Y su estado de ánimo?

—Acaba de salir de la cárcel catorce años antes de lo previsto y disfruta de las largas comidas y del buen vino. Está muy contento. No parece que sienta añoranza, pero, como es natural, no tiene un verdadero hogar. Jamás habla de su familia.

—¿Qué tal su salud?

—Parece buena. La tos le ha desaparecido. Parece que duerme bien. No se queja.

—¿Cuánto bebe?

—Tiene cuidado. Disfruta del vino en el almuerzo y la cena y toma una cerveza en un bar de la zona, pero nada excesivo.

—Vamos a aumentarle un poco la bebida para probar, ¿de acuerdo? A ver si se le desata un poco la lengua.

—Éste es nuestro plan.

—¿Hasta qué extremo lo tenemos vigilado?

—Todo está controlado por dispositivos de escucha... los teléfonos, la habitación, las clases de idioma, los almuerzos, las cenas. Hasta en los zapatos lleva micrófonos. En ambos pares. Su abrigo lleva un Peak 30 cosido dentro del forro. Lo podemos localizar prácticamente en cualquier sitio.

—¿O sea que no lo pueden perder?

—Es un abogado, no un espía. De momento, parece conformarse con disfrutar de su libertad y hacer lo que le dicen.

—Pero no es tonto. Recuérdelo, Julia. Backman sabe que hay algunas personas muy desagradables que estarían encantadas de localizarlo.

—Muy cierto, pero, por ahora, es como un niñito agarrado a la falda de su madre.

—¿O sea que se siente seguro?

—Dadas las circunstancias, sí.

—Pues entonces, vamos a pegarle un susto.

—¿Ahora?

—Sí. —Teddy se frotó los ojos y tomó un sorbo de té—. ¿Qué hay de su hijo?

—Grado de vigilancia tres; no ocurren demasiadas cosas en Culpeper, Virginia. Si Backman intenta establecer contacto con alguien, será con Neal Backman. Pero antes lo sabremos en Italia que en Culpeper.

—Su hijo es la única persona en quien confía —dijo Teddy, expresando lo que Julia ya había dicho muchas veces.

—Muy cierto.

Tras una prolongada pausa, Teddy añadió:

—¿Alguna otra cosa, Julia?

—Le está escribiendo una carta a su madre, a Oakland.

Teddy esbozó una rápida sonrisa.

—Qué bonito. ¿La tenemos?

—Sí, nuestro agente la fotografió ayer, la acabamos de recibir. Backman la oculta entre las páginas de una revista de turismo local, en su habitación de hotel.

—¿Es muy extensa?

—Un par de párrafos bastante largos. Está claro que aún no ha terminado de escribirla.

—Léamela —dijo Teddy, apoyando la cabeza en el respaldo de su silla de ruedas y cerrando los ojos.

Julia rebuscó entre los papeles y se empujó las gafas de lectura hacia arriba sobre el caballete de la nariz.

—No lleva fecha y está escrita a mano, lo cual es un fastidio porque la escritura de Backman es fatal.

Querida madre:

No sé muy bien si alguna vez recibirás esta carta. No sé muy bien si la echaré al correo, de lo que depende que la recibas o no. En cualquier caso, he salido de la cárcel y estoy mejor. En mi última carta te decía que las cosas iban bien en la llanura de Oklahoma. Entonces no tenía ni idea de que el presidente me indultaría. Todo ocurrió tan rápido que todavía no me lo puedo creer.

Vivo en la otra punta del mundo, no puedo decir dónde porque eso podría molestar a algunas personas. Preferiría estar en Estados Unidos, pero no es posible. Yo no pude opinar al respecto. No es que sea una vida estupenda, pero sin duda es mucho mejor que la que tenía hace una semana. En la cárcel me estaba muriendo a pesar de lo que decía en mis cartas. No quería que te preocuparas. Aquí soy libre y eso es lo más importante del mundo. Puedo pasear por la calle, comer en un café, ir y venir a mi antojo y hacer lo que me da la gana. La libertad, madre, es algo con lo que llevaba años soñando y creía imposible.

Julia dejó la carta y dijo:

—Hasta aquí ha llegado.

Teddy abrió los ojos diciendo:

—¿Le cree lo bastante estúpido como para enviarle una carta a su madre por correo?

—No. Pero lleva mucho tiempo escribiéndole una vez a la semana. Es una costumbre y probablemente surte en él un efecto terapéutico. Con alguien tiene que hablar.

—¿Seguimos vigilando su correspondencia?

—Sí, la poca que recibe.

—Muy bien. Péguenle un susto de muerte y después facilítenme el informe.

—Sí, señor.

Julia recogió los papeles y se marchó de la habitación. Teddy tomó un resumen y se ajustó las gafas de lectura. Hoby se dirigió a una cercana y pequeña cocina.

El teléfono de la madre de Backman, en la residencia de Oakland, había sido pinchado y, de momento, no había permitido averiguar nada. El día en que se anunció el indulto, dos íntimas amigas habían llamado para hacerle un montón de preguntas y felicitarla discretamente, pero la señora Backman estaba tan conmovida que, al final, le habían tenido que administrar un sedante para que descansara unas cuantas horas. Sus nietos —los tres hijos que Joel había tenido con sus distintas esposas— hacía seis meses que no la llamaban.

Lydia Backman había superado dos ataques y estaba inmovilizada en una silla de ruedas. Cuando su hijo estaba en pleno apogeo, vivía con bastante lujo en una espaciosa vivienda de propiedad con una enfermera a su entero servicio. La condena de su hijo la había obligado a dejar la buena vida y mudarse a una residencia geriátrica junto con otro centenar de personas.

Seguro que Backman no intentaría contactar con ella.

10

Tras pasarse varios días soñando con el dinero, Critz empezó a gastarlo, por lo menos mentalmente. Con toda aquella pasta no se vería obligado a trabajar por cuenta del corrupto contratista y tampoco tendría que hablar en público en giras organizadas de conferencias. (Tampoco estaba muy seguro de que hubiera público interesado en escucharle a pesar de lo que le había prometido su agente de conferencias.)

¡Critz ya estaba pensando en el retiro! En algún lugar lejos de Washington y de todos los enemigos que se había creado, en algún lugar de la playa con un velero a su alcance. O puede que se trasladara a Suiza y permaneciera cerca de su nueva fortuna guardada en su nuevo banco, todo maravillosamente libre de impuestos y creciendo día a día. Efectuó una llamada telefónica y consiguió prorrogar el alquiler de su apartamento en Londres unos cuantos días. Animó a su mujer a hacer más compras. Ella también estaba cansada de Washington y necesitaba una vida más fácil.

En parte por su desmedida codicia, en parte a causa de su natural ineptitud y en parte también por su escasa sofisticación en cuestiones de espionaje, Critz metió la pata estrepitosamente desde el principio. Para ser alguien tan experto en los sucios manejos de Washington, sus errores fueron inadmisibles.

En primer lugar, utilizó el teléfono de su apartamento de alquiler hasta donde podían seguirle el rastro de inmediato. Llamó a Jeb Priddy, el enlace de la CIA destacado en la Casa Blanca durante los últimos cuatro años. Priddy permanecía aún en su puesto, pero esperaba que no tardaran en llamarlo desde Langley. El nuevo presidente se estaba instalando y la situación era caótica, según Priddy, a quien pareció molestar ligeramente aquella llamada. Él y Critz jamás habían hecho buenas migas y Priddy comprendió de inmediato que el otro estaba tratando de sonsacarle algo. Al final, Critz le dijo que intentaba localizar a un viejo amigo, un veterano analista de la CIA con el que antaño había jugado mucho al golf. Se llamaba Daly, Addison Daly, y había dejado Washington para pasar una temporada en Asia. ¿Sabía Priddy por casualidad dónde estaba en aquellos momentos?

Addison Daly estaba escondido en Langley y Priddy lo sabía muy bien.

—Le conozco de nombre —contestó Priddy—. Puede que consiga encontrarlo. ¿Dónde te puedo localizar?

Critz le facilitó el número del apartamento. Priddy llamó a Addison Daly y le contó sus sospechas. Daly puso en marcha su grabadora y llamó a Londres a través de una línea segura. Critz contestó al teléfono y se puso loco de contento al oír la voz de su antiguo amigo. Habló por los codos de lo maravillosa que era la vida después de la Casa Blanca, después de todos aquellos años dedicado al juego político, de lo agradable que era ser un ciudadano anónimo. Estaba deseando reanudar sus viejas amistades y volver a jugar en serio al golf.

Daly le siguió muy bien la corriente. Le explicó que él también estaba pensando en el retiro —ya llevaba casi treinta años en el servicio— y soñaba con una vida más fácil.

¿Cómo está Teddy últimamente?, quiso saber Critz. ¿Y cómo está el nuevo presidente? ¿Qué atmósfera se respira en Washington con la nueva Administración?

No ha habido grandes cambios, contestó Daly en tono

meditabundo, otra pandilla de imbéciles. Por cierto, ¿cómo está el ex presidente Morgan?

Critz lo ignoraba, no había hablado con él, de hecho, cabía la posibilidad de que se pasara muchos años sin volver a hablar con él. Cuando la conversación ya tocaba a su fin, Critz preguntó, con una torpe carcajada:

—Supongo que nadie habrá visto a Joel Backman, ¿verdad?

Daly también consiguió reírse... era todo muy divertido.

—No —contestó—. Creo que el chico está muy bien escondido.

—Con razón.

Critz prometió llamar en cuanto regresara a Washington. ¡Jugarían dieciocho hoyos en uno de los mejores clubes, y después tomarían unas copas como en los viejos tiempos!

¿Qué viejos tiempos?, se preguntó Daly tras colgar el aparato.

Una hora más tarde le pasaron la conversación a Teddy Maynard.

Puesto que las dos primeras llamadas habían resultado prometedoras, Critz siguió adelante. Siempre le había encantado utilizar el teléfono. Compartía la llamada teoría de la escopeta: llena el aire de llamadas y algo saldrá. Se estaba forjando un rudimentario plan. Otro viejo amigo suyo había formado parte en otros tiempos del equipo de colaboradores del presidente del Comité de Espionaje del Senado y, aunque se había convertido en miembro de un influyente *lobby*, mantenía, al parecer, estrechas conexiones con la CIA.

Hablaron de política y de golf y, al final, para gran deleite de Critz, el amigo le preguntó en qué habría estado pensando exactamente el presidente Morgan al conceder el indulto al duque de Mongo, el mayor defraudador de impuestos de la historia de Estados Unidos. Critz señaló que él se había mostrado contrario al indulto, pero consiguió encauzar la conversación hacia otro controvertido indulto.

—¿Qué se rumorea sobre Backman? —preguntó.

—Tú estabas allí —contestó su amigo.

—Sí, pero ¿dónde lo ha escondido Maynard? Eso es lo más importante.

—¿O sea que fue un trabajo de la CIA? —preguntó el amigo.

—Por supuesto —contestó Critz con la voz de la autoridad.

¿Quién más hubiese podido sacarlo en secreto del país en mitad de la noche?

—Curioso —dijo su amigo, sin añadir nada.

Critz insistió en que ambos comieran juntos a la semana siguiente y así terminó la conversación.

Mientras Critz utilizaba febrilmente el teléfono, se sorprendió una vez más de su interminable lista de contactos. El poder tenía sus ventajas.

Joel, o Marco, se despidió de Ermanno a las cinco y media de la tarde, tras haber completado una sesión prácticamente ininterrumpida de tres horas. Ambos estaban exhaustos.

El gélido aire le ayudó a despejarse la cabeza mientras caminaba por las angostas calles de Treviso. Por segundo día consecutivo entró en un pequeño bar de una esquina y pidió una cerveza. Se sentó junto a la ventana y contempló a los viandantes que apuraban el paso al salir del trabajo y a otros que hacían compras para la cena. El bar estaba caldeado y lleno de humo y Marco volvió a pensar en la cárcel. No podía evitarlo: el cambio había sido demasiado drástico y la libertad excesivamente repentina. Aún temía despertarse en cualquier momento y encontrarse encerrado en la celda con algún bromista invisible riendo histérico en la distancia.

Después de la cerveza se tomó un *espresso* y, a continuación, salió a la oscuridad de la calle con las manos en los bolsillos. Al doblar la esquina, vio su hotel y a Luigi paseando nerviosamente por la acera con un cigarrillo en los labios. Mientras Marco cruzaba la calle, Luigi lo siguió.

—Nos tenemos que ir inmediatamente —le dijo.

—¿Por qué? —preguntó Marco, mirando a su alrededor en busca de algún chico malo.

—Te lo explicaré más tarde. Tienes una bolsa de viaje sobre la cama. Haz la maleta tan deprisa como puedas. Yo te espero aquí.

—¿Y si no me quiero ir? —preguntó Marco.

Luigi le agarró la muñeca izquierda, lo pensó un segundo y después esbozó una sonrisa forzada.

—En ese caso, puede que no dures ni veinticuatro horas —le dijo en tono siniestro—. Por favor, confía en mí.

Marco subió a toda prisa la escalera, recorrió el pasillo y, cuando ya casi había llegado a su habitación, se dio cuenta de que el intenso dolor de estómago que lo atenazaba no se debía a la afanosa respiración sino al miedo.

¿Qué había ocurrido? ¿Qué había visto u oído Luigi, o qué le habían dicho? ¿Quién era exactamente Luigi en primer lugar y de quién recibía órdenes? Mientras Marco sacaba precipitadamente la ropa del diminuto armario y la arrojaba sobre la cama, se hizo estas preguntas y muchas más. Tras haber hecho el equipaje, se sentó un instante y trató de ordenar sus pensamientos. Respiró hondo varias veces, soltó despacio el aire y se dijo que todo lo que estaba ocurriendo formaba parte del juego.

¿Tendría que pasarse la vida huyendo? ¿Siempre haciendo las maletas a toda prisa, huyendo de una habitación a otra? Aquello era mucho mejor que la cárcel, pero también se cobraría su tributo. ¿Y cómo era posible que alguien lo hubiera localizado tan pronto? Llevaba sólo cuatro días en Treviso.

Cuando consiguió recuperar en cierto modo la compostura, echó a andar sin prisas por el pasillo, bajó por la escalera, cruzó el vestíbulo, saludó con la cabeza sin decir nada al boquiabierto recepcionista y salió por la puerta principal. Luigi le arrebató la bolsa y la colocó en el maletero de un Fiat utilitario. Ya estaban en las afueras de Treviso cuando empezaron a hablar.

—Bueno, Luigi, ¿que ocurre? —preguntó Marco.

—Un cambio de decorado.

—Eso ya lo he visto. ¿Por qué?

—Por muy buenas razones.

—Ya, eso lo explica todo.

Luigi conducía con la mano izquierda, cambiaba febrilmente de marcha con la derecha y mantenía el acelerador lo más cerca posible del suelo sin prestar atención a los frenos. A Marco lo tenía perplejo que aquella gente pudiera pasarse dos horas y media almorzando tranquilamente y después subir a un vehículo para efectuar un trayecto de diez minutos por la ciudad a velocidad de vértigo.

Circularon hacia el sur una hora aproximadamente por carreteras secundarias, evitando las autopistas.

—¿Nos sigue alguien? —preguntó Marco más de una vez mientras doblaban cerradas curvas sobre dos ruedas.

Luigi se limitó a menear la cabeza. Mantenía los ojos entornados, las cejas juntas y las mandíbulas fuertemente apretadas cuando no tenía un cigarrillo a mano. Conseguía conducir como un loco, fumando tranquilamente sin mirar jamás atrás. Estaba decidido a no hablar, lo cual intensificaba el deseo de Marco de conversar.

—Estás tratando de asustarme, ¿verdad, Luigi? Estamos jugando al juego de los espías... tú eres el jefe y yo soy el pobre idiota que conoce los secretos. Me pegas un susto de muerte y me conviertes en un ser dócil y leal. Sé lo que estás haciendo.

—¿Quién mató a Jacy Hubbard? —preguntó Luigi sin apenas mover los labios.

De repente, Backman experimentó el impulso de callarse. La sola mención de Hubbard lo dejó momentáneamente helado. El nombre siempre le hacía evocar la misma imagen: una fotografía de la policía de Jacy tirado sobre el sepulcro de su hermano con un lado de la cabeza volado de un disparo y sangre por todas partes... en la lápida, en su camisa blanca. Por todas partes.

—Tú tienes el expediente —contestó Backman—. Fue un suicidio.

—Ya. Y, si tú lo creías, ¿por qué decidiste declararte culpable y pedir custodia protegida en la cárcel?

—Tenía miedo. Los suicidios pueden ser contagiosos.

—Muy cierto.

—¿O sea que me estás diciendo que los chicos que suicidaron a Hubbard me pisan los talones?

Luigi se lo confirmó con un encogimiento de hombros.

—¿Y han descubierto de alguna manera que me escondo en Treviso?

—Es mejor no correr ningún riesgo.

No le facilitarían los detalles en caso de que efectivamente hubiera alguno. Trató de no hacerlo, pero volvió instintivamente la cabeza y contempló la oscura carretera a su espalda. Luigi miró por el espejo retrovisor y consiguió esbozar una sonrisa de satisfacción, como diciendo: están en algún sitio de aquí atrás.

Joel se hundió unos centímetros en su asiento y cerró los ojos. Dos de sus clientes habían muerto. Safi Mirza había sido apuñalado a la salida de una sala de fiestas tres meses después de haber contratado a Backman y entregado la única copia de JAM que obraba en su poder. Las heridas por arma blanca eran muy graves, pero, al mismo tiempo, le habían inyectado un veneno, probablemente al clavarle la hoja. Ningún testigo. Ninguna pista. Un asesinato sin resolver pero uno de los muchos que se cometían en el distrito de Columbia. Un mes después Fazal Sharif había desaparecido en Karachi y se le daba por muerto.

JAM valía efectivamente mil millones de dólares, pero nadie disfrutaría jamás de aquel dinero.

En 1998, Backman, Pratt & Bolling habían contratado a Jacy Hubbard por un millón de dólares anuales. Su primer gran desafío fue la comercialización de JAM. Para demostrar el valor del producto, Hubbard se abrió paso con amenazas y sobornos hasta el Pentágono en un torpe y desgraciado intento de confirmar la existencia del sistema de satélites Neptuno. Un topo de Hubbard que informaba de todo a sus superiores sacó clandestinamente ciertos documentos, falsificados pero todavía secretos. Los papeles de alto secreto demostraban al parecer la existencia de una Red Gamma, un sistema imaginario de vigilancia a lo Guerra de las Galaxias con unas posibilidades inauditas. Tras haber «confirmado» Hubbard que los tres jóvenes paquistaníes estaban efectivamente en lo cierto —su Neptuno era un proyecto de Estados Unidos—, éste comunicó orgullosamente su hallazgo a Joel Backman y ambos se pusieron en marcha.

Puesto que la Red Gamma era al parecer una creación de los militares estadounidenses, JAM valía muchísimo más. Pero la verdad era que ni el Pentágono ni la CIA tenían el menor conocimiento acerca de la existencia de Neptuno.

Entonces el Pentágono decidió filtrar su propia trola: una falsa filtración de un topo que trabajaba por cuenta del ex senador Jacy Hubbard y de su poderoso y nuevo jefe, el intermediario en persona. Estalló el escándalo. El FBI registró los despachos de Backman, Pratt & Bolling en plena noche, encontró los documentos del Pentágono que todo el mundo creía auténticos y, en cuestión de cuarenta y ocho horas, un equipo muy concienciado de fiscales federales emitió unos autos de acusación contra todos los socios del bufete.

No tardaron en producirse los asesinatos sin que hubiera la menor pista acerca de quién pudiera estar detrás de ellos. El Pentágono neutralizó brillantemente a Hubbard y a Backman sin revelar si efectivamente era propietario y había creado el sistema de satélites. La Red Gamma, Neptuno o lo que fuera, quedó eficazmente protegida por la impenetrable telaraña de los «secretos militares».

Backman el abogado quería que se celebrara un juicio, sobre todo en caso de que los documentos del Pentágono fueran dudosos, pero Backman el acusado quería evitar un destino similar al de Hubbard.

Si la precipitada huida de Luigi de Treviso pretendía meterle el miedo en el cuerpo, el plan estaba dando repentinamente resultado. Por primera vez desde su indulto, Joel echó de menos la protección de su pequeña celda de máxima seguridad.

Ya estaban cerca de la ciudad de Padua y sus luces y su tráfico aumentaban a cada kilómetro que cubrían.

—¿Cuántos habitantes tiene Padua? —preguntó Marco, las primeras palabras que pronunciaba en media hora.

—Doscientos mil. ¿Por qué los estadounidenses siempre quieren saber la población de los pueblos y las ciudades?

—No creo que eso sea un problema.

—¿Tienes apetito?

Las sordas pulsaciones de su estómago se debían al miedo, no al hambre, pero dijo que sí de todos modos. Se comieron una pizza en un bar del otro lado de la circunvalación exterior de Padua y regresaron inmediatamente al automóvil para continuar hacia el sur.

Aquella noche durmieron en una pequeña fonda rural de ocho habitaciones tan pequeñas como armarios, propiedad de la misma familia desde la época de los romanos. Ningún rótulo indicaba el lugar; era uno de los refugios de Luigi. La carretera más próxima era estrecha, descuidada y por ella no circulaba prácticamente ningún vehículo fabricado después de 1970. Bolonia no quedaba lejos.

Luigi estaba en la habitación contigua, al otro lado de una gruesa pared de piedra de muchos siglos de antigüedad. Cuando Joel Backman/Marco Lazzeri se deslizó bajo las mantas y empezó finalmente a entrar en calor, no vio el menor parpadeo de luz en ningún sitio. Oscuridad absoluta. Y silencio absoluto. Estaba todo tan tranquilo que se pasó mucho rato sin poder cerrar los ojos.

11

Tras recibir el quinto informe sobre las llamadas de Critz preguntando acerca de Joel Backman, a Teddy Maynard le dio un insólito berrinche. El muy estúpido estaba en Londres llamando por teléfono como un desesperado y tratando por alguna razón de encontrar a alguien, quienquiera que fuera, capaz de facilitarle información acerca de Backman.

—Alguien le ha ofrecido dinero a Critz —le ladró Teddy a Wigline, un director adjunto.

—Pero Critz no tiene ninguna posibilidad de averiguar dónde está Backman —dijo Wigline.

—No tendría ni que intentarlo. Sólo conseguirá complicar las cosas. Hay que neutralizarlo.

Wigline miró a Hoby y éste dejó súbitamente de tomar notas.

—¿Qué dice, Teddy?

—Neutralícenlo.

—Es un ciudadano estadounidense.

—¡Lo sé! Pero también está poniendo en peligro una operación. Hay un precedente. Lo hemos hecho otras veces.

No se tomó la molestia de decirles cuál era el precedente, pero ellos suponían que, puesto que Teddy tenía por costumbre crearse sus propios precedentes, de nada serviría discutir acerca del asunto.

Hoby asintió con la cabeza como diciendo: sí, ya lo hemos hecho otras veces.

Wigline apretó la mandíbula y dijo:

—Supongo que usted quiere que se haga ahora.

—Cuanto antes —dijo Teddy—. Preséntenme un plan dentro de dos horas.

Observaron a Critz mientras salía de su apartamento alquilado, iniciaba su largo paseo de última hora de la tarde, un paseo que solía terminar con unas cuantas jarras de cerveza. Al cabo de media hora de lánguido paseo, se acercó a Leicester Square y entró en el Dog and Duck, el mismo pub de la víspera.

Ya iba por la segunda jarra, sentado al fondo de la barra principal de la planta baja, cuando el taburete que tenía al lado quedó libre y un agente llamado Greenlaw se coló en el hueco y pidió a gritos una cerveza.

—¿Le importa que fume? —le preguntó Greenlaw a Critz, el cual se encogió de hombros diciendo:

—Esto no es Estados Unidos.

—Conque yanqui, ¿eh? —dijo Greenlaw.

—Pues sí.

—¿Vive aquí?

—No, estoy simplemente de visita.

Critz mantenía la vista clavada en las botellas de la pared del otro lado de la barra, evitando mirar a los ojos a su interlocutor, sin el menor deseo de conversar. Se había enamorado rápidamente de la soledad de un abarrotado pub. Le encantaba permanecer sentado, bebiendo y escuchando las rápidas bromas de los británicos, sabiendo que nadie tenía ni idea de quién era. Pero aún se estaba preguntando quién era el hombrecillo llamado Ben. Si lo vigilaban, lo estaban haciendo muy bien, sin delatarse.

Greenlaw apuró su cerveza en un intento de dar alcance a Critz. Era importante pedir las dos siguientes al mismo tiempo. Dio una calada a un cigarrillo y añadió su propio humo a la nube que se cernía sobre ellos.

—Llevo un año aquí —dijo.

Critz asintió con la cabeza sin mirarle. Lárgate.

—No me importa conducir por la izquierda ni el mal tiempo que hace, pero lo que de veras me fastidia de aquí son los deportes. ¿Ha visto usted alguna vez un partido de cricket? Dura cuatro días.

Critz consiguió soltar un gruñido y decir hastiado:

—Un deporte estúpido.

—Aquí o juegan al fútbol o juegan al cricket y esta gente se vuelve loca por ambas cosas. Acabo de sobrevivir al invierno inglés sin la NFL. Ha sido una pesadilla.

Critz era un fiel abonado a los partidos de la temporada de los Redskins y pocas cosas en la vida lo emocionaban tanto como su amado equipo. Greenlaw era un aficionado más bien tibio, pero se había pasado el día aprendiéndose de memoria las estadísticas en una casa franca de la CIA situada al norte de Londres. En caso de que el fútbol no diera resultado, pasaría a la política. Y, si eso tampoco daba resultado, tenía a una señora muy guapa esperando fuera, a pesar de que Critz no tenía fama de juerguista.

De repente, Critz experimentó una sensación de añoranza. Sentado en un pub, lejos de casa, lejos de la locura de la Super Bowl —dos días lejos y prácticamente ignorada por la prensa británica—, le parecía oír los gritos del público y sentir su emoción. Si los Redskins hubieran sobrevivido a los partidos de desempate, él no hubiese estado bebiendo cervezas en Londres sino en la Super Bowl, en las localidades de la línea de las cincuenta yardas facilitadas por una de las muchas empresas a las que podía recurrir.

Miró a Greenlaw y le preguntó:

—¿Patriots o Packers?

—Mi equipo no lo consiguió, pero soy un hincha incondicional de la NFC, la National Football Conference.

—Yo también.

—¿Cuál es su equipo?

Y ésta fue tal vez la pregunta más crucial que hubiera podido formular Robert Critz. Cuando Greenlaw contestó que los Redskins, Critz sonrió de corazón y experimentó el deseo de hablar. Se pasaron unos cuantos minutos estableciendo el pedigrí: cuánto tiempo llevaba cada uno de ellos siendo hincha de los Redskins, los grandes partidos que habían presenciado, los grandes jugadores, el campeonato de la Super Bowl. Greenlaw pidió otra ronda y ambos parecieron dispuestos a repasar durante horas los viejos partidos. Critz había hablado con muy pocos yanquis en Londres y no costaba llevarse bien con aquel tipo.

Greenlaw se excusó para ir al lavabo. Estaba arriba, era del tamaño de un armario para escobas, un agujero como muchos retretes de Londres. Corrió el pestillo unos segundos para disfrutar de un poco de intimidad y sacó rápidamente un móvil para informar de sus progresos. El plan ya estaba en marcha. El equipo estaba esperando unas puertas más abajo en la calle. Tres hombres y la señora guapa.

Cuando ya iba por la cuarta jarra, y tras discrepar amablemente acerca de la proporción de *touchdowns* e interceptaciones de Sonny Jurgensen, a Critz le entraron finalmente ganas de mear. Preguntó el camino y desapareció. Greenlaw echó hábilmente en la jarra de Critz una pastillita blanca de Rohypnol, un fuerte sedante insípido e inodoro. Cuando el señor Redskins regresó, ya refrescado y dispuesto a seguir bebiendo, hablaron de John Riggins y de Joe Gibbs y se lo pasaron estupendamente bien mientras la barbilla del pobre Critz empezaba a inclinarse.

—Uf —dijo con la lengua ya un poco pastosa—. Será mejor que me vaya. Me espera la parienta.

—A mí también —dijo Greenlaw, levantando su jarra—. Termínese la cerveza.

Ambos apuraron sus jarras y se levantaron para marcharse; Critz delante y Greenlaw esperando para darle alcance. Se abrieron paso entre la gente agrupada en la entrada y salieron a la acera, donde un frío viento reanimó a Critz, aunque sólo un instante. Se olvidó de su nuevo amigo y a los veinte pasos empezó a tambalearse sobre unas piernas que parecían de goma. Tuvo que agarrarse al poste de una farola. Greenlaw lo sujetó mientras se desplomaba y, para que lo oyera una joven pareja que estaba pasando en aquellos momentos, dijo:

—Maldita sea, Fred, ya te has vuelto a emborrachar.

Pero Fred lo estaba todo menos borracho. Apareció un automóvil como llovido del cielo y aminoró la marcha para acercarse al bordillo. Se abrió la portezuela trasera y Greenlaw empujó a un Critz más muerto que vivo al asiento posterior. La primera parada fue un almacén situado a ocho manzanas de distancia. Allí Critz, ya totalmente inconsciente, fue trasladado a una pequeña camioneta cerrada de reparto con doble portezuela trasera. Mientras Critz permanecía tumbado en el suelo de la camioneta, un agente utilizó una aguja hipodérmica y le inyectó una dosis masiva de heroína muy pura. La presencia de heroína siempre conseguía que se falsearan los resultados de la autopsia, a instancias de la familia, claro.

Cuando ya Critz apenas podía respirar, la camioneta abandonó el almacén camino de la calle Withcomb, no lejos de su apartamento. El asesinato requería tres vehículos: la camioneta, seguida de un Mercedes de gran cilindrada y un automóvil en la retaguardia conducido por un británico de verdad que se quedaría por allí charlando con la policía. El principal propósito del automóvil de retaguardia era mantener el tráfico lo más alejado posible del Mercedes.

En la tercera fase, mientras los tres conductores hablaban entre sí y con dos agentes, incluida la señora guapa oculta en la acera y también escuchando, se abrieron las portezuelas traseras de la camioneta, Critz cayó a la calle, el Mercedes se lanzó contra su cabeza y le dio de lleno con un sordo y desagradable ruido y después todo el mundo desapareció menos el británico del automóvil de retaguardia. Éste pisó el freno, bajó precipitadamente, corrió hacia el pobre borracho que acababa de caer en medio de la calzada y ser atropellado y miró rápidamente a su alrededor en busca de otros testigos.

No había ninguno, pero se estaba acercando un taxi por el otro carril. Le hizo señas y muy pronto el tráfico quedó interrumpido. Poco después empezó a congregarse la gente y llegó la policía. Aunque el británico del vehículo de la retaguardia hubiera sido el primero en llegar al escenario de los hechos, apenas había visto nada. Había visto caer a un hombre a la calzada entre aquellos dos automóviles aparcados allí y ser atropellado por un automóvil negro de gran cilindrada. O, a lo mejor, era de color verde oscuro. No estaba muy seguro de la marca ni del modelo. No se le había ocurrido en ningún momento echar un vistazo al número de la matrícula. No podía describir al conductor que se había dado a la fuga después del atropello. Estaba demasiado trastornado por la contemplación del borracho que había aparecido de repente en la calle.

Cuando el cuerpo de Bob Critz fue introducido en una ambulancia para su traslado al depósito de cadáveres, Greenlaw, la señora guapa y los otros dos componentes del equipo ya estaban a bordo de un tren que acababa de salir de Londres con destino a París. Se dispersarían durante unos cuantos días y después regresarían a Inglaterra, su base de operaciones.

Marco quería desayunar sobre todo porque olía el aroma a jamón y salchichas a la parrilla procedente de algún lugar de la casa principal, pero Luigi estaba deseando seguir adelante.

—Hay otros huéspedes y comen todos a la misma mesa —le explicó mientras ambos metían precipitadamente sus maletas en el vehículo—. Recuerda que estás dejando un rastro y la *signora* no olvida nada.

Bajaron por el camino rural en busca de carreteras más anchas.

—¿Adónde vamos? —preguntó Marco.

—Ya veremos.

—¡Deja de jugar conmigo! —rugió Marco y Luigi pegó un respingo—. ¡Soy un hombre absolutamente libre que podría abandonar este automóvil en cualquier momento!

—Sí, pero...

—¡Deja de amenazarme! Cada vez que te hago una pregunta, me respondes con las vagas amenazas de que, si voy por mi cuenta, no duraré ni veinticuatro horas. Quiero saber qué ocurre. ¿Adónde nos dirigimos? ¿Cuánto tardaremos en llegar? ¿Cuánto tiempo permanecerás a mi lado? Dame algunas respuestas, Luigi, o me largo.

Luigi se adentró en una carretera de cuatro carriles. Según la señalización, Bolonia se encontraba a treinta kilómetros. Esperó a que la tensión se suavizara un poco y después dijo:

—Estaremos unos cuantos días en Bolonia. Ermanno se reunirá con nosotros allí. Seguirás con tus lecciones. Te instalaremos en una casa franca durante varios meses. Después yo desapareceré y tú te las arreglarás por tu cuenta.

—Gracias. ¿Por qué era tan difícil decir todo eso?

—El plan varía.

—Sabía que Ermanno no era un estudiante.

—Es un estudiante. Y también forma parte del plan.

—¿Te das cuenta de lo ridículo que es el plan? Piénsalo bien, Luigi. Alguien está gastando un montón de tiempo y de dinero tratando de enseñarme otro idioma y otra cultura. ¿Por qué no colocarme de nuevo en el aparato de carga y esconderme en algún lugar como Nueva Zelanda?

—La idea me parece sensacional, Marco, pero yo no soy quien toma estas decisiones.

—Marco un cuerno. Cada vez que me miro al espejo y digo Marco me entran ganas de reír.

—Pues no tiene gracia. ¿Conoces a Robert Critz?

Marco hizo una breve pausa.

—Me he reunido con él algunas veces a lo largo de los años. Jamás lo necesité demasiado. Otro simple mercenario de la política como yo, supongo.

—Íntimo amigo del presidente Morgan, jefe de Estado Mayor, director de campaña.

—¿Y qué?

—Lo mataron anoche en Londres. Con él ya son cinco los que han muerto por tu causa... Jacy Hubbard, los tres paquistaníes y ahora Critz. Los asesinatos no han terminado, Marco, y no terminarán. Por favor, ten un poco de paciencia conmigo. Yo sólo intento protegerte.

Marco echó la cabeza hacia atrás contra el reposacabezas y cerró los ojos. No podía ni siquiera empezar a ordenar las piezas.

Efectuaron una rápida salida y se detuvieron a poner gasolina. Luigi regresó al automóvil con dos tacitas de café cargado.

—Café para ir tirando —dijo Marco jovialmente—. Creía que semejantes males estaban prohibidos en Italia.

—La comida rápida se está abriendo camino. Es una pena.

—Échales la culpa a los estadounidenses. Todo el mundo lo hace.

No tardaron en verse obligados a avanzar a paso de tortuga entre el tráfico de la hora punta de las afueras de Bolonia. Luigi decía:

—Nuestros mejores automóviles se fabrican por esta zona, ¿sabes? Ferraris, Lamborghinis, Maseratis, todos los grandes vehículos deportivos.

—¿Me podrían facilitar uno?

—No entra en el presupuesto, lo siento.

—¿Y qué es exactamente lo que entra en el presupuesto?

—Una vida muy tranquila y sencilla.

—Es lo que me suponía.

—Mucho mejor que la que tenías hasta ahora.

Marco tomó un sorbo de café y contempló el tráfico.

—¿Tú no estudiaste aquí?

—Sí. La universidad tiene mil años de antigüedad. Es una de las mejores del mundo. Te la enseñaré más adelante.

Abandonaron la arteria principal y empezaron a serpear por una polvorienta periferia. Las calles eran cada vez más cortas y estrechas y Luigi parecía conocer muy bien el lugar. Siguieron los carteles que indicaban el centro de la ciudad y la universidad. De repente, Luigi derrapó, subió a un bordillo y consiguió introducir el Fiat en un hueco justo lo bastante ancho para una motocicleta.

—Vamos a comer algo —dijo, y, en cuanto consiguieron salir del vehículo, echaron a andar rápidamente por la acera en medio del gélido aire.

El siguiente escondrijo de Marco era un hotel de mala muerte situado a pocas manzanas del casco antiguo de la ciudad.

—Veo que ya ha habido recortes en el presupuesto —murmuró, siguiendo a Luigi por un pequeño vestíbulo en dirección a la escalera.

—Es sólo por unos días —dijo Luigi.

—Y después, ¿qué?

Marco bregaba con las maletas en la angosta escalera. Luigi no llevaba nada. Por suerte, la habitación estaba en el primer piso, un espacio más bien reducido con una pequeña cama y unas cortinas que llevaban muchos días sin descorrerse.

—Me gusta más Treviso —dijo Marco, contemplando las paredes.

Luigi descorrió las cortinas. La luz del sol contribuyó sólo un poco a mejorar la situación.

—No está mal —dijo sin demasiada convicción.

—Mi celda de la cárcel era más bonita.

—Te quejas mucho.

—Con razón.

—Deshaz el equipaje. Me reuniré contigo abajo dentro de diez minutos. Ermanno nos espera.

Ermanno parecía tan desconcertado como Marco por el repentino cambio de vivienda. Estaba tan agobiado y alterado como si se hubiera pasado toda la noche siguiéndolos desde Treviso. Recorrieron con él unas cuantas manzanas hasta llegar a un ruinoso edificio de apartamentos. No había ascensor a la vista, por lo que subieron cuatro tramos de escalera y entraron en un minúsculo apartamento de dos habitaciones con menos mobiliario todavía que el de Treviso. Estaba claro que Ermanno había hecho rápidamente las maletas y las había deshecho todavía con más rapidez.

—Tu pocilga es peor que la mía —dijo Marco, echando un vistazo a su alrededor.

Distribuido sobre una estrecha mesa y a la espera de ser utilizado estaba el material de estudio que ambos habían utilizado la víspera.

—Regresaré a la hora del almuerzo —dijo Luigi, marchándose de inmediato.

—*Andiamo a studiare* —anunció Ermanno. Vamos a estudiar.

—Ya lo he olvidado todo.

—Pero ayer tuvimos una buena sesión.

—¿No podríamos ir a un bar a beber algo? La verdad es que no estoy de humor.

Pero Ermanno ya había ocupado su puesto al otro lado de la mesa y pasaba las páginas de su manual. Marco se acomodó a regañadientes en el asiento del otro lado.

El almuerzo y la cena no fueron muy memorables. Ambos consistieron en unos apresurados tentempiés en unas falsas *trattorias*, una versión italiana de la comida rápida. Luigi estaba de mal humor e insistió, a veces con muy malos modos, en que sólo hablaran en italiano. Luigi hablaba despacio y con claridad y lo repetía todo cuatro veces hasta que Marco lo entendía y después pasaba a la siguiente frase. Resultaba imposible disfrutar de la comida sometido a semejante presión.

A las doce de la noche Marco ya estaba en la cama de su fría habitación, arrebujado en la delgada manta, tomando el zumo de naranja que él mismo había pedido mientras se aprendía de memoria una lista tras otras de verbos y adjetivos.

¿Qué demonios podía haber hecho Robert Critz para que lo mataran las mismas personas que, a lo mejor, también estaban buscando a Joel Backman? La pregunta resultaba demasiado grotesca. Empezaba a vislumbrar una respuesta. Suponía que Critz estaba presente cuando le concedieron el indulto; el ex presidente Morgan era incapaz de tomar semejante decisión por sí mismo. Pero, dejando eso aparte, resultaba imposible imaginar a Critz implicado a un nivel más elevado. A lo largo de varias décadas sólo había demostrado ser un buen lacayo sin escrúpulos.

Pero, si la gente estaba muriendo, tenía que aprenderse cuanto antes los verbos y adjetivos que tenía diseminados ante sus ojos. El idioma equivalía a supervivencia y movimiento. Luigi y Ermanno no tardarían en desaparecer y Marco Lazzeri se quedaría solo y tendría que valerse por sí mismo.

12

Marco huyó de su claustrofóbica habitación o «aparta-mento», tal como lo llamaban, y salió a dar un largo paseo al amanecer. Las aceras estaban casi tan húmedas como el gélido aire. Con un plano de bolsillo que Luigi le había facilitado, en italiano, naturalmente, se encaminó hacia el casco antiguo y, tras pasar por delante de las ruinas de las antiguas murallas de Porta San Donato, torció hacia el oeste por Via Irnerio bor-deando el barrio universitario de Bolonia. Las centenarias aceras estaban flanqueadas por kilómetros de pórticos.

Estaba claro que la vida empezaba muy tarde en el barrio universitario. De vez en cuando pasaban un automóvil o una o dos motos, pero el tráfico de peatones era todavía muy esca-so. Luigi le había explicado que Bolonia tenía una larga histo-ria de tendencia izquierdista y comunista. Era una historia compleja que Luigi le había prometido explorar con él.

Marco vio más adelante un pequeño rótulo de neón verde que anunciaba el bar Fontana y, a medida que se acercaba fue aspirando el aroma del café cargado. El bar estaba encajado en la esquina de un edificio antiguo... aunque, en realidad, todos eran antiguos. La puerta se abrió a regañadientes y, una vez dentro, Marco estuvo a punto de esbozar una sonrisa al perci-bir los aromas de café, cigarrillos, pasteles y los desayunos a la parrilla que se estaban preparando al fondo del local. Pero, de pronto, se sintió atenazado por el miedo, por la habitual in-quietud de tener que pedir algo en un idioma desconocido.

El bar Fontana no era un lugar de reunión de estudiantes o de mujeres. Los parroquianos eran de su edad, de cincuenta para arriba, e iban vestidos de una manera un tanto estrafalaria. Había allí suficientes pipas y barbas como para ser calificado de lugar de encuentro de profesores. Uno o dos de ellos lo mi-raron, pero, en una universidad de 100.000 alumnos, costaba un poco que alguien llamara la atención.

A Marco le asignaron la última mesita del fondo y, cuando finalmente consiguió acomodarse en su sitio con la espalda contra la pared, se encontró prácticamente hombro con hom-bro con sus nuevos vecinos, cada uno de los cuales parecía per-dido en su periódico matinal sin que aparentemente hubiera reparado en él. En una de sus clases de cultura italiana, Luigi le había explicado el concepto del espacio en Europa y lo signifi-cativamente distinto que era éste del que imperaba en Estados Unidos. El espacio en Europa se comparte, no se protege. Las mesas se comparten, el aire evidentemente se comparte, por-que el humo no molesta a nadie. Los automóviles, las casas, los autobuses, los apartamentos, los cafés, muchos aspectos im-portantes de la vida son más pequeños y, por consiguiente, más apretados y más voluntariamente compartidos. No resulta ofensivo acercar el rostro al de un conocido durante una con-versación porque no se viola ningún espacio. Se habla con las manos, con un abrazo, un achuchón e incluso a veces con un beso.

Incluso a los estadounidenses cordiales semejante familia-ridad les resulta incomprensible.

Y Marco aún no estaba preparado para ceder demasiado espacio. Tomó el arrugado menú de la mesa y eligió rápida-mente lo primero que reconoció. Mientras el camarero se de-tenía y le miraba, le dijo con tanta naturalidad como pudo:

—*Espresso e un panino al formaggio.* —Un bocadillo de queso.

El camarero asintió con la cabeza. Nadie levantó la vista al oír el fuerte acento extranjero de su italiano. Ningún periódico se inclinó para ver a quién podía pertenecer. A nadie le importaba. Oían constantemente toda clase de acentos. Mientras volvía a dejar el menú sobre la mesa, Marco Lazzeri llegó a la conclusión de que, a lo mejor, le gustaba Bolonia, aunque resultara ser un nido de comunistas. Con tantos estudiantes y profesores que iban y venían desde todos los lugares del mundo, los forasteros eran aceptados como parte de la cultura. Puede que incluso resultara bien visto hablar con un poco de acento y vestir de una manera distinta. A lo mejor, no tenía nada de malo estudiar abiertamente el idioma.

Una de las señales que delataban a un forastero era el hecho de observarlo todo, moviendo rápidamente los ojos como si supiera que estaba entrando sin permiso en una nueva cultura y no quería que lo sorprendieran. A Marco no lo sorprenderían observando los detalles del bar Fontana. Sacó un cuadernillo de hojas de vocabulario e hizo un enorme esfuerzo por ignorar a las personas y las escenas que deseaba contemplar. Verbos, verbos, verbos. Ermanno le repetía una y otra vez que, para dominar el italiano o cualquier otro idioma románico, que para el caso era lo mismo, uno se tenía que aprender los verbos. El cuadernillo contenía un millar de verbos básicos y Ermanno aseguraba que eso era un buen punto de partida.

A pesar de lo aburrido que resultaba el aprendizaje de memoria, Marco experimentaba un curioso placer. Le parecía tremendamente satisfactorio pasar cuatro páginas —cien verbos, nombres o lo que fuera— sin perderse ni uno. Cuando fallaba en alguno o lo pronunciaba mal, volvía al principio y se castigaba empezando otra vez. Había conquistado trescientos verbos cuando llegaron el café y el bocadillo. Tomó un sorbo, reanudó su trabajo como si la comida fuera mucho menos importante que el vocabulario y ya había alcanzado más o menos los cuatrocientos cuando apareció Rudolph.

La silla del otro lado de la mesita redonda de Marco había quedado desocupada, lo cual llamó la atención de un hombre grueso y bajito, vestido enteramente de negro desteñido, con rizados mechones grises asomando bajo una boina negra que conseguía de algún modo mantenerse en equilibrio sobre su cabeza.

—*Buon giorno. È libera?* —preguntó educadamente el hombre indicando la silla.

Marco no entendió muy bien lo que había dicho, pero estaba claro lo que quería. Captó la palabra *libera* y dedujo que significaba «libre» o «desocupada».

—*Sì* —consiguió contestar Marco sin acento, y entonces el hombre se quitó una larga capa negra, la colocó sobre el respaldo y consiguió situarse en su sitio.

Cuando se sentó, ambos estuvieron a menos de noventa centímetros de distancia. «Aquí el espacio es distinto», se repetía Marco. El hombre dejó un ejemplar de *L'Unità* sobre la mesa e hizo que ésta se balanceara adelante y atrás. Marco temió momentáneamente por su *espresso*. Para evitar la conversación, se sumergió todavía más en los verbos de Ermanno.

—¿Americano? —preguntó su nuevo amigo en un inglés sin acento extranjero.

Marco inclinó el cuadernillo y contempló los relucientes ojos no demasiado lejanos.

—Casi. Canadiense. ¿Cómo lo ha adivinado?

El hombre señaló con la cabeza el librillo diciendo:

—Inglés y vocabulario italiano. No tiene pinta de británico y, por consiguiente, he supuesto que era estadounidense.

A juzgar por su acento, probablemente no era de la parte alta del Medio Oeste. Ni de Nueva York o Jersey; tampoco de Tejas o del Sur, los Apalaches o de Nueva Orleans. Tras haber descartado amplias zonas del país, Marco ya estaba empezando a pensar en California. Y también estaba empezando a ponerse muy nervioso. Tendría que mentir y aún no había practicado lo suficiente.

—Y usted, ¿de dónde es? —preguntó.

—Mi última parada fue Austin, Tejas. De eso hace treinta años. Me llamo Rudolph.

—Buenos días, Rudolph, encantado. Yo soy Marco. —Estaban en el parvulario, donde sólo son necesarios los nombres de pila—. No parece tejano.

—Menos mal —dijo el otro soltando una cordial carcajada sin que apenas se le viera la boca—. Soy natural de San Francisco.

El camarero se inclinó y Rudolph pidió un café solo y otra cosa en rápido italiano. El camarero añadió algo más y lo mismo hizo Rudolph, pero Marco no entendió nada.

—¿Qué le trae a Bolonia? —preguntó Rudolph.

Parecía deseoso de hablar; probablemente no tenía muchas ocasiones de acorralar a un paisano suyo norteamericano en su café preferido.

Marco inclinó el librillo y contestó:

—Estoy viajando un año por Italia para ver los monumentos e intentar aprender un poco el idioma.

Medio rostro de Rudolph estaba cubierto por una descuidada barba gris que empezaba casi a la altura de los pómulos y se derramaba en todas direcciones. Casi toda su nariz resultaba visible, al igual que parte de la boca. Pero, por alguna curiosa razón que nadie comprendería jamás porque nadie se atrevería a hacer una pregunta tan ridícula, había adquirido el hábito de afeitarse un pequeño círculo bajo el labio inferior que cubría casi toda la parte superior de la barbilla. Aparte de aquel territorio virgen, las rizadas patillas estaban autorizadas a ir libremente por donde quisieran y no parecía que se las lavara demasiado. La parte superior de su cabeza era más o menos lo mismo: montones de intacto y brillante matorral gris asomando por debajo de la boina.

Puesto que casi todas sus facciones estaban enmascaradas, toda la atención la atraían sus ojos. Eran de color verde oscuro y proyectaban unos rayos que, desde debajo de unas pobladas y colgantes cejas, lo abarcaban todo.

—¿Cuánto tiempo lleva en Bolonia? —preguntó Rudolph.

—Llegué ayer. No tengo ningún programa. Y usted, ¿qué le trae por aquí?

Marco estaba deseando mantener la conversación apartada de su propia persona.

Los ojos bailaron sin parpadear ni una sola vez.

—Llevo treinta años aquí. Soy profesor de la universidad.

Al final, Marco hincó el diente en su bocadillo de queso, en parte porque tenía apetito pero sobre todo para que Rudolph siguiera hablando.

—¿De dónde es usted? —preguntó éste.

Siguiendo el guión, Marco contestó:

—De Toronto. Mis abuelos emigraron allí desde Milán. Tengo sangre italiana, pero jamás aprendí el idioma.

—El idioma no es difícil —dijo Rudolph mientras le servían el café. Tomó la tacita, se la introdujo profundamente en la barba y ésta debió de localizar la boca. Emitió un chasquido con los labios y se inclinó un poco hacia delante, como si quisiera hablar—. No me parece usted canadiense —dijo mientras los ojos parecían burlarse de él.

Marco se estaba esforzando para comportarse como un italiano. Ni siquiera había tenido tiempo de adoptar una pose de canadiense. ¿Cómo es exactamente un canadiense? Tomó otro bocado, éste más grande y, con la boca llena, dijo:

—Lo siento. ¿Cómo llegó aquí desde Austin?

—Es una larga historia.

Marco se encogió de hombros como si dispusiera de mucho tiempo.

—De joven fui profesor en la Facultad de Derecho de la Universidad de Tejas. Cuando descubrieron que era comunista, empezaron a ejercer presión para que me fuera. Luché contra ellos. Y ellos lucharon contra mí. Me envalentoné, sobre todo en clase. A los comunistas no les iba demasiado bien en Tejas a principios de los años setenta y dudo que ahora las cosas hayan cambiado demasiado. Me privaron de mi puesto, me expulsaron de la ciudad y entonces me vine aquí a Bolonia, el corazón del comunismo italiano.

—¿Qué enseña aquí?

—Jurisprudencia. Derecho. Radicales teorías jurídicas izquierdistas.

Llegó una especie de brioche azucarado y Rudolph se zampó la mitad de un bocado. Cayeron unas cuantas migas desde las profundidades de su barba.

—¿Sigue siendo comunista? —preguntó Marco.

—Pues claro. Siempre. ¿Para qué iba a cambiar?

—Parece que ya han perdido un poco el rumbo, ¿no cree? Al final, resulta que no era tan buena idea como parecía. No hay más que ver el lío en que se encuentra metida Rusia a causa de Stalin y de su legado. Y en Corea del Norte se están muriendo de hambre mientras los dictadores montan ojivas nucleares. Cuba se encuentra cincuenta años por detrás del resto del mundo. A los sandinistas los echaron de Nicaragua. China está abrazando el libre mercado capitalista porque el viejo sistema se le ha hundido. La verdad es que no da resultado, ¿no le parece?

El brioche había perdido su atractivo; los ojos verdes estaban entornados. Marco vio venir una invectiva, probablemente aderezada con palabrotas tanto en inglés como en italiano. Miró rápidamente a su alrededor y se dio cuenta de que había muchas posibilidades de que los comunistas del bar Fontana lo superaran en número.

¿Y qué había hecho el capitalismo por él? En su honor cabe decir que Rudolph sonrió y se encogió de hombros nostálgico:

—Puede que sí, pero le aseguro que fue muy divertido ser comunista hace treinta años, sobre todo en Tejas. Qué días aquellos.

Marco señaló con la cabeza el periódico y dijo:

—¿Lee usted alguna vez los periódicos de casa?

—Mi casa está aquí, amigo mío. Me convertí en ciudadano italiano y llevo veinte años sin pisar Estados Unidos.

Backman suspiró de alivio. No había leído periódicos estadounidenses desde su puesta en libertad, aunque suponía que la noticia se habría publicado. Probablemente con viejas fotografías. Su pasado parecía a salvo con Rudolph.

Marco se preguntó si aquél sería su futuro: la ciudadanía italiana. Si es que llegaba a tener alguna. ¿Seguiría al cabo de veinte años vagando por Italia, sin volver la cabeza pero siempre tentado de hacerlo?

—Ha dicho usted «casa» —lo interrumpió Rudolph—. ¿Se refiere a Estados Unidos o a Canadá?

Marco sonrió y señaló con la cabeza en dirección a un lugar lejano.

—Supongo que por allí.

Un pequeño error que no hubiese tenido que cometer. Para cambiar rápidamente de tema dijo:

—Ésta es mi primera visita a Bolonia. No sabía que fuera el centro del comunismo italiano.

Rudolph posó la taza y chasqueó los labios parcialmente ocultos. Después se mesó la barba con ambas manos como un viejo gato que se alisa los bigotes.

—Bolonia es muchas cosas, amigo mío —dijo como si se dispusiera a iniciar un largo monólogo—. Siempre ha sido el centro del libre pensamiento y de la actividad intelectual en Italia, de ahí su apodo inicial, *la dotta*, es decir, la docta. Después se convirtió en la patria de la izquierda política y se ganó su segundo apodo, *la rossa*, la roja. Y los boloñeses siempre se han tomado muy en serio su comida. Creen, y probablemente tienen razón, que esto es el vientre de Italia. De ahí su tercer apodo de *la grassa*, la gorda, un término cariñoso porque no verá usted muchas personas gordas por aquí. Yo estaba gordo cuando llegué. —Se dio orgullosamente una palmada en el estómago con una mano mientras se terminaba el brioche con la otra.

De repente, a Marco lo asaltó una aterradora pregunta: ¿Sería posible que Rudolph formara parte de la interferencia? ¿Sería compañero de equipo de Luigi y Ermanno y Stennett y cualquier otro que pudiera haber allí afuera en la sombra, trabajando duro para preservar la vida de Joel Backman? Seguro que no. Seguro que era lo que había dicho, un profesor. Un tipo raro, un inadaptado, un veterano comunista que había encontrado una vida mejor en otro sitio.

La idea se le pasó, pero no la olvidó. Marco se terminó su pequeño bocadillo y llegó a la conclusión de que ya habían hablado suficiente. De repente, tenía que tomar un tren para dedicar el día a otros lugares de interés. Consiguió salir de detrás de la mesa y Rudolph le dedicó una afectuosa despedida.

—Estoy aquí todas las mañanas —dijo—. Vuelva cuando pueda quedarse más tiempo.

—*Grazie* —dijo Marco—. *Arrivederci*.

En el exterior del café, Via Irnerio se estaba animando con las pequeñas camionetas de reparto que ya habían iniciado sus trayectos. Dos conductores se gritaron, probablemente palabrotas amistosas. Marco jamás lo entendería. Se alejó del café por temor a que el viejo Rudolph tuviera la ocurrencia de preguntarle alguna otra cosa y saliera disparado del local. Tomó por una calle secundaria, Via Capo di Lucca —estaba aprendiendo que todas estaban rotuladas y podía localizarlas fácilmente en el plano— y se dirigió zigzagueando hacia el centro. Pasó por delante de otro pequeño y acogedor café, dio marcha atrás y entró a tomarse un *cappuccino*.

Allí no lo molestó ningún comunista, incluso le pareció que nadie se fijaba en él. Marco y Joel Backman saborearon el momento... la deliciosa y fuerte bebida, la densa y caldeada atmósfera, las apagadas risas de los que estaban conversando. En aquel preciso momento nadie en el mundo sabía exactamente dónde estaba; la sensación era verdaderamente estimulante.

A instancias de Marco, las sesiones matinales empezaban a las ocho y no treinta minutos más tarde. Ermanno, el estudiante, seguía necesitando muchas horas de sueño, pero no podía discutir con el entusiasmo de que hacía gala su alumno. Marco llegaba a cada lección con las listas de su vocabulario totalmente aprendidas de memoria, con los diálogos perfeccionados y un apremiante deseo de asimilar el idioma que a duras penas dominaba. En determinado momento, sugirió que empezaran a las siete.

La mañana que conoció a Rudolph, Marco se pasó dos horas ininterrumpidas estudiando y después dijo bruscamente:

—*Vorrei vedere l'università.* —Quisiera ver la universidad.

—*Quando?* —preguntó Ermanno.

—*Adesso. Andiamo a fare una passeggiata.* —Ahora. Vamos a dar un paseo.

—*Penso que dobbiamo studiare.* —Creo que tenemos que estudiar.

—*Sì. Possiamo studiare camminando.* —Podemos estudiar caminando.

Marco ya se había levantado y estaba poniéndose el abrigo. Abandonaron el deprimente edificio y echaron a andar hacia la universidad.

—*Questa via come si chiama?* —preguntó Ermanno. ¿Cómo se llama esta calle?

—*È via Donati* —contestó Marco sin buscar el nombre de la calle.

Se detuvieron delante de una abarrotada tiendecita y Ermanno preguntó:

—*Che tipo di negozio è questo?* —¿Qué clase de establecimiento es éste?

—*Una tabaccheria.* —Un estanco.

—*Chè cosa puoi comprare in questo negozio?* —¿Qué puedes comprar en esta tienda?

—*Posso comprare molte cose. Giornali, riviste, francobolli, sigarette.* —Puedo comprar muchas cosas. Periódicos, revistas, sellos, cigarrillos.

La sesión se convirtió en un animado juego de nombramiento de cosas. Ermanno señalaba con la mano y decía: «*Cosa è quello?*» Una bicicleta, un policía, un automóvil azul, un autobús, un banco, un contenedor de basura, un estudiante, una cabina telefónica, un perrito, un café, una pastelería. Exceptuando una farola, Marco fue rápido con cada palabra italiana. Y todos los verbos más importantes —caminar, hablar, ver, estudiar, pensar, conversar, respirar, comer, beber, darse prisa, conducir—, la lista era interminable y Marco tenía a su disposición las correspondientes traducciones.

Pocos minutos después de las diez, la universidad empezó finalmente a cobrar vida. Ermanno explicó que no había un campus central, ningún cuadrado estilo americano bordeado de árboles y cosas por el estilo. La Università degli Studi estaba repartida en docenas de preciosos edificios, algunos de quinientos años de antigüedad, casi todos ellos agrupados de punta a punta de Via Zamboni, aunque con el paso de los siglos la universidad había crecido y ahora abarcaba una amplia zona de Bolonia.

Durante una o dos manzanas olvidaron la lección de italiano en medio de la oleada de estudiantes que apuraban el paso yendo y viniendo de sus clases. Marco se sorprendió buscando a un viejo de brillante cabello gris, su comunista preferido, su primera amistad auténtica desde que saliera de la cárcel. Ya había decidido volver a ver a Rudolph.

En el 22 de Via Zamboni, Marco se detuvo para contemplar una placa entre la ventana y la puerta: FACOLTÀ DI GIURISPRUDENZA.

—¿Ésta es la Facultad de Derecho?

—Sí.

Rudolph debía de estar dentro por algún sitio, difundiendo sin duda sus tesis izquierdistas entre sus impresionables alumnos.

Reanudaron la marcha sin prisas, jugando a nombrar las cosas y disfrutando de la energía de la calle.

13

La *lezione a piedi* —lección a pie— continuó al día siguiente cuando Marco se rebeló después de media hora de aburrida gramática sacada directamente del libro de texto y exigió salir a dar un paseo.

—*Ma devi imparare la grammatica* —insistía Ermanno. Tienes que aprenderte la gramática.

Marco ya se estaba poniendo el abrigo.

—En eso te equivocas, Ermanno. Yo necesito una conversación real, no estructuras de frases.

—*Sono io l'insegnante.* —El profesor soy yo.

—Vamos. *Andiamo.* Bolonia nos espera. Las calles están llenas de alegres jóvenes, en el aire se perciben los sonidos de tu lengua, esperando a que yo los asimile. —Al ver que Ermanno dudaba, Marcó sonrió y le dijo—: Por favor, amigo mío. Llevo seis años encerrado en una pequeña celda aproximadamente del mismo tamaño que este apartamento. No puedes pretender que me quede aquí. Ahí fuera hay una ciudad vibrante. Vamos a explorarla.

Fuera el aire era fresco y vigorizante, no había ni una sola nube en ninguna parte, un precioso día de invierno que había inducido a los apasionados boloñeses a echarse a la calle para hacer recados y mantener largas charlas con los viejos amigos. Se formaban bolsas de intensa conversación cuando los estudiantes de soñolientos ojos se saludaban y las amas de casa se reunían para intercambiar chismes. Ancianos caballeros con abrigo y corbata se estrechaban la mano y después hablaban todos a la vez. Los vendedores callejeros anunciaban a gritos sus últimas gangas.

Pero para Ermanno aquello no era un paseo por el parque. Si su alumno quería conversación, estaba claro que se la tendría que ganar. Señaló y le dijo a Marco, naturalmente en italiano:

—Acércate a aquel policía y pregúntale por dónde se va a la Piazza Maggiore. Apréndete bien las instrucciones y después me las repites.

Marco se acercó muy despacio, murmurando unas palabras y tratando de recordar otras. Siempre empezar con una sonrisa y el saludo apropiado.

—*Buon giorno* —dijo casi conteniendo la respiración.

—*Buon giorno* —contestó el policía.

—*Mi può aiutare?* —¿Me puede ayudar?

—*Certamente.*

—*Sono canadese. Non parlo molto bene.* —Soy canadiense. No hablo muy bien el italiano.

—*Allora.* —Vamos a ver.

El policía seguía sonriendo, visiblemente deseoso de echarle una mano.

—*Dov'è la Piazza Maggiore?*

El policía se volvió y miró a lo lejos hacia el centro de Bolonia. Carraspeó y Marco se preparó para el torrente de instrucciones. Ermanno permanecía de pie a escasa distancia, prestando atención a todo.

Con una cadencia deliciosamente pausada el agente dijo en italiano, gesticulando, naturalmente, tal como hacen todos:

—No está muy lejos. Baje por esta calle, gire a la izquierda por la siguiente, que es la Via Zamboni, y sígala hasta que vea dos torres. Tome por Via Rizzoli y camine tres manzanas.

Marco escuchó con toda atención e intentó repetir cada frase. El policía volvió a repetir pacientemente el ejercicio. Marco le dio las gracias, repitió todo lo que pudo en su fuero interno y después se lo soltó todo a Ermanno.

—*Non c'è male* —dijo éste. No está mal.

La diversión acababa de empezar. Mientras Marco disfrutaba de su pequeño triunfo, Ermanno empezó a buscar al siguiente profesor involuntario. Lo encontró en un anciano que caminaba lentamente apoyado en un bastón y llevaba un grueso periódico bajo el brazo.

—Pregúntale dónde ha comprado el periódico —le ordenó a su alumno.

Marco se lo tomó con calma, siguió unos pasos al caballero y, cuando creyó que ya tenía a punto las palabras, dijo:

—*Buon giorno, scusi.* —El anciano se detuvo, le miró y, por un instante, pareció que iba a levantar el bastón y darle a Marco en la cabeza. No contestó con el habitual *buon giorno*—. *Dove ha comprato questo giornale?* —¿Dónde ha comprado el periódico?

El viejo contempló el periódico como si fuera de contrabando y después miró a Marco como si lo hubiera insultado. Señaló con la cabeza hacia la izquierda y dijo algo así como «por allí». Y así terminó su participación en la conversación. Mientras el hombre se alejaba arrastrando los pies, Ermanno se situó al lado de Marco y le dijo en inglés:

—No ha habido mucha conversación, ¿eh?

—Más bien no.

Entraron en un pequeño café. Marco se limitó a pedir un *espresso*. Pero Ermanno no se conformaba con cualquier cosa; quería un café con azúcar pero sin crema de leche y un pastelito de cerezas y le ordenó a Marco que lo pidiera sin equivocarse. Sobre la mesa Ermanno dispersó varios billetes de distintos valores y monedas de cincuenta céntimos y un euro, y ambos practicaron con los números y las cuentas. Después decidió tomarse otro café, esta vez sin azúcar pero con un poco de crema de leche. Marco tomó dos euros y regresó con el café. Contó el cambio.

Después de un breve descanso, regresaron a la calle y dieron un paseo por la Via San Vitale, una de las principales calles de la universidad, con pórticos que cubrían ambas aceras y miles de estudiantes apurando el paso para asistir a clase. Las calles estaban atestadas de bicicletas, el medio de transporte preferido para circular por allí. Ermanno había estudiado tres años en Bolonia, o eso dijo por lo menos, aunque Marco casi no se creía nada de lo que le contaban su profesor o su adiestrador.

—Ésta es la Piazza Verdi —dijo Ermanno, señalando una placita en la que estaba a punto de iniciarse una manifestación de protesta.

Una melenuda reliquia de los años setenta ajustaba un micrófono, preparándose sin duda para denunciar a voz en grito las fechorías cometidas por Estados Unidos en algún lugar del mundo. Sus seguidores trataban de desplegar una enorme pancarta de fabricación casera muy mal pintada cuyo texto ni siquiera Ermanno pudo descifrar. Pero habían llegado demasiado temprano. Los estudiantes estaban medio dormidos y más preocupados por la posibilidad de llegar tarde a clase.

—¿Qué les pasa? —preguntó Marco al pasar por su lado.

—No lo sé muy bien. Algo relacionado con el Banco Mundial. Aquí siempre hay alguna manifestación.

Siguieron adelante en medio de la juvenil muchedumbre, abriéndose paso entre la avalancha de peatones camino del centro.

Luigi se reunió a almorzar con ellos en el restaurante Testerino, cercano a la universidad. Como pagaban la cuenta los contribuyentes estadounidenses, pedía a menudo sin reparar en el precio. Ermanno, el estudiante sin blanca, se sentía incómodo con aquellas extravagancias, pero, siendo italiano, acabó aceptando de buena gana la idea de un prolongado almuerzo. Éste duró dos horas y en su transcurso no se pronunció ni una sola palabra en inglés. El italiano fue lento, metódico y a menudo repetido, pero jamás cedió ante el inglés. A Marco le resultaba difícil disfrutar de una buena comida mientras su cerebro trabajaba a destajo tratando de oír, captar, digerir, comprender y elaborar una respuesta a la última frase que le acababan de lanzar. A menudo la última frase pasaba por su cabeza sin que él hubiera identificado más que una o dos palabras antes de ser repentinamente sustituida por otra. Y sus dos amigos no se lo tomaban a broma. A la menor señal de que Marco no los seguía, de que se limitaba a asentir con la cabeza para que siguieran hablando y él pudiera comerse un bocado, se detenían bruscamente y decían:

—*Che cosa ho detto?* —¿Qué he dicho?

Marco masticaba unos segundos, tratando de ganar tiempo para pensar en algo —¡en italiano, maldita sea!— que lo sacara del apuro. Sin embargo, estaba aprendiendo a escuchar, a captar las palabras esenciales. Sus dos amigos le habían dicho repetidamente que siempre entendería mucho más de lo que podría decir.

La comida lo salvó. Tuvo especial importancia la diferencia entre *tortellini* (pequeños raviolis rellenos principalmente de carne de cerdo) y *tortelloni* (raviolis más grandes rellenos principalmente de requesón). El chef, al percatarse de que Marco era un canadiense muy interesado en la gastronomía boloñesa, insistió en servirle los dos platos. Como siempre, Luigi explicó que ambos eran creaciones exclusivas de los grandes chefs de Bolonia.

Marco se limitó a comer, haciendo todo lo posible por devorar las deliciosas raciones mientras procuraba evitar el italiano.

Al cabo de dos horas, Marco insistió en tomarse un descanso. Se bebió su segundo *espresso* y se despidió. Los dejó delante del restaurante y se fue solo. Le silbaban los oídos y la cabeza le daba vueltas a causa del esfuerzo.

Se desvió dos manzanas de Via Rizzoli. Y lo volvió a hacer para asegurarse de que nadie lo seguía. Las largas aceras porticadas eran ideales para agacharse y esconderse. Cuando se volvieron a llenar de estudiantes cruzó la Piazza Verdi, donde la protesta contra el Banco Mundial había cedido paso a un encendido discurso que, por una vez, hizo que Marco se alegrara enormemente de no entender el italiano. Se detuvo en el número 22 de Via Zamboni y una vez más contempló la impresionante puerta de madera maciza que daba acceso a la Facultad de Derecho. La cruzó haciendo todo lo posible por aparentar naturalidad. No había ningún directorio a la vista, pero en un tablón de anuncios estudiantil se ofrecían apartamentos, libros, compañía, prácticamente de todo, incluido un programa de estudios estivales en la Wake Forest Law School.

Al otro lado del vestíbulo el edificio se abría a un patio al aire libre donde los estudiantes se reunían charlando por los móviles y conversando mientras aguardaban el comienzo de las clases.

Le llamó la atención una escalera situada a su izquierda. Subió al segundo piso, donde al final encontró una especie de directorio. Comprendió la palabra *uffici* y bajó por un pasillo pasando por delante de dos aulas hasta encontrar los despachos de la facultad. Casi todos tenían nombre, pero algunos no. El último pertenecía a Rudolph Viscovitch, hasta entonces el único apellido no italiano del edificio. Marco llamó con los nudillos y nadie contestó. Giró el pomo pero la puerta estaba cerrada con llave. Se sacó del bolsillo del abrigo una hoja de papel del Campeol de Treviso y garabateó una nota:

Querido Rudolph:
Pasaba por el campus, tropecé con su despacho y quería saludarlo. Puede que lo vuelva a ver en el bar Fontana. Disfruté de nuestra charla de ayer. Es bonito oír inglés de vez en cuando. Su amigo canadiense, Marco Lazzeri.

Lo deslizó por debajo de la puerta y bajó por la escalera detrás de un grupo de estudiantes. Una vez en Via Zamboni, echó a andar sin rumbo fijo. Se detuvo a tomar un *gelato* y después regresó sin prisa a su hotel. Su oscuro cuartito estaba demasiado frío para echar una siesta. Se prometió volver a quejarse a su adiestrador. El almuerzo había costado más que tres noches de su habitación. Seguro que Luigi y los que estaban por encima de él podían permitirse pagar un sitio un poco mejor.

Volvió con paso cansino al apartamento-armario de Ermanno para la sesión de la tarde.

Luigi esperó pacientemente en la Centrale de Bolonia la llegada del Eurostar directo de Milán. La estación de trenes estaba relativamente tranquila durante la pausa que precedía a la hora punta de las cinco de la tarde. A las 3.35, cumpliendo exactamente el horario, la aerodinámica bala entró con un silbido para efectuar una rápida parada y Whitaker bajó de un salto al andén.

Puesto que Whitaker nunca sonreía, ambos apenas se saludaron. Tras un indiferente apretón de manos, se dirigieron al Fiat de Luigi.

—¿Qué tal tu chico? —preguntó Whitaker en cuanto cerró la portezuela.

—Lo está haciendo muy bien —contestó Luigi mientras ponía el motor en marcha y se alejaba del lugar—. Estudia muy duro. No tiene mucho más que hacer.

—¿Y se queda en su sitio?

—Sí. Le gusta pasear por la ciudad, pero teme alejarse demasiado. Además, no tiene dinero.

—Mantenedlo sin un céntimo. ¿Qué tal va su italiano?

—Aprende muy rápido. —Se encontraban en la Via dell'Indipendenza, una ancha calle que los estaba llevando directamente hacia el sur, al centro de la ciudad—. Está muy motivado.

—¿Tiene miedo?

—Creo que sí.

—Es listo y es un manipulador, Luigi, no lo olvides. Y, precisamente porque es listo, tiene también mucho miedo. Sabe que corre peligro.

—Le conté lo de Critz.

—¿Y qué?

—Se quedó perplejo.

—¿No se asustó?

—Sí, creo que sí. ¿Quién se cargó a Critz?

—Supongo que nosotros, pero eso nunca se sabe. ¿Está preparada la casa franca?

—Sí.

—Muy bien. Vamos a ver el apartamento de Marco.

Via Fondazza era una tranquila calle residencial situada en el extremo suroriental del casco antiguo, a pocas manzanas del barrio universitario. Como en el resto de Bolonia, las aceras de ambos lados de la calle eran porticadas. Las puertas de las casas y los apartamentos se abrían directamente a las aceras. Casi todos los edificios tenían placas de latón al lado de los porteros electrónicos, pero el 112 de Via Fondazza no. Carecía de placa y estaba alquilado desde hacía tres años a un misterioso hombre de negocios de Milán que pagaba el alquiler pero raras veces lo utilizaba. Whitaker llevaba más de un año sin verlo; tampoco es que fuera muy interesante. Era un sencillo apartamento de unos ciento ochenta metros cuadrados y cuatro habitaciones sucintamente amuebladas. Costaba 1.200 euros al mes. Era un piso franco, más o menos; uno de los tres que en aquellos momentos tenía bajo su control en el norte de Italia.

Constaba de dos dormitorios, una pequeña cocina y una sala de estar con un sofá, un escritorio, dos sillones de cuero y ningún televisor. Luigi señaló el teléfono y ambos comentaron casi en lenguaje cifrado las características del dispositivo de grabación que se había instalado, indetectable. Había dos micrófonos ocultos en cada habitación, potentes aparatos que captaban cualquier sonido. Había también dos cámaras microscópicas: una oculta en una rendija de un viejo azulejo, en la parte superior del estudio, desde donde se podía ver la puerta principal. La otra estaba escondida en un barato aplique de la pared de la cocina y permitía ver con toda claridad la puerta trasera.

No vigilarían el dormitorio, cosa de la cual Luigi dijo alegrarse. En caso de que Marco consiguiera encontrar a una mujer dispuesta a visitarle, la podrían captar entrando y saliendo con la cámara del estudio y eso era más que suficiente para Luigi. En caso de que se muriera de aburrimiento, podría accionar un interruptor y escuchar para divertirse.

El piso franco estaba separado de otro apartamento por una gruesa pared de piedra. Luigi se alojaba en la puerta contigua, en una vivienda de cinco habitaciones ligeramente más grande que la de Marco. Su puerta trasera daba a un jardincillo invisible desde el piso franco; así nadie sabía sus movimientos. La cocina había sido transformada en un cuarto de vigilancia de alta tecnología desde el que podía accionar una cámara siempre que quisiera y echar un vistazo a lo que ocurría en la puerta de al lado.

—¿Estudiarán aquí? —preguntó Whitaker.

—Sí. Creo que es suficientemente seguro. Además, yo puedo controlar las cosas.

Whitaker volvió a recorrer cada una de las habitaciones. Cuando ya hubo visto suficiente, preguntó:

—¿Todo a punto en la puerta de al lado?

—Todo. Me he pasado las últimas dos noches allí. Estamos preparados.

—¿Con cuánta rapidez lo puedes trasladar?

—Esta misma tarde.

—Muy bien. Vamos a ver al chico.

Echaron a andar hacia el norte hasta el final de Via Fondazza y después hacia el noroeste por una calle más ancha, la

Strada Maggiore. El lugar de la cita era un pequeño café llamado Lestre's. Luigi tomó un periódico y se sentó solo a una mesa, Whitaker tomó otro periódico y se sentó muy cerca de él. Ninguno prestaba atención al otro. A las cuatro y media en punto, Ermanno y su alumno entraron a beberse un rápido *espresso* con Luigi.

En cuanto se hubieron saludado y quitado los abrigos, Luigi preguntó:

—¿Estás cansado del italiano, Marco?

—Estoy harto de él —contestó Marco sonriendo.

—Muy bien. Hablemos en inglés.

—Que Dios te bendiga.

Whitaker, sentado a un metro y medio de distancia, parcialmente escondido detrás del periódico, fumaba un cigarrillo como si no tuviera el menor interés por ninguno de quienes lo rodeaban. Como es natural, conocía a Ermanno, pero jamás lo había visto. Marco era otra historia.

Aproximadamente unos doce años antes, Whitaker había estado en Washington haciendo un trabajo en Langley, en la época en que todo el mundo conocía al intermediario. Recordaba a Joel Backman como una fuerza política que dedicaba casi tanto tiempo a cultivar su egocéntrica imagen como a representar a sus importantes clientes. Era el epítome del dinero y el poder, el influyente personaje capaz de avasallar, engatusar y soltar el suficiente dinero como para conseguir cualquier cosa que se propusiera.

Era asombroso lo que seis años en la cárcel podían hacer. Ahora estaba muy delgado y tenía un aspecto muy europeo con sus gafas Armani. Le estaban empezando a salir canas en la barba. Whitaker estaba seguro de que prácticamente nadie del otro lado del Atlántico hubiese podido entrar en el Lestre's en aquel momento y reconocer a Joel Backman.

Marco sorprendió al hombre situado a un metro y medio de distancia mirándole ligeramente más de lo debido, pero no sospechó nada. Estaban conversando en inglés y puede que pocas personas lo hicieran, por lo menos en el Lestre's. Cerca de la universidad se escuchaban varios idiomas en todos los cafés.

Ermanno se excusó tras beberse un *espresso*. A los pocos minutos Whitaker también se marchó. Recorrió unas cuantas manzanas hasta un cibercafé que ya había utilizado otras veces. Conectó su portátil y tecleó un mensaje para Julia Javier de Langley:

> El apartamento de Fondazza ya está listo, debería trasladarse esta noche. He echado un visto a nuestro hombre, tomando café con nuestros amigos. De otro modo, no lo habría reconocido. Se está adaptando muy bien a su nueva vida. Aquí todo está en orden; no hay ningún problema.

Cuando ya había anochecido, el Fiat se detuvo a mitad de Via Fondazza y lo descargaron en un santiamén. Marco hacía muy rápido el equipaje porque no tenía prácticamente nada. Dos bolsas de ropa y unos cuantos libros de texto de italiano y listo. Cuando entró en su nuevo apartamento, lo primero que notó fue que estaba suficientemente caldeado.

—Eso ya es otra cosa —le dijo a Luigi.

—Voy a aparcar el automóvil. Echa un vistazo.

Miró a su alrededor, contó cuatro habitaciones con un bonito mobiliario, nada de particular pero una gran mejora en comparación con su último alojamiento. La vida estaba mejorando... diez días antes estaba en la cárcel.

Luigi regresó enseguida.

—¿Qué te parece?

—Me lo quedo. Gracias.

—Faltaría más.

—Y gracias también a la gente de Washington.

—¿Has visto la cocina? —preguntó Luigi dándole al interruptor de la luz.

—Sí, está perfecta. ¿Cuánto tiempo me quedaré aquí, Luigi?

—Yo no tomo estas decisiones. Ya lo sabes.

—Lo sé.

Habían regresado al estudio.

—Un par de cosas —dijo Luigi—. Primero, Ermanno vendrá cada día aquí para ayudarte a estudiar. De ocho a once y después de dos a cinco o cuando tú quieras parar.

—Estupendo. Pero buscadle al chico otro apartamento, por favor. Su pocilga es una vergüenza para los contribuyentes estadounidenses.

—Segundo, ésta es una calle muy tranquila, principalmente de apartamentos. Entra y sal rápidamente, no te entretengas a charlar con los vecinos, no hagas amistades. Recuerda, Marco, que estás dejando un rastro. Como sea muy marcado, alguien te encontrará.

—Te lo he oído decir diez veces.

—Pues vuelve a oírme.

—Cálmate, Luigi. Mis vecinos jamás me verán, te lo prometo. Me gusta este sitio. Es mucho más bonito que mi celda de la cárcel.

14

La ceremonia en honor de Robert Critz se celebró en un mausoleo que parecía un club de campo, en un lujoso barrio residencial de Filadelfia, la ciudad donde había nacido pero que él había evitado visitar por lo menos en los últimos treinta años. Había muerto sin testamento y sin ninguna disposición final. La pobre señora Critz tuvo que ocuparse de trasladarlo a casa desde Londres y de deshacerse debidamente de él. Un hijo propuso la idea de la incineración y la colocación en un bonito nicho de mármol bien protegido de las inclemencias del tiempo. A aquellas alturas, la señora Critz hubiese accedido a casi cualquier cosa. El hecho de sobrevolar durante siete horas el Atlántico (en una litera) con los restos de su marido situados en algún lugar debajo de ella en una caja especialmente diseñada para el traslado aéreo de seres humanos muertos había estado casi a punto de hacerle perder los nervios. Después se había tenido que enfrentar con el caos del aeropuerto, donde no había nadie para recibirla ni asumir la responsabilidad de la situación. ¡Qué desastre!

La ceremonia era sólo por invitación, una condición impuesta por el ex presidente Arthur Morgan, el cual, tras haberse pasado escasamente dos semanas en Barbados no estaba dispuesto a regresar y que lo viera alguien. En caso de que estuviera sinceramente apenado por la muerte de su amigo de toda la vida, no lo dejaba traslucir. Había discutido tanto los detalles de la ceremonia con la familia Critz que, al final, casi le habían pedido que no asistiera. La fecha se había modificado a causa de Morgan. El orden de la ceremonia no era de su agrado. Accedió a regañadientes a pronunciar un discurso de alabanza, pero sólo en caso de que fuese muy breve. Lo cierto era que jamás le había gustado la señora Critz ni él a ella.

Al reducido círculo de amigos y a la familia les resultaba imposible creer que Robert Critz se hubiera emborrachado en un pub de Londres hasta el extremo de caminar haciendo eses por una bulliciosa calle y caer delante de un automóvil. Cuando el resultado de la autopsia reveló una significativa cantidad de heroína, la señora Critz se llevó tal disgusto que insistió en que el informe se sellara y enterrara. Se había negado a hablarles a sus hijos del narcótico. Estaba absolutamente segura de que su marido jamás había tocado una droga ilegal —bebía demasiado, aunque eso muy pocas personas lo sabían—, pero, a pesar de ello, estaba firmemente decidida a proteger su buen nombre.

La policía de Londres había accedido de buen grado a guardar los resultados de la autopsia y archivar el caso. Habían hecho preguntas, naturalmente, pero estaban muy ocupados con otros casos y, además, tenían una viuda deseosa de regresar a casa y olvidarlo todo.

La ceremonia comenzó a las dos de la tarde de un jueves —la hora también la había decidido Morgan para que su jet privado pudiera volar sin escalas desde Barbados al Aeropuerto Internacional de Filadelfia— y duró una hora. Se habían cursado invitaciones a ochenta y dos personas y se presentaron cincuenta y una, casi todas ellas más interesadas en ver al presidente Morgan que en despedirse del viejo Critz. La presidió un pastor semiprotestante de nadie sabía exactamente qué secta. Critz llevaba cuarenta años sin ver el interior de una iglesia como no fuera para asistir a bodas o funerales. El pastor se enfrentó con la difícil tarea de evocar el recuerdo de un hombre al que jamás había conocido y, por más que lo intentó, sus esfuerzos resultaron infructuosos. Leyó unos pasajes de los Salmos. Pronunció una vaga plegaria que igual hubiese servido para un diácono que para un asesino en serie. Dedicó unas palabras de consuelo a la familia, cuyos miembros eran para él unos perfectos desconocidos.

Más que una sentida despedida, la ceremonia fue tan fría como las paredes de mármol gris de la falsa capilla. Morgan, con un bronceado ridículo para el mes de febrero, trató de halagar al reducido grupo con algunas anécdotas acerca de su viejo amigo, pero no pudo disimular la indiferencia de alguien que hace las cosas por simple compromiso y está deseando desesperadamente regresar a su jet.

Las horas pasadas bajo el sol del Caribe habían convencido a Morgan de que la culpa de la desastrosa campaña de su reelección se podía atribuir exclusivamente a Robert Critz. No le había revelado a nadie sus conclusiones; en realidad, no tenía a nadie en quien confiar, pues en la mansión de la playa no estaban más que él y los sirvientes nativos que lo atendían. Pero ya estaba empezando a sentir rencor y a poner en tela de juicio su amistad.

No se entretuvo con la gente cuando la ceremonia empezó a perder fuelle y terminó de una vez. Ofreció los preceptivos abrazos a la señora Critz y a sus hijos, habló brevemente con algunos viejos amigos, prometió verlos al cabo de unas semanas y se marchó precipitadamente en compañía de su obligatoria escolta del Servicio Secreto. Las cámaras de los noticiarios llevaban mucho rato esperando al otro lado de la valla del recinto, pero no pudieron captar ninguna imagen del ex presidente, que permanecía agachado en la parte trasera de una de las dos camionetas negras. Cinco horas más tarde ya se encontraba junto a la piscina contemplando otro ocaso caribeño.

A pesar de que la ceremonia había interesado a un reducido número de personas, éstas habían sido cuidadosamente observadas por otras. En su transcurso, Teddy Maynard recibió una lista de los cincuenta y un asistentes. No había ningún sospechoso. Ningún nombre dio lugar a que alguien enarcara una ceja.

El asesinato había sido limpio. La autopsia estaba enterrada gracias en parte a la señora Critz y gracias en parte a unos hilos de los que se había tirado a un nivel mucho más alto en la policía de Londres.

El cuerpo se había convertido en ceniza y el mundo no tardaría en olvidarse de Robert Critz. Su estúpida incursión en la desaparición de Backman había terminado sin causar el menor daño al plan.

El FBI había tratado infructuosamente de instalar una cámara oculta en el interior de la capilla. El propietario se había opuesto y después se había negado a doblegarse a pesar de la enorme presión ejercida sobre él. Permitió la instalación de cámaras ocultas en el exterior, que ofrecieron primeros planos de todos los asistentes entrando y saliendo. Las imágenes en directo se montaron y, una hora después de la ceremonia, el director ya disponía de información.

La víspera de la muerte de Robert Critz, el FBI recibió una noticia sorprendente. Era completamente inesperada, libremente facilitada por un desesperado empresario que se enfrentaba a treinta años de condena por estafa en una prisión federal. Era el gerente de una importante sociedad de inversión inmobiliaria que había sido sorprendido apropiándose de las cuotas de los clientes; uno de los muchos escándalos de Wall Street de unos cuantos miles de millones de dólares. Pero al parecer la sociedad pertenecía a una camarilla bancaria internacional y, a lo largo de los años, el estafador se había ido abriendo paso hasta el núcleo de la organización. Gracias en buena parte a su talento para birlar, la inversión era tan rentable que los beneficios no podían pasar inadvertidos. Fue nombrado por votación miembro de la junta directiva y le regalaron una vivienda de lujo en Bermuda, el cuartel general de su discretísima empresa.

En su desesperación por evitar pasarse el resto de la vida en la cárcel, se mostró dispuesto a revelar ciertos secretos. Secretos bancarios. Basura de paraísos fiscales. Aseguró poder demostrar que el ex presidente Morgan, durante el último día de su mandato, había vendido por lo menos un indulto por tres millones de dólares. El dinero había sido telegrafiado desde un banco de Gran Caimán a un banco de Singapur, ambos controlados en secreto por la camarilla que él acababa de abandonar. El dinero aún permanecía escondido en Singapur, en una cuenta abierta por una empresa que, en realidad, era propiedad de un viejo compinche de Morgan. El dinero, según el confidente, estaba destinado a Morgan.

Una vez confirmadas por el FBI las transferencias y las cuentas, se puso inmediatamente un acuerdo sobre la mesa. El estafador se enfrentaba ahora a sólo dos años de cómodo arresto domiciliario. El hecho de que se hubiera pagado dinero en efectivo a cambio de un indulto presidencial era un delito tan escandaloso que en el edificio Hoover se convirtió en una prioridad.

El confidente no pudo decir a quién pertenecía el dinero que había abandonado Gran Caimán, pero al FBI le resultaba de todo punto evidente que sólo dos de los indultados por Morgan tenían capacidad para pagar semejante soborno. El primero y más probable era el duque de Mongo, el anciano multimillonario con el récord de dólares defraudados al fisco, por lo menos por una persona física. El récord de una empresa era todavía objeto de discusión. Pero el confidente tenía casi la certeza de que Mongo no estaba implicado, pues ya tenía una larga y desagradable historia con los bancos en cuestión. Prefería los suizos, cosa que fue comprobada por el FBI.

El segundo sospechoso era, naturalmente, Joel Backman. Podía esperarse semejante soborno de alguien como Backman. A pesar de que el FBI había creído durante muchos años que no tenía una fortuna oculta, siempre había habido alguna duda. En su época de intermediario había mantenido relaciones con bancos, tanto de Suiza como del Caribe. Había tejido una red oculta de amigos y contactos en lugares clave. Sobornos, recompensas, aportaciones a campañas, honorarios de sus actividades en representación de *lobbys*... Todo era territorio conocido para el intermediario.

El director del FBI era un alma atormentada llamada Anthony Price. Hacía tres años que había sido nombrado para el cargo por el presidente Morgan, que seis meses después había tratado de despedirlo. Price pidió más tiempo y lo consiguió, pero ambos discutían constantemente. Por alguna razón que nunca lograba recordar exactamente, Price también había decidido demostrar su hombría midiéndose con Teddy Maynard. Teddy no había perdido muchas batallas en la guerra secreta de la CIA contra el FBI y no le tenía ningún miedo a Anthony Price, el último de una larga lista de inútiles.

Pero Teddy no sabía nada acerca de la conspiración del dinero-a-cambio-de-un-indulto que ahora consumía al director del FBI. El nuevo presidente había jurado librarse de Anthony Price y dar un nuevo impulso a la agencia. También había prometido echar finalmente a Maynard, pero semejantes amenazas ya se habían oído muchas veces en Washington.

De repente, a Price se le ofrecía la espléndida oportunidad de asegurarse el cargo y eliminar a ser posible al mismo tiempo a Maynard. Acudió a la Casa Blanca e informó al asesor de seguridad nacional, confirmado en su puesto la víspera, acerca de la cuenta sospechosa de Singapur. En su informe implicaba al ex presidente Morgan. Señalaba la necesidad de localizar a Joel Backman y remolcarlo de nuevo a Estados Unidos para ser interrogado y posiblemente acusado. En caso de que se demostrara la veracidad de los hechos, estallaría un escándalo descomunal de magnitud histórica.

El asesor de seguridad nacional escuchó con atención. Una vez recibido el informe, acudió directamente al despacho del vicepresidente, mandó retirarse a los funcionarios, cerró la puerta y reveló todo lo que acababa de oír. Ambos se lo comunicaron al presidente.

Como de costumbre, las relaciones entre el nuevo inquilino del Despacho Oval y su predecesor no eran muy cordiales. Las campañas de ambos se habían caracterizado por las mismas mezquindades y jugarretas que ya se habían convertido en un comportamiento habitual de la política estadounidense. Incluso después de una aplastante victoria de proporciones históricas y de la emoción de llegar a la Casa Blanca, el nuevo presidente no estaba muy dispuesto a elevarse por encima del fango. Adoraba la idea de humillar una vez más a Arthur Morgan. Ya se imaginaba a sí mismo, después de un sensacional juicio y un veredicto de culpabilidad, entrando en escena en el último minuto con un indulto de su propia cosecha para salvar la imagen de la presidencia.

¡Menudo momento!

A las seis de la mañana siguiente, el vicepresidente fue conducido en su habitual caravana armada al cuartel general de la CIA en Langley. El director Maynard había sido llamado a la Casa Blanca, pero, temiendo alguna estratagema, se había excusado alegando que sufría de vértigo y los médicos le habían ordenado permanecer en su despacho. A menudo dormía y comía allí, sobre todo cuando su vértigo se intensificaba y lo dejaba aturdido. El vértigo era uno de los achaques que solía utilizar con más frecuencia.

La reunión fue muy breve. Teddy estaba sentado tras su larga mesa de reuniones, en la silla de ruedas, envuelto en mantas y con Hoby a su lado. El vicepresidente entró con un ayudante y, tras una breve y embarazosa charla intrascendente acerca de la nueva Administración y demás, dijo:

—Señor Maynard, estoy aquí en nombre del presidente.

—Por supuesto que sí —dijo Teddy con una sonrisa forzada.

Estaba esperando que lo despidieran; finalmente, después

de dieciocho años y de numerosas amenazas, había llegado el momento. Finalmente, un presidente con agallas para sustituir a Teddy Maynard. Éste ya había preparado a Hoby para el momento. Mientras esperaban al vicepresidente, Teddy había expresado sus temores.

Hoby garabateaba notas en su habitual cuaderno de apuntes tamaño folio, a la espera de escribir las palabras que llevaba muchos años temiendo: «Señor Maynard, el presidente exige su dimisión.»

En lugar de eso, el vicepresidente dijo algo completamente inesperado:

—Señor Maynard, el presidente quiere noticias acerca de Joel Backman.

Teddy Maynard jamás se acobardaba.

—¿A propósito de qué? —replicó sin vacilar.

—Quiere saber dónde está y cuánto tiempo se tardará en devolverlo a casa.

—¿Por qué?

—No puedo decirlo.

—Pues entonces, yo tampoco.

—Es muy importante para el presidente.

—Lo comprendo. Pero es que ahora mismo el señor Backman es muy importante para nuestras operaciones.

El vicepresidente fue quien primero parpadeó. Miró a su ayudante, ocupado en la tarea de tomar notas y, por tanto, completamente inservible. Bajo ninguna circunstancia le revelarían a la CIA los datos acerca de las transferencias telegráficas y los sobornos a cambio de indultos. Teddy encontraría la manera de utilizar la información en su propio beneficio. Les robaría el valioso dato y sobreviviría un día más. Pues no, señor, o Teddy jugaba con ellos a la pelota o finalmente lo despedían.

El vicepresidente se inclinó un poco más hacia delante, apoyándose en los codos, y dijo:

—El presidente no piensa llegar a ninguna solución de

compromiso acerca de este asunto, señor Maynard. Quiere esta información y muy pronto la tendrá. De lo contrario, pedirá su dimisión.

—No se la presentaré.

—¿Hace falta que le recuerde que usted ocupa el cargo porque él así lo quiere?

—No hace falta.

—Muy bien. Las líneas de actuación están claras. O usted se presenta en la Casa Blanca con el expediente de Backman y lo discute largo y tendido con nosotros, o la CIA no tardará en tener un nuevo director.

—Semejante contundencia es insólita en los de su calaña, señor, con el debido respeto.

—Me lo tomo como un cumplido.

La reunión había terminado.

Con tantas filtraciones como una vieja presa, el edificio Hoover prácticamente rezumaba chismorreos que invadían las calles de Washington. Y allí estaba para recogerlos, entre otros muchos, Dan Sandberg, del *Washington Post*. Sin embargo, sus fuentes eran mucho mejores que las del habitual periodista de investigación, por lo que no tardó en oler el rastro del escándalo del indulto. Introdujo a un viejo topo en la nueva Casa Blanca y obtuvo una confirmación parcial. El perfil de la historia empezaba a adquirir forma, pero Sandberg sabía que resultaría prácticamente imposible confirmar los detalles más escabrosos. No tendría ninguna posibilidad de ver las pruebas de la transferencia telegráfica.

Pero, si la historia era cierta —un presidente en funciones vendiendo indultos a cambio de elevadas cantidades en efectivo para su jubilación—, Sandberg no imaginaba una noticia más sensacional. Un ex presidente acusado, sometido a juicio y tal vez condenado y enviado a la cárcel. Era algo impensable.

Se encontraba sentado a su desordenado escritorio cuando recibió la llamada de Londres. Era de un viejo amigo, otro reportero de mucho calado que escribía para *The Guardian*. Ambos hablaron unos cuantos minutos acerca de la nueva Administración, el tema oficial en Washington. A fin de cuentas, se encontraban a principios de febrero, las calles estaban cubiertas de nieve y el Congreso estaba hundido hasta el cuello en el cenagal de las tareas anuales de sus comités. La vida era relativamente lenta y no había mucho más de qué hablar.

—¿Hay algo acerca de la muerte de Bob Critz? —preguntó su amigo.

—No, sólo un funeral ayer —contestó Sandberg—. ¿Por qué?

—Sólo unas preguntas sobre cómo murió el pobre hombre, ¿sabes? Eso y el hecho de no tener acceso a la autopsia.

—¿Qué clase de preguntas? Yo pensaba que el caso se había cerrado.

—Tal vez, pero se cerró demasiado rápido. Nada concreto, que conste, pero quería saber si había ocurrido algo por ahí.

—Haré unas cuantas llamadas —dijo Sandberg, empezando a sospechar en serio.

—Hazlo. Hablemos dentro de uno o dos días.

Sandberg colgó y contempló la pantalla en blanco de su monitor. Critz tenía que estar cuando Morgan había concedido sus indultos de último momento. Dada la paranoia de ambos, lo más probable era que sólo Critz hubiera estado en el Despacho Oval con Morgan cuando se tomaron las decisiones y se firmaron los documentos.

Tal vez Critz sabía demasiado.

Tres horas más tarde, Sandberg despegó de Dulles rumbo a Londres.

15

Mucho antes del amanecer, Marco se despertó una vez más en una cama desconocida de un lugar desconocido y tardó un buen rato en ordenar sus ideas... recordando sus movimientos, analizando su grotesca situación, planificando la jornada que tenía por delante, tratando de olvidar su pasado mientras intentaba vaticinar lo que podría ocurrir en las doce horas siguientes. Tuvo un sueño muy agitado por no decir algo peor. Se había quedado medio adormilado unas cuantas horas; le parecía que cuatro o cinco, pero no estaba seguro porque su caldeada y pequeña habitación estaba completamente a oscuras. Se quitó los auriculares; como de costumbre, se había quedado dormido pasada la medianoche mientras un alegre diálogo italiano resonaba en sus oídos.

Agradecía la calefacción. Le mataban de frío en Rudley y su última estancia en un hotel había sido tan fría como en la cárcel. El nuevo apartamento tenía paredes gruesas y ventanas dobles y la calefacción constantemente encendida. Cuando creyó que ya tenía el día debidamente organizado apoyó con cuidado los pies en el cálido suelo de mosaico y le dio una vez más las gracias a Luigi por el cambio de residencia.

Como buena parte del futuro que le habían planificado, ignoraba cuánto tiempo podría permanecer allí. Encendió la luz y consultó el reloj de pulsera... casi las cinco. En el cuarto de baño encendió otra luz y se miró al espejo. La barba que le crecía debajo de la nariz y a los lados de la boca y le cubría la barbilla era mucho más gris de lo que esperaba. De hecho, después de una semana de crecimiento estaba claro que por lo menos un noventa por ciento le saldría gris. Qué demonios. Tenía cincuenta y dos años. Formaba parte del disfraz y le confería un aspecto muy distinguido. Con su delgado rostro, las enjutas mejillas, el corto cabello y las discretas gafitas rectangulares de diseño podía hacerse pasar fácilmente por Marco Lazzeri en cualquier calle de Bolonia. O de Milán o de Florencia o de todos los demás lugares que deseaba visitar.

Una hora más tarde salió a la calle bajo los fríos y silenciosos pórticos construidos por unos obreros que llevaban trescientos años muertos. El viento era áspero y cortante y una vez más recordó quejarse a su adiestrador por la falta de ropa de invierno apropiada. Marco no leía la prensa ni veía la televisión y, por consiguiente, ignoraba las previsiones meteorológicas. Pero no cabía duda de que el tiempo era más frío.

Echó a andar bajo los pórticos de Via Fondazza camino de la universidad. Era la única persona que había en la calle. Se negó a utilizar el plano que guardaba en el bolsillo. Si se perdía, tal vez lo sacara y reconociera su momentánea derrota, pero estaba decidido a aprenderse la ciudad caminando y observando. Treinta minutos después, cuando el sol ya empezaba a cobrar finalmente vida, salió a Via Irnerio, en el extremo norte de la zona universitaria. Recorrió dos manzanas hacia el este y vio el rótulo verde pálido del bar Fontana. A través de la ventana de la calle vislumbró una mata de pelo gris. Rudolph ya estaba allí.

Siguiendo la costumbre, Marco esperó un momento. Miró hacia el extremo de Via Irnerio, echando un vistazo al tramo de calle que acababa de recorrer, esperando ver salir a alguien de entre las sombras como un silencioso sabueso. Al no ver a nadie, entró.

—Mi amigo Marco —dijo Rudolph sonriendo mientras ambos se saludaban—. Siéntese, por favor.

El café estaba medio lleno, con los mismos personajes del mundo académico ocultos por sus periódicos matinales y enfrascados en sus propios mundos. Marco pidió un *cappuccino* mientras Rudolph volvía a llenar su pipa de espuma de mar. Un agradable aroma se esparció por su rinconcito del bar.

—El otro día encontré su nota —estaba diciendo Rudolph mientras arrojaba una nube de humo a través de la mesa—. Lamento no haberle visto. Bueno pues, ¿dónde ha estado?

Marco no había estado en ningún sitio, pero, en su papel de tranquilo turista canadiense con raíces italianas, se había inventado un itinerario falso.

—He pasado unos cuantos días en Florencia —dijo.

—Ah, qué bonita ciudad.

Hablaron un rato de Florencia mientras Marco comentaba los monumentos, el arte y la historia de un lugar que sólo conocía por una guía barata que Ermanno le había prestado. Estaba en italiano, naturalmente, por lo cual se había tenido que pasar varias horas con un diccionario para traducirla a algo que pudiera utilizar en su conversación con Rudolph como si hubiera permanecido varias semanas allí.

Las mesas empezaron a llenarse y los rezagados se agruparon junto a la barra. Luigi le había explicado al principio que en Europa, cuando ocupas una mesa, ésta es tuya para todo el día. A nadie se le acompaña a la puerta para que otra persona pueda sentarse. Una taza de café, un periódico, algo para fumar y no importa el tiempo que ocupes una mesa mientras otros van y vienen.

Pidieron otra ronda y Rudolph volvió a llenar su pipa. Por primera vez Marco observó unas manchas de tabaco en los alborotados pelos más cercanos a su boca. Sobre la mesa había tres periódicos matinales, todos en italiano.

—¿Hay algún buen periódico inglés aquí en Bolonia? —preguntó Marco.

—¿Por qué lo pregunta?

—Pues no sé. A veces me gustaría saber lo que ocurre al otro lado del océano.

—Yo compro alguna vez el *Herald Tribune*. Me alegro tanto de vivir aquí, lejos de todo el crimen y el tráfico y la contaminación y los políticos y los escándalos. La sociedad estadounidense está podrida. Y el Gobierno es la mayor de las hipocresías... la mejor democracia del mundo. ¡Ja! El Congreso lo compran y lo pagan los ricos.

Cuando pareció que estaba a punto de escupir, Rudolph dio una repentina calada a la pipa y empezó a morder la boquilla. Marco contuvo la respiración, esperando otro ponzoñoso ataque contra Estados Unidos. Transcurrió un momento mientras ambos se bebían su café.

—Odio al Gobierno de Estados Unidos —masculló amargamente Rudolph.

«Así me gusta mi chico», pensó Marco.

—¿Y qué me dice del canadiense? —preguntó.

—Le doy mejor nota. Ligeramente más alta.

Marco lanzó un fingido suspiro de alivio y decidió cambiar de tema. Dijo que pensaba ir a Venecia. Como es natural, Rudolph había estado allí muchas veces y le dio muchos consejos. Marco llegó al extremo de tomar notas como si estuviera deseando subir a un tren. Y después estaba también Milán, aunque a Rudolph no le caía demasiado bien a causa de todos los «fascistas derechistas» que se ocultaban allí.

—Era el centro de poder de Mussolini, ¿sabe? —dijo en voz baja, como si los demás comunistas del bar Fontana pudieran provocar un estallido de violencia ante la mención del nombre del pequeño dictador.

Cuando comprendió que Rudolph estaba dispuesto a permanecer sentado y pasarse buena parte de la mañana conversando, Marco decidió marcharse. Acordaron reunirse en el mismo lugar y a la misma hora el lunes siguiente.

Había empezado a caer una ligera nevada, suficiente para que las camionetas de reparto dejaran huellas en Via Irnerio. Mientras Marco dejaba a su espalda el caldeado café, volvió a sorprenderse de la previsión de los antiguos planificadores de Bolonia, que habían diseñado unos treinta kilómetros de aceras cubiertas en el casco antiguo. Recorrió unas cuantas manzanas más en dirección este y giró al sur por Via dell'Indipendenza, una ancha y elegante calle construida alrededor de 1870 para que las clases acomodadas que vivían en el centro pudieran ir cómodamente a pie a la estación de ferrocarril situada al norte de la ciudad. Al cruzar Via Marsala tropezó con la nieve amontonada por unas palas e hizo una mueca cuando la blanda masa le empapó el pie derecho.

Maldijo a Luigi por el inapropiado vestuario que le había facilitado: si tenía que nevar, el sentido común dictaba que una persona necesitaba botas. Ello lo condujo a una larga reflexión interior acerca de los escasos fondos que a su juicio estaba recibiendo de quienquiera que demonios se encargara de proporcionarle su actual tapadera. Lo habían dejado tirado en Bolonia, Italia, y estaba claro que se estaban gastando una considerable cantidad de dinero en clases de idioma y casas francas y personal y, por supuesto, comida para vivir. En su opinión, estaban desperdiciando un tiempo y un dinero muy valiosos. El mejor plan hubiese sido llevarlo a escondidas a Londres o a Sydney, donde había muchos estadounidenses y todo el mundo hablaba inglés. Se habría podido mezclar mucho mejor.

El mismo Luigi en persona le dio alcance y se situó a su lado.

—*Buon giorno* —le dijo.

Marco se detuvo, sonrió, le estrechó la mano y le dijo:

—Vaya, *buon giorno*, Luigi. ¿Vuelves a seguirme?

—No. He salido a dar un paseo y te he visto en la otra acera. Me encanta la nieve, Marco. ¿Y a ti?

Habían echado nuevamente a andar sin prisas. Marco quería creer en su amigo, pero dudaba que el encuentro hubiera sido casual.

—No está mal. Mucho más bonita aquí, en Bolonia, que en Washington durante las horas punta. ¿Qué haces exactamente todo el día, Luigi? ¿Te importa que te lo pregunte?

—En absoluto. Puedes preguntar todo lo que quieras.

—Me lo suponía. Mira, tengo dos quejas. En realidad, son tres.

—No me extraña. ¿Te has tomado un café?

—Sí, pero me tomaré otro.

Luigi señaló con la cabeza un pequeño café de una esquina, situado un poco más adelante. Entraron y vieron que todas las mesas estaban ocupadas, por lo que se acercaron a la barra también llena de gente y pidieron unos *espressos*.

—¿Cuál es la primera queja? —preguntó Luigi en voz baja.

Marco se acercó un poco más hasta rozar prácticamente la nariz de Luigi con la suya.

—Las dos primeras quejas están estrechamente relacionadas. Primero, la cuestión del dinero. No quiero mucho, pero me gustaría tener una especie de asignación. A nadie le gusta estar sin un céntimo, Luigi. Me sentiría un poco mejor si tuviera un poco de dinero en efectivo en el bolsillo y supiera que no tengo que guardarlo.

—¿Cuánto?

—Pues no sé. Llevo mucho tiempo sin negociar una asignación. ¿Qué te parece unos cien euros a la semana para empezar? De esta manera, me podría comprar periódicos, libros, revistas, comida... ya sabes, cosas esenciales. El Tío Sam me paga el alquiler y yo le estoy muy agradecido. Pensándolo bien, hace seis años que me paga el alquiler.

—Podrías estar todavía en la cárcel, ¿sabes?

—Ah, gracias, Luigi. No se me había ocurrido pensarlo.

—Perdona, ha sido una grosería por mi parte...

—Mira, Luigi, tengo mucha suerte de estar aquí, es cierto. Pero, al mismo tiempo, ahora soy un ciudadano plenamente indultado de un país, no sé muy bien cuál, y tengo derecho a ser tratado con un poco de dignidad. No me gusta estar sin un céntimo y no me gusta mendigar dinero. Quiero la promesa de cien euros a la semana.

—Veré qué puedo hacer.

—Gracias.

—¿La segunda queja?

—Me gustaría tener algo de dinero para comprarme un poco de ropa. Ahora mismo tengo los pies congelados porque me ha entrado nieve en los zapatos y no tengo calzado adecuado. También me gustaría un abrigo más grueso y quizás un par de jerséis.

—Te los facilitaré.

—No, me los quiero comprar yo, Luigi. Facilítame el dinero y yo mismo haré las compras. No es pedir demasiado.

—Lo intentaré.

Se apartaron unos centímetros el uno del otro y ambos tomaron un sorbo de su taza.

—¿La tercera queja? —preguntó Luigi.

—Es Ermanno. Está perdiendo rápidamente el interés. Nos pasamos seis horas diarias juntos y se muere de aburrimiento con todo lo que hacemos.

Luigi puso los ojos en blanco, en un gesto de frustración.

—No puedo chasquear los dedos y encontrar a otro profesor de idiomas, Marco.

—Dame clase tú. Tú me gustas, Luigi, pasamos buenos ratos juntos. Sabes que Ermanno es aburrido. Es joven y quiere estudiar. En cambio, tú serías un profesor estupendo.

—Yo no soy profesor.

—Pues búscame a otro, por favor. Ermanno no quiere hacerlo. Y me temo que no estoy haciendo muchos progresos.

Luigi apartó la mirada y vio entrar y pasar por su lado a dos ancianos caballeros.

—Creo que se irá de todos modos —dijo—. Tal como tú has dicho, la verdad es que quiere estudiar.

—¿Cuánto tiempo durarán mis lecciones?

Luigi meneó la cabeza como si no tuviera ni idea.

—La decisión no me corresponde a mí.

—Tengo una cuarta queja.

—Cinco, seis, siete. Oigámoslas todas y, a lo mejor, después podremos pasarnos una semana sin quejas.

—Ya la has oído antes, Luigi. Es una especie de constante protesta.

—¿Es algo de tipo jurídico?

—Has visto demasiada televisión americana. Quiero que me trasladen a Londres. Allí hay diez millones de personas y todo el mundo habla inglés. No perderé diez horas diarias tratando de aprender el idioma. No me interpretes mal, Luigi, me encanta el italiano. Cuanto más lo estudio, más bonito me parece. Pero, bueno, si me vais a esconder, mejor en algún sitio donde pueda sobrevivir.

—Eso ya lo he comunicado, Marco. Yo no tomo estas decisiones.

—Lo sé, lo sé. Pero sigue insistiendo, por favor.

—Vamos.

La nevada se había intensificado cuando abandonaron el café y reanudaron su camino por la acera porticada. Unos hombres de negocios elegantemente vestidos pasaban rápidamente por su lado de camino al trabajo. Los compradores más madrugadores ya habían salido... sobre todo amas de casa que iban al mercado. La calle estaba llena de pequeños automóviles y motocicletas que sorteaban los autobuses urbanos y trataban de esquivar los montículos de nieve blanda.

—¿Con cuánta frecuencia suele nevar aquí? —preguntó Marco.

—Unas cuantas veces cada invierno. No demasiado y, además, tenemos estos encantadores pórticos que evitan que nos mojemos.

—Un buen motivo.

—Algunos tienen mil años de antigüedad. Tenemos más que ninguna otra ciudad del mundo, ¿lo sabías?

—No, casi no tengo nada que leer, Luigi. Si tuviera un poco de dinero, me podría comprar libros, leer y aprender cosas.

—Tendré el dinero a la hora del almuerzo.

—¿Y dónde almorzaremos?

—Ristorante Cesarina, Via Santo Stefano, ¿a la una te parece bien?

—¿Cómo puedo negarme?

Luigi estaba sentado a una mesa con una mujer, en la parte anterior del restaurante, cuando Marco entró con cinco minutos de adelanto. Acababa de interrumpir una conversación muy seria. La mujer se levantó a regañadientes y ofreció una lánguida mano y un rostro sombrío mientras Luigi la presentaba como la *signora* Francesca Ferro. Era atractiva y de unos cuarenta y tantos años, tal vez un poco mayor para Luigi, el cual tendía a quedarse embobado contemplando a las universitarias. La mujer irradiaba un aire de sofisticada irritación. Marco hubiese querido decir: «Disculpe, pero a mí me han invitado a almorzar aquí.»

Mientras se acomodaban en sus asientos, Marco observó lo que quedaba de dos cigarrillos fumados hasta el filtro en el cenicero. Ambos llevaban sentados allí por lo menos veinte minutos. En italiano muy pausado Luigi le dijo a Marco:

—La *signora* Ferro es profesora de idiomas y guía turística local.

—*Sì* —dijo Marco tras una breve pausa.

Miró a la *signora* sonriendo y ésta le correspondió con una sonrisa forzada.

Luigi añadió en italiano:

—Es tu nueva profesora de italiano. Ermanno te dará clase por la mañana y la *signora* Ferro por la tarde.

Marco lo comprendió todo, consiguió mirarla con una falsa sonrisa y dijo:

—*Va bene.* —Muy bien.

—Ermanno quiere reanudar sus estudios en la universidad la semana que viene —dijo Luigi.

—Ya me lo imaginaba —dijo Marco, en inglés.

Francesca encendió otro cigarrillo y comprimió a su alrededor sus rojos labios carnosos. Después exhaló una enorme nube de humo y dijo:

—Bueno, ¿qué tal va su italiano?

Era una voz recia y casi ronca, enriquecida sin duda por sus años de fumadora. Su inglés era lento, refinado y sin el menor acento.

—Terrible —contestó Marco.

—Lo está haciendo muy bien —dijo Luigi.

El camarero sirvió una botella de agua mineral y repartió tres menús. La *signora* desapareció detrás del suyo. Marco siguió su ejemplo. Los tres estudiaron los platos en silencio sin prestarse la menor atención.

Cuando posaron finalmente los menús, la mujer le dijo a Marco:

—Me gustaría oírle pedir los platos en italiano.

—No hay inconveniente —dijo Marco. Buscó algunas cosas que pudiera pronunciar sin provocar la risa de los demás. Se acercó el camarero con un lápiz y Marco le dijo—: *Sì, allora, vorrei un'insalata di pomodori e una mezza porzione di lasagna.* —Sí, mire, quisiera una ensalada de tomate y media ración de lasaña.

Se alegró una vez más de la existencia de delicias transatlánticas como los espaguetis, la lasaña, los raviolis y las pizzas.

—*Non c'è male* —dijo ella. No está mal.

Ella y Luigi dejaron de fumar cuando llegaron las ensaladas. El hecho de comer les permitió hacer una pausa en su embarazosa conversación. No pidieron vino, pese a ser muy necesario.

El pasado de Marco, el presente de la mujer y la confusa ocupación de Luigi eran temas prohibidos, por lo que los tres fluctuaron y serpearon por la comida en una conversación intrascendente acerca del tiempo, por suerte casi toda en inglés.

Cuando se terminaron de beber los *espressos*, Luigi tomó

la cuenta y abandonaron a toda prisa el restaurante. Aprovechando un momento en que Francesca no miraba, Luigi le deslizó un sobre a Marco diciendo:

—Aquí tienes unos cuantos euros.

—*Grazie*.

La nevada había cesado y brillaba un radiante sol. Luigi los dejó en la Piazza Maggiore y desapareció como sólo él era capaz. Caminaron un rato en silencio hasta que ella dijo:

—*Che cosa vorrebbe vedere?* —¿Qué le gustaría ver?

Marco aún no había entrado en la catedral, la basílica de San Petronio. Subieron las amplias gradas de la entrada y se detuvieron.

—Es un edificio hermoso y triste a la vez —dijo ella en inglés, por primera vez con un ligero acento británico—. Lo concibió el municipio como templo cívico, no como catedral, en oposición directa al Papa de Roma. Según el proyecto original tenía que ser todavía más grande que la basílica de San Pedro, pero los planes se fueron reduciendo por el camino. Roma se opuso, desvió el dinero hacia otros usos y parte del mismo se utilizó en la fundación de la universidad.

—¿Cuándo se construyó? —preguntó Marco.

—Dígalo en italiano —lo instruyó ella.

—No puedo.

—Pues escuche: *Quando è stata costruita?* Repítamelo.

Marco lo repitió cuatro veces antes de que ella se diera por satisfecha.

—No creo ni en los libros ni en las cintas ni en nada de todo eso —dijo ella mientras ambos seguían contemplando la parte superior del inmenso templo—. Creo en conversación y más conversación. Para aprender a hablar un idioma, hay que hablarlo y hablarlo, exactamente igual que cuando se es pequeño.

—¿Dónde aprendió usted inglés? —preguntó Marco.

—No le puedo contestar. Me han ordenado no decir nada acerca de mi pasado. Ni del suyo tampoco.

Por una décima de segundo, Marco estuvo a punto de dar media vuelta y alejarse. Estaba harto de las personas que no podían hablar con él, que esquivaban sus preguntas, que se comportaban como si todo el mundo estuviera lleno de espías. Estaba harto de los juegos.

Era un hombre libre, se repetía una y otra vez, completamente libre de ir y venir a su antojo y de tomar las decisiones que considerara convenientes. Si se hartaba de Luigi, Ermanno y ahora de la *signora* Ferro, les podía decir a todos, en italiano, que se atragantaran con un *panino*.

—La empezaron en 1390 y todo fue muy bien durante los primeros cien años aproximadamente —dijo ella. El tercio inferior de la fachada era de un precioso mármol rosa; los dos tercios superiores de feo ladrillo marrón sin recubrimiento de mármol—. Después vinieron las dificultades. Es evidente que la fachada jamás se terminó.

—No es especialmente bonita.

—No, pero resulta intrigante. ¿Le apetece verla por dentro?

¿Qué otra cosa podía hacer en las tres horas siguientes?

—*Certamente* —contestó.

Subieron las gradas y se detuvieron delante de la puerta principal. Francesca miró un letrero y dijo:

—*Mi dica.* —Dígame—. ¿A qué hora cierra la iglesia?

Marco frunció el entrecejo, ensayó unas palabras y contestó:

—*La chiesa chiude alle sei.* —La iglesia cierra a las seis.

—*Ripeta.*

Lo repitió tres veces antes de que ella diera la frase por buena y luego entraron.

—Está dedicada a Petronio, el santo patrón de Bolonia —dijo Francesca en voz baja.

La nave central del templo era lo bastante grande como para disputar en ella un partido de hockey con una multitud a ambos lados.

—Es enorme —dijo Marco, impresionado.

—Sí, y eso que es sólo una cuarta parte del proyecto inicial. Una vez más, el Papa tuvo miedo y ejerció una cierta presión. Costó mucho dinero público y, al final, la gente se hartó del edificio.

—Pero no deja de ser impresionante.

Marco reparó en que estaban conversando en inglés, cosa que a él le iba de perlas.

—¿Quiere hacer el recorrido largo o el corto? —preguntó Francesca.

Aunque dentro hacía casi tanto frío como fuera, la *signora* Ferro parecía haberse ablandado ligeramente.

—La profesora es usted —contestó él.

Fueron hacia la izquierda y esperaron a que un grupito de turistas japoneses terminara de contemplar una espaciosa cripta de mármol. Exceptuando a los japoneses, la basílica estaba desierta. Era un viernes de febrero, fuera de temporada turística. Entrada la tarde, Marco averiguaría que la actividad de la temporada turística de Francesca era más bien escasa durante los meses invernales. Semejante confesión fue el único dato personal que ella le facilitó.

Puesto que el trabajo escaseaba, Francesca no tenía demasiado interés en visitar a toda prisa la basílica de San Petronio. Vieron cada una de las veintidós capillas laterales y admiraron casi todas las pinturas, imágenes, vidrieras y frescos. Las capillas habían sido construidas a lo largo de los siglos por acaudaladas familias boloñesas que habían pagado elevadas sumas a cambio de la creación de obras de arte en su memoria. Su construcción era una historia de la ciudad y Francesca se la conocía al dedillo. Le mostró la calavera perfectamente conservada de san Petronio, orgullosamente colocada en un altar, y un reloj astrológico creado en 1655 por dos científicos que se habían basado directamente en los estudios de Galileo en la universidad.

Aunque a ratos se aburriera con la complejidad de los cuadros y las esculturas y se viera desbordado por nombres y fechas, Marco siguió valerosamente el lento recorrido por la colosal estructura. Su voz lo cautivaba tanto como su lenta y suave dicción y su refinado inglés.

Mucho después de que los japoneses hubieran abandonado el templo, ambos regresaron a la puerta principal y ella preguntó:

—¿Le parece suficiente?

—Sí.

Salieron al exterior y Francesca encendió inmediatamente un cigarrillo.

—¿Qué tal un cafetito? —dijo él.

—Conozco un lugar ideal.

Marco cruzó con ella la calle en dirección a Via Clavature. Caminaron unos pasos y entraron en el Rosa Rose.

—Es el mejor *cappuccino* de la plaza —le aseguró Francesca mientras pedía dos en la barra.

Marco iba a preguntarle acerca de la prohibición italiana de beber *cappuccinos* pasadas las diez y media de la mañana, pero lo pasó por alto. Mientras esperaban, ella se quitó cuidadosamente los guantes de cuero, la bufanda y el abrigo. Puede que aquel café durara un buen rato.

Se sentaron a una mesa cerca de la ventana de la fachada. Ella se echó dos terrones y removió hasta la perfección. Llevaba tres horas sin sonreír y Marco no esperaba ya una sonrisa.

—Tengo una copia del material que está utilizando con el otro profesor —dijo, alargando la mano hacia los cigarrillos.

—Ermanno.

—Quienquiera que sea, no lo conozco. Le sugiero que cada tarde conversemos basándonos en lo que usted haya estudiado por la mañana.

Marco no estaba en condiciones de discutir nada de lo que ella le aconsejara.

—Me parece muy bien —dijo, encogiéndose de hombros.

Ella encendió un cigarrillo y tomó un sorbo de café.

—¿Qué le ha dicho Luigi de mí? —le preguntó Marco.

—No demasiado. Que es canadiense. Que se está tomando unas largas vacaciones en Italia y que quiere estudiar el idioma. ¿Es cierto?

—¿Me está haciendo preguntas personales?

—No, simplemente le he preguntado si es cierto.

—Es cierto.

—No es asunto mío preocuparme por estas cuestiones.

—No le he pedido que se preocupe.

La vio como una estoica testigo en el estrado, sentada con arrogancia delante del jurado, convencida hasta la médula de que no se doblegaría ni se vendría abajo a pesar del fuego cruzado de la repregunta. Dominaba ese aire displicente tan propio de las mujeres europeas. Mantenía el cigarrillo muy cerca de su rostro y estudiaba todo lo que ocurría en la acera sin ver nada.

La charla intrascendente no era su especialidad.

—¿Está usted casada? —preguntó Marco en su primer intento de repregunta.

Un gruñido y una sonrisa forzada.

—He recibido órdenes, señor Lazzeri.

—Por favor, llámeme Marco. Y yo a usted, ¿cómo tengo que llamarla?

—*Signora* Ferro bastará por ahora.

—Pero tiene usted diez años menos que yo.

—Aquí las cosas son más convencionales, señor Lazzeri.

—Ya veo.

Francesca apagó el cigarrillo, tomó otro sorbo y fue al grano.

—Hoy es su día libre, señor Lazzeri. Acabamos de hablar inglés por última vez. La siguiente lección será exclusivamente en italiano.

—Muy bien, pero me gustaría que tuviera usted en cuenta una cosa. No me está haciendo ningún favor, ¿de acuerdo? Le

pagan por ello. Ésta es su profesión. Yo soy un turista canadiense con mucho tiempo libre y, si no nos llevamos bien, me
buscaré a otra persona para estudiar.

—¿Lo he ofendido?

—Podría sonreír un poco más.

Ella asintió levemente con la cabeza y se le humedecieron
inmediatamente los ojos. Apartó la mirada hacia la ventana
y dijo:

—Tengo tan pocas cosas por las que sonreír...

16

Tres tiendas de Via Rizzoli abrían a las diez de la mañana del sábado y Marco esperó, estudiando la mercancía de los escaparates. Con quinientos euros en el bolsillo, tragó saliva y se dijo que no tendría más remedio que entrar y sobrevivir a su primera experiencia de compra en italiano. Se había aprendido de memoria unas cuantas palabras y frases hasta la saciedad, pero cuando se cerró la puerta a su espalda rezó para que lo atendiera un joven y simpático dependiente que hablara perfectamente en inglés.

No fue así. Fue un caballero mayor con una cordial sonrisa en los labios. En menos de quince minutos, Marco señaló con el dedo, tartamudeó y, a veces, hasta lo hizo muy bien preguntando números y precios. Salió con un par de juveniles botas de excursión no muy caras, del mismo estilo que había visto por los alrededores de la universidad cuando hacía mal tiempo, y una parka impermeable negra con capucha que se podía guardar en el cuello. Salió con casi trescientos euros en el bolsillo. Ahorrar dinero en efectivo era su máxima prioridad.

Regresó corriendo al apartamento, se puso las botas y la parka y volvió a salir. El paseo de treinta minutos hasta la estación Centrale de Bolonia le llevó casi una hora debido al tortuoso rodeo que dio. Jamás volvía la cabeza, pero entraba en un café y estudiaba a los peatones que caminaban por la acera o bien se detenía de repente delante de una pastelería y admiraba las exquisiteces mientras observaba los reflejos en el cristal del escaparate. En caso de que lo siguieran, no quería que supieran que sospechaba. Y la práctica era importante. Luigi le había dicho en más de una ocasión que pronto tendría que irse y Marco Lazzeri se quedaría solo en el mundo.

Pero la cuestión era, ¿hasta qué extremo se podía fiar de Luigi? Ni Marco Lazzeri ni Joel Backman se fiaban de nadie.

Experimentó un momento de ansiedad cuando entró en la estación, vio a la gente, estudió los horarios de las salidas y llegadas y miró desesperadamente a su alrededor en busca de la taquilla. Por simple costumbre, también buscó algo en inglés. Pero estaba aprendiendo a hacer caso omiso de la ansiedad y seguir adelante. Esperó en la cola y, cuando se abrió una ventanilla, se acercó rápidamente, miró sonriendo a la menuda dama del otro lado del cristal, la saludó con un amable *buon giorno* y le dijo:

—*Vado a Milano*. —Voy a Milán.

La mujer ya estaba asintiendo con la cabeza.

—*Alle tredici e venti* —dijo él. A la 1.20.

—*Sì, cinquanta euro* —dijo la taquillera. Cincuenta euros.

Le entregó un billete de cien euros porque quería cambio y después se alejó rápidamente con el billete en la mano, dándose imaginariamente unas palmadas en la espalda. Puesto que le quedaba una hora, abandonó la estación y bajó dos manzanas por Via Boldrini hasta que encontró un café. Se tomó un *panino* y una cerveza y disfrutó de ambas cosas mientras contemplaba la acera, esperando no ver a nadie que despertara su interés.

El Eurostar llegó con absoluta puntualidad y Marco siguió a la gente y subió al vagón. Era su primer viaje en tren por Europa y no sabía muy bien cuál era el protocolo. Había estudiado el billete durante el almuerzo y no había visto nada que indicara una asignación de asiento. Por lo visto, todo se elegía al azar, por lo que se sentó en el primer asiento de ventanilla que vio libre. Su vagón estaba a menos de la mitad de su capacidad cuando el tren se puso en marcha a la 1.20 en punto.

No tardaron en dejar atrás Bolonia. La campiña pasaba volando ante sus ojos. Las vías seguían la M4, la principal autopista de Milán a Parma, Bolonia, Ancona y toda la costa oriental de Italia. Al cabo de media hora, Marco sufrió una decepción por el hecho de no poder contemplar el paisaje. Cuesta valorar lo que se ve cuando se circula a ciento setenta kilómetros por hora; todo estaba borroso y un bello paisaje desapareció en un santiamén. Y, además, había demasiadas fábricas a lo largo de la vía, cerca de las rutas de transporte.

Muy pronto se percató de que era la única persona de su vagón mínimamente interesada en las cosas del exterior. Los pasajeros de más de treinta años estaban enfrascados en periódicos y revistas y parecían encontrarse perfectamente a sus anchas y hasta incluso un poco aburridos. Los más jóvenes estaban profundamente dormidos. Al cabo de un rato, Marco también se adormiló.

El revisor lo despertó, diciéndole algo completamente incomprensible en italiano. Captó la palabra *biglietto* a la segunda o a la tercera y le entregó enseguida el billete. El revisor estudió el billete con expresión ceñuda, como si estuviera a punto de arrojar al pobre Marco al llegar al siguiente puente y después lo taladró y se lo devolvió con una sonrisa de oreja a oreja que dejó al descubierto todos sus dientes.

Una hora más tarde, una incomprensible jerigonza por megafonía anunció algo relacionado con Milán y el paisaje cambió bruscamente. La inmensa ciudad no tardó en engullirlos mientras el tren aminoraba la marcha, se detenía y volvía a ponerse en marcha. Pasaron por delante de numerosos bloques de apartamentos de después de la guerra, apretujados entre sí y separados por anchas avenidas. Según la guía de Ermanno la población de Milán era de cuatro millones de habitantes; una ciudad grande, la capital oficiosa del norte de Italia, el centro de las finanzas, la moda, el sector editorial y la industria del país. Una ciudad trabajadora e industrial con un centro precioso y una catedral digna de una visita.

Las vías se multiplicaron y se distribuyeron en abanico mientras entraban en las inmensas cocheras de la Centrale de Milán. Se detuvieron bajo la alta cúpula de la estación y, cuando bajó al andén, Marco se sorprendió del impresionante tamaño del lugar. Mientras avanzaba por el andén, contó por lo menos media docena de vías alineadas en hileras perfectas, casi todas ellas con trenes esperando pacientemente a sus pasajeros. Se detuvo al llegar al final, en medio de la locura de millares de personas que iban y venían y estudiaban las salidas: Stuttgart, Roma, Florencia, Madrid, París, Berlín, Ginebra.

Toda Europa estaba a su alcance, a pocas horas de distancia.

Siguió las indicaciones hasta llegar al vestíbulo y vio la parada de taxis, donde hizo brevemente cola antes de saltar al asiento de atrás de un pequeño Renault blanco.

—*Aeroporto Malpensa* —le dijo al taxista.

Circularon muy despacio en medio del intenso tráfico de Milán hasta las afueras. Veinte minutos después abandonaron la *autostrada* camino del aeropuerto.

—*Quale compagnia aerea?* —preguntó el taxista, volviendo la cabeza. ¿Qué compañía?

—Lufthansa —contestó Marco.

En la Terminal 2, el taxi encontró un hueco junto al bordillo y Marco soltó otros cuarenta euros. Las puertas automáticas se abrieron para una masa de personas y él se alegró de no tener que tomar ningún avión. Estudió las salidas y encontró lo que quería: un vuelo directo al Aeropuerto Internacional Dulles. Recorrió la terminal hasta encontrar el mostrador de embarque de Lufthansa. Había una cola considerable, pero, con la típica eficiencia alemana, avanzaba deprisa.

La primera opción fue una atractiva pelirroja de unos veinticinco años que, al parecer, viajaba sola, algo que él prefería. Cualquier persona con un acompañante podía experimentar la tentación de hablar de aquel hombre del aeropuerto que le había formulado una petición tan rara. Era la segunda de la cola del mostrador de la *business-class*. Mientras la observaba, descubrió la opción número dos: un estudiante vestido con ropa vaquera, largo y desgreñado cabello, rostro sin afeitar, mochila gastada y camiseta de la universidad estadounidense de Toledo: el candidato ideal. Muy al final de la cola, escuchaba música por unos auriculares de color amarillo chillón.

Marco siguió a la pelirroja mientras se retiraba del mostrador con su tarjeta de embarque y su equipaje de mano. Faltaban dos horas para el vuelo, por lo que se abrió paso entre la gente hasta la tienda *duty-free* donde se detuvo para echar un vistazo a los últimos modelos de relojes suizos. Al no ver nada que comprar, dobló la esquina para dirigirse al quiosco de periódicos y compró dos revistas de moda. Mientras la chica se dirigía a la puerta y al primer punto de control de seguridad, Marco se armó de valor e hizo su primer movimiento.

—Disculpe, señorita, disculpe.

La joven no pudo evitar volverse a mirarle, pero el recelo le impidió contestar.

—¿Va por casualidad al Dulles? —le preguntó él con una amplia sonrisa, fingiendo estar sin resuello como si le hubiera dado alcance a la carrerilla.

—Sí —repuso ella. Sin sonreír. Estadounidense.

—Yo también, pero me acaban de robar el pasaporte. No sé cuándo llegaré a casa. —Se estaba sacando un sobre del bolsillo—. Es una postal de cumpleaños para mi padre. ¿Sería tan amable de echarla al buzón cuando llegue al Dulles? Su cumpleaños es el martes que viene y me temo que no me va a dar tiempo. Por favor.

Ella miró con suspicacia tanto el sobre como a él. Era sólo una postal de cumpleaños, no una bomba o un arma.

Él ya se estaba sacando otra cosa del bolsillo.

—Perdone, no lleva sello. Aquí tiene un euro. Por favor, si no le importa.

Al final, el rostro se ablandó y la chica estuvo casi a punto de sonreír.

—De acuerdo —dijo, tomando el sobre y el euro y guardándose ambas cosas en el bolso.

—Muchísimas gracias —dijo Marco, casi al borde de las lágrimas—. Cumple noventa años. Gracias.

—Tranquilo, no se preocupe —dijo ella.

El chico de los auriculares amarillos fue más complicado. También era norteamericano y también se tragó el cuento del pasaporte perdido. Pero, cuando Marco intentó entregarle el sobre, miró cautelosamente a su alrededor como si ambos estuvieran quebrantando la ley.

—No sé, tío —dijo, echándose hacia atrás—. No creo.

Marco se guardó mucho de insistir. Se marchó y dijo con mucho sarcasmo:

—Que tengas un buen vuelo.

La señora Ruby Ausberry, de York, Pennsylvania, era uno de los últimos pasajeros del mostrador de embarque. Había sido profesora de instituto de historia universal durante cuarenta años y ahora se lo pasaba divinamente gastando el dinero de su jubilación en viajes a lugares que sólo había visto en los libros de texto. Estaba en la última etapa de una aventura de tres semanas por buena parte de Turquía. Se encontraba en Milán sólo para tomar un vuelo de enlace a Washington desde Estambul. El amable caballero se acercó a ella con una desesperada sonrisa y le explicó que le acababan de robar el pasaporte. No llegaría a tiempo para el noventa cumpleaños de su padre. Ella aceptó gustosamente la postal y se la guardó en el bolso. Cruzó el control de seguridad y recorrió unos cuatrocientos metros hasta la puerta de salida, donde encontró un asiento y se acomodó en él como en un nido.

A su espalda, a menos de cinco metros de distancia, la pelirroja llegó a una conclusión: podía ser una carta bomba. Desde luego, no parecía lo bastante gruesa para contener explosivos, pero ¿qué sabía ella de semejantes cosas? Había una papelera cerca de la ventana —un reluciente cubo de metal cromado con tapa (a fin de cuentas, estaban en Milán)— y la chica se acercó a él como quien no quiere la cosa y echó la carta a la basura.

¿Y si estallaba allí dentro?, se preguntó mientras volvía a sentarse. Ya era demasiado tarde. No estaba dispuesta a volver y pescar otra vez el sobre. Y, en caso de que decidiera hacerlo, ¿después qué? ¿Buscar a alguien de uniforme y tratar de explicarle en inglés que cabía la posibilidad de que tuviera en la mano una carta bomba? Vamos, pensó. Tomó su equipaje de mano y se trasladó al otro lado de la puerta de salida, lo más lejos posible de la papelera. Pero no podía quitarle los ojos de encima.

La conspiración se estaba ampliando. Fue la primera en entrar en el 747 cuando empezaron a subir a bordo. Sólo con una copa de champán consiguió finalmente relajarse. Miraría la CNN en cuanto regresara a su casa de Baltimore. Estaba convencida de que habría una carnicería en el aeropuerto de Milán.

El regreso en taxi a la Centrale de Milán le costó a Marco cuarenta y cinco euros, pero no discutió con el taxista. ¿Para qué molestarse? El billete de regreso a Bolonia le costó lo mismo: cincuenta euros. Tras un día de compras y de viajes le quedaban unos cien euros. Sus ahorrillos en efectivo estaban menguando rápidamente.

Ya había oscurecido casi por completo cuando el tren entró en la estación de Bolonia. Marco era sólo uno de los muchos cansados viajeros que bajaron al andén, pero en su fuero interno estallaba de orgullo por sus hazañas de aquel día. Se había comprado ropa, había adquirido unos billetes de tren, había sobrevivido a la locura, tanto de la estación de ferrocarril como del aeropuerto de Milán, había utilizado dos taxis y entregado su correspondencia, un día más bien movidito sin que nadie hubiera sospechado quién era o dónde estaba.

Y nadie le había pedido que enseñara el pasaporte ni ningún otro documento de identidad.

Luigi había tomado otro tren, el expreso de Milán de las 11.45. Pero bajó en Parma y se perdió entre la muchedumbre. Paró un taxi y realizó el breve trayecto hasta el lugar de la cita, uno de sus cafés preferidos. Allí se pasó casi una hora esperando a Whitaker, que había perdido un tren en Milán y tuvo que tomar el siguiente. Como de costumbre, Whitaker estaba de mal humor, circunstancia agravada por el hecho de tener que acudir a una cita en sábado. Pidieron rápidamente las consumiciones y, en cuanto el camarero se marchó, Whitaker dijo:

—No me gusta esta mujer.

—¿Francesca?

—Sí, la guía turística. Jamás la habíamos utilizado, ¿verdad?

—En efecto. Tranquilízate, todo va bien. No sabe nada.

—¿Qué aspecto tiene?

—Razonablemente atractiva.

—Razonablemente atractiva puede significar cualquier cosa, Luigi. ¿Cuántos años tiene?

—Yo jamás hago esta pregunta. Unos cuarenta y cinco, creo.

—¿Está casada?

—Sí, y sin hijos. Está casada con un hombre de más edad que tiene muy mala salud. Se está muriendo.

Como siempre, Whitaker garabateaba notas mientras pensaba en la siguiente pregunta.

—¿Muriendo? ¿Y de qué se está muriendo?

—Creo que de cáncer. No le hice muchas preguntas.

—Pues quizá tendrías que hacerle más preguntas.

—A lo mejor no quiere hablar de ciertas cosas... de su edad y de su marido moribundo.

—¿Dónde la encontraste?

—No fue nada fácil. Los profesores de idiomas no hacen precisamente cola en las paradas, como los taxistas. Me la recomendó un amigo. Pregunté un poco por ahí. Goza de buena fama en la ciudad. Y está disponible. Resulta casi imposible encontrar un profesor dispuesto a pasarse tres horas al día con un alumno.

—¿Todos los días?

—Casi todos los días laborables. Ha accedido a trabajar todas las tardes durante aproximadamente un mes. Es la temporada baja de los guías. Puede que le salga algún trabajo una o dos veces a la semana, pero intentará estar a nuestro servicio. Tranquilízate, es muy buena.

—¿Cuánto cobra?

—Doscientos euros a la semana hasta la primavera, cuando el turismo se anime.

Whitaker puso los ojos en blanco como si el dinero procediera directamente de su sueldo.

—Marco nos está costando demasiado —dijo casi para sus adentros.

—A Marco se le ha ocurrido una gran idea. Quiere irse a Australia o a Nueva Zelanda o a algún otro sitio donde el idioma no sea un problema.

—¿Quiere un traslado?

—Sí, y yo creo que es una gran idea. Soltémoselo a otro.

—Esta decisión no nos corresponde a nosotros, Luigi.

—Supongo que no.

Llegaron las ensaladas y ambos guardaron silencio un momento. Después Whitaker dijo:

—Sigue sin gustarme esa mujer. Busca a alguien más.

—No hay nadie más. ¿De qué tienes miedo?

—Marco tiene antecedentes de mujeriego, ¿recuerdas? Siempre cabe la posibilidad de que surja un idilio. Ella podría complicar las cosas.

—La he advertido. Y necesita el dinero.

—¿Está sin un céntimo?

—Tengo la impresión de que su situación es muy difícil. La temporada es muy floja y el marido no trabaja.

Whitaker estuvo casi a punto de sonreír, como si el dato fuera una buena noticia. Se metió un buen trozo de tomate en la boca y masticó mientras miraba a su alrededor en la *trattoria* para ver si alguien estaba escuchando con disimulo su conversación en inglés. Cuando al final pudo tragar, dijo:

—Vamos a hablar del correo electrónico. Marco nunca ha sido un experto en informática. En sus días de gloria vivía colgado del teléfono —tenía cuatro o cinco en el despacho, dos en el automóvil, uno en el bolsillo— y siempre mantenía tres conversaciones a la vez. Presumía de cobrar cinco mil dólares por el simple hecho de atender una llamada telefónica de un nuevo cliente, bobadas por el estilo. Jamás utilizaba el ordenador. Los que trabajaban con él han dicho que algunas veces leía los mensajes electrónicos. Raras veces enviaba y, las pocas veces que lo hacía, era siempre por intermedio de una secretaria. Su despacho estaba equipado con la más alta tecnología, pero él contrataba a gente para que se encargara del trabajo más duro. Él era demasiado importante para esas cosas.

—¿Y en la cárcel?

—No hay prueba de que mandara correo electrónico. Tenía un portátil que utilizaba sólo para redactar cartas, jamás para mandar mensajes. Parece ser que todo el mundo lo abandonó cuando se produjo su caída. Escribía algunas veces a su madre y a su hijo, pero siempre por correo convencional.

—Parece un auténtico analfabeto.

—Lo parece, pero Langley teme que intente ponerse en contacto con alguien de fuera. No puede hacerlo por teléfono, por lo menos no por ahora. No tiene ningún domicilio que pueda utilizar, por consiguiente, el correo está probablemente descartado.

—Sería un tonto si enviara una carta —dijo Luigi—. Eso podría dar a conocer su paradero.

—Exactamente. Lo mismo cabe decir del teléfono, el fax o cualquier otro medio, salvo el correo electrónico.

—Podemos localizar los mensajes electrónicos.

—Buena parte de ellos, pero siempre hay medios de evitarlo.

—No tiene ordenador ni dinero para comprarlo.

—Lo sé, pero podría entrar en un cibercafé, utilizar una cuenta codificada, enviar el mensaje, borrar su rastro, pagar una pequeña cantidad en concepto de alquiler y largarse.

—Muy cierto, pero ¿quién iba a enseñarle a hacer todo eso?

—Puede aprender. Puede encontrar un libro. No es probable, pero siempre cabe la posibilidad.

—Registro su apartamento a diario —dijo Luigi—. Centímetro a centímetro. Si compra un libro o entrega un recibo, me enteraré.

—Echa un vistazo a los cibercafés del barrio. Ahora en Bolonia hay varios.

—Los conozco.

—¿Dónde está Marco en este momento?

—No lo sé. Es sábado, su día libre. Probablemente paseando por las calles de Bolonia y disfrutando de su libertad.

—¿Y sigue teniendo miedo?

—Está aterrorizado.

La señora Ruby Ausberry se tomó un sedante ligero y se pasó durmiendo seis de las ocho horas que le llevó volar de Milán al Aeropuerto Internacional Dulles. El café tibio que les sirvieron poco antes de tomar tierra no le sirvió demasiado para despejarse y, mientras el 747 rodaba hacia la puerta, volvió a quedarse medio dormida. Se olvidó de la postal de cumpleaños mientras los acompañaban a los vehículos de transporte de ganado que aguardaban junto a la pista y los conducían a la terminal principal. Y también se olvidó de ella cuando vio a su querida nieta esperándola en la puerta de llegadas.

Se olvidó de ella hasta que estuvo sana y salva en su casa de York, Pennsylvania, y empezó a buscar un recuerdo en su bolso de bandolera.

—Oh, Dios mío —exclamó al ver caer la postal al suelo de la cocina—. Tenía que haberlo echado al correo en el aeropuerto.

Después le contó a su nieta la historia del pobre hombre de Milán que había perdido el pasaporte y no podría estar presente en el noventa cumpleaños de su padre.

Su nieta examinó el sobre.

—No parece una postal de cumpleaños. —Estudió la dirección: «R. N. Backman, Abogado, 412 Main Street, Culpeper, Virginia, 22701»—. No hay remite —añadió.

—La echaré al correo mañana mismo a primera hora —dijo la señora Ausberry—. Espero que llegue antes del cumpleaños.

17

El lunes a las diez de la mañana en Singapur, los misteriosos tres millones de dólares que permanecían en la cuenta de Old Stone Group, Ltd., efectuaron una salida electrónica e iniciaron un silencioso viaje a la otra punta del mundo. Nueve horas más tarde, cuando se abrieron las puertas del Galleon Bank and Trust en la isla caribeña de Saint Christopher, el dinero llegó de inmediato y fue depositado en una cuenta numerada sin nombre. Por regla general, hubiese sido una transacción completamente anónima, una de los varios miles de aquel lunes por la mañana, pero Old Stone era ahora objeto de la más estrecha vigilancia del FBI. El banco de Singapur estaba colaborando plenamente. El de Saint Christopher no, pero pronto tendría ocasión de participar.

Cuando el director Anthony Price llegó a su despacho del edificio Hoover antes del amanecer del lunes, el impresionante memorándum lo estaba esperando. Canceló todas las actividades que tenía previstas para aquella mañana. Se reunió con su equipo y esperó a que el dinero aterrizara en Saint Christopher.

Después llamó al vicepresidente.

Fueron necesarias cuatro horas de fuertes presiones muy poco diplomáticas para que Saint Christopher soltara información. Al principio, los banqueros se mostraban inamovibles, pero ¿qué pequeña seminación puede resistir todo el poder y la furia de la única superpotencia mundial? Cuando el vicepresidente amenazó al primer ministro con unas sanciones económicas y bancarias que destruirían la escasa economía de la que dependía la isla, el hombre se vino finalmente abajo y entregó a sus banqueros.

La cuenta numerada se podía atribuir directamente a Artie Morgan, el hijo de treinta y un años del ex presidente. Éste había estado entrando y saliendo del Despacho Oval durante las últimas horas de la presidencia de su padre, bebiendo Heinekens y ofreciendo ocasionalmente consejos tanto a Critz como al presidente.

El escándalo crecía a cada hora que pasaba.

Desde Gran Caimán a Singapur y ahora a Saint Christopher, la transferencia permitía descubrir las delatoras señales de un intento muy poco profesional de cubrir huellas. Un profesional hubiese repartido el dinero de ocho maneras y en distintos bancos de diferentes países, y las transferencias se hubiesen efectuado a intervalos de varios meses. Pero hasta un novato como Artie hubiese tenido que ser capaz de esconder el dinero. Los bancos de los paraísos fiscales elegidos eran lo bastante discretos como para protegerle. El chivatazo a los federales había sido un desesperado intento del estafador de la sociedad de inversión inmobiliaria en su afán de evitar la cárcel.

Sin embargo, aún no se disponía de pruebas acerca del origen del dinero. En sus últimos tres días en el cargo, el presidente Morgan había concedido veintidós indultos. Todos ellos habían pasado inadvertidos menos dos: el de Joel Backman y el del duque de Mongo. El FBI estaba trabajando duro en la búsqueda de la basura financiera de los otros veinte. ¿Quién tenía tres millones de dólares? ¿Quién disponía de recursos para conseguirlos? Todos los amigos, familiares y socios de negocios estaban siendo investigados por los federales.

Un análisis preliminar reveló lo que ya se sabía. Mongo tenía miles de millones y era lo bastante corrupto para sobornar a cualquiera. Backman también lo podía hacer. Una tercera posibilidad era un antiguo legislador por el estado de Nueva Jersey cuya familia se había enriquecido enormemente.con contratos de construcción de carreteras por cuenta del Gobierno. Doce años antes se había pasado unos cuantos meses en una cárcel, o en un «campamento federal», un eufemismo, y ahora quería ver restablecidos sus derechos.

El presidente se encontraba de gira por Europa para darse a conocer: su primera vuelta alrededor del mundo tras su victoria. Tardaría tres días en regresar y el vicepresidente decidió esperar. Vigilarían el dinero, efectuarían dobles —y triples— comprobaciones de los datos y los detalles y, cuando él regresara, le informarían, facilitándole un caso a toda prueba. El escándalo del dinero-a cambio-de-indulto electrizaría el país. Humillaría al partido de la oposición y debilitaría su firmeza en el Congreso. Y le aseguraría a Anthony Price la dirección del FBI durante unos cuantos años más: finalmente enviaría al viejo Teddy Maynard a la residencia de ancianos. El lanzamiento de una guerra relámpago federal en toda regla contra un confiado ex presidente no podía tropezar con ningún obstáculo.

Su profesora esperaba en el último banco de la basílica de San Francesco. Iba todavía muy abrigada, con las manos enguantadas parcialmente metidas en los bolsillos de su grueso abrigo. Fuera volvía a nevar, y en el enorme, frío y desierto templo la temperatura no era mucho más alta. Él se sentó a su lado con un *«buon giorno»* en voz baja.

Ella correspondió con una sonrisa justo lo suficiente para ser considerada educada y contestó:

—*Buon giorno*.

Marco también mantenía las manos en los bolsillos y, durante un buen rato, ambos se quedaron allí sentados como dos congelados excursionistas que se estuvieran resguardando del mal tiempo. Como de costumbre, el rostro de la mujer estaba muy triste y sus pensamientos parecían centrados en algo que no era aquel inepto hombre de negocios canadiense que quería aprender su idioma. Se mostraba distante y aturdida y Marco ya estaba harto de su actitud. Por su parte, Ermanno perdía más interés a cada día que pasaba. Francesca resultaba apenas tolerable. Luigi siempre estaba en su sitio, vigilando y acechando, pero también él parecía estar perdiendo el interés por el juego.

Marco empezaba a pensar en la inminencia de la ruptura. Le cortarían el salvavidas y lo dejarían a la deriva para que se hundiera o nadara por su cuenta. Pues que así fuera. Llevaba libre casi un mes. Había aprendido suficiente italiano para sobrevivir. Y seguro que aprendería más por su cuenta.

—Bueno pues, ¿y esta iglesia cuántos años tiene? —preguntó tras haber comprendido que le correspondía hablar primero a él.

Ella se movió ligeramente, carraspeó y se sacó las manos de los bolsillos como si la hubiera despertado de un profundo sueño.

—La empezaron en 1236 unos frailes franciscanos. Treinta años después el santuario principal ya estaba terminado.

—Una obra muy rápida.

—Pues sí, bastante. A lo largo de los siglos se erigieron capillas a ambos lados. Se construyó la sacristía y después el campanario. Los franceses bajo Napoleón la desacralizaron en 1798 y la convirtieron en una aduana. En 1886 volvió a consagrarse como iglesia y se restauró en 1928. Cuando Bolonia fue bombardeada por los Aliados, su fachada sufrió graves daños. Ha tenido una historia muy agitada.

—No es muy bonita por fuera.

—Eso es cosa de los bombardeos.

—Creo que se equivocaron ustedes de bando.

—Bolonia no.

No tenía ningún sentido volver a combatir la guerra. Hicieron una pausa mientras sus voces flotaban hacia arriba y resonaban suavemente por la cúpula. Cada año, en su infancia, la madre de Backman lo llevaba algunas veces a la iglesia, pero aquel desganado intento de conservar la fe había sido rápidamente abandonado en su época de estudiante de instituto y totalmente olvidado en el transcurso de los últimos cuarenta años. Ni siquiera la cárcel logró convertirlo, a diferencia de a algunos de los demás reclusos. Pero, aun así, a un hombre sin convicciones le resultaba difícil comprender que se pudiera celebrar cualquier clase de culto significativo en un museo tan frío y desolado como aquél.

—Parece todo tan desierto. ¿Viene alguien alguna vez a rezar a este lugar?

—Hay una misa diaria y otras ceremonias el domingo. Yo me casé aquí.

—No tendría que hablar de sí misma. Luigi se enfadará.

—En italiano, Marco, ya basta de inglés. —Y en italiano le preguntó—: ¿Qué ha estudiado esta mañana con Ermanno?

—*La famiglia.*

—*La sua famiglia. Mi dica.* —Hábleme de su familia.

—Es un auténtico desastre —dijo él en inglés.

—*Sua moglie?* —¿Su mujer?

—¿Cuál de ellas? Tengo tres.

—Italiano.

—*Quale? Ne ho tre.*

—*L'ultima.*

Entonces él se contuvo. No era Joel Backman, con tres ex mujeres y una familia que se había ido al carajo. Era Marco Lazzeri de Toronto, con una mujer, cuatro hijos y cinco nietos.

—Era una broma —dijo en inglés—. Tengo una esposa.

—*Mi dica, in italiano, di sua moglie.* —Hábleme, en italiano, de su mujer.

En un italiano muy lento Marco describió a su imaginaria mujer. Se llama Laura. Tiene cincuenta y dos años. Vive en Toronto. Trabaja en una pequeña empresa. No le gusta viajar. Y así sucesivamente.

Cada frase se repetía por lo menos tres veces. Cada pronunciación equivocada era acogida con una mueca y un rápido «*ripeta*». Una y otra vez Marco habló de una Laura inexistente. Y, al terminar con ella, tuvo que hablar de su hijo mayor, otro invento, éste llamado Alex. Treinta años, abogado en Vancouver, divorciado y con dos hijos, etc.

Por suerte, Luigi le había facilitado una breve biografía de Marco Lazzeri con todos los datos que ahora él estaba tratando de recordar en aquella gélida iglesia. Ella lo siguió alentando y animando a perfeccionar su estilo, aconsejándole no hablar demasiado rápido, en contra de su tendencia natural.

—*Deve parlare lentamente* —le decía una y otra vez. Tiene que hablar despacio.

Era muy estricta y no estaba para bromas, pero también sabía despertar su entusiasmo. Si conseguía aprender a hablar el italiano la mitad de bien de lo que ella hablaba el inglés, saldría adelante. Si ella creía en la utilidad de la repetición constante, él también.

Mientras hablaban de su madre, un anciano caballero entró en la iglesia y se sentó en el banco situado directamente delante del suyo y no tardó en enfrascarse en la meditación y la plegaria. Ambos decidieron marcharse en silencio. Seguía cayendo una ligera nevada, por lo que se detuvieron en el primer café que encontraron para beberse un *espresso* y fumar un cigarrillo.

—*Adesso possiamo parlare della sua famiglia?* —preguntó Marco. ¿Ahora podemos hablar de su familia?

Francesca sonrió dejando los dientes al descubierto, cosa insólita en ella, y contestó:

—*Benissimo, Marco* —Muy bien—. *Ma non possiamo, mi dispiace*. —Pero no podemos, lo siento.

—*Perchè no?*

—*Abbiamo delle regole.* —Tenemos unas normas.

—*Dov'è suo marito?* —¿Dónde está su marido?

—*Qui, a Bologna.* —Aquí, en Bolonia.

—*Dove lavora?* —¿Dónde trabaja?

—*Non lavora.*

Tras fumarse un segundo cigarrillo, se arriesgaron a regresar a las aceras cubiertas de nieve e iniciaron una exhaustiva lección centrada en la nieve. Ella pronunciaba una breve frase en inglés y él la tenía que traducir. Está nevando. En Florida nunca nieva. Puede que llueva mañana. La semana pasada nevó dos veces. Me encanta la nieve. No me gusta la nieve.

Rodearon el borde de la plaza principal y se situaron bajo los pórticos. En Via Rizzoli pasaron por delante de la tienda donde Marco se había comprado las botas y la parka y éste pensó que, a lo mejor, a Francesca le gustaría oír su versión de aquel acontecimiento. Ya dominaba bastante el italiano. Pero lo dejó correr porque ella estaba muy ocupada con el tiempo. Al llegar a un cruce, se detuvieron a contemplar Le Due Torri, las dos torres supervivientes de las que tanto se enorgullecían los boloñeses. En otros tiempos había más de doscientas torres, dijo ella. Después le pidió que repitiera la frase. Él lo intentó, falló el tiempo pasado del verbo y el número y ella le dijo que repitiera la maldita frase hasta que le saliera bien. En la época medieval, por motivos que los actuales italianos no logran explicar, sus antepasados adquirieron la insólita costumbre arquitectónica de construir altas y esbeltas torres como viviendas. Puesto que las guerras tribales y las hostilidades locales eran endémicas, el propósito de las torres era ante todo defensivo. Eran unas eficaces atalayas y resultaban muy útiles durante los ataques, aunque muy poco prácticas para vivir. Para proteger la comida, las cocinas solían estar en el último piso, a unos noventa o ciento veinte metros de la calle, lo cual dificultaba la tarea de encontrar sirvientes dignos de fiar. Cuando estallaban los combates, las familias se solían arrojar las unas a las otras flechas y lanzas de una torre a otra. No tenía sentido luchar en la calle como el simple vulgo.

Las torres también se acabaron convirtiendo en un símbolo de posición social. Ningún noble que se respetara podía permitir que su vecino y/o rival tuviera una torre más alta que la suya, por lo cual en los siglos XII y XIII se desató en el perfil de Bolonia una curiosa contienda en el arte de superar a los demás, pues ningún noble quería ser menos que el otro. La ciudad recibió el apodo de *la turrita*, la torreada. Un viajero inglés la describió como un «lecho de espárragos».

Hacia el siglo XIV el Gobierno organizado empezó a adquirir fuerza en Bolonia y los sagaces gobernantes comprendieron la necesidad de pararles los pies a los belicosos nobles. Siempre que tuvo la capacidad suficiente para hacerlo, la ciudad derribó tantas torres como pudo. El tiempo y la fuerza de gravedad hicieron el resto; las de cimientos más débiles se derrumbaron al cabo de pocos siglos.

A finales del siglo XIX, tras una ruidosa campaña, se tomó por los pelos la decisión de derribarlas todas. Sólo dos sobrevivieron: la de los Asinelli y la Garisenda. Ambas se levantan la una muy cerca de la otra en la Piazza di Porta Ravegnana. Ninguna de las dos es perfectamente vertical, pues la Garisenda se inclina hacia el norte en un ángulo que rivaliza con el de la más famosa y mucho más bonita de Pisa. Ambas supervivientes han suscitado muchas pintorescas descripciones a lo largo de las décadas. Un poeta francés las comparó con dos marineros borrachos que regresaban haciendo eses a casa, apoyándose el uno en el otro para no caer. La guía de Ermanno las calificaba de los «Laurel y Hardy» de la arquitectura medieval.

La de los Asinelli se construyó a principios del siglo XII y, con sus 97,2 metros de altura, es dos veces más alta que su compañera. La Garisenda empezó a inclinarse cuando ya estaba casi terminada, en el siglo XIII, y la cortaron por la mitad en un intento de detener la inclinación. El clan de los Garisenda perdió el interés por ella y abandonó la ciudad en medio del oprobio.

Marco había leído la historia en el libro de Ermanno. Francesca no lo sabía y, como todas las buenas guías turísticas, dedicó quince fríos minutos a hablar de las famosas torres. Formulaba una frase sencilla, la pronunciaba a la perfección, ayudaba a Marco a pronunciarla lo mejor que podía y pasaba a regañadientes a la siguiente.

—La de los Asinelli tiene cuatrocientos noventa y ocho escalones hasta la cima —dijo.

—*Andiamo* —dijo rápidamente Marco. Vamos.

Entraron por la base a través de una estrecha puerta y subieron una angosta escalera de caracol hasta quince metros de altura donde, en un rincón, se encontraba la garita de las entradas. Marco compró dos de tres euros y ambos iniciaron el ascenso. La torre era hueca y los peldaños estaban fijados a los muros exteriores.

Francesca dijo que llevaba por lo menos diez años sin subir y parecía emocionada con la pequeña aventura. Empezó a subir por los estrechos y recios escalones de madera de roble. Marco la seguía a cierta distancia. Una ocasional y pequeña aspillera abierta permitía el paso de la luz y el frío aire del exterior.

—Tómeselo con calma —dijo ella en inglés, volviendo la cabeza mientras se alejaba lentamente de Marco.

En aquella nevada tarde de febrero no había nadie más subiendo a lo alto de la ciudad.

Marco se lo tomó con calma y la perdió rápidamente de vista. A medio camino, se detuvo junto a una ancha ventana para que el viento le refrescara el rostro. Recuperó el resuello y reanudó el ascenso, todavía más despacio que antes. A los pocos minutos, volvió a detenerse. El corazón le galopaba en el pecho, sus pulmones trabajaban a destajo y su mente se preguntaba si lograría llegar hasta arriba. Tras subir 498 escalones, llegó por fin a una buhardilla tan pequeña como una caja y salió a lo alto de la torre. Francesca se estaba fumando un cigarrillo mientras contemplaba su hermosa ciudad sin la menor señal de sudor en el rostro.

La vista desde arriba era impresionante. Los tejados de tejas rojas de la ciudad estaban cubiertos por cinco centímetros de nieve. Directamente por debajo de ellos se levantaba la cúpula de pálido color verde de San Bartolomeo, negándose a lucir el más mínimo adorno.

—Cuando el día es claro, se ven el mar Adriático al este y los Alpes al norte —dijo ella, todavía en inglés—. Es una auténtica belleza, incluso bajo la nieve.

—Es una auténtica belleza —repitió Marco casi jadeando.

El viento silbaba a través de los barrotes metálicos entre los pilares de ladrillo y hacía mucho más frío por encima de Bolonia que en la calle.

—La torre es la quinta estructura más alta de la vieja Italia —explicó Francesca con orgullo.

Marco estuvo seguro de que sabía cuáles eran las otras cuatro.

—¿Por qué se salvó esta torre? —preguntó.

—Por dos motivos, creo. Estaba bien diseñada y bien construida. La familia Asinelli era fuerte y poderosa. Y se utilizó brevemente como prisión en el siglo XIV, cuando muchas de las torres ya habían sido derribadas. La verdad es que nadie sabe por qué a ésta le perdonaron la vida.

A cien metros de altura, Francesca era una persona distinta. Le brillaban los ojos y su voz era radiante.

—Eso siempre me recuerda por qué le tengo cariño a mi ciudad —dijo esbozando una insólita sonrisa. No dirigida a él ni a nada que él hubiera dicho, sino a los tejados y el perfil de Bolonia.

Salieron al otro lado y miraron en la distancia hacia el suroeste. En lo alto de una colina situada por encima de la ciudad vieron la silueta del santuario de San Luca, el ángel guardián de la ciudad.

—¿Ha estado usted allí? —preguntó ella.

—No.

—Iremos un día cuando haga mejor tiempo, ¿de acuerdo?

—Pues claro.

—Tenemos muchas cosas que ver.

Puede que, a lo mejor, no la despidiera. Estaba tan hambriento de compañía, sobre todo del otro sexo, que podía tolerar su indiferencia, su tristeza y sus arrebatos de mal humor.

Si el ascenso a lo alto de la torre de los Asinelli le había levantado el ánimo, la bajada le devolvió su habitual actitud malhumorada. Se tomaron un rápido *espresso* cerca de las torres y se despidieron. Mientras ella se alejaba sin haberle dado ni un abrazo superficial, ni un apresurado beso en la mejilla y ni siquiera un precipitado apretón de manos, Marco decidió darle una semana más.

La pondría en secreto a prueba. Disponía de siete días para ser amable, de lo contrario, él daría por terminadas las lecciones. La vida era demasiado corta.

Aunque ella era muy guapa.

El sobre lo abrió su secretaria, exactamente igual que toda la correspondencia de la víspera y de la antevíspera. Pero, en el interior del primer sobre, había otro, éste dirigido simplemente a Neal Backman. En letras de imprenta en el anverso y en el reverso figuraba la siniestra advertencia: PERSONAL, CONFIDENCIAL, SÓLO DEBERÁ SER ABIERTO POR NEAL BACKMAN.

—Puede que le interese echar un vistazo a la de encima —dijo la secretaria, entrando con su cotidiano montón de correspondencia a las nueve de la mañana—. El sobre fue echado al correo hace dos días, en York, Pennsylvania.

Cuando ella cerró la puerta a su espalda, Neal examinó el sobre. Era de color marrón claro sin más indicación que lo que había escrito a mano el remitente. La letra le resultaba vagamente familiar.

Con un abrecartas, abrió despacio el sobre por la parte superior y sacó una sola hoja de papel blanco. Era de su padre. Experimentó un sobresalto, pero no demasiado.

21 de febrero

Querido Neal:

Ahora estoy a salvo, pero dudo que esto dure. Necesito tu ayuda. No tengo dirección, ni teléfono, ni fax y no estoy muy seguro de que los utilizara si pudiera. Necesito acceso al correo electrónico, a algo que no se pueda localizar. No tengo ni idea de cómo hacerlo, pero sé que a ti se te ocurrirá algo. No tengo ordenador ni dinero. Hay muchas probabilidades de que me estén vigilando, por lo que cualquier cosa que hagas no tiene que dejar rastro. Borra tus huellas. Borra las mías. No te fíes de nadie. Vigílalo todo. Esconde esta carta y después destrúyela.

Envíame todo el dinero que puedas. Ya sabes que te lo devolveré.

No utilices tu verdadero nombre para nada. Utiliza la siguiente dirección: Sig. Rudolph Viscovitch, Università degli Studi, Universidad de Bolonia, Via Zamboni 22, 44041, Bolonia, Italia.

Utiliza dos sobres... el primero para Viscovitch, el segundo para mí. En tu nota para él, pídele que guarde el paquete para Marco Lazzeri.

¡Date prisa!

Con afecto,

MARCO

Neal dejó la carta sobre el escritorio y se acercó a la puerta para cerrarla.

Se sentó en el pequeño sofá de cuero y trató de ordenar las ideas. Ya había llegado a la conclusión de que su padre se encontraba en el extranjero, de otro modo, se hubiese puesto en contacto con él hacía varias semanas. ¿Por qué estaba en Italia? ¿Por qué la carta se había enviado desde York, Pennsylvania?

La mujer de Neal jamás había conocido a su suegro. Llevaba dos años en la cárcel cuando se conocieron y se casaron. Le habían enviado fotografías de la boda y, más tarde, una fotografía de su hija, la segunda nieta de Joel.

Joel no era un tema del que a Neal le gustara hablar. O en el que quisiera pensar. Había sido un mal padre, ausente durante buena parte de su infancia, y su sorprendente caída del poder había avergonzado a todos sus allegados. Neal le había enviado a regañadientes algunas cartas y postales a la cárcel, pero podía decir con toda sinceridad, por lo menos a sí mismo y a su mujer, que no echaba de menos a su padre. Raras veces había estado a su lado.

Ahora volvía pidiendo un dinero que Neal no tenía, suponiendo sin el menor asomo de duda que Neal haría exactamente lo que él le dijera, perfectamente dispuesto a poner en peligro a otra persona.

Neal regresó a su escritorio, releyó la carta y volvió a leerla. Los mismos garabatos casi ilegibles que había visto durante toda su vida y el mismo modo de actuar, tanto en casa como en el despacho. Haz esto, haz lo otro y todo saldrá bien. ¡Hazlo tal como yo digo y hazlo ahora mismo! ¡Date prisa! Ponlo todo en peligro porque yo te necesito.

¿Y si todo salía de maravilla y el intermediario regresaba? Seguro que entonces no tendría tiempo para Neal ni para la nieta. En caso de que se le ofreciera la oportunidad, Joel Backman, de cincuenta y dos años, ascendería una vez más a los círculos de la gloria y el poder de Washington. Haría las amistades adecuadas, estafaría a los clientes adecuados, se casaría con la mujer adecuada, encontraría a los socios adecuados y, en cuestión de un año, volvería a trabajar desde un inmenso despacho donde cobraría unos honorarios escandalosos e intimidaría a los congresistas.

La vida había sido mucho más sencilla estando su padre en la cárcel.

¿Qué le diría a Lisa, su mujer? Cariño, aquellos 2.000 dólares que tenemos guardados en nuestra cuenta de ahorros ya tienen destino. Y unos cuantos centenares de dólares para un sistema de correo electrónico codificado. Y tú y la niña tendréis que mantener las puertas cerradas constantemente porque la vida se ha vuelto mucho más peligrosa.

Con el día ya a la mierda, Neal llamó a su secretaria y le dijo que no le pasara llamadas. Se tumbó en el sofá, se quitó los mocasines, cerró los ojos y empezó a aplicarse masaje a las sienes.

18

En la pequeña y desagradable guerra que libraban la CIA y el FBI, ambas partes solían utilizar a ciertos periodistas por motivos tácticos. Manipulando la prensa, podían asestar golpes preventivos, debilitar los contraataques, disimular las precipitadas retiradas e incluso controlar los daños. Dan Sandberg llevaba casi veinte años cultivando fuentes de ambos bandos y estaba perfectamente dispuesto a que lo utilizaran cuando la información era cierta, y en exclusiva. También estaba dispuesto a asumir el papel de correo, moviéndose cautelosamente entre los ejércitos con sus chismorreos altamente secretos para averiguar cuánto sabía la otra parte. En su intento de confirmar la historia según la cual el FBI estaba investigando un escándalo de dinero-por-indulto, se había puesto en contacto con la fuente más fidedigna de la CIA. Fue recibido con la habitual muralla de piedra, pero duró menos de cuarenta y ocho horas.

Su contacto en Langley era Rusty Lowell, un veterano profesional de conducta un tanto irregular. Siempre que le pagaran a cambio, su verdadero trabajo consistía en vigilar a la prensa y aconsejar a Teddy Maynard acerca de la mejor manera de utilizarla y maltratarla. No era un chivato, jamás hubiera sido capaz de revelar algo que no fuera cierto. Tras haberse pasado muchos años trabajando esta relación, Sandberg estaba razonablemente seguro de que buena parte de lo que le contaba Lowell procedía directamente del propio Teddy Maynard.

Se reunieron en el Tyson's Corner Mall, en Virginia, justo al otro lado del Cinturón, en el comedor superior de la parte de atrás de una pizzería. Ambos pidieron una ración de pizza de salchicha picante con queso y una bebida sin alcohol y buscaron un reservado resguardado de miradas indiscretas. Aplicaron las normas habituales: todo era *off the record* y absolutamente cierto; Lowell daría luz verde antes de que Sandberg publicara un reportaje y, si otra fuente contradecía algo de lo que dijera Lowell, él, Lowell, tendría la oportunidad de revisarlo y decir la última palabra.

Como periodista de investigación que era, Sandberg aborrecía las normas. Sin embargo, Lowell jamás se había equivocado y no hablaba con nadie más. Si Sandberg quería sacar provecho de aquella fuente tan fructífera, tenía que atenerse a las normas.

—Han encontrado cierta cantidad de dinero —empezó diciendo Sandberg—. Y creen que está relacionada con un indulto.

Los ojos de Lowell lo traicionaron porque jamás engañaba. Inmediatamente se entornaron, señal evidente de que se trataba de una novedad para él.

—¿Lo sabe la CIA? —preguntó Sandberg.

—No —contestó rotundamente Lowell. Jamás se había asustado de la verdad—. Hemos estado vigilando algunas cuentas de paraísos fiscales, pero no ha ocurrido nada. ¿Cuánto dinero?

—Mucho. No sé cuánto. Y no sé cómo lo han encontrado.

—¿De dónde procedía?

—No lo saben con certeza, pero están tratando desesperadamente de relacionarlo con Joel Backman. Están hablando con la Casa Blanca.

—Y no con nosotros.

—Está claro que no. Eso huele a política. Les encantaría endilgarle un escándalo al ex presidente Morgan, y Backman sería el conspirador ideal.

—El duque de Mongo también sería un buen objetivo.

—Sí, pero está prácticamente muerto. Ha tenido una larga y pintoresca carrera de defraudador fiscal, pero ya está retirado. Backman conoce secretos. Quieren traerlo de nuevo aquí y hacerlo picadillo en el Departamento de Justicia, provocar la irritación de Washington durante unos cuantos meses. Será una humillación para Morgan.

—La economía está por los suelos. Será una estupenda distracción.

—Tal como ya he dicho, es un asunto político.

Lowell tomó finalmente un bocado de pizza y lo masticó rápidamente mientras pensaba.

—No puede ser Backman. Están muy lejos de la pista.

—Te veo muy seguro.

—Estoy absolutamente convencido. Backman no tenía ni idea de que se estaba tramitando su indulto. Prácticamente lo sacamos a rastras de su celda en plena noche, le hicimos firmar unos papeles y lo sacamos del país antes del amanecer.

—¿Y adónde fue?

—Qué demonios, eso yo no lo sé. Y, si lo supiera, tampoco te lo diría. El caso es que Backman no tuvo tiempo de organizar un soborno. Estaba tan profundamente encerrado en la cárcel que no podía ni siquiera soñar con la posibilidad de un indulto. Fue idea de Teddy, no suya. Backman no es su hombre.

—Pues pretenden localizarlo.

—¿Por qué? Es un hombre libre, plenamente indultado, no un reo que se ha fugado. No lo pueden extraditar a no ser, naturalmente, que se saquen de la manga una acusación.

—Cosa que pueden hacer.

Lowell frunció el entrecejo mientras contemplaba la mesa un par de segundos.

—No veo la acusación por ninguna parte. Carecen de pruebas. Han descubierto una cantidad de dinero sospechosa en un banco, tal como tú dices, pero no saben de dónde procede. Te aseguro que no es dinero de Backman.

—¿Lo pueden localizar?

—Van a ejercer presión sobre Teddy y por eso quería yo hablar. —Apartó a un lado la pizza a medio terminar y se inclinó un poco más hacia delante—. Muy pronto se celebrará una reunión en el Despacho Oval. Teddy estará allí y el presidente le pedirá ver la información secreta sobre Backman. Él se negará a facilitársela. Y entonces se producirá una confrontación. ¿Tendrá el presidente el valor de despedir al viejo?

—¿Lo hará?

—Probablemente. Por lo menos, Teddy lo está esperando. Éste es el cuarto presidente, lo cual, como bien sabes, es todo un récord, y los tres anteriores ya quisieron despedirlo. Pero ahora es un viejo y está dispuesto a marcharse.

—Siempre ha sido un viejo y ha estado dispuesto a marcharse.

—Cierto, pero lo dirigía todo con mano de hierro. Esta vez es distinto.

—¿Por qué no se limita a dimitir?

—Porque es un viejo hijoputa chiflado, rebelde y obstinado, tú lo sabes muy bien.

—De eso no cabe duda.

—Y, si lo despiden, no se irá tranquilamente como si nada. Exigirá una cobertura equilibrada.

«Cobertura equilibrada» era la expresión que ambos solían utilizar habitualmente para «decantar las cosas a favor nuestro».

Sandberg también apartó su pizza y se apretó los nudillos hasta hacerlos crujir.

—Ésta es la historia tal como yo la veo —dijo, dando comienzo al ritual—. Después de dieciocho años de sólido liderazgo al frente de la CIA, Teddy Maynard es despedido por un presidente recién estrenado en el cargo. La razón es que Maynard se ha negado a facilitar los detalles de las operaciones secretas en curso. Se mantuvo firme para proteger la seguridad nacional y miró por encima del hombro al presidente, el cual, junto con el FBI, quiere información secreta para que el FBI pueda llevar a cabo una investigación acerca de los indultos concedidos por el presidente saliente Morgan.

—No puedes mencionar a Backman.

—No estoy preparado para utilizar nombres. Carezco de información.

—Te aseguro que el dinero no procede de Backman. Y, si utilizas su nombre en esta fase, cabe la posibilidad de que él lo vea y cometa una estupidez.

—¿Como qué?

—Como huir para salvar el pellejo.

—¿Y eso por qué es una estupidez?

—Porque no queremos que huya para salvar el pellejo.

—¿Lo queréis muerto?

—Naturalmente. Ése es el plan. Queremos ver quién lo mata.

Sandberg se reclinó contra el duro banco de plástico y apartó la mirada. Lowell tomó unos trocitos de salchicha picante de su fría y correosa pizza y, durante un buen rato, ambos reflexionaron en silencio. Sandberg apuró su Coca-Cola *light* y dijo al final:

—Teddy consiguió convencer en cierto modo a Morgan de que indultara a Backman, el cual permanece oculto en algún lugar a modo de cebo para el asesinato.

Lowell apartó la mirada, asintiendo con la cabeza.

—¿Y el asesinato servirá para responder algunas preguntas allá en Langley?

—Tal vez. Ése es el plan.

—¿Sabe Backman por qué lo han indultado?

—Nosotros, desde luego, no se lo hemos dicho, pero es muy listo.

—¿Quién lo persigue?

—Unas personas muy peligrosas que le guardan rencor.

—¿Las conoces?

Una inclinación de la cabeza, un encogimiento de hombros y una respuesta que no era tal.

—Hay varias con posibilidades. Vigilaremos muy de cerca y puede que averigüemos algo. Pero puede que no.

—¿Y por qué le guardan rencor?

Lowell se burló de la ridícula pregunta.

—Ya vuelves con lo mismo, Dan. Ya llevas seis años preguntándolo. Mira, me tengo que ir. Trabaja en lo de la cobertura equilibrada y déjame ver el resultado.

—¿Cuándo es la reunión con el presidente?

—No estoy seguro. En cuanto regrese.

—¿Y si despiden a Teddy?

—Tú serás la primera persona a quien yo llame.

Como abogado de una pequeña localidad en Culpeper, Virginia, Neal Backman ganaba mucho menos de aquello con lo que soñaba cuando estudiaba en la facultad. Por aquel entonces el bufete de su padre era una fuerza tan grande en el distrito de Columbia que no le costaba imaginarse a sí mismo ganando dinero a espuertas al cabo de unos pocos años de ejercicio de la profesión.

Los asociados más noveles de Backman, Pratt & Bolling empezaban ganando 100.000 dólares anuales y un socio de menos de treinta años ganaba el triple. Durante su segundo año en la Facultad de Derecho, una revista local sacó al intermediario en portada y habló de sus caros juguetes. Se le calculaban unos ingresos de diez millones de dólares anuales. Todo ello había causado un gran revuelo en la facultad, cosa que a Neal le resultó extremadamente incómoda. Recordaba haber pensado en lo maravilloso que sería su futuro con semejante potencial económico.

Sin embargo, menos de un año después de haber sido contratado como asociado, el bufete lo despidió tras la declaración de culpabilidad de su padre, y prácticamente lo habían echado a patadas del edificio.

Pero Neal no había tardado en dejar de soñar con el dinero y el lujoso estilo de vida. Se conformaba con ejercer su profesión en un pequeño y bonito bufete de Main Street y llevarse a casa 50.000 dólares anuales. Lisa había dejado de trabajar al nacer su hija. Ella manejaba la economía familiar y procuraba no salirse del presupuesto.

Tras pasarse la noche en vela, Neal despertó con una idea aproximada acerca de lo que debía hacer. La cuestión más dolorosa había sido la de si decírselo o no a su mujer. Tras haber decidido que no, el plan empezó a adquirir forma. Se fue a su despacho a las ocho, como de costumbre, y se pasó una hora y media perdiendo el tiempo *on line* hasta asegurarse de que el banco ya había abierto. Mientras bajaba por Main Street le pareció imposible creer que pudiera haber gente allí cerca vigilando sus movimientos. Aun así, procuraría no correr riesgos.

Richard Koley era el director de la sucursal más próxima del Piedmont National Bank. Iban a la iglesia juntos, cazaban urogallos juntos y jugaban juntos en el equipo de *softball*, la variedad de béisbol de pelota más blanda, del Club Rotario. El bufete de Neal siempre había utilizado los servicios de aquel banco. El vestíbulo estaba desierto a aquella hora tan temprana y Richard ya estaba sentado detrás de su escritorio con una gran taza de café, el *Wall Street Journal* y, evidentemente, muy poco que hacer. Se llevó una agradable sorpresa al ver a Neal y ambos se pasaron veinte minutos hablando del baloncesto universitario. Cuando se les agotó el tema, Richard preguntó:

—Bueno, ¿qué te trae por aquí?

—Una simple curiosidad —dijo Neal sin darle importancia, pronunciando unas frases que se había pasado toda la mañana ensayando—. ¿Qué cantidad podría pedir prestada con sólo mi firma?

—Te has metido en un pequeño apuro, ¿verdad?

Richard ya había alargado la mano hacia el ratón y estaba examinando el monitor donde se almacenaban todas las respuestas.

—No, nada de eso. Los tipos son muy bajos y tengo los ojos puestos en unos valores que me interesan.

—No es una mala estrategia, en realidad, aunque yo, desde luego, no la puedo proclamar. Estando el Dow otra vez a diez mil, te sorprendes de que no haya más gente pidiendo préstamos para comprar valores. Eso sería muy bueno para el viejo banco, claro. —Consiguió soltar una torpe risita de banquero a su rápida y humorística respuesta—. ¿Nivel de ingresos? —preguntó, pulsando unas teclas, ahora ya con el rostro más serio.

—Varía —contestó Neal—. Entre sesenta y ochenta.

Richard frunció todavía más el entrecejo y Neal no supo si se debía a que lamentaba que su amigo ganara tan poco o a que su amigo ganaba mucho más que él. Jamás lo sabría. Los banqueros de las pequeñas localidades no eran famosos por retribuir generosamente a sus empleados.

—¿Deudas totales, aparte de la hipoteca? —preguntó, volviendo a teclear.

—Bueno, vamos a ver. —Neal cerró los ojos y volvió a efectuar los cálculos. Su hipoteca ascendía a casi 200.000 dólares y la tenía en el Piedmont. Lisa era tan contraria a las deudas que su pequeño balance estaba extremadamente limpio—. Un préstamo para el automóvil de aproximadamente veinte mil —dijo—. Y puede qué unos mil en tarjetas de crédito. No mucho, en realidad.

Richard asintió con la cabeza en señal de aprobación, sin apartar los ojos de la pantalla. Cuando sus dedos se separaron del teclado, se encogió de hombros y se convirtió en un generoso banquero.

—Podríamos conceder un préstamo de tres mil con la firma. Seis por ciento de interés a doce meses.

Puesto que jamás había pedido un préstamo sin garantía, Neal no sabía muy bien qué esperar. No tenía ni idea de lo que podía conseguir con su firma, pero unos tres mil dólares le parecía bien.

—¿Podrías llegar a cuatro mil?

Otro fruncimiento de entrecejo, otro detenido examen del monitor y después la respuesta.

—Claro, ¿por qué no? Ya sé dónde encontrarte, ¿verdad?

—Muy bien. Te mantendré informado sobre los valores.

—¿Acaso es una información privilegiada, algo que has averiguado desde el interior?

—Dame un mes. Si sube el precio, volveré y presumiré un poco.

—Me parece estupendo.

Mientras Richard abría un cajón para buscar unos impresos, Neal le dijo:

—Oye, Richard, eso tiene que quedar entre nosotros, ¿de acuerdo? ¿Comprendes lo que quiero decir? Lisa no firmará los papeles.

—No te preocupes —dijo el banquero, ejemplo de discreción—. Mi mujer no sabe ni la mitad de lo que hago en cuestiones financieras. Las mujeres es que no lo entienden.

—Tú lo has dicho. Y, siguiendo esta misma tónica, ¿sería posible conseguir la suma en efectivo?

Una pausa y una mirada de perplejidad, aunque cualquier cosa era posible en el Piedmont National.

—Pues claro, concédeme aproximadamente una hora, más o menos.

—Tengo que irme corriendo al despacho para demandar a un tío, ¿sabes? Volveré hacia el mediodía para firmarlo todo y retirar el dinero.

Neal regresó a toda prisa a su despacho, situado a dos manzanas de distancia, con un dolor nervioso en el estómago. Lisa lo mataría como se enterara y en una pequeña localidad costaba guardar secretos. En los cuatro años de su feliz matrimonio habían tomado todas las decisiones juntos. Explicar el préstamo hubiese resultado muy doloroso, aunque probablemente ella lo habría superado si él le hubiera dicho la verdad.

La devolución del dinero le supondría un reto. Su padre siempre había sido aficionado a hacer promesas fáciles. A veces las cumplía y otras no, pero jamás se preocupaba demasiado ni en un sentido ni en otro. Pero aquél era el Joel Backman de antes. El de ahora era un hombre desesperado sin amigos ni nadie en quien confiar.

Qué demonios. Eran sólo cuatro mil dólares. Richard sería discreto. Neal ya se preocuparía más tarde del préstamo. A fin de cuentas, era un abogado. Podría sacar algunos honorarios extra aquí y allá, dedicar unas cuantas horas más al trabajo.

Su principal preocupación en aquel momento era el paquete que tenía que enviarle a Rudolph Viscovitch.

Con el dinero en efectivo en el bolsillo, Neal abandonó a toda prisa Culpeper a la hora del almuerzo camino de Alexandria, a unos noventa minutos de camino. Encontró la tienda, llamada Chatter, en una pequeña galería comercial de Russell Road, a cosa de un kilómetro y medio de distancia del río Potomac. Se anunciaba *on line* como el lugar más indicado para la adquisición de artilugios de telecomunicación y uno de los pocos lugares de Estados Unidos donde se podían comprar móviles que funcionaban en Europa. Mientras echaba un breve vistazo, se sorprendió de la cantidad de teléfonos, buscas, ordenadores, teléfonos vía satélite... cualquier cosa que uno pudiera necesitar para comunicarse. No pudo fisgar demasiado: tenía una testificación a las cuatro de la tarde en su despacho. Lisa haría una de sus muchas inspecciones diarias para ver qué ocurría, si es que ocurría algo, en el centro de la ciudad.

Le pidió a un dependiente que le mostrara el PC Pocket

Smartphone Ankyo 850, la mayor maravilla tecnológica aparecida en el mercado en los últimos noventa días. El dependiente lo sacó del estuche de un expositor y, con entusiasmo cambió de idioma y lo describió como «Teclado QWERTY expandido, funcionamiento a tres bandas en los cinco continentes, ochenta megabytes de memoria incorporada, conectividad de datos de alta velocidad con EGPRS, acceso inalámbrico LAN, tecnología inalámbrica Bluetooth, soporte dual IPv6, infrarrojos, interface Pop-Port, sistema operativo Symbian versión 7.OS, plataforma Serie 80.»

—¿Cambio automático de bandas?

—Sí.

—¿Cubierto por todas las redes europeas?

—Naturalmente.

El Smartphone era ligeramente más grande que el típico teléfono de negocios, pero resultaba muy manejable. Tenía una suave carcasa metálica con una cubierta posterior de áspero plástico antideslizante para facilitar su uso.

—Es más grande —estaba diciendo el dependiente—. Pero tiene un montón de ventajas —correo electrónico, mensajes multimedia, cámara, vídeo, procesador de textos completo, conexión a Internet... y acceso inalámbrico completo casi a cualquier lugar del mundo. ¿Adónde va usted con él?

—Italia.

—Está listo para funcionar. Sólo tendrá que abrir una cuenta con un servidor.

Abrir una cuenta significaba papeleo. Y papeleo significaba dejar un rastro, cosa que Neal no estaba dispuesto a hacer.

—¿Y qué tal con una tarjeta SIM prepago? —preguntó.

—Las tenemos. Para Italia se llama TIM, Telecom Italia Mobile. Es el servidor más importante de Italia, cubre casi el noventa por ciento del país.

—Me lo llevo.

Neal retiró la parte inferior de la cubierta y apareció un teclado completo. El dependiente le explicó:

—Es mejor que lo sujete con ambas manos y teclee con los pulgares. No entran los diez dedos en el teclado.

Lo tomó de manos de Neal y le demostró el método preferido de tecleo con los pulgares.

—Entendido —dijo Neal—. Me lo llevo.

Costaba 925 dólares más impuestos, más otros 89 dólares de la tarjeta TIM. Neal pagó en efectivo y rechazó la garantía adicional, el registro del descuento, el programa del usuario, cualquier cosa que pudiera implicar papeleo y dejar rastro. El dependiente le preguntó el nombre y la dirección y Neal se negó a facilitárselos. En determinado momento dijo con irritación:

—Pero ¿es que no es posible simplemente pagar y marcharse?

—Supongo que sí, claro —contestó el dependiente.

—Pues hagámoslo. Tengo mucha prisa.

Salió y se marchó en su automóvil a un gran establecimiento de suministros para oficina situado a unos ochocientos metros. Encontró rápidamente un PC Hewlett-Packard Tablet con tecnología inalámbrica incorporada. Invirtió otros 440 dólares en la seguridad de su padre, aunque pensaba quedarse con el ordenador portátil y esconderlo en su despacho. Utilizando un plano que había descargado, encontró el PackagePost en otra galería comercial cercana. Una vez dentro, en un mostrador de envíos, escribió a toda prisa dos páginas de instrucciones para su padre y las dobló e introdujo en un sobre que contenía una carta y otras instrucciones que había preparado a primera hora de aquella mañana. Cuando estuvo seguro de que nadie miraba, introdujo veinte billetes de cien dólares en el pequeño estuche negro que acompañaba la maravilla Ankyo. Después metió la carta y las instrucciones, el Smartphone y el estuche en una caja de cartón de envío por correo del propio establecimiento. La cerró cuidadosamente y fuera escribió en rotulador negro: POR FAVOR, GUÁRDELO PARA MARCO LAZZERI. A continuación, guardó la caja de cartón en otra de tamaño ligeramente más grande dirigida a Rudolph Viscovitch de Via Zamboni 22, Bolonia. La dirección del remitente era PackagePost, 8851 Braddock Road, Alexandria, Virginia, 22302. Como no se le ofrecía otra alternativa, dejó su nombre, dirección y número de teléfono en el registro, por si devolvían el paquete. El dependiente pesó el bulto y preguntó si deseaba asegurarlo. Neal contestó que no para evitar más papeleo. El dependiente añadió los sellos internacionales y finalmente dijo:

—El total son dieciocho dólares con veinte céntimos.

Neal pagó y el dependiente le aseguró una vez más que el paquete sería enviado aquella misma tarde.

19

En la semipenumbra de su pequeño apartamento, Marco siguió la rutina de primera hora de la mañana con su habitual eficiencia. Exceptuando en la cárcel, donde no tenía otro remedio y ningún aliciente para levantarse corriendo, jamás había sido una de esas personas que se quedan un rato tumbadas en la cama al despertar. Tenía demasiadas cosas que hacer, demasiadas cosas que ver. Solía llegar a su despacho antes de las seis de la mañana, respirando fuego y buscando la primera bronca de la mañana, y a menudo después de sólo tres o cuatro horas de sueño.

Estaba recuperando aquellas costumbres. No atacaba cada día, no buscaba camorra, pero había otros retos.

Se duchó en menos de tres minutos, otra antigua costumbre enérgicamente practicada en Via Fondazza a causa de una grave escasez de agua caliente. Sobre el lavabo se afeitó cuidadosamente la zona que rodeaba la preciosa barba que se estaba dejando crecer. El bigote ya estaba casi completo; la barbilla era de un uniforme color gris. No parecía en absoluto Joel Backman y tampoco hablaba como él. Estaba aprendiendo a hablar mucho más despacio y con una voz más suave. Y, como es natural, lo estaba haciendo en otro idioma.

Su rápida rutina matinal incluía un poco de espionaje. Al lado de su cama había una cómoda donde guardaba sus cosas.

Cuatro cajones, todos del mismo tamaño, el último de ellos a quince centímetros del suelo. Utilizó un hilo blanco de una sábana, el mismo que utilizaba cada día. Mojó con la lengua ambos extremos, tanto como le fue posible, y después fijó un extremo bajo el fondo del último cajón. Pegó el otro extremo al lateral de la cómoda: cuando se abría el cajón, el hilo invisible se caía.

Alguien, suponía que Luigi, entraba a diario en su habitación mientras él estudiaba con Ermanno o Francesca y le registraba los cajones.

Su escritorio estaba en la pequeña sala de estar, bajo la única ventana. Encima tenía papeles, cuadernos de apuntes, libros; la guía de Bolonia de Ermanno, unos cuantos ejemplares del *Herald Tribune*, una triste colección de guías de compra gratuitas que repartían unos gitanos por la calle, su muy usado diccionario italiano-inglés y el creciente montón de ayudas para el estudio que le facilitaba Ermanno. El escritorio estaba sólo medianamente organizado, algo que le atacaba los nervios. Su antiguo escritorio de abogado, que no hubiera cabido en aquella sala de estar, era famoso por su meticuloso orden. Una secretaria lo arreglaba a última hora de cada tarde.

Pero entre todo aquel desorden se ocultaba un plan invisible. La superficie del escritorio era de madera dura con marcas y señales de varias décadas de antigüedad. Uno de sus defectos era una especie de manchita... Marco llegó a la conclusión de que debía de ser de tinta. Del tamaño de un botón pequeño, estaba situada casi en el mismo centro del escritorio. Cada mañana, antes de salir, colocaba la esquina de una hoja de papel de apuntes en el centro de la mancha de tinta. Ni siquiera el más diligente de los espías hubiese reparado en ello.

Y nadie reparó. Quienquiera que entrara a escondidas para efectuar su cotidiano registro no había tenido ni una sola vez el cuidado necesario para colocar los papeles y los libros en su lugar exacto.

Todos los días, los siete días de la semana, incluso los fines de semana en que él no estudiaba, Luigi y su equipo entraban y hacían su trabajo sucio. Marco estaba pensando llevar a la práctica un plan. Un domingo por la mañana se despertaría con un impresionante dolor de cabeza, llamaría a Luigi, la única persona con quien hablaba por el móvil, y le pediría que le fuera a comprar unas aspirinas o cualquier otra cosa que se utilizara en Italia. Haría la comedia de cuidarse, se quedaría en cama y mantendría el apartamento a oscuras hasta que, a última hora de la tarde, volvería a llamar a Luigi y le anunciaría que ya se encontraba mucho mejor y necesitaba comer algo. Caminarían hasta la vuelta de la esquina, tomarían un bocado y, después, a Marco le apetecería regresar a su apartamento. Habrían estado fuera menos de una hora.

¿Se encargaría otra persona de llevar a cabo el registro?

El plan estaba adquiriendo forma. Marco quería saber quién más lo estaba vigilando. ¿Qué tamaño tenía la red? Si su preocupación era simplemente proteger su vida, ¿por qué registraban todos los días su apartamento? ¿Qué temían?

Temían que desapareciera. ¿Y por qué les daba eso tanto miedo? Era un hombre libre, con todo el derecho a ir donde quisiera. Su disfraz era bueno; sus habilidades idiomáticas rudimentarias pero aceptables, y cada día mejores. ¿Qué más les daba que se largara? Que subiera a un tren y recorriera el país. Que jamás regresara. ¿Acaso eso no les facilitaría la vida?

¿Y por qué mantenerlo atado con una correa tan corta, sin pasaporte y sin apenas dinero en efectivo en el bolsillo?

Temían que desapareciera.

Apagó las luces y abrió la puerta. Fuera todavía estaba oscuro en las aceras porticadas de Via Fondazza. Cerró la puerta a su espalda y se alejó a toda prisa en busca de otro café que abriera a primera hora de la mañana.

A través de la gruesa pared, Luigi fue despertado por un timbre distante; el mismo timbre que lo despertaba casi todas las mañanas a aquella hora tan espantosa.

—¿Qué es eso? —dijo ella.

—Nada —contestó él, arrojando las mantas hacia su parte de la cama y abandonando desnudo y a trompicones la habitación. Cruzó a toda prisa el estudio camino de la cocina, abrió la puerta, entró, cerró la puerta con llave y estudió los monitores de una mesa plegable. Marco salía por la puerta principal de su apartamento, como de costumbre. Y una vez más a las seis y diez, nada insólito. Era un hábito muy molesto. Malditos americanos.

Pulsó un botón y el monitor calló. Las normas le exigían vestirse de inmediato, salir a la calle, buscar a Marco y vigilarlo hasta que Ermanno estableciera contacto con él. Pero Luigi ya se estaba cansando de las normas. Y Simona lo esperaba.

Tenía sólo veinte años, era una estudiante de Nápoles, una muñeca preciosa que había conocido hacía una semana en un club recién descubierto. Aquella noche había sido la primera que pasaban juntos y no sería la última. Ella había vuelto a dormirse cuando regresó y se deslizó de nuevo bajo las sábanas.

Hacía frío fuera. Y él tenía a Simona. Whitaker estaba en Milán, seguro que todavía dormido y probablemente en la cama con una italiana. No había absolutamente nadie que controlara lo que él, Luigi, hacía durante todo el día. Marco se limitaba a tomar café.

Atrajo a Simona hacia sí y se quedó dormido.

Era un claro y soleado día de principios de marzo. Marco terminó una sesión de dos horas con Ermanno. Como de costumbre, siempre que el tiempo lo permitía, ambos paseaban por las calles del centro de Bolonia, hablando exclusivamente en italiano. El verbo del día había sido *fare*, hacer, y, por lo que Marco entendía, era uno de los verbos más versátiles y más utilizados del idioma. Hacer la compra era *fare la spesa*, traducido literalmente como «hacer gastos». Formular una pregunta era *fare una domanda*. Desayunar era *fare colazione*.

Ermanno se fue un poco antes de lo habitual, alegando que tenía que estudiar. Casi siempre, cuando terminaban un paseo de estudio, aparecía Luigi y tomaba el relevo de Ermanno, que se esfumaba con asombrosa rapidez. Marco sospechaba que el propósito de semejante coordinación era el de hacerle comprender que estaba permanentemente vigilado.

Se estrecharon la mano y se despidieron delante de Feltrinelli, una de las muchas librerías de la zona universitaria. Luigi apareció doblando una esquina y lo saludó con un cordial:

—*Buon giorno. Pranziamo?* —¿Vamos a almorzar?

—*Certamente.*

Los almuerzos eran cada vez menos frecuentes ahora que Marco tenía más oportunidades de comer por su cuenta y arreglarse con el menú y el servicio.

—*Ho trovato un nuovo ristorante.* —He encontrado un nuevo restaurante.

—*Andiamo.* —Vamos.

No estaba muy claro qué hacía Luigi todo el día, pero no cabía duda de que debía de pasarse horas pateándose la ciudad en busca de cafés, *trattorias* y restaurantes. Jamás habían comido dos veces en el mismo lugar.

Recorrieron unas cuantas calles estrechas y salieron a la Via dell'Indipendenza. Luigi era el encargado de llevar la conversación, siempre en un lento, pausado y preciso italiano. Se había olvidado del inglés por lo que a Marco respectaba.

—Francesca no te podrá dar clase esta tarde —dijo.

—¿Por qué no?

—Tiene una visita turística. Un grupo de australianos la llamó ayer. Su trabajo escasea en esta época del año. ¿Te gusta?

—¿Acaso me tiene que gustar?

—Bueno, sería bonito.

—No es lo que se dice muy amable y cariñosa.

—¿Es buena profesora?

—Excelente. Su impecable inglés me estimula a estudiar más.

—Dice que estudias mucho y que eres simpático.

—¿Le gusto?

—Sí, como alumno. ¿Te parece guapa?

—Casi todas las italianas son guapas, incluida Francesca.

Giraron a una pequeña calle, Via Goito, y Luigi señaló un poco más adelante.

—Aquí —dijo mientras ambos se detenían frente a la entrada de Franco Rossi—. Jamás he estado, pero me han dicho que es muy bueno.

El propio Franco los recibió con una sonrisa y los brazos abiertos. Iba vestido con un elegante traje oscuro que formaba un bonito contraste con su espesa mata de cabello gris. Les tomó los abrigos y se puso a hablar con Luigi como si fueran viejos amigos. Luigi mencionaba unos nombres y Franco los aprobaba con la cabeza. Eligieron una mesa delante de la ventana.

—La mejor que tenemos —dijo Franco con expresión satisfecha.

Marco miró a su alrededor y no vio ninguna mesa mala.

—Los *antipasti* de aquí son sensacionales —dijo modestamente Franco como si no le gustara presumir de sus platos—. Pero mi preferido del día sería la ensalada de setas fileteadas. Lino le añade un poco de trufa, queso parmesano, unos trocitos de manzana... —Al llegar a este punto, las palabras de Franco se perdieron mientras éste se besaba las yemas de los dedos—. Sinceramente exquisita —consiguió decir, soñando con los ojos cerrados.

Decidieron pedir la ensalada y Franco se marchó para saludar a los siguientes clientes.

—¿Quién es Lino? —preguntó Marco.

—Su hermano, el chef.

Luigi mojó un poco de pan toscano en un cuenco de aceite de oliva. Se acercó un camarero y les preguntó si tomarían vino.

—Por supuesto —contestó Luigi—. Yo diría un tinto de la región.

Eso estaba clarísimo. El camarero recorrió con el lápiz la lista de vinos diciendo:

—Este de aquí, un Liano de Imola. Es fantástico. —Aspiró una bocanada de aire para subrayar sus palabras.

Luigi no tuvo más remedio que aceptar.

—Lo probaremos.

—Estábamos hablando de Francesca —dijo Marco—. La veo muy distraída. ¿Le ocurre algo?

Luigi mojó un poco de pan en el aceite de oliva y mascó un buen bocado mientras reflexionaba acerca de lo que podía decirle a Marco.

—Su marido no está bien —dijo.

—¿Tiene hijos?

—No creo.

—¿Y qué le pasa a su marido?

—Está muy enfermo. Creo que es mayor que ella. No lo conozco.

El *signor* Rossi ya estaba de nuevo con ellos para guiarlos por el menú, cosa innecesaria en realidad. Les explicó que los *tortellini* eran casualmente los mejores de Bolonia y los de aquel día les habían salido excepcionalmente buenos. Lino estaría encantado de salir de la cocina para corroborarlo. Después de los *tortellini*, una excelente elección sería el filete de ternera con trufas.

Se pasaron más de dos horas siguiendo los consejos de Franco y, al salir, regresaron arrastrando la tripa a Via dell'Indipendenza comentando la necesidad de echar una siesta.

La encontró por casualidad en la Piazza Maggiore. Se estaba tomando un *espresso* en una terraza al aire libre, desafiando el frío bajo un sol radiante tras una enérgica caminata de treinta minutos, cuando vio un pequeño grupo de rubios y maduros turistas que salía del Palazzo Comunale, el Ayuntamiento de la ciudad. Lo encabezaba una figura conocida, una esbelta y delgada mujer que mantenía la espalda muy erguida mientras el cabello castaño se le escapaba de debajo de una boina de color rojo oscuro. Dejó un euro encima de la mesa y se acercó a ellos. En la fuente de Neptuno se situó detrás del grupo —diez personas en total— y escuchó a Francesca en plena tarea. Estaba explicando que la gigantesca escultura de bronce del dios romano del mar había sido esculpida por un francés durante un período de tres años, entre 1563 y 1566. La había encargado un obispo como parte de un proyecto de embellecimiento urbano destinado a complacer al Papa. Cuenta la leyenda que, antes del comienzo de la obra, el francés estaba un poco preocupado a causa de la generosa desnudez de Neptuno —iba completamente en cueros—, por lo que envió el diseño al Papa en Roma para su aprobación. El Papa le contestó por escrito: «Para Bolonia, está bien.»

Francesca se mostraba un poco más animada con los turistas de verdad que con Marco. Su voz era más enérgica y su sonrisa más rápida. Lucía unas gafas muy sofisticadas que le hacían aparentar diez años menos. Escondido detrás de los australianos, la observó y escuchó un buen rato sin que ella lo viera.

Francesca explicó que la Fontana del Nettuno era ahora uno de los símbolos más famosos de la ciudad y puede que el fondo más popular para tomar fotografías. Las cámaras salieron de los bolsillos y los turistas se pasaron un buen rato posando delante de Neptuno. En determinado momento, Marco se acercó lo suficiente como para que sus ojos pudieran cruzarse con los de Francesca. Al verle, ésta sonrió instintivamente y le dedicó un suave *buon giorno*.

—*Buon giorno*. ¿Le importaría que la acompañara? —preguntó Marco en inglés.

—No. Lamento haber tenido que anular la clase.

—No se preocupe. ¿Qué tal si vamos a cenar?

Ella miró a su alrededor como si hubiera hecho algo malo.

—Para estudiar, naturalmente. Nada más —dijo Marco.

—No, lo siento —contestó ella, mirando más allá del lugar donde él se encontraba, al otro lado de la plaza de la basílica de San Petronio—. Aquel pequeño café de allí —dijo—, en la esquina, al lado de la iglesia. Reúnase allí conmigo a las cinco y daremos una hora de clase.

—*Va bene.*

La visita turística se desplazó unos pasos hacia el muro oeste del Palazzo Comunale, donde ella se detuvo delante de tres grandes colecciones de fotografías enmarcadas en blanco y negro. Según la lección de historia, durante la Segunda Guerra Mundial el núcleo de la Resistencia italiana se encontraba en Bolonia y sus alrededores. Los boloñeses odiaban a Mussolini, a los fascistas y a los invasores alemanes y trabajaban activamente en la clandestinidad. Los nazis tomaban represalias con creces... su norma proclamada a los cuatro vientos era la de matar a diez italianos por cada soldado alemán asesinado por la Resistencia. En una serie de cincuenta y cinco matanzas en Bolonia y sus alrededores mataron a miles de jóvenes combatientes italianos. Sus nombres y sus rostros figuraban en el muro, recordados para siempre.

Fue un momento muy triste en cuyo transcurso los maduros australianos se acercaron un poco más para contemplar a los héroes. Marco también se acercó. Le impactó su juventud, su promesa perdida para siempre... sacrificados por su valentía.

Mientras Francesca seguía adelante con su grupo, él se quedó donde estaba, contemplando los rostros que cubrían buena parte del muro. Había centenares, puede que miles. Junto con alguna que otra bonita mujer aquí y allá. Hermanos, padres e hijos. Una familia entera.

Campesinos dispuestos a morir por su país y sus creencias. Leales patriotas sin nada que perder como no fuera su vida. Pero Marco no. De eso ni hablar. En caso de tener que elegir entre la lealtad y el dinero, Marco hubiese hecho lo de siempre. Hubiese elegido el dinero. Hubiese vuelto la espalda a su país.

Todo por la gloria del dinero.

Estaba en la parte interior de la entrada del café, esperando sin tomar nada, pero fumando un cigarrillo, naturalmente. Marco había llegado a la conclusión de que su disposición a reunirse tan tarde con él para darle clase era una ulterior prueba de su necesidad de trabajar.

—¿Le apetece dar un paseo? —le preguntó antes de saludarlo.

—Pues claro. —Había caminado varios kilómetros con Ermanno antes del almuerzo y durante cuatro horas después del almuerzo mientras esperaba a que ella terminara. Ya había caminado bastante por un día, pero ¿qué otra cosa podía hacer? Tras pasarse un mes caminando varios kilómetros diarios, estaba en plena forma—. ¿Adónde?

—Éste es largo —dijo ella.

Recorrieron unas angostas calles en dirección suroeste, conversando despacio en italiano y comentando la lección de la mañana con Ermanno. Ella le habló de los australianos, que siempre eran agradables. Cerca de los confines de la ciudad vieja se acercaron a la Porta Saragozza y entonces Marco comprendió dónde estaba y adónde iba.

—Arriba, a San Luca —dijo.

—Sí. El cielo está despejado y la noche será preciosa. ¿Se encuentra bien?

Los pies lo estaban matando, pero jamás se le hubiese pasado por la cabeza decir que no.

—*Andiamo* —dijo.

Situado a casi mil metros de altura por encima de la ciudad, en el Colle della Guardia, una de las primeras estribaciones de los Apeninos, el santuario de San Luca lleva ocho siglos contemplando Bolonia como su guardián y protector.

Para subir hasta allí sin mojarse o sin abrasarse bajo el sol, los boloñeses decidieron hacer lo que mejor se les daba: construir un camino cubierto. A principios de 1674 y a lo largo de sesenta y cinco años ininterrumpidos construyeron arcadas; 666 arcadas a lo largo de tres kilómetros y medio, el camino porticado más largo del mundo.

Aunque Marco ya había estudiado su historia, los detalles resultaban mucho más interesantes cuando procedían de Francesca. La subida era muy empinada y ambos avanzaban a ritmo pausado. Después de cien arcadas, las pantorrillas de Marco estaban pidiendo a gritos un descanso. En cambio, ella seguía adelante sin esfuerzo, como si pudiera escalar montañas. Marco confiaba en que, al final, todos aquellos cigarrillos la obligaran a aminorar la marcha.

Para financiar aquel proyecto tan grandioso y extravagante, Bolonia echó mano de su considerable riqueza. En una insólita muestra de unidad entre los bandos enfrentados, cada arco de los pórticos fue costeado por un gremio distinto de mercaderes, artesanos, estudiantes, iglesias y familias nobles. Para que quedara constancia de su hazaña y asegurarles la inmortalidad, les permitieron colocar unas placas delante de sus arcos. Casi todas ellas habían desaparecido con el tiempo.

Francesca se detuvo para un breve descanso en el arco 170, bajo una de las pocas placas que todavía quedaban. Se la conocía como «la Madonna grassa», la Virgen gorda. Había quince capillas por el camino. Volvieron a detenerse entre la octava y la novena capilla, donde se había construido un puente para cruzar el camino. Unas alargadas sombras caían entre los pórticos mientras ellos subían con paso cansino la parte más empinada de la cuesta.

—De noche está todo muy bien iluminado —le aseguró ella—. Para la bajada.

Marco no estaba pensando en la bajada. Seguía mirando hacia la iglesia de arriba que a veces le parecía más cerca y otras parecía que se alejara de ellos. Ahora le dolían los muslos y sus pasos eran cada vez más lentos.

Cuando llegaron a la cima y salieron de debajo del pórtico 666, la soberbia basílica se extendía ante sus ojos. Las luces empezaron a encenderse mientras la oscuridad envolvía las colinas que se elevaban por encima de Bolonia y su cúpula resplandecía con reflejos de oro.

—Ahora está cerrada —dijo Francesca—. La tendremos que ver otro día.

Durante la subida, Marco había visto un autobús que bajaba por la colina. Si alguna vez volvía a visitar San Luca con el simple propósito de visitar otro templo, tomaría el autobús.

—Por aquí —le dijo ella en voz baja—. Conozco un camino secreto.

Él la siguió por un sendero de grava que había detrás de la iglesia y llegaba hasta el saliente de la roca donde se detuvieron para contemplar la ciudad que se extendía a sus pies.

—Es mi lugar preferido —dijo ella, respirando hondo como si tratara de aspirar la belleza de Bolonia.

—¿Cuántas veces viene aquí?

—Varias veces al año, generalmente con grupos, que siempre toman el autobús. A veces, algún domingo por la tarde, me encanta subir a pie.

—¿Sola?

—Sí, sola.

—¿Podríamos sentarnos en algún sitio?

—Sí, hay un banco escondido por aquí. Nadie lo sabe.

Él la siguió unos pasos y después bajaron por un rocoso camino hasta otro saliente con una vista tan espectacular como la anterior.

—¿Se nota las piernas cansadas? —preguntó Francesca.

—Qué va —mintió Marco.

Ella encendió un cigarrillo y disfrutó de él como muy pocas personas lo hubieran podido hacer. Permanecieron sentados un buen rato en silencio, ambos descansando, ambos pensando y contemplando el débil resplandor de las luces de Bolonia.

Al final, Marco decidió hablar.

—Luigi me dice que su marido está muy enfermo. Lo siento.

Ella le dirigió una mirada de asombro y después apartó los ojos.

—Luigi me dijo que los temas personales estaban prohibidos.

—Luigi cambia las normas. ¿Qué le ha dicho de mí?

—No se lo he preguntado. Usted es de Canadá, viaja por ahí y quiere aprender italiano.

—¿Y usted lo cree?

—Más bien no.

—¿Por qué no?

—Porque dice usted que tiene una esposa y una familia y, sin embargo, los deja para efectuar un largo viaje por Italia. Y, si es usted simplemente un hombre de negocios que está haciendo un viaje de placer, ¿qué pinta Luigi aquí? ¿Y Ermanno? ¿Por qué necesita a toda esta gente?

—Buenas preguntas. No tengo mujer.

—O sea que todo es mentira.

—Sí.

—¿Cuál es la verdad?

—No se la puedo decir.

—Muy bien. No la quiero saber.

—Ya tiene usted bastantes problemas, ¿verdad, Francesca?

—Mis problemas son asunto mío.

Encendió otro cigarrillo.

—¿Me puede dar uno? —le preguntó Marco.

—¿Usted fuma?

—Hace muchos años, sí.

Sacó un cigarrillo de la cajetilla y lo encendió. Las luces de la ciudad adquirieron un brillo más intenso mientras la noche los envolvía.

—¿Le cuenta usted a Luigi todo lo que hacemos? —preguntó él.

—Le cuento muy poco.

—Muy bien.

20

La última visita de Teddy a la Casa Blanca estaba programada para las diez de la mañana. Éste había planeado hacerla bien entrada la mañana. A las siete se reunió con su equipo oficioso de transición: los cuatro directores adjuntos y sus colaboradores de más antigüedad. En el transcurso de unas breves y discretas reuniones comunicó a aquellos en quienes había confiado durante muchos años que estaba a punto de marcharse, que era algo inevitable desde hacía mucho tiempo, que la agencia estaba en buena forma y que la vida seguiría adelante.

Los que lo conocían bien percibieron una sensación de alivio. A fin de cuentas, estaba a punto de cumplir los ochenta y su legendaria mala salud empeoraba a marchas forzadas.

A las 8.45 en punto, mientras permanecía reunido con William Lucat, su director adjunto de operaciones, llamó a Julia Javier para tratar de Backman. El caso Backman era importante, pero en el esquema del espionaje mundial, ocupaba un lugar intermedio en la lista.

Qué curioso que una operación relacionada con un antiguo representante de *lobbys* caído en desgracia fuera la causa de la caída de Teddy.

Julia Javier se sentó al lado del siempre vigilante Hoby, el cual seguía tomando unas notas que nadie vería, y empezó en tono prosaico.

—Está en su sitio, todavía en Bolonia, por consiguiente, si tuviéramos que activarlo ahora, podríamos hacerlo.

—Yo pensaba que el plan era trasladarlo a una aldea del campo, a un lugar donde lo pudiéramos vigilar más de cerca —dijo Teddy.

—Para eso faltan varios meses.

—No disponemos de varios meses. —Teddy se volvió hacia Lucat y le preguntó—: ¿Qué ocurre si apretamos el botón ahora?

—Dará resultado. Lo pillarán en algún lugar de Bolonia. Es una bonita ciudad sin apenas índice delictivo. Los asesinatos son poco frecuentes, por lo que su muerte llamará un poco la atención si encuentran su cadáver allí. Los italianos averiguarán enseguida que no es... ¿cuál es el nombre, Julia?

—Marco —dijo Teddy sin consultar las notas—. Marco Lazzeri.

—Exacto, se rascarán la cabeza y se preguntarán quién demonios es.

—No hay ninguna clave que permita descubrir su verdadera identidad —dijo Julia—. Tendrán en sus manos un cuerpo, una identidad falsa, pero ninguna familia, ni amigos, ni dirección, ni ocupación, nada. Lo enterrarán como a un indigente y mantendrán el caso abierto un año. Después lo archivarán.

—Eso no es problema nuestro —dijo Teddy—. El asesinato no lo cometeremos nosotros.

—Exacto —dijo Lucat—. Será un poco más complicado en la ciudad, pero al chico le gusta pasear. Acabarán con él. Puede que un automóvil lo atropelle. Los italianos conducen como unas bestias, ¿sabe?

—No será tan difícil, ¿verdad?

—No creo.

—¿Y qué posibilidades tenemos de enterarnos cuando ocurra? —preguntó Teddy.

Lucat se rascó la cabeza y miró hacia el otro lado de la

mesa donde se sentaba Julia, que se mordía una uña mirando a Hoby mientras éste removía una taza de té verde con una varilla de plástico.

—Yo diría que un cincuenta por ciento, por lo menos en el lugar del delito —contestó finalmente Lucat—. Lo estaremos vigilando las veinticuatro horas del día siete días a la semana, pero la gente que acabará con él será lo mejor de lo mejor. Puede que no haya testigos.

—Nuestras mejores posibilidades vendrán más tarde —añadió Julia—, unas semanas después de su entierro como un indigente. Tenemos a gente muy buena en el lugar. Prestaremos atención. Creo que nos enteraremos más adelante.

—Como siempre —dijo Lucat—, nosotros no apretaremos el gatillo, cabe la posibilidad de que no lo sepamos con certeza.

—No podemos fallar, ¿comprende? Será bonito saber que Backman ha muerto —bien sabe Dios que se lo merece—, pero el objetivo de la operación es ver quién lo mata —dijo Teddy mientras sus blancas y arrugadas manos se acercaban la taza de papel de té verde a la boca y tomaba un vulgar y ruidoso sorbo.

Puede que ya hubiera llegado la hora de que el viejo desapareciera en una residencia de ancianos.

—Estoy razonablemente seguro —dijo Lucat.

Hoby lo anotó.

—Si lo filtramos ahora, ¿cuánto tardará en morir? —preguntó Teddy.

Lucat se encogió de hombros y apartó la mirada mientras ponderaba la pregunta. Julia se estaba mordiendo otra uña.

—Depende —dijo con cautela—. Si se mueven los israelíes, podría ocurrir en cuestión de una semana. Los chinos suelen ser más lentos. Los saudíes contratarán probablemente a un agente independiente; se podría tardar un mes en colocar a uno en el terreno.

—Los rusos lo podrían hacer en una semana —añadió Lucat.

—Yo ya no estaré aquí cuando ocurra —dijo tristemente Teddy—. Y nadie a este lado del Atlántico lo sabrá jamás. Prométanme que me llamarán para informarme.

—¿Esto significa que tenemos luz verde? —preguntó Lucat.

—Sí. Pero tengan cuidado con la manera de filtrarlo. A todos los cazadores se les tiene que ofrecer la misma posibilidad de cobrar la pieza.

Todos se despidieron por última vez de Teddy y abandonaron el despacho. A las 9.30, Hoby lo empujó hacia el pasillo y el ascensor. Bajaron ocho pisos hasta el sótano, donde las camionetas blancas a prueba de balas lo esperaban para su último viaje a la Casa Blanca.

La reunión fue muy breve. Dan Sandberg estaba sentado a su escritorio del *Post* cuando ésta se inició en el Despacho Oval minutos después de las diez. Aún no se había movido veinte minutos más tarde, cuando recibió la llamada de Rusty Lowell.

—Todo ha terminado —dijo éste.

—¿Qué ha ocurrido? —preguntó Sandberg, empezando a darle al teclado.

—Lo que estaba previsto en el guión. El presidente ha querido averiguar detalles sobre Backman. Teddy no ha dado su brazo a torcer. El presidente ha dicho que tenía derecho a saberlo todo. Teddy se ha mostrado de acuerdo, pero ha dicho que la información se utilizaría con fines políticos y pondría en peligro una operación secreta. Ambos han discutido brevemente. Han despedido a Teddy. Tal como yo te dije.

—Uf.

—La Casa Blanca lo anunciará dentro de cinco minutos. Puede que te interese verlo.

Como siempre, la rueda se puso inmediatamente en movimiento. El secretario de prensa anunció con rostro sombrío que el presidente había decidido «seguir un nuevo camino con nuestras operaciones de espionaje». Alabó al director Maynard por su legendario liderazgo y pareció sinceramente apenado ante la perspectiva de buscarle un sucesor. La primera pregunta, lanzada desde la primera fila, fue la de si Maynard había dimitido o lo habían cesado.

—El presidente y el director Maynard han llegado a un mutuo acuerdo.

—¿Y eso qué significa?

—Justo lo que he dicho.

Y la cosa se prolongó unos treinta minutos.

El reportaje de primera plana de Sandberg a la mañana siguiente soltaba dos bombas. Empezaba con la clara confirmación de que Maynard había sido cesado por negarse a facilitar información reservada por algo que él consideraba puros fines políticos. No había habido dimisión ni se había llegado a ningún «mutuo acuerdo». Se había producido un simple y vulgar cese.

La segunda bomba anunciaba al mundo que la insistencia del presidente en obtener datos de espionaje guardaba una relación directa con una nueva investigación del FBI acerca de la venta de indultos. El escándalo del dinero-por-indulto había sido sólo un rumor hasta que Sandberg abrió la puerta. Su primicia dio lugar a un auténtico embotellamiento de tráfico en el puente Arlington Memorial.

Mientras Sandberg permanecía de pie en la sala de prensa disfrutando de los efectos de su jugada, sonó su móvil. Era Rusty Lowell, que le dijo sin preámbulos:

—Llámame a través de una línea de tierra, enseguida.

Sandberg se metió en un despachito para mayor discreción y marcó el número de Lowell en Langley.

—Acaban de despedir a Lucat —dijo Lowell—. A las ocho de esta mañana se ha reunido con el presidente en el Despacho Oval. Le han pedido que ocupara provisionalmente el puesto de director. Ha dicho que sí. Han permanecido reunidos una hora. El presidente lo ha presionado sobre Backman. Lucat se ha negado a facilitar información. Lo han despedido, exactamente igual que a Teddy.

—Maldita sea, llevaba cien años allí.

—Treinta y ocho exactamente. Uno de los mejores. Un gran administrador.

—¿Quién es el siguiente?

—Ésa sí que es una pregunta buenísima. Todos tememos la llamada a la puerta.

—Alguien tiene que dirigir la agencia.

—¿Conoces a Susan Penn?

—No. Sé quién es, pero jamás me la han presentado.

—Directora adjunta para ciencia y tecnología. Muy fiel a Teddy, qué demonios, aquí todos lo somos, pero también es una superviviente. Ahora mismo está en el Despacho Oval. Si le ofrecen la dirección provisional, la aceptará. Y soltará lo de Backman para conseguirlo.

—Él es el presidente, Rusty. Tiene derecho a saberlo todo.

—Por supuesto que sí. Y es una cuestión de principios. La verdad es que no se le puede reprochar nada. Es nuevo en el cargo y quiere ejercer su fuerza. Parece que nos va a despedir a todos hasta conseguir lo que quiere. Le he dicho a Susan Penn que acepte el cargo para detener la hemorragia.

—¿O sea que el FBI no tardará mucho en conocer los datos sobre Backman?

—Yo diría que hoy mismo. No estoy seguro de lo que van a hacer cuando averigüen dónde está. Se encuentran a muchas semanas de distancia de una acusación. Lo más probable es que nos jodan la operación.

—¿Dónde está?

—No lo sé.

—Vamos, Rusty, ahora la situación es distinta.

—La respuesta es no. Fin de la historia. Te mantendré informado acerca de la sangría.

Una hora más tarde, el secretario de prensa de la Casa Blanca se reunió con los medios y anunció el nombramiento de Susan Penn como directora en funciones de la CIA. Hizo especial hincapié en el hecho de que era la primera mujer en ocupar el cargo, lo que demostraba el interés del presidente en trabajar en favor de la causa de la igualdad de derechos.

Luigi estaba sentado en el borde de su cama, totalmente vestido y solo, esperando la señal de la puerta de al lado. Ésta se produjo catorce minutos después de las seis de la mañana. Marco se estaba convirtiendo en una criatura de costumbres fijas. Luigi entró en su sala de control y pulsó un botón para apagar el timbre que indicaba la salida de su amigo por la puerta principal. Un ordenador registraba la hora exacta y, en cuestión de segundos, alguien en Langley sabría que Marco Lazzeri acababa de salir de su piso franco de Via Fondazza, a las 6.14 en punto.

Llevaba unos cuantos días sin vigilarlo. Simona se había quedado a dormir con él. Esperó unos segundos, salió sigilosamente por la puerta de atrás, recorrió una estrecha callejuela y después asomó entre las sombras de las arcadas de Via Fondazza. Marco, a su izquierda, iba hacia el sur a paso rápido, como solía, a paso cada vez más rápido cuanto más tiempo pasaba en Bolonia. Le llevaba por lo menos veinte años a Luigi, pero, con su afición a recorrer kilómetros diarios, estaba en mucho mejor forma que él. Además, no fumaba, no bebía demasiado, no parecía interesado en las mujeres ni en la vida nocturna y se había pasado los últimos seis años en chirona. No era de extrañar que se pudiera pasar horas y horas vagando por las calles sin hacer nada.

Calzaba sus botas nuevas todos los días. Luigi no había podido meterles mano. Seguían estando a salvo de dispositivos de escucha y no dejaban ningún rastro. En Milán, Whitaker estaba muy preocupado por eso, pero él siempre se preocupaba por todo. Luigi estaba convencido de que quizá Marco recorría unos mil quinientos metros dentro de la ciudad, pero sin jamás abandonarla. Había desaparecido durante un breve período de tiempo, habría ido a explorar algo o a visitar algún lugar de interés, pero siempre lo habían localizado.

Tomó por Via Santo Stefano, una ancha calle que discurría desde el sureste de la vieja Bolonia hasta el ajetreo de la Piazza Maggiore. Luigi la cruzó y siguió por el otro lado. Prácticamente corriendo, se puso inmediatamente en contacto radiofónico con Zellman, un nuevo agente enviado por Whitaker para estrechar el cerco. Zellman esperaba en la Strada Maggiore, otra bulliciosa avenida entre el piso franco y la universidad.

La llegada de Zellman significaba que el plan seguía adelante. Ahora Luigi ya conocía casi todos los detalles y le entristecía en cierto modo el hecho de que los días de Marco estuvieran contados. No sabía muy bien quién lo liquidaría y tenía la impresión de que Whitaker tampoco.

Luigi rezaba para que no le encomendaran la misión a él. Ya había matado a otros dos hombres y prefería evitar aquellos jaleos. Además, Marco le gustaba.

Antes de que Zellman pudiera seguir el rastro, Marco desapareció. Luigi se detuvo y prestó atención. Se ocultó en la oscuridad de un portal, por si acaso Marco también se detenía.

Lo oyó allí atrás, caminando con andares un tanto pesados y una respiración excesivamente afanosa. Un rápido giro a la izquierda por una estrecha calle, Via Castellata, una carrerilla de unos cincuenta metros, otro giro a la izquierda a Via de' Chiari, y un cambio completo de dirección, de rumbo norte a rumbo oeste, paso rápido durante un buen rato hasta llegar a un espacio abierto, una placita llamada Piazza Cavour. Ahora ya se conocía muy bien el casco antiguo, las calles, las callejuelas, los callejones sin salida, los cruces, el interminable laberinto de tortuosas callecitas, los nombres de todas las plazas y de muchas de las tiendas y los establecimientos. Sabía qué estancos abrían a las seis de la mañana y cuáles de ellos no lo hacían hasta las siete. Podía encontrar cinco cafeterías llenas de gente ya al amanecer, aunque casi todas esperaban a que se hiciera de día para abrir. Sabía dónde sentarse delante de la ventana, detrás de un periódico y con vista a la acera, esperando a que apareciera Luigi como dando un paseo.

Hubiese podido quitarse de encima a Luigi en cualquier momento, aunque casi todos los días participaba en el juego y dejaba unas huellas muy visibles y fáciles de seguir. Sin embargo, el hecho de que lo estuvieran vigilando tan de cerca era muy significativo.

No quieren que desaparezca, se decía una y otra vez. ¿Y por qué? Porque estoy aquí por un motivo.

Dio un amplio rodeo para desplazarse al oeste de la ciudad, muy lejos del lugar donde cabía esperar que estuviera. Tras pasarse casi una hora zigzagueando y dando vueltas por docenas de callecitas y callejones, salió a Via Irnerio y contempló el tráfico de peatones. El bar Fontana se encontraba directamente al otro lado de la calle. Nadie lo vigilaba.

Rudolph, escondido al fondo, ocultaba la cabeza con el periódico matinal mientras el humo de su pipa encendida se elevaba en una perezosa espiral azul. Llevaban diez días sin verse, por lo que, tras los habituales y afectuosos saludos, su primera pregunta fue:

—¿Consiguió ir a Venecia?

Sí, una visita deliciosa. Marco soltó los nombres de todos los lugares de la guía que se había aprendido de memoria. Comentó extasiado la belleza de los canales, la asombrosa variedad de puentes, las agobiantes hordas de turistas. Un lugar fabuloso. Estaba deseando regresar. Rudolph añadió algunos de sus propios recuerdos. Marco describió la basílica de San Marcos como si se hubiera pasado una semana allí.

Y ahora, ¿adónde?, preguntó Rudolph. Probablemente al sur, hacia un clima más cálido. Puede que Sicilia o la costa de Amalfi. Como era de esperar, Rudolph adoraba Sicilia y describió sus visitas allí. Después de media hora de charla de viajes, Marco decidió finalmente ir al grano.

—Viajo tanto que la verdad es que no tengo domicilio. Un amigo de Estados Unidos me va a enviar un paquete. Le he dado su dirección en la Facultad de Derecho. Espero que no le moleste.

Rudolph estaba volviendo a encender su pipa.

—Ya está aquí. Llegó ayer —dijo mientras una nube de humo le brotaba de la boca junto con las palabras.

A Marco le dio un vuelco el corazón.

—¿Llevaba remite?

—No sé qué sitio de Virginia.

—Muy bien. —Marco se notó inmediatamente la boca seca. Tomó un sorbo de agua y trató de disimular su emoción—. Confío en que no fuera ningún problema.

—Ninguno en absoluto.

—Pasaré más tarde por allí y lo recogeré.

—Estoy en el despacho de once a doce y media.

—Muy bien, gracias. —Otro sorbo—. Por simple curiosidad, ¿qué tamaño tiene el paquete?

Rudolph mascó el cañón de la pipa diciendo:

—Aproximadamente el de una caja de cigarros.

Una fría lluvia empezó a caer a media mañana. Marco y Ermanno paseaban por la zona universitaria y buscaron cobijo en un pequeño y tranquilo bar. Terminaron temprano la lección, más que nada por insistencia del estudiante. Ermanno siempre estaba dispuesto a irse antes de lo previsto.

Puesto que Luigi no lo había citado para el almuerzo, Marco era libre de pasear por donde quisiera, probablemente sin que nadie lo siguiera. Aun así, tuvo cuidado. Efectuó sus habituales maniobras de rodeos y retrocesos y se sintió tan tonto como siempre. Pero, por muy tonto que fuera, todo aquello ya se había convertido en su comportamiento habitual. De vuelta en Via Zamboni se situó detrás de un grupo de estudiantes que paseaban sin rumbo fijo. Al llegar a la puerta de la Facultad de Derecho, entró, subió brincando los peldaños de la escalera y, en cuestión de segundos, llamó con los nudillos a la puerta entornada de Rudolph.

Rudolph, sentado delante de su vieja máquina de escribir, tecleaba lo que, al parecer, era una carta personal.

—Aquí —dijo, señalando el montón de papeles que cubría una mesa que llevaba décadas sin que nadie la ordenara—. Esta cosa marrón de encima.

Marco tomó el paquete con la máxima indiferencia.

—Gracias otra vez, Rudolph —dijo, pero Rudolph ya se había puesto a teclear una vez más y no estaba de humor para visitas. Era evidente que Marco lo había interrumpido.

—Faltaría más —contestó Rudolph, volviendo la cabeza y soltando otra nube de humo de pipa.

—¿Hay algún lavabo aquí cerca? —preguntó Marco.

—Al final del pasillo, a la izquierda.

—Gracias. Nos vemos.

Había un urinario prehistórico y tres retretes de madera. Marco entró en el del fondo, cerró la puerta, bajó la tapa y se sentó. Abrió cuidadosamente el paquete y desdobló las hojas de papel. La primera era blanca y carecía de membrete. Cuando leyó las palabras «Querido Marco», experimentó el impulso de romper a llorar.

5 de marzo

Querido Marco:

Huelga decir que me emocionó recibir noticias tuyas. Le di gracias a Dios cuando te liberaron y ahora rezo por tu seguridad. Tal como tú sabes, haré cualquier cosa por ayudarte. Aquí tienes un Smartphone, que es el último grito.

Los europeos están por delante de nosotros en móviles y tecnología inalámbrica de Internet, por lo que supongo que eso funcionará de maravilla. Te he escrito unas instrucciones en otra hoja de papel. Sé que te sonará a chino, pero la verdad es que no es muy complicado.

No intentes llamar... es demasiado fácil de localizar. Además, tendrías que utilizar un nombre y abrir una cuenta. El e-mail es el camino. Utilizando KwyteMail con codificación, es imposible seguir la pista de nuestros mensajes. Sugiero que me envíes tu correo sólo a mí. Yo me encargaré de los reenvíos.

Dispongo de un nuevo portátil que no se aparta de mí en ningún momento.

Dará resultado, Marco. Confía en mí. En cuanto estés *on line*, envíame un e-mail y podremos chatear.

Buena suerte,

GRINCH

¿Grinch? Un código o algo por el estilo. No había utilizado el verdadero nombre de ninguno de los dos. Marco estudió el pulido artilugio, absolutamente perplejo pero también decidido a poner en marcha el maldito cacharro de la manera que fuera. Buscó en su pequeño estuche, encontró el dinero en efectivo y empezó a contarlo muy despacio como si fuera oro. La puerta se abrió y cerró; alguien estaba utilizando el urinario. Marco apenas podía respirar. «Tranquilízate», se decía una y otra vez.

Se abrió la puerta del servicio y se volvió a cerrar. La página de instrucciones había sido escrita a mano, evidentemente en un momento en que Neal no disponía de mucho tiempo. Decía:

PC Pocket Smartphone Ankyo 850 —batería totalmente cargada— seis horas de conversación antes de recarga, cargador incluido.

Paso 1) Buscar cibercafé con acceso inalámbrico - lista incluida.

Paso 2) Entrar en el café o situarse a sesenta metros de distancia del mismo.

Paso 3) Encender, botón en ángulo superior derecho.

Paso 4) Busca en la pantalla «Acceso a área» y después la pregunta «¿Acceso ahora?» Pulsa «Sí» en parte inferior de pantalla; espera.

Paso 5) Después pulsa botón de teclado, al fondo a la derecha, y expande el teclado.

Paso 6) Pulsa acceso a Wi-Fi en pantalla.

Paso 7) Pulsa «Start» para navegación Internet.

Paso 8) En el cursor, teclea «www.kwytemail.com».

Paso 9) Teclea nombre usuario «Grinch456».

Paso 10) Teclea frase de paso «post hoc ergo propter hoc».

Paso 11) Pulsa «Compose» para sacar New Message Form.

Paso 12) Selecciona mi dirección e-mail: 123Grinch@ kwytemail.com.

Paso 13) Tecléame tu mensaje.

Paso 14) Haz clic en «Encrypted Message».

Paso 15) Clic en «Send».

Paso 16) ¡Premio!... recibiré el mensaje.

Seguían más notas en el reverso, pero Marco necesitaba hacer una pausa. El Smartphone le pesaba cada vez más en la mano a medida que le iba inspirando más preguntas que respuestas. Jamás había estado en un cibercafé y no entendía cómo se podía utilizar un local semejante desde el otro lado de la calle. O desde sesenta metros de distancia.

Las secretarias siempre se habían encargado de manejar el diluvio de mensajes electrónicos. Él estaba demasiado ocupado para sentarse delante de un monitor.

Había un manual de instrucciones que abrió al azar. Leyó

unas cuantas líneas y no entendió ni una sola frase. «Confía en Neal», se dijo.

«No tienes más remedio, Marco. Tienes que dominar este maldito cacharro.»

Desde un sitio de la red llamado www.AxEss.com, Neal había imprimido una lista de lugares gratuitos de acceso inalámbrico a Internet de Bolonia: tres cafés, dos hoteles, una biblioteca y una librería.

Marco dobló los billetes, se los guardó en el bolsillo y rehízo muy despacio el paquete. Se levantó, echó un chorro de agua sin saber por qué y abandonó el lavabo. Se guardó sin ninguna dificultad el teléfono, los papeles, el estuche y el pequeño cargador en los profundos bolsillos de su parka.

La lluvia se había transformado en nieve cuando salió de la Facultad de Derecho, pero las aceras cubiertas los protegían tanto a él como a la muchedumbre de estudiantes que apuraban el paso para ir a almorzar. Mientras se alejaba de la zona universitaria, reflexionó acerca de las distintas maneras de ocultar todos aquellos maravillosos bienes que Neal le había enviado. El teléfono jamás se apartaría de su persona. Y el dinero tampoco. Pero los papeles —la carta, las instrucciones, el manual—, ¿dónde los podría esconder? Nada estaba protegido en su apartamento. Vio en un escaparate una especie de bonita bolsa de bandolera. Entró y preguntó. Era una funda de ordenador portátil marca Silvio de color azul marino, impermeable, fabricada con un tejido sintético que la dependienta no supo traducir. Costaba sesenta euros y Marco los depositó a regañadientes sobre el mostrador. Mientras ella ultimaba la venta, Marco guardó cuidadosamente el Smartphone y sus accesorios en la bolsa. Ya en la calle, se la echó al hombro y se la colocó cómodamente bajo el brazo derecho.

La bolsa equivalía a libertad para Marco Lazzeri. La defendería con su propia vida.

Encontró la librería en Via Ugo Bassi. Las revistas estaban en el segundo piso. Permaneció unos cinco minutos junto al expositor, sosteniendo en la mano un semanario de fútbol mientras vigilaba la puerta por si aparecía alguien sospechoso. Una tontería. Pero ya se había convertido en una costumbre. Las conexiones a Internet estaban en el segundo piso, en una pequeña cafetería. Se compró una pasta y una Coca-Cola y encontró una estrecha cabina donde podría sentarse y observar a cualquiera que entrara o saliera.

Nadie lo encontraría allí.

Sacó el Ankyo 850 con tanta naturalidad como pudo y echó un vistazo al manual. Volvió a leer las instrucciones de Neal. Las siguió nerviosamente, utilizando el pequeño teclado con ambos pulgares, tal como se ilustraba en el manual del usuario. Después de cada paso, levantaba la vista para estudiar los movimientos que se estaban produciendo en el café.

Los pasos funcionaron a la perfección. Para su asombro, enseguida estuvo *on line* y, cuando los códigos dieron resultado, contempló una pantalla que le estaba dando el visto bueno para escribir un mensaje. Desplazó lentamente los pulgares y tecleó su primer mensaje inalámbrico por Internet:

> Grinch:
> He recibido el paquete. Nunca sabrás lo mucho que esto significa para mí. Gracias por tu ayuda. ¿Estás seguro de que nuestros mensajes están completamente a salvo? En caso afirmativo, te hablaré más de mi situación. Temo no estar a salvo. Son las 8.30 de la mañana según tu horario. Enviaré este mensaje ahora y efectuaré una comprobación dentro de unas horas. Con afecto,
>
> MARCO

Envió el mensaje, apagó el aparato y se quedó un rato estudiando el manual. Antes de salir para reunirse con Francesca, lo volvió a encender y siguió los pasos para conectarse. En la pantalla tecleó «Google search» y después «Washington Post». El reportaje de Sandberg le llamó la atención y lo leyó.

Jamás había conocido a Teddy Maynard, pero ambos habían hablado varias veces por teléfono. Conversaciones muy tensas. El hombre llevaba diez años prácticamente muerto. En su otra vida, Joel Backman se había enfrentado varias veces con la CIA, por regla general acerca de las artimañas de sus clientes contratistas del Departamento de Defensa.

Al salir del establecimiento, Marco miró calle arriba, no vio nada de interés e inició otro largo paseo.

¿Dinero por indultos? Un reportaje sensacional, pero costaba creer que un presidente saliente pudiera aceptar semejantes sobornos. Durante su espectacular caída del poder, Joel había leído muchas cosas acerca de su propia persona, aproximadamente sólo la mitad de las cuales eran ciertas. Había aprendido por las malas a creer muy poco de lo que se publicaba.

21

En un anodino y anónimo edificio sin número de la calle Pinsker del centro de Tel Aviv, un agente llamado Efraim entró y pasó por delante del ascensor para dirigirse a un pasillo sin salida con una puerta cerrada. No había tirador ni pomo. Se sacó del bolsillo un artilugio que parecía un pequeño mando a distancia de televisor y lo apuntó hacia la puerta. Unos resistentes pestillos se deslizaron por la parte interior, se oyó un sonoro clic y la puerta se abrió, dejando al descubierto uno de los muchos pisos francos del Mossad, la policía secreta israelí. Disponía de cuatro habitaciones —dos con literas donde dormían Efraim y sus tres compañeros—, una pequeña cocina donde se preparaban sus sencillas comidas y un espacioso y desordenado cuarto de trabajo donde se pasaban varias horas cada día planificando una operación que había permanecido prácticamente en suspenso durante seis años, pero que de repente se había convertido en una de las máximas prioridades del Mossad.

Los cuatro formaban parte de *kidon*, una pequeña y compacta unidad de agentes altamente especializados cuya principal función era el asesinato. Muertes rápidas, eficientes, silenciosas. Sus objetivos eran enemigos de Israel que no se podían llevar a juicio porque sus tribunales carecían de jurisdicción sobre ellos. Casi todos los objetivos se encontraban en países árabes e islámicos, pero los *kidon* se utilizaban a menudo en el antiguo bloque soviético, Europa, Asia e incluso Corea del Norte y Estados Unidos. No tenían fronteras ni limitaciones, nada que les impidiera eliminar a los que querían destruir Israel. Los hombres y las mujeres de *kidon* tenían licencia para matar por su país. En cuanto el primer ministro de turno aprobaba un objetivo por escrito, se ponía en marcha un plan de operaciones, se organizaba una unidad y el enemigo de Israel ya se podía dar por muerto. La obtención de semejante visto bueno desde arriba raras veces planteaba dificultades.

Efraim arrojó una bolsa de galletitas sobre una de las mesas donde Rafi y Shaul estaban llevando a cabo sus investigaciones. Ambos se encontraban en un rincón, delante de un ordenador, estudiando unos planos de Bolonia, Italia. Casi todo su material de investigación era antiguo; incluía páginas de antecedentes en buena parte inservibles acerca de Joel Backman, una información obtenida hacía años. Lo sabían todo acerca de su caótica vida personal: las tres ex mujeres, los hijos, los antiguos socios, las amantes, los clientes, sus viejos amigos perdidos de las esferas del poder del distrito de Columbia. Cuando se había aprobado su asesinato, hacía seis años, otro *kidon* se había encargado de reunir urgentemente los antecedentes sobre Backman. Habían tenido que abandonar un plan preliminar para liquidarlo en un accidente de tráfico en el distrito de Columbia cuando él se había declarado culpable y entrado en una cárcel federal. Ni siquiera un *kidon* podía vencer la custodia protegida de Rudley.

Ahora los antecedentes sólo eran importantes por su hijo. Desde su indulto por sorpresa y su desaparición siete semanas antes, el Mossad había mantenido a dos agentes muy cerca de Neal Backman. Cambiaban cada tres o cuatro días para que nadie en Culpeper, Virginia, sospechara; las pequeñas localidades con sus ruidosos vecinos y sus aburridos agentes de policía representaban un desafío enorme. Una agente, una hermosa dama con acento alemán, había llegado incluso a conversar con Neal en Main Street. Alegó ser una turista que necesitaba que alguien le indicara el camino de Montpelier, el cercano hogar del presidente James Madison. Coqueteó, o por lo menos lo intentó, y estaba enteramente dispuesta a ir más allá. Pero él no picó el anzuelo. Instalaron dispositivos de grabación y escucha en su casa y en su despacho y escucharon sus conversaciones por el móvil. Desde un laboratorio de Tel Aviv leían todos los e-mails de su despacho y también los que enviaba desde casa. Controlaban su cuenta bancaria y los gastos de su tarjeta de crédito. Sabían que había efectuado un rápido desplazamiento a Alexandria seis días antes, pero ignoraban por qué.

También vigilaban a la madre de Backman en Oakland, pero la pobre señora se estaba marchitando rápidamente. Durante años habían discutido la idea de administrarle una de las píldoras venenosas de su sorprendente arsenal para tenderle una emboscada a su hijo durante el funeral. Sin embargo, el manual de asesinatos de *kidon* prohibía la eliminación de los miembros de la familia a no ser que dichos miembros plantearan también una amenaza para la seguridad israelí.

Sin embargo, la idea se seguía discutiendo y Amos era su más ardiente defensor.

Querían matar a Backman, pero también querían que viviera unas cuantas horas antes de morir. Necesitaban charlar con él, hacerle unas cuantas preguntas y, en caso de que no quisiera responder, ya sabrían ellos cómo hacerlo hablar. Todo el mundo hablaba cuando el Mossad quería respuestas.

—Hemos encontrado seis agentes que hablan italiano —dijo Efraim—. Dos estarán aquí a las tres de esta tarde para una reunión.

Ninguno de los cuatro hablaba italiano, pero hablaban inglés a la perfección y también árabe. Entre todos, dominaban otros ocho idiomas.

Cada uno de los cuatro tenía experiencia de combate y amplios conocimientos de informática y eran muy expertos en pasar fronteras (con o sin papeles), interrogatorios, disfraces y falsificaciones. También eran capaces de matar a sangre fría sin el menor remordimiento. El promedio de edad era de treinta y cuatro años y cada uno de ellos había participado por lo menos en cinco satisfactorios asesinatos de *kidon*.

Cuando estuvieran en plena operación, su *kidon* constaría de doce miembros. Cuatro se encargarían de llevar a cabo el asesinato propiamente dicho y los otros ocho facilitarían cobertura, vigilancia y apoyo táctico y se encargarían de la limpieza después del golpe.

—¿Tenemos una dirección? —preguntó Amos desde el ordenador.

—No, todavía no —contestó Efraim—. Y no sé muy bien si la conseguiremos. De esto se encarga el contraespionaje.

—Hay medio millón de personas en Bolonia —dijo Amos, casi hablando para sus adentros.

—Cuatrocientas mil —dijo Shaul—. Y unas cien mil son estudiantes.

—Tendríamos que conseguir una fotografía —dijo Efraim mientras los otros tres interrumpían lo que estaban haciendo para mirarle—. Hay una fotografía de Backman en algún sitio, una fotografía reciente tomada después de su salida de la cárcel. Obtener una copia es una posibilidad.

—Nos sería muy útil, desde luego —dijo Rafi.

Tenían unas cien fotografías antiguas de Joel Backman. Habían estudiado cada centímetro de su rostro, todas las arrugas, todas las venas de sus ojos, todos los cabellos de su cabeza. Habían contado sus dientes y tenían copias de su historial odontológico. Sus especialistas del otro lado de la ciudad, en el cuartel general del Instituto Central de Inteligencia y Servicios Especiales de Israel, mejor conocido como Mossad, habían preparado unas excelentes imágenes por ordenador de cómo sería Backman seis años después de que el mundo lo viera por última vez. Disponían de toda una serie de proyecciones digitales del rostro de Backman con 110 kilos, su peso en el momento de declararse culpable. Y otra serie de Backman con 80 kilos, su presunto peso actual. Habían trabajado con su cabello, dejándolo al natural y prediciendo el color para un hombre de cincuenta y dos años. Se lo tiñeron de negro, pelirrojo y castaño. Se lo cortaron y se lo dejaron más largo. Le colocaron doce pares distintos de gafas en el rostro y le añadieron una barba, primero oscura y después gris.

Todo se reducía a los ojos. A estudiar los ojos.

Aunque Efraim era el jefe de la unidad, Amos tenía más antigüedad. Había sido asignado a Backman en 1998, cuando el Mossad había oído por primera vez los rumores acerca de JAM, el programa que un poderoso representante de *lobbys* de Washington estaba ofreciendo a posibles compradores de todo el mundo. A través de su embajador en Washington, los israelíes trataron de adquirir JAM, creyeron haber cerrado un trato, pero se quedaron fuera cuando Backman y Jacy Hubbard se llevaron la mercancía a otra parte.

El precio de venta jamás se supo. El trato jamás se llevó a cabo. Hubo cierta entrega de dinero, pero Backman, por alguna razón, no entregó el producto.

¿Dónde estaba ahora? ¿Habría existido realmente?

Sólo Backman lo sabía.

La suspensión de seis años de la caza de Joel Backman había permitido a Amos disponer de mucho tiempo para llenar lagunas. Éste creía, al igual que sus superiores, que el llamado sistema de satélites Neptuno era una creación de la China comunista; que los chinos se habían gastado una considerable porción de su tesoro nacional en construirlo; que, para hacerlo, les habían robado a los estadounidenses una valiosa tecnología; que habían disfrazado hábilmente el lanzamiento del sistema y engañado a los satélites estadounidenses, rusos e israelíes, y que no habían podido reprogramar el sistema para anular el software que JAM había transferido. Neptuno no servía de nada sin JAM y los chinos habrían entregado su Gran Muralla a cambio de recuperarlo junto con Backman.

Amos y el Mossad también creían que Farooq Khan, el último miembro superviviente del trío y principal autor del software, había sido localizado por los chinos y asesinado ocho meses antes. El Mossad le estaba siguiendo la pista cuando desapareció.

También creían que los estadounidenses aún no estaban seguros de quién había construido Neptuno y que semejante fracaso de su espionaje era una constante y casi permanente vergüenza para ellos. Los satélites estadounidenses llevaban cuarenta años dominando los cielos y eran tan eficaces que podían ver a través de las nubes, distinguir una ametralladora debajo de una tienda de campaña, interceptar una transferencia bancaria de un narcotraficante, escuchar una conversación en un edificio y encontrar petróleo bajo el desierto mediante imágenes infrarrojas. Eran muy superiores a cualquier cosa que jamás hubieran creado los rusos. El hecho de que se hubiera diseñado, construido, lanzado y convertido en operativo otro sistema de igual o superior tecnología sin el conocimiento de la CIA y el Pentágono era algo absolutamente inconcebible.

Los satélites israelíes eran muy buenos, pero no tanto como los de Estados Unidos. Ahora, en el mundo del espionaje, se creía que Neptuno era más avanzado que cualquier cosa lanzada hasta el momento por los estadounidenses.

Pero eran sólo suposiciones; poco se había confirmado. La única copia de JAM se había ocultado. Sus creadores habían muerto.

Amos llevaba casi siete años con el caso y le entusiasmaba la idea de montar un nuevo *kidon*, por cuyo motivo estaba urdiendo planes frenéticamente. El tiempo apremiaba. Los chinos serían capaces de volar media Italia en caso de creer que Backman acabaría entre las ruinas. Posiblemente los estadounidenses también intentaran cargárselo. En su territorio, Backman estaba protegido por su Constitución, con todas las garantías. Las leyes exigían que fuera tratado con justicia y después encerrado en la cárcel y protegido durante las veinticuatro horas del día. Pero en la otra punta del mundo era una pieza de caza legítima.

Kidon se había utilizado para neutralizar a algunos israelíes descarriados, pero nunca en su patria. Los estadounidenses harían lo mismo.

Neal Backman guardaba su nuevo y delgadísimo ordenador portátil en la misma vieja y estropeada cartera de documentos que se llevaba a casa todas las noches. Lisa no lo había visto porque él no lo sacaba en ningún momento. Lo tenía siempre cerca, siempre a mano.

Cambió ligeramente sus costumbres matinales. Había comprado una tarjeta en Jerry's Java, una próspera cadena de cafés y pastas que trataba de atraer a los clientes con su exquisito café, sus periódicos y revistas gratuitas y el acceso inalámbrico a Internet. La franquicia había reformado un abandonado chiringuito de venta de tacos a los automovilistas, situado en las afueras de la ciudad, decorándolo con unos colores horrendos y, en sus dos primeros meses de existencia, el negocio iba viento en popa.

Había tres automóviles delante de él en la ventanilla. El portátil descansaba sobre sus rodillas, justo bajo el volante. Al acercarse al bordillo pidió un moka doble sin crema batida y esperó a que los vehículos que lo precedían avanzaran lentamente. Mientras esperaba, se puso a teclear con ambas manos. Una vez *on line*, entró rápidamente en KwyteMail. Tecleó su nombre de usuario —Grinch123— y después su contraseña: post hoc ergo propter hoc. Segundos más tarde... allí estaba el primer mensaje de su padre.

Neal contuvo la respiración mientras leía, después suspiró profundamente y siguió avanzando en la cola. ¡Había dado resultado! ¡El viejo lo había sabido hacer!

Rápidamente escribió:

Marco:
Nuestros mensajes no se pueden localizar. Puedes decir lo que quieras, pero siempre es mejor decir lo menos posible. Encantado de que estés ahí y fuera de Rudley. Estoy *on line* cada día a esta hora... exactamente a las 7.50 de la mañana, hora oficial del Este. Tengo que dejarte.

GRINCH

Colocó el portátil en el asiento del acompañante, bajó el cristal y pagó casi cuatro dólares por una taza de café. Mientras se marchaba, seguía mirando el ordenador para ver cuánto duraba la señal de acceso. Salió a la calle, recorrió no más de sesenta metros y la señal desapareció.

El último noviembre, después de la sorprendente derrota de Arthur Morgan, Teddy Maynard había empezado a trazar su estrategia para el indulto de Backman. Con su habitual meticulosidad, se preparó para el día en que los topos filtraran los datos acerca del paradero de Backman. Para informar confidencialmente a los chinos y hacerlo de manera que no despertara sospechas, Teddy empezó a buscar al chivato perfecto.

Se llamaba Helen Wang, una chinoamericana de quinta generación que llevaba ocho años trabajando en Langley como analista sobre asuntos chinos. Era muy inteligente y atractiva y hablaba un mandarín aceptable. Teddy le había conseguido un trabajo provisional en el Departamento de Estado, donde ella empezó a cultivar contactos con diplomáticos de la China comunista, algunos de los cuales eran también espías y andaban casi constantemente en busca de nuevos agentes.

Los chinos eran famosos por las agresivas tácticas que utilizaban para reclutar espías. Cada año, 25.000 estudiantes chinos se matriculaban en universidades estadounidenses y la policía secreta los tenía a todos localizados. De los hombres de negocios chinos también se esperaba que colaboraran con el espionaje central a su regreso a casa. Los miles de empresas estadounidenses que hacían negocio en el continente estaban perennemente controladas. Sus ejecutivos eran registrados y vigilados. A veces se entraba en contacto con los que ofrecían buenas perspectivas.

Cuando a Helen Wang se le escapó «accidentalmente» que sus antecedentes incluían unos cuantos años en la CIA y que esperaba regresar cuanto antes allí, llamó rápidamente la atención de los jefes de Pekín. Aceptaba la invitación de sus nuevos amigos para ir a almorzar a un lujoso restaurante de Washington y después a cenar. Interpretó estupendamente bien su papel, siempre reticente ante sus insinuaciones, pero siempre acabando por decir a regañadientes que sí. Sus detallados informes se entregaban directamente en mano a Teddy después de cada encuentro.

Cuando Backman salió repentinamente de la cárcel y quedó claro que lo habían escondido en algún sitio y no aparecería, los chinos empezaron a presionar muchísimo a Helen Wang. Le ofrecieron 100.000 dólares a cambio de información acerca de su paradero. Ella pareció asustada del ofrecimiento y, durante unos cuantos días, interrumpió los contactos. Con un perfecto sentido de la oportunidad, Teddy anuló su destino en el Departamento de Estado y la volvió a llamar a Langley, y Helen se pasó dos semanas sin tener nada que hacer con sus antiguos amigos clandestinos de la embajada china.

Después los llamó y la recompensa subió a 500.000 dólares. Entonces Helen se volvió exigente y pidió un millón, alegando que estaba poniendo en peligro su trabajo y su libertad y que su colaboración valía mucho más que eso. Los chinos aceptaron.

Al día siguiente del despido de Teddy, Helen llamó a su contacto y le pidió una cita clandestina. Le entregó una hoja de papel con las instrucciones de transferencia a una cuenta bancaria de Panamá que pertenecía en secreto a la CIA. Cuando se recibiera el dinero, dijo ella, volverían a reunirse y les facilitaría el paradero de Joel Backman. También les facilitaría una fotografía reciente de Joel Backman.

La entrega de la información fue un «roce de pasada», una reunión en persona entre el topo y su contacto llevada a cabo de tal manera que nadie notara nada insólito. Después del trabajo, Helen Wang se detuvo en un establecimiento Kroger de Bethesda. Se dirigió al fondo del pasillo donde estaban las revistas y las ediciones de libros de bolsillo. Su contacto la esperaba junto al expositor con un ejemplar de *Lacrosse Magazine*. Helen tomó otro ejemplar de la misma revista e introdujo rápidamente un sobre entre sus páginas. Pasó las páginas con un aceptable gesto de aburrimiento y volvió a dejar la revista en el expositor. Su contacto estaba hojeando los semanarios deportivos. Helen se alejó despacio, pero sólo tras haberle visto tomar el ejemplar de *Lacrosse Magazine* que ella había dejado.

Por una vez, la farsa era innecesaria. Los amigos de la CIA de Helen no estaban vigilando porque ellos mismos habían organizado la entrega de información. Conocían desde hacía muchos años a su contacto.

El sobre contenía una hoja de papel, una fotocopia de una fotografía en color de quince por veinte centímetros de Joel Backman, caminando aparentemente por la calle. Estaba mucho más delgado, tenía una barba ligeramente entrecana, llevaba unas gafas de estilo europeo e iba vestido como un ciudadano del lugar. Escrito a mano en la parte inferior de la fotografía, se podía leer: Joel Backman, Via Fondazza, Bolonia, Italia. El contacto lo contempló boquiabierto de asombro mientras permanecía sentado en el interior de su automóvil, y después se dirigió a toda velocidad a la embajada de la República Popular China en la avenida Wisconsin NW de Washington.

Al principio, no pareció que a los rusos les interesara el paradero de Joel Backman. En Langley sus señales se interpretaron de muy distintas maneras. No se llegó inicialmente a ninguna conclusión, pues ninguna era posible. Durante años, los rusos habían asegurado en secreto que el llamado sistema Neptuno era suyo, lo cual había contribuido bastante al desconcierto de la CIA.

Para sorpresa del mundo de los servicios secretos, Rusia estaba consiguiendo mantener en el aire unos 160 satélites de reconocimiento al año, aproximadamente el mismo número que la antigua Unión Soviética. Su sólida presencia en el espacio no había disminuido, contrariamente a lo predicho por la CIA y el Pentágono.

En 1999, un desertor del GRU, el brazo armado de los servicios de espionaje militar rusos sustitutivo del KGB, informó a la CIA de que Neptuno no era propiedad de los rusos. Éstos habían sido pillados tan desprevenidos como los estadounidenses. Las sospechas se centraron en los comunistas chinos, muy por detrás en el juego de los satélites.

¿O no?

Los rusos querían noticias sobre Neptuno, pero no estaban dispuestos a pagar a cambio de información acerca de Backman. Al ver que las insinuaciones de Langley eran en buena parte ignoradas, la misma fotografía en color vendida a los chinos fue enviada con carácter anónimo por correo electrónico a cuatro jefes de espionaje rusos que actuaban bajo cobertura diplomática en Europa.

La filtración a los saudíes se llevó a cabo a través de un ejecutivo de una petrolera estadounidense destacado en Riad. Se llamaba Taggett y llevaba allí más de veinte años. Hablaba con fluidez el árabe y se movía en los círculos sociales con tanta facilidad como cualquier extranjero. Mantenía una estrecha relación de amistad con un burócrata de nivel medio del Ministerio de Asuntos Exteriores saudí y, mientras se tomaba un té con su amigo a última hora de la tarde, le dijo que su empresa había sido representada en otros tiempos por Joel Backman. Además, y eso era mucho más importante, Taggett afirmaba conocer el escondrijo de Backman.

Cinco horas más tarde, el timbre de la puerta despertó a Taggett. Tres jóvenes caballeros en traje de calle se abrieron paso hasta el interior de su apartamento y le exigieron unos minutos de su tiempo. Se disculparon y explicaron que pertenecían a una cierta rama de la policía saudí y necesitaban hablar. Sometido a presión, Taggett les facilitó la información que había sido adiestrado para revelar.

Joel Backman se escondía en Bolonia, Italia, bajo otro nombre. Eso era todo lo que sabía.

¿No podía averiguar algo más?

Tal vez.

Le preguntaron si podía emprender viaje a la mañana siguiente, regresar al cuartel general de su empresa en Nueva York y obtener más información acerca de Backman. Era muy importante para el Gobierno saudí y para la familia real.

Taggett accedió a hacerlo. Todo por el rey.

22

Todos los años, en mayo, la víspera del día de la Ascensión, los habitantes de Bolonia suben al Colle della Guardia desde la Porta Saragozza por el camino de arcadas más largo del mundo, pasando por delante de las quince capillas y los 666 pórticos hasta la cumbre donde se levanta el santuario de San Luca. En el santuario sacan a su Virgen y la bajan en procesión a la ciudad, donde recorre las calles abarrotadas de gente y es finalmente colocada en la catedral de San Pedro y allí permanece ocho días hasta que otra procesión la devuelve a casa. Es un festejo anual de Bolonia celebrado ininterrumpidamente desde el año 1476.

Mientras permanecía sentada con Joel en el santuario de San Luca, Francesca describió el ritual y explicó lo mucho que éste significaba para los habitantes de Bolonia. Bonita, pero una simple y desierta iglesia más de las muchas que había visto, pensó Marco.

Esta vez habían tomado el autobús para evitar los 666 pórticos y la subida de 3,6 kilómetros por la cuesta de la colina. Aún le dolían las pantorrillas de la última visita a San Luca, tres días antes.

Francesca estaba tan preocupada por cuestiones más serias que hablaba en inglés sin darse cuenta. Él no se quejó. Cuando terminó de explicarle los festejos, empezó a mostrarle los elementos más destacados del templo: la arquitectura y la construcción de la cúpula, la pintura de los frescos. Marco se esforzaba desesperadamente por prestar atención. Ahora las cúpulas y los desteñidos frescos y las criptas de mármol y los santos muertos ya se estaban confundiendo en una sola cosa en Bolonia y él se sorprendió pensando en el buen tiempo. Entonces podrían permanecer al aire libre y conversar tranquilamente. Podrían visitar los preciosos parques de la ciudad y, como ella se atreviera a mencionarle una iglesia, se rebelaría.

Francesca no pensaba en el buen tiempo. Sus pensamientos estaban en otra parte.

—Ésta ya la hemos visto —la interrumpió cuando ella le mostró una pintura de la parte superior del baptisterio.

—Perdón. ¿Lo estoy aburriendo?

Marco estuvo casi a punto de soltarle la verdad, pero, en lugar de hacerlo, le dijo:

—No, pero ya he visto suficiente.

Salieron del santuario y rodearon el templo por la parte de atrás para dirigirse al camino secreto que bajaba hasta la mejor vista de la ciudad. Las últimas nieves se estaban fundiendo rápidamente sobre los rojos tejados. Estaban a dieciocho de marzo.

Francesca encendió un cigarrillo y pareció conformarse con admirar Bolonia en silencio.

—¿Le gusta mi ciudad? —preguntó finalmente.

—Sí, mucho.

—¿Qué es lo que le gusta de ella?

Después de seis años de cárcel, cualquier ciudad le hubiese gustado. Lo pensó un instante y contestó:

—Es una auténtica ciudad, con gente que vive donde trabaja. Es segura, limpia y atemporal. Las cosas no han cambiado mucho a lo largo de los siglos. La gente disfruta de su historia y está orgullosa de sus logros.

Ella asintió levemente con la cabeza, aprobando su análisis.

—Me desconciertan los estadounidenses —dijo—. Cuando los guío por Bolonia, siempre tienen prisa, siempre están deseando ver algún monumento para poder tacharlo de la lista y pasar al siguiente. Siempre preguntan qué haremos mañana y al día siguiente. ¿Por qué?

—No soy la persona más indicada para responder a esta pregunta.

—¿Por qué?

—Porque soy canadiense, ¿no lo recuerda?

—Usted no es canadiense.

—No, es cierto. Soy de Washington.

—He estado allí. Jamás he visto tanta gente corriendo sin ir a ninguna parte. No entiendo el deseo de una vida tan agitada. Todo tiene que ser rápido: el trabajo, la comida, el sexo.

—Yo me he pasado seis años sin sexo.

Ella le dirigió una mirada que planteaba muchas preguntas.

—La verdad es que no me interesa hablar de eso.

—Usted lo ha mencionado.

Francesca dio una calada al cigarrillo mientras la atmósfera se despejaba.

—¿Por qué se ha pasado seis años sin sexo?

—Porque estaba en la cárcel, en una celda de aislamiento.

Ella dio un leve respingo y envaró la espalda.

—¿Mató a alguien?

—No, nada de eso. Soy bastante inofensivo.

Otra pausa, otra calada.

—¿Por qué está aquí?

—La verdad es que no lo sé.

—¿Cuánto tiempo se quedará?

—Quizá Luigi pueda contestarle a eso.

—Luigi —dijo ella como con ganas de escupir. Se volvió y echó a andar. Él la siguió porque lo tenía que hacer—. ¿De qué se esconde? —preguntó Francesca.

—Es una historia muy pero que muy larga y mejor que usted no la sepa.

—¿Corre peligro?

—Creo que sí. No sé hasta qué extremo, pero digamos que temo utilizar mi verdadero nombre y temo regresar a casa.

—Eso me suena a peligro. ¿Y qué pinta Luigi en todo eso?

—Me está protegiendo, creo.

—¿Durante cuánto tiempo?

—Sinceramente, no lo sé.

—¿Por qué no se limita a desaparecer?

—Es lo que estoy haciendo ahora. Estoy en plena desaparición. Y, desde aquí, ¿adónde iría? No tengo dinero, ni pasaporte, ni identidad. Oficialmente, no existo.

—Es desconcertante.

—Sí, ¿por qué no lo dejamos?

Marco apartó la mirada un segundo y no la vio caer. Francesca calzaba unas botas negras de cuero sin tacón y la izquierda se le torció violentamente contra una piedra del estrecho camino. Emitió un jadeo y cayó contra el duro suelo, protegiéndose en el último segundo con ambas manos. Su bolso salió disparado hacia delante mientras ella gritaba algo en italiano. Marco se arrodilló rápidamente para sostenerla.

—Es el tobillo —dijo ella, haciendo una mueca.

Ya se le estaban saltando las lágrimas mientras su bello rostro se contraía de dolor.

Él la levantó del mojado camino, la llevó a un banco cercano y recogió su bolso.

—Debo de haber tropezado —repetía Francesca—. Lo siento.

Trató de reprimir las lágrimas, pero muy pronto desistió de su intento.

—Tranquila, tranquila —dijo Marco, arrodillándose delante de ella—. ¿Lo puedo tocar?

Ella levantó muy despacio la pierna izquierda, pero el dolor era demasiado fuerte.

—Mejor que no se saque la bota —dijo Marco, tocando con gran cuidado.

—Creo que me lo he roto —dijo Francesca. Sacó un pañuelo de papel del bolso y se secó los ojos. Respiraba afanosamente y le rechinaban los dientes—. Lo siento.

—No se preocupe. —Marco miró a su alrededor; estaban más bien solos. El autobús en el que habían subido a San Luca iba prácticamente vacío y no habían visto a nadie desde hacía diez minutos—. Voy a entrar a ver si nos echan una mano.

—Sí, por favor.

—No se mueva. Vuelvo enseguida.

Le dio una palmada en la rodilla y ella consiguió sonreír. Después se fue corriendo y a punto estuvo de caer. Se dirigió a toda prisa a la parte posterior de la iglesia y no vio a nadie. ¿Dónde encuentra uno exactamente un despacho en una iglesia? ¿Dónde están el ecónomo, el administrador, el jefe de los curas? Rodeó dos veces San Luca antes de ver a un vigilante saliendo por una puerta parcialmente oculta junto a los jardines.

—*Mi può aiutare?* —le preguntó, levantando la voz. ¿Me puede ayudar?

El vigilante lo miró sin decir nada. Marco estaba seguro de haber hablado con claridad. Se le acercó un poco más y le dijo:

—*La mia amica si è fatta male.* —Mi amiga se ha hecho daño.

—*Dov'è?* —masculló el hombre. ¿Dónde está?

Marco se lo señaló.

—*Lì, dietro la chiesa.* —Allí, detrás de la iglesia.

—*Aspetti.* —Espere.

El hombre se volvió, regresó a la puerta y la abrió.

—*Si sbrighi, per favore.* —Dese prisa, por favor.

Transcurrieron lentamente uno o dos minutos mientras Marco esperaba muy nervioso, ansiando regresar a toda prisa para ver cómo estaba Francesca. En caso de que se hubiera roto un hueso, podía quedar rápidamente conmocionada. Se abrió otra puerta más grande por debajo del baptisterio y salió corriendo un hombre vestido con traje de calle, seguido del vigilante.

—*La mia amica è caduta* —dijo Marco. Mi amiga se ha caído.

—¿Dónde está? —preguntó el caballero en excelente inglés.

Estaban cruzando un pequeño patio de ladrillo, esquivando la nieve que todavía quedaba.

—Aquí detrás, junto al saliente más bajo. Es el tobillo; cree que se lo ha roto. A lo mejor necesitaremos una ambulancia.

Volviendo la cabeza, el caballero le ordenó algo al vigilante y éste desapareció.

Francesca estaba sentada en el borde del banco con la mayor dignidad posible. Se cubría la boca con el pañuelo y había dejado de llorar. El caballero no la conocía de nombre, pero estaba claro que la había visto antes en San Luca. Ambos hablaron en italiano y Marco se perdió buena parte de la conversación.

Llevaba todavía la bota izquierda puesta y los tres acordaron dejársela puesta para impedir la hinchazón. El caballero, el *signor* Coletta, parecía experto en primeros auxilios. Le examinó las rodillas y las manos. Las tenía llenas de arañazos y magulladuras, pero no sangraban.

—Es sólo un mal esguince —dijo ella—. La verdad es que no creo que me lo haya roto.

—Una ambulancia tardará una eternidad —dijo el caballero—. La llevaré al hospital.

—Creo que puedo caminar —dijo animosamente Francesca, tratando de levantarse.

—No, nosotros la ayudaremos —dijo Marco.

Cada uno de ellos la agarró por un codo y ambos la levantaron muy despacio. Ella hizo una mueca al apoyar el pie en el suelo, pero dijo:

—No está roto. Es sólo un esguince.

Insistió en caminar, pero ellos la llevaron medio en volandas hacia el automóvil.

El *signor* Coletta asumió el mando de la situación y los acomodó en el asiento de atrás, de tal manera que los pies de Francesca descansaran sobre las rodillas de Marco y su espalda pudiera apoyarse contra la portezuela izquierda del vehículo. Tras colocar debidamente a los pasajeros, se situó detrás del volante y metió una marcha. Recorrieron marcha atrás un sendero flanqueado de arbustos y salieron a un estrecho camino asfaltado. No tardaron en bajar por la pendiente en dirección a Bolonia.

Francesca se puso las gafas de sol para cubrirse los ojos. Marco observó un hilillo de sangre en su rodilla izquierda. Tomó el pañuelo que ella sostenía en la mano y empezó a limpiárselo.

—Gracias —dijo Francesca en voz baja—. Siento haberle estropeado el día.

—Por favor, no lo vuelva a decir —le dijo Marco sonriendo.

De hecho, aquél había sido el mejor día con Francesca. La caída la había humillado y la había hecho parecer más humana, lo cual dejaba entrever, de manera involuntaria, unas emociones auténticas y permitía un sincero contacto físico de una persona que trataba auténticamente de ayudar a otra. Y estaba empujando a Marco hacia su vida. Cualquier cosa que ocurriera a continuación, tanto en el hospital como en su casa, él por lo menos estaría allí un momento. En aquella emergencia, ella lo necesitaba, por más que no lo quisiera.

Mientras le sujetaba los pies y miraba inexpresivamente por la ventanilla, Marco se dio cuenta de su desesperada necesidad de mantener una relación de la clase que fuera con cualquier persona.

Cualquier amigo le serviría.

Al llegar al pie de la colina, Francesca le dijo al *signor* Coletta:

—Me gustaría irme a mi apartamento.

Él miró por el espejo retrovisor diciendo:

—Creo que debería ver a un médico.

—Quizá más tarde. Descansaré un poco y veré cómo me encuentro.

La decisión ya estaba tomada; discutir hubiese sido inútil.

Marco también hubiese querido darle un consejo, pero se abstuvo de hacerlo. Quería ver dónde vivía.

—En Via Minzoni, cerca de la estación.

Marco sonrió para sus adentros, orgulloso de conocer la calle. Se la imaginó en el plano, en el extremo norte del casco antiguo, una zona bonita aunque no perteneciera a un barrio rico. Había pasado por allí por lo menos una vez. De hecho, había encontrado un bar que abría a primera hora de la mañana en el lugar donde la calle desembocaba en la Piazza dei Martiri. Mientras zigzagueaban a lo largo del perímetro entre el tráfico de la media tarde, Marco leyó los nombres de todas las calles, estudió todos los cruces y supo exactamente dónde estaba en todo momento.

No dijeron ni una sola palabra más. Él le sostuvo los pies mientras sus elegantes pero usadas botas le manchaban ligeramente los pantalones de lana. Pero, en aquel momento, eso era lo que menos le importaba. Cuando giraron por Via Minzoni, Francesca dijo:

—Dos manzanas más abajo, a la izquierda. —Después añadió—: Un poco más adelante. Allí hay un espacio, justo detrás de aquel BMW verde.

La sacaron cuidadosamente del asiento de atrás y la dejaron en la acera donde ella se soltó un momento y trató de caminar. El tobillo cedió y tuvieron que sostenerla.

—Vivo en el segundo piso —dijo Francesca mientras le rechinaban los dientes.

Había ocho apartamentos. Marco observó atentamente mientras ella pulsaba el timbre que había al lado del nombre de Giovanni Ferro. Contestó una voz femenina.

—Francesca —dijo la voz y la puerta se abrió con un clic.

Entraron en un oscuro y descuidado vestíbulo. A la derecha había un ascensor, esperando con la puerta abierta. Los tres apenas cabían en su interior.

—Ahora ya estoy bien —dijo ella, tratando visiblemente de librarse de Marco y del *signor* Coletta.

—Hay que ponerle un poco de hielo —dijo Marco mientras el ascensor iniciaba una lenta subida.

El ascensor se detuvo ruidosamente, finalmente se abrió la puerta y los tres salieron, ambos hombres sosteniendo todavía a Francesca por los codos. Su apartamento estaba a pocos pasos de distancia y, al llegar a la puerta, el *signor* Coletta pensó que ya era suficiente.

—Siento mucho lo ocurrido —dijo—. Si hubiera algún gasto médico, ¿tendrá la bondad de llamarme?

—No, es usted muy amable. Muchísimas gracias.

—Gracias —dijo Marco, sin soltarla.

Pulsó el timbre y esperó mientras el *signor* Coletta entraba de nuevo en el ascensor y los dejaba. Francesca se apartó diciendo:

—Muchas gracias, Marco, ahora ya me las puedo arreglar. Hoy mi madre se queda en casa.

Marco esperaba que lo invitaran a entrar, pero no estaba en condiciones de insistir. El episodio ya había llegado a su conclusión por lo que a él respectaba y le había permitido averiguar muchas más cosas de las que esperaba. Sonrió, le soltó el brazo y estaba a punto de despedirse cuando se oyó el chirrido de una cerradura desde dentro. Ella se volvió hacia la puerta y, al hacerlo, ejerció presión sobre el tobillo lastimado. Éste se volvió a doblar, induciéndola a emitir un jadeo y alargar las manos hacia él.

Se abrió la puerta justo en el momento en que Francesca se desmayaba.

Su madre era la *signora* Altonelli, una dama de setenta y tantos años que no hablaba inglés y durante unos angustiosos minutos pensó que Marco le había hecho daño a su hija. El torpe italiano de Marco resultó inadecuado, sobre todo dada la tensión del momento. Éste acompañó a Francesca al sofá y pidió *ghiaccio*. Hielo, traiga un poco de hielo. La mujer se marchó a regañadientes y desapareció en la cocina.

Francesca ya se estaba moviendo cuando su madre regresó con un paño mojado y una pequeña bolsa de plástico de hielo.

—Se ha desmayado —le dijo Marco, inclinándose hacia ella.

Ella le comprimió la mano y miró angustiada a su alrededor.

—*Chi è?* —preguntó con recelo su madre. ¿Quién es?

—*Un amico*.

Marco le humedeció el rostro con el paño y ella se recuperó enseguida. En un rápido italiano que él todavía no dominaba, ella le explicó a su madre lo ocurrido. El intercambio de ametralladora lo aturdió mientras intentaba captar alguna que otra palabra. Al final, se dio por vencido. De repente, la *signora* Altonelli sonrió y le dio una palmada en el hombro en gesto de aprobación. Buen chico.

Cuando la mujer se retiró, Francesca dijo:

—Se ha ido a preparar café.

—Estupendo. —Marco había acercado un taburete al sofá y allí se sentó, esperando—. Tenemos que aplicarle un poco de hielo —dijo.

—Sí, tendríamos que hacerlo.

Ambos contemplaron las botas.

—¿Me las quiere quitar? —le preguntó ella.

—Pues claro. —Marco bajó la cremallera de la bota derecha y se la quitó como si aquel pie también hubiera resultado lastimado. Lo hizo todavía más despacio con el pie izquierdo. Hasta el más ligero movimiento provocaba dolor, por lo que él preguntó en determinado momento—: ¿Prefiere hacerlo usted?

—No, por favor, adelante.

La cremallera se detuvo casi exactamente a la altura del tobillo. La hinchazón dificultaba la retirada de la bota. Después de unos largos minutos de cuidadosos y delicados movimientos, mientras la paciente sufría apretando los dientes, la bota salió.

Francesca llevaba calcetines negros. Marco los estudió y anunció:

—También tendrá que quitárselos.

—Sí, claro.

La madre regresó de la cocina y soltó rápidamente algo en italiano.

—¿Por qué no espera en la cocina? —le dijo Francesca a Marco.

La cocina era pequeña pero estaba muy bien puesta, muy moderna y con metales cromados y cristal, y ni un solo centímetro cuadrado de espacio desperdiciado. Una cafetera de alta tecnología gorgoteaba sobre una encimera. Las paredes por encima de un pequeño rincón de desayuno estaban cubiertas de arte abstracto. Marco esperó y prestó atención mientras ambas mujeres hablaban simultáneamente.

Consiguieron sacar los calcetines sin causar ulteriores daños. Cuando Marco regresó al salón, la *signora* Altonelli aplicaba hielo al tobillo izquierdo.

—Dice que no está roto —le explicó Francesca—. Trabajó durante muchos años en un hospital.

—¿Vive en Bolonia?

—En Imola, a unos cuantos kilómetros de aquí.

Marco sabía exactamente dónde estaba, por lo menos en el mapa.

—Creo que ya tengo que irme —dijo sin que, en realidad, experimentara el menor deseo de hacerlo, pero, de repente, se sentía un intruso.

—Creo que necesita un poco de café —dijo Francesca.

Su madre regresó corriendo a la cocina.

—Me parece que estoy molestando —dijo Marco.

—No, por favor, después de todo lo que hoy ha hecho por mí, es lo menos que puedo hacer.

La madre regresó con un vaso de agua y dos pastillas. Francesca se lo tomó todo y apoyó la cabeza en unas almohadas. Intercambió unas breves frases con su madre y después miró a Marco diciendo:

—Tiene una tarta de chocolate en el frigorífico. ¿Le apetece probarla?

—Sí, gracias.

Y su madre volvió a marcharse, canturreando muy contenta por el hecho de tener a alguien a quien cuidar y alguien a quien alimentar. Marco volvió a sentarse en el taburete.

—¿Le duele?

—Sí —contestó ella, sonriendo—. No voy a mentir. Me duele.

A Marco no se le ocurrió una respuesta apropiada y decidió regresar al territorio común.

—Ha sido todo muy rápido —dijo.

Se pasaron unos cuantos minutos repasando la caída y después permanecieron en silencio. Ella cerró los ojos como si se hubiera adormilado. Marco cruzó los brazos sobre el pecho y contempló un extraño cuadro de gran tamaño que cubría buena parte de una pared.

El edificio era antiguo, pero por dentro Francesca y su marido se habían esforzado en mostrarse decididamente modernos. Los muebles eran bajos, todo en suave cuero negro y relucientes marcos de acero, todo muy minimalista. Las paredes estaban cubiertas de desconcertante arte contemporáneo.

—Eso no se lo podemos decir a Luigi —dijo Francesca en un susurro.

—¿Por que no?

Francesca titubeó y después lo soltó.

—Me paga doscientos euros a la semana por darle clase a usted, Marco, y se queja del precio. Hemos discutido. Me ha amenazado con buscar a otra persona. Y la verdad es que necesito el dinero. Ahora sólo me dan uno o dos trabajos a la semana; estamos todavía en temporada baja. La situación se empezará a animar dentro de un mes, cuando los turistas bajen al sur, pero, de momento, no gano demasiado.

La fachada de estoicismo había desaparecido hacía ya un buen rato. Marco no podía creer que ella se permitiera ser tan vulnerable. La dama tenía miedo y él haría cualquier cosa por ayudarla.

Francesca añadió:

—Estoy segura de que me despedirá si me tomo unos días de descanso.

—Pues no tendrá más remedio que tomárselos.

Marco contempló el hielo que le rodeaba el tobillo.

—¿Podríamos mantenerlo en secreto? No tardaré mucho en poder moverme, ¿no cree?

—Podemos intentar mantenerlo en secreto, pero Luigi tiene medios para mantenerse al corriente de las cosas que ocurren. Me sigue de cerca. Mañana lo llamaré para decirle que estoy indispuesto y al día siguiente ya nos inventaremos algo. A lo mejor podríamos estudiar aquí.

—No. Mi marido está en casa.

Marco no pudo evitar volver la cabeza.

—¿Aquí?

—Está en el dormitorio, muy enfermo.

—¿Qué...?

—Cáncer. Fase terminal. Mi madre se queda aquí con él mientras estoy trabajando. Cada tarde viene una enfermera para administrarle la medicación.

—Lo siento.

—Yo también.

—No se preocupe por Luigi. Le diré que me encanta su estilo de enseñanza y que me negaré a trabajar con otra persona.

—Eso sería una mentira, ¿no cree?

—Más bien sí.

La *signora* Altonelli había regresado con una bandeja de tarta y unos *espressos*. Lo colocó todo sobre una mesita auxiliar de color rojo en el centro de la habitación y empezó a cortar el pastel. Francesca tomó café, pero no le apetecía comer. Marco comió tan despacio como humanamente le fue posible y se bebió el contenido de la tacita como si fuera la última de su vida. Cuando la *signora* Altonelli insistió en que tomara otro trozo y volviera a llenarse la tacita, aceptó a regañadientes.

Marco se quedó allí aproximadamente una hora. Mientras bajaba en el ascensor, se dio cuenta de que Giovanni Ferro no había hecho el menor ruido.

23

La principal agencia de espionaje de la China comunista, el Ministerio de Seguridad del Estado, o MSE, utilizaba pequeñas unidades altamente especializadas para perpetrar asesinatos en todo el mundo, más o menos igual que los rusos, los israelíes, los británicos y los estadounidenses.

Una notable diferencia, sin embargo, consistía en el hecho de que los chinos hubieran decidido depositar su confianza en una unidad en particular. En lugar de repartir el trabajo sucio por todas partes, como los otros países, el MSE recurrió primero a un joven que la CIA y el Mossad llevaban varios años vigilando con gran admiración. Se llamaba Sammy Tin, producto de dos diplomáticos chinocomunistas que, según los rumores, habían sido seleccionados por el MSE para que se casaran y reprodujeran. Si hubo alguna vez un agente perfectamente clonado, éste era Sammy Tin. Nacido en Nueva York y criado en los barrios residenciales del distrito de Columbia, había sido educado por profesores particulares que lo habían bombardeado con idiomas extranjeros desde que dejó los pañales. A la edad de dieciséis años se matriculó en la Universidad de Maryland, la dejó con dos carreras a los veintiuno y después se fue a estudiar ingeniería a Hamburgo, Alemania. Entretanto, aprendió a fabricar bombas como entretenimiento. Los explosivos se convirtieron en su máxima afición, con especial acento en una variada serie de paquetes: sobres, vasos de papel, bolígrafos, cajetillas de cigarrillos. Era un experto tirador, pero las armas, sencillamente, lo aburrían. A Tin Man, tal como se le conocía en el sector, le encantaban sus bombas.

Más tarde estudió química bajo un nombre falso en Tokio, donde aprendió a dominar el arte y la ciencia de matar con venenos. A los veinticuatro años ya había utilizado una docena de nombres distintos, dominaba aproximadamente otros tantos idiomas y había cruzado fronteras con una amplia variedad de pasaportes y disfraces. Podía convencer a cualquier agente de aduanas de cualquier lugar del mundo de que era japonés, coreano o taiwanés.

Para completar su educación, se pasó un duro año de entrenamiento con una unidad de elite del Ejército chino. Aprendió a acampar, a cocinar en una fogata, a cruzar ríos de aguas bravas, a sobrevivir en el mar y a vivir durante varios días en la selva. A los veintiséis años, el MSE llegó a la conclusión de que el chico ya había estudiado suficiente. Ya era hora de que empezara a matar.

Que Langley supiera, su sorprendente lista de cadáveres empezó con los asesinatos de tres científicos chinocomunistas que habían hecho demasiada amistad con los rusos. Se los cargó en el transcurso de una cena en un restaurante de Moscú. Mientras los guardaespaldas esperaban fuera, uno acabó con la garganta cortada en el servicio de caballeros mientras utilizaba el urinario. Tardaron una hora en encontrar su cadáver, apretujado en el interior de un contenedor de basura más bien pequeño. El segundo cometió el error de preocuparse por el primero. Se dirigió al servicio de caballeros, donde Tin Man lo esperaba vestido de portero. Lo encontraron con la cabeza metida en el escusado que se había atascado por esta causa y rebosaba. El tercero murió segundos después en la mesa, donde permanecía sentado solo, muy preocupado por sus compañeros desaparecidos. Un hombre con chaqueta de camarero pasó precipitadamente por su lado y, sin aminorar la marcha, le disparó un dardo envenenado en la nuca.

Por lo que a asesinatos respecta, fue todo bastante chapucero. Demasiada sangre, demasiados testigos. La fuga fue arriesgada, pero Tin Man encontró un hueco y consiguió cruzar corriendo una bulliciosa cocina sin que nadie se diera cuenta. Estaba libre y corría a toda prisa por un callejón trasero de la manzana cuando llamaron a los guardaespaldas. Se ocultó en la oscuridad, tomó un taxi y, veinte minutos después, entró en la embajada china. Al día siguiente ya estaba en Pekín, celebrando discretamente su primer éxito.

La audacia del ataque causó conmoción en el mundo del espionaje. Las agencias rivales se apresuraron a buscar al autor. Era un modo de obrar completamente distinto al de los chinos para eliminar a sus enemigos, famosos por su paciencia, por su disciplina en la espera del momento más oportuno. Perseguían sin descanso a su presa hasta que se daba por vencida o abandonaban un plan y pasaban al siguiente, esperando cuidadosamente la ocasión.

Cuando la hazaña se volvió a repetir unos meses después en Berlín, nació la leyenda de Tin Man. Un ejecutivo francés había entregado falsos secretos de alta tecnología relacionados con el radar móvil. Fue arrojado por el balcón de una habitación del cuarto piso de su hotel y, cuando aterrizó junto a la piscina, quienes tomaban el sol se llevaron un susto tremendo. Una vez más, el asesinato fue demasiado descarado.

En Londres, Tin Man le voló la cabeza a un hombre con un teléfono móvil. Un desertor del Chinatown de Nueva York perdió buena parte del rostro al estallarle un cigarrillo. Sammy Tin no tardó en ser considerado autor de casi todos los más dramáticos asesinatos del espionaje registrados en aquel sector. Su fama creció rápidamente. Aunque en su unidad contaba con cuatro o cinco miembros de confianza, solía trabajar solo. Perdió a uno de sus hombres en Singapur cuando su objetivo apareció de repente con unos amigos, todos ellos armados. Fue un fracaso insólito y aprendió la lección: mantenerse en forma, golpear rápido y no incluir a demasiadas personas en nómina.

A medida que iba madurando, sus golpes perdieron dramatismo, violencia y fueron más fáciles de ocultar. Tenía treinta y tres años y era sin duda el agente más temido del mundo. La CIA se gastaba una fortuna tratando de seguir sus movimientos. Sabían que estaba en Pekín, holgazaneando en su lujoso apartamento. Cuando se fue de allí, lo localizaron en Hong Kong. La Interpol fue alertada cuando subió a bordo de un vuelo directo a Londres, donde cambió de pasaporte y, en el último momento, tomó un vuelo de Alitalia a Milán.

La Interpol fue testigo del hecho impotente. Sammy Tin viajaba a menudo bajo cobertura diplomática. No era un criminal; era un agente, un diplomático, un hombre de negocios, un profesor, cualquier cosa que necesitara ser.

Un automóvil lo esperaba en el aeropuerto Malpensa de Milán y se perdió en la ciudad. Que la CIA supiera, Tin Man llevaba cuatro años y medio sin poner los pies en Italia.

No cabía duda de que el señor Elya representaba muy bien su papel de acaudalado hombre de negocios saudí, aunque su pesado traje de lana fuera casi de color negro, demasiado oscuro para Bolonia, y la raya diplomática demasiado gruesa para haber sido diseñada en Italia. Y su camisa era rosa con un reluciente cuello blanco, lo cual no era una mala combinación, pero, bueno, seguía siendo de color rosa. Una aguja de oro, también demasiado gruesa, atravesaba el cuello de su camisa y empujaba demasiado hacia arriba el nudo de la corbata, que parecía estrangularlo; en cada extremo de la aguja brillaba un diamante. Al señor Elya le gustaban los diamantes: uno muy grande en cada mano, docenas de piedras más pequeñas engarzadas en su Rolex, dos más en los gemelos de la camisa. A Stefano los zapatos le parecieron italianos; recién estrenados, marrones, eran sin embargo demasiado claros para el traje.

En conjunto, no daba el pego. Aunque el hombre lo intentaba con todas sus fuerzas. Stefano tuvo tiempo de analizar a su cliente mientras se alejaban casi en completo silencio del aeropuerto, donde el señor Elya y su ayudante habían llegado en un jet privado, camino del centro de Bolonia. Ambos permanecían sentados en la parte posterior de un Mercedes negro, una de las condiciones impuestas por el señor Elya, con un silencioso conductor al volante y, a su lado, el ayudante, que evidentemente sólo hablaba árabe. El inglés del señor Elya era aceptable, unos rápidos estallidos seguidos de acotaciones en árabe a su ayudante, el cual se veía obligado a anotar todo lo que decía su amo.

Tras pasarse diez minutos con ellos en el automóvil, Stefano ya estaba deseando que terminaran mucho antes del almuerzo.

El primer apartamento estaba cerca de la universidad, adonde el hijo del señor Elya no tardaría en llegar para estudiar medicina. Cuatro habitaciones en el primer piso, sin ascensor, de un sólido edificio muy bien amueblado e indudablemente lujoso para un estudiante: 1.800 euros al mes, contrato de alquiler anual, servicios aparte.

El señor Elya se limitó a fruncir el entrecejo como si su malcriado hijo se mereciera algo mucho más bonito. El ayudante también frunció el entrecejo. Lo mantuvieron fruncido mientras bajaban la escalera y subían al vehículo y no dijeron nada mientras el conductor se apresuraba a llevarlos a la segunda parada.

Estaba en Via Remorsella, a una manzana al oeste de Via Fondazza. El apartamento era ligeramente más grande que el primero, tenía una cocina del tamaño de un armario para escobas, estaba mal amueblado, no tenía vista alguna, se encontraba a veinte minutos de la universidad, costaba 2.600 euros al mes e incluso olía un poco raro. Dejaron de fruncir el entrecejo, el sitio les gustaba.

—Éste me parece bien —dijo el señor Elya, y Stefano suspiró de alivio.

Con un poco de suerte, no tendría que apechugar con ellos durante el almuerzo. Y acababa de ganarse una buena comisión.

Se dirigieron a toda prisa a las oficinas de la empresa de Stefano, donde se preparó el papeleo a una velocidad récord. El señor Elya era un hombre muy ocupado, tenía una reunión urgente en Roma y, como no se resolvieran los detalles del alquiler en aquel mismo momento y en el acto, ¡tendrían que olvidarse de todo!

El Mercedes negro los condujo de nuevo a toda prisa al aeropuerto, donde un nervioso y agotado Stefano les dio las gracias, se despidió de ellos y se fue tan rápido como pudo. El señor Elya y su ayudante cruzaron la pista hacia el jet y desaparecieron en su interior. La portezuela se cerró.

El jet no se movió. Dentro, el señor Elya y su ayudante se habían quitado el atuendo de trabajo y se habían puesto ropa cómoda. Estaban reunidos con otros tres miembros de su equipo. Al cabo de aproximadamente una hora, abandonaron el jet y trasladaron su pesado equipaje a la terminal privada y, después, a las camionetas que esperaban.

Luigi recelaba de la bolsa azul marino. Marco jamás la dejaba en su apartamento. Jamás la perdía de vista. La llevaba a todas partes colgada del hombro y bien sujeta bajo el brazo derecho, como si contuviera oro.

¿Qué podía contener que requiriera tanto cuidado? Raras veces llevaba el material de estudio a ningún sitio. Si él y Ermanno estudiaban dentro, lo hacían en el apartamento de Marco. Y, si estudiaban fuera, se limitaban a conversar sin libros.

Whitaker, en Milán, también sospechaba, sobre todo desde que Marco había descubierto un cibercafé cerca de la universidad. Envió a un agente llamado Krater a Bolonia para ayudar a Zellman y a Luigi a vigilar más de cerca a Marco y su molesta bolsa. Ahora que ya estaban apretando la soga y se esperaban los fuegos artificiales, Whitaker pedía a Langley más fuerza en la calle.

Pero Langley estaba sumido en el caos. La partida de Teddy, aunque esperada, lo había revuelto todo. Aún se notaban las sacudidas del terremoto del despido de Lucat. El presidente amenazaba con llevar a cabo una reorganización general, y tanto los directores adjuntos como los administradores de alto rango dedicaban más tiempo a protegerse las espaldas que a vigilar sus operaciones.

Fue Krater quien recibió el radiomensaje de Luigi de que Marco se iba camino de la Piazza Maggiore, probablemente para tomar su café de última hora de la tarde. Krater lo vio cruzar la plaza con la bolsa azul oscuro bajo el brazo y toda la pinta de un habitante de la ciudad. Tras haber estudiado una gruesa carpeta acerca de Joel Backman, era agradable verle finalmente en persona. Si el pobre lo hubiera sabido...

Pero Marco no tenía sed, por lo menos de momento. Pasó por delante de varios cafés y establecimientos y, de pronto, tras echar una furtiva mirada a su alrededor, entró en el *albergo* Nettuno, un pequeño hotel de cincuenta habitaciones a un tiro de piedra de la plaza. Krater habló por radioteléfono con Zellman y Luigi, que quedó especialmente desconcertado, puesto que Marco no tenía ningún motivo para entrar en un hotel. Krater esperó cinco minutos y después accedió al pequeño vestíbulo, asimilando todo lo que veía. A la derecha había una zona de descanso con sillones y unas cuantas revistas de viajes diseminadas sobre una ancha mesa auxiliar. A su derecha vio una cabina telefónica desocupada, con la puerta abierta, y otra cabina ocupada. Marco permanecía sentado allí, solo, inclinado sobre la mesita situada bajo el teléfono mural, con la bolsa azul abierta. Estaba demasiado atareado para ver pasar a Krater.

—¿Puedo atenderle, señor? —preguntó el recepcionista desde el mostrador de la entrada.

—Sí, gracias, quería saber si tenían habitación —contestó Krater en italiano.

—¿Para cuándo?

—Para esta noche.

—Lo siento, pero no tenemos ninguna.

Krater tomó un folleto del mostrador.

—Siempre lo tienen todo ocupado —dijo sonriendo—. Es un lugar muy popular.

—Pues sí. Puede que en otra ocasión.

—¿Tienen, por casualidad, acceso a Internet?

—Claro.

—¿Inalámbrico?

—Sí, el primer hotel de la ciudad.

Krater se marchó diciendo:

—Gracias. Lo intentaré otro día.

—Sí, por favor.

Cuando salía pasó por delante de la cabina telefónica. Marco no había levantado la vista.

Utilizando los dos pulgares, escribía el texto con la esperanza de que el recepcionista de la entrada no lo invitara a marcharse. El Nettuno anunciaba el acceso inalámbrico, pero sólo para sus clientes. Las cafeterías, las bibliotecas y algunas librerías lo ofrecían gratis a quienquiera que entrara, pero no así los hoteles.

Su mensaje decía lo siguiente:

> Grinch:
> Una vez mantuve tratos con un banquero de Zúrich llamado Van Thiessen, del Rhineland Bank, en la Bahnhofstrasse, en el centro de Zúrich. Intenta averiguar si sigue todavía allí. En caso contrario, ¿quién ocupó su lugar? ¡No dejes ningún rastro!
>
> MARCO

Pulsó la tecla de envío y rogó una vez más por no haberlo hecho mal. Apagó rápidamente el Ankyo 850 y lo volvió a guardar en la bolsa. Al salir, saludó con la cabeza al recepcionista, que estaba hablando por teléfono.

Marco salió dos minutos después que Krater. Lo observaron desde tres puntos distintos y después lo siguieron mientras se mezclaba sin la menor dificultad con la oleada de gente que salía del trabajo a última hora de la tarde. Zellman volvió sobre sus pasos, entró en el Nettuno, se metió en la segunda cabina telefónica de la izquierda y se sentó en el lugar donde Marco había permanecido sentado hacía menos de veinte minutos. El recepcionista, ahora un poco intrigado, fingió estar ocupado detrás del mostrador.

Una hora más tarde se reunieron en un bar y repasaron los movimientos de Marco. La conclusión era obvia, pero, aun así, difícil de creer: puesto que Marco no había utilizado el teléfono, era evidente que había estado usando el servicio gratuito de acceso inalámbrico a Internet del hotel. No había ningún otro motivo para entrar al azar en el vestíbulo, permanecer sentado menos de diez minutos en una cabina telefónica y después marcharse sin más. Pero ¿cómo podía haberlo hecho? No tenía ordenador portátil y ningún otro teléfono móvil más que el que Luigi le había prestado, un anticuado cacharro que sólo servía para la ciudad y que no podía adaptarse para su conexión *on line*. ¿Habría adquirido algún artilugio de alta tecnología? No tenía dinero.

El robo era una posibilidad.

Estudiaron varias líneas de acción. Zellman se fue a mandar por correo electrónico la inquietante noticia a Whitaker. Krater fue enviado a mirar escaparates en busca de una bolsa azul Silvio idéntica a la de Marco.

Luigi se quedó allí para pensar en la cena. Interrumpió sus pensamientos una llamada del propio Marco. Estaba en su apartamento, no se encontraba muy bien, se había pasado toda la tarde con el estómago revuelto. Había cancelado su lección con Francesca y no quería cenar.

24

Si el teléfono de Dan Sandberg sonaba antes de las seis de la mañana, la noticia nunca era buena. Era una lechuza, una criatura que muchas veces dormía hasta la hora de desayunar y almorzar a la vez. Quienes lo conocían sabían que era inútil llamarle temprano.

Era un compañero del *Post*.

—Te han birlado la primicia, tío —le anunció muy serio.

—¿Qué? —replicó bruscamente Sandberg.

—El *Times* te la acaba de restregar por las narices.

—¿Quién?

—Backman.

—¿Qué?

—Compruébalo tú mismo.

Sandberg corrió al estudio de su desordenado apartamento y encendió el ordenador. Encontró el reportaje, firmado por Heath Frick, un odiado rival del *New York Times*. El titular de portada rezaba: INVESTIGACIONES DEL FBI SOBRE EL INDULTO A JOEL BACKMAN.

Citando varias fuentes anónimas, Frick informaba de que la investigación del FBI sobre la cuestión del dinero-por-indultos se había intensificado y ampliado para incluir a personas concretas a quienes el ex presidente Morgan había concedido indultos. Se mencionaba al duque de Mongo como una «persona de interés», un eufemismo frecuentemente utilizado cuando las autoridades querían manchar la reputación de una persona a la que no podían acusar formalmente. Pero Mongo permanecía ingresado en un hospital y corrían rumores de que estaba a punto de irse al otro barrio.

Las investigaciones se centraban en Joel Backman, cuyo indulto de última hora había escandalizado e indignado a muchos, según el gratuito análisis de Frick. La misteriosa desaparición de Backman sólo había servido para alimentar las conjeturas según las cuales éste se había comprado el indulto y había huido para evitar las lógicas preguntas. Los antiguos rumores seguían ahí, le recordaba Frick a todo el mundo, y varias fuentes anónimas y presuntamente fidedignas señalaban que la teoría acerca de la fortuna escondida de Backman aún no había sido oficialmente abandonada.

—¡Menuda basura! —gritó Sandberg mientras iba bajando por la pantalla.

Conocía los hechos mejor que nadie. Toda aquella mierda era indemostrable. Backman no había pagado a cambio del indulto.

Nadie ni remotamente relacionado con el ex presidente diría una palabra. De momento, las pesquisas no eran más que pesquisas, no se había abierto ninguna investigación oficial, pero la artillería pesada federal estaba preparada. Un fogoso fiscal pedía a gritos empezar. Aún no contaba con un gran jurado, pero su despacho estaba listo, a la espera de una palabra del Departamento de Justicia.

Frick lo resumía todo con dos párrafos acerca de Backman, un refrito histórico que el periódico ya había publicado anteriormente.

—¡Simple relleno! —exclamó Sandberg, enfurecido.

El presidente también lo leyó, pero su reacción fue distinta. Tomó notas y las guardó hasta las 7.30, hora en que llegó Susan Penn, su directora provisional de la CIA, para su informe matinal. La IDP —información diaria al presidente— siempre había estado a cargo personalmente del director, tenía lugar en el Despacho Oval y normalmente constituía el primer punto de la agenda diaria. Pero la mala salud de Teddy Maynard había cambiado aquella costumbre y, a lo largo de los últimos diez años, otra persona había facilitado los informes. Volvían a las antiguas tradiciones.

A las siete en punto de la mañana, un resumen acerca de asuntos de espionaje de entre ocho y diez páginas de extensión fue depositado sobre el escritorio del presidente. Después de casi dos meses en el cargo, éste había adquirido la costumbre de leerlo por entero. Le parecía fascinante. Su predecesor se había jactado en cierta ocasión de no leer prácticamente nada... ni libros, ni periódicos, ni revistas. Y, por supuesto, nada sobre legislación, políticas, tratados o informes diarios. A menudo tenía dificultades incluso para leer sus propios discursos. Pero las cosas eran ahora muy distintas.

Susan Penn iba en un vehículo blindado desde su casa de Georgetown hasta la Casa Blanca, donde llegaba cada mañana a las 7.15. Durante el trayecto leía el resumen diario preparado por la CIA. Aquella mañana, en la página cuatro, había información sobre Joel Backman: estaba llamando la atención de ciertas personas muy peligrosas, puede que incluso de Sammy Tin.

El presidente la saludó cordialmente y ya tenía el café esperando junto al sofá. Estaban solos, como siempre, y pusieron directamente manos a la obra.

—¿Ha visto el *New York Times* de esta mañana? —preguntó el presidente.

—Sí.

—¿Qué posibilidades hay de que Backman pagara a cambio de su indulto?

—Muy escasas. Tal como ya he explicado antes, él no tenía ni idea de que fueran a concedérselo. No tuvo tiempo de arreglar las cosas. Además, estamos bastante seguros de que no tiene dinero.

—Pues entonces, ¿por qué le concedieron el indulto a Backman?

La lealtad de Susan Penn a Teddy Maynard estaba pasando rápidamente a la historia. Teddy se había ido y no tardaría en morirse, pero ella, a la edad de cuarenta y cuatro años, tenía toda una carrera por delante. Puede que muy larga. Ella y el presidente trabajaban muy bien juntos. Y éste no parecía tener demasiada prisa en nombrar a su nuevo director.

—La verdad es que Teddy lo quería muerto.

—¿Por qué? ¿Recuerda usted por qué el señor Maynard lo quería muerto?

—Es una larga historia...

—No, no lo es.

—No lo sabemos todo.

Susan arrojó su copia del resumen sobre el sofá y respiró hondo.

—Backman y Jacy Hubbard perdieron de mala manera la cabeza. Tenían ese JAM que sus clientes habían traído estúpidamente a Estados Unidos en busca de fortuna.

—Estos clientes eran los jóvenes paquistaníes, ¿verdad?

—Sí, y ahora están todos muertos.

—¿Sabe usted quién los mató?

—No.

—¿Sabe quién mató a Jacy Hubbard?

—No.

El presidente se levantó con su taza de café y se acercó a su escritorio. Se sentó en el borde y la miró enfurecido desde el otro extremo de la habitación.

—Me cuesta creer que no sepamos estas cosas.

—Pues la verdad es que a mí también. Y no es que no lo hayamos intentado. Es una de las razones por las cuales Teddy se esforzaba tanto en conseguir el indulto para Backman. Por supuesto que lo quería muerto, simplemente por principios... ambos tienen una historia y Teddy siempre ha considerado a Backman un traidor. Pero también pensaba que el asesinato de Backman tal vez nos revelara algo.

—¿Qué?

—Depende de quién lo mate. Si lo hacen los rusos, podemos pensar que el sistema de satélites pertenecía a los rusos. Lo mismo cabe decir de los chinos. Si lo matan los israelíes, es bastante posible que Backman y Hubbard trataran de venderle el producto a los saudíes. Si lo pillan los saudíes, podemos suponer que Backman los traicionó. Estamos casi seguros de que los saudíes creían haber llegado a un acuerdo.

—¿Backman los engañó?

—Puede que no. Creemos que la muerte de Hubbard lo cambió todo. Backman hizo las maletas y huyó a la cárcel. Todos los acuerdos se fueron al garete.

El presidente regresó a la mesita auxiliar y volvió a llenarse la taza. Se sentó delante de ella y meneó la cabeza.

—¿Espera usted que me crea que estos tres jóvenes *hackers* paquistaníes se colaron en un sistema de satélites tan sofisticado y de cuya existencia ni siquiera nosotros teníamos conocimiento?

—Sí. Eran brillantes, pero también tuvieron mucha suerte. Después, no sólo consiguieron entrar en el sistema sino que, además, crearon un sorprendente programa para manipularlo.

—¿Y eso es JAM?

—Así lo llamaron ellos.

—¿Alguien ha visto alguna vez el programa?

—Los saudíes. Por eso sabemos no sólo que existe sino también que probablemente es tan eficaz como se anunciaba.

—¿Dónde está ahora?

—Nadie lo sabe, como no sea tal vez el propio Backman.

Una larga pausa mientras el presidente tomaba un sorbo de café templado. Después apoyó los codos en las rodillas y preguntó:

—¿Qué es mejor para nosotros, Susan? ¿Qué sirve mejor a nuestros intereses?

Susan no lo dudó ni un instante.

—Seguir el plan de Teddy. Backman será eliminado. El programa no ha sido visto desde hace seis años, por lo que lo más probable es que también haya desaparecido. El sistema de satélites está allí arriba, pero quienquiera que lo tenga no puede jugar con él.

Otro sorbo, otra pausa. El presidente meneó la cabeza y dijo:

—Que así sea.

Neal Backman no leía el *New York Times*, pero cada mañana efectuaba una rápida búsqueda del nombre de su padre. Cuando se tropezó con el reportaje de Frick, lo incluyó en un mensaje y lo envió con el correo matinal desde Jerry's Java.

En su escritorio volvió a leer el reportaje y recordó los viejos rumores acerca del dinero que el intermediario había almacenado mientras su bufete se derrumbaba. Jamás le había hecho la pregunta a bocajarro a su padre porque sabía que no hubiese obtenido una respuesta directa. Sin embargo, con el paso de los años había llegado a aceptar como todo el mundo que Joel Backman estaba tan arruinado como casi todos los delincuentes convictos.

Pues entonces, ¿por qué tenía la desagradable sensación de que el plan del dinero-por-indulto podía ser cierto? Porque, si alguien tan profundamente enterrado en una prisión federal podía obrar semejante milagro, éste era su padre. Pero, ¿cómo había llegado a Bolonia, Italia? ¿Y por qué? ¿Quién lo perseguía?

Las preguntas se estaban acumulando y las respuestas eran más escurridizas que nunca.

Mientras se bebía su café doble con la mirada fija en la puerta cerrada de su despacho, se formuló una vez más la pregunta fundamental: ¿Cómo hace uno para localizar a cierto banquero suizo sin utilizar teléfonos, faxes, correo convencional ni electrónico?

Ya se le ocurriría algo. Simplemente, necesitaba tiempo.

Efraim leyó el reportaje del *Times* mientras viajaba en tren desde Florencia a Bolonia. Una llamada de Tel Aviv lo había alertado y él lo había encontrado todo *on line*. Amos, cuatro asientos más atrás, lo leía también en su portátil.

Rafi y Shaul llegarían a primera hora de la mañana siguiente, Rafi en un vuelo de Milán, Shaul en un tren de Roma. Los cuatro miembros del *kidon* que hablaban italiano ya estaban en Bolonia, preparando a toda prisa los dos pisos francos que necesitarían para el proyecto.

El plan preliminar consistía en atrapar a Backman bajo los oscuros pórticos de Via Fondazza o de otra calle apropiada, preferiblemente a primera hora de la mañana o ya anochecido. Le administrarían un sedante, lo empujarían al interior de una camioneta, lo llevarían a un piso franco y esperarían a que desapareciera el efecto de la sustancia. Lo interrogarían, después lo matarían con veneno y trasladarían su cadáver por carretera hasta el lago de Garda, a dos horas de distancia al norte para que se lo comieran los peces.

El plan era muy burdo y estaba lleno de inconvenientes y peligros, pero les habían dado el visto bueno. Ya no había vuelta atrás. Ahora que Backman era objeto de tanta atención, tenían que asestar rápidamente el golpe.

La carrera también se había acelerado debido al hecho de que el Mossad tenía buenas razones para creer que Sammy Tin estaba en Bolonia o muy cerca de allí.

El restaurante más próximo a su apartamento era una encantadora *trattoria* llamada Nino. Ella conocía muy bien el lugar y, desde hacía muchos años, a los dos hijos del viejo

Nino. Les había explicado su apurada situación y, cuando llegó, ambos la estaban esperando y prácticamente la llevaron en volandas al interior. Tomaron su bastón, su bolso y su abrigo y la acompañaron muy despacio hasta su mesa preferida, que acercaron un poco más a la chimenea. Le sirvieron café y agua y le ofrecieron cualquier otra cosa que pudiera desear. Era media tarde y los clientes de la hora del almuerzo ya se habían ido. Francesca y su alumno tendrían el Nino para ellos solos.

Cuando Marco llegó a los pocos minutos, ambos hermanos lo saludaron como si fuera de la familia.

—*La professoressa la sta aspettando* —le dijo uno de ellos. La profesora lo está esperando.

La caída sobre la grava en San Luca y el esguince del tobillo la habían transformado. La gélida indiferencia había desaparecido. Y también la tristeza, por lo menos de momento. Sonrió al verle e incluso tendió la mano para tomar la suya y lo atrajo hacia sí para que ambos se pudieran besar en ambas mejillas, una costumbre que Marco llevaba dos meses observando, pero que todavía no practicaba. A fin de cuentas, era su primera amistad femenina en Italia. Francesca le indicó la silla directamente situada delante de ella. Los hermanos se acercaron presurosos para tomar su abrigo y preguntarle si le apetecía un café, pues estaban deseando ver cómo era y cómo sonaba una clase de italiano.

—¿Qué tal su pie? —preguntó Marco, cometiendo el error de hablar en inglés.

Ella se acercó un dedo a los labios y meneó la cabeza diciendo:

—*Non inglese, Marco. Solamente italiano.*

—Me lo temía —dijo él, frunciendo el entrecejo.

Le dolía mucho el pie. Se había aplicado hielo mientras leía o miraba la televisión, y la hinchazón se había reducido considerablemente. El camino hasta el restaurante había sido lento, pero era importante moverse. A instancias de su madre, utilizaba un bastón. Le parecía útil y embarazoso al mismo tiempo.

Les sirvieron más café y agua y, cuando los hermanos se convencieron de que todo iba de maravilla entre su querida amiga Francesca y su alumno canadiense, ambos se marcharon a regañadientes a la parte anterior del restaurante.

—¿Cómo está su madre? —preguntó él en italiano.

—Muy bien, muy cansada. Ya lleva un mes cuidando de Giovanni y eso se paga.

«O sea —pensó Marco—, que ahora se puede hablar de Giovanni.»

—¿Cómo está?

—Cáncer cerebral inoperable —dijo ella, y fueron necesarios varios intentos para conseguir una buena traducción—. Lleva casi un año sufriendo y el final está muy cerca. Está inconsciente. Es una lástima.

¿Cuál era su profesión, a qué se dedicaba?

Había enseñado historia medieval en la universidad durante muchos años. Allí se habían conocido... Ella era una alumna y él su profesor. Por aquel entonces, él estaba casado con una mujer a la que aborrecía con toda su alma. Tenían dos hijos. Ella y su profesor se enamoraron e iniciaron una relación que duró casi diez años hasta que él se divorció y se casó con Francesca.

¿Hijos? No, contestó ella sin alegría. Giovanni tenía dos y no quería más. Ella se arrepentía de muchas cosas.

Estaba claro que el matrimonio no había sido feliz. «Espera a que yo te hable de los míos», pensó Marco.

No tardó mucho en hacerlo.

—Hábleme de usted —dijo ella—. Hable despacio. Quiero que el acento suene lo mejor posible.

—Soy un simple hombre de negocios canadiense —empezó diciendo Marco en italiano.

—Más bien no. ¿Cuál es su verdadero nombre?

—No.

—¿Cuál es?

—De momento, Marco. Tengo una larga historia, Francesca, y no puedo hablar de ella.

—Muy bien, ¿tiene hijos?

«Ah, sí.» Se pasó un buen rato hablando de sus tres hijos ... nombres, edades, ocupaciones, lugares de residencia, mujeres, hijos. Añadió algunos detalles imaginarios para amenizar el relato y obró un pequeño milagro, consiguiendo que su familia pareciera mínimamente normal. Francesca lo escuchó con atención, preparada para abalanzarse sobre cualquier pronunciación incorrecta o algún verbo indebidamente conjugado. Uno de los hijos de Nino les sirvió unos bombones y se quedó el tiempo suficiente para decir:

—*Parla molto bene, signore.* —Habla usted muy bien, señor.

Al cabo de una hora, ella empezó a ponerse nerviosa y Marco comprendió que se sentía incómoda. Al final, la convenció de que se fuera y gustosamente la acompañó bajando por Via Minzoni mientras ella se agarraba con la mano derecha a su codo izquierdo, sujetando el bastón con la derecha. Caminaron con toda lentitud. Francesca temía regresar a su apartamento, al lecho de muerte, a la vigilia. Él hubiera deseado recorrer kilómetros, aferrarse a su contacto, sentir la mano de alguien que lo necesitaba.

Al llegar al apartamento intercambiaron unos besos de despedida y acordaron reunirse en Nino al día siguiente, a la misma hora y a la misma mesa.

Jacy Hubbard se había pasado casi veinticinco años en Washington; un cuarto de siglo de sonados escándalos aderezados con una sorprendente colección de mujeres de paso. La última había sido Mae Szun, una belleza de casi metro ochenta de estatura, rasgos perfectos, ojos letalmente negros y voz ronca, que no tuvo la menor dificultad en sacar a Jacy del bar y meterlo en un automóvil. Después de una hora de turbulento sexo, lo entregó a Sammy Tin, que acabó con él y lo dejó en la tumba de su hermano.

Cuando hacía falta sexo para cometer un asesinato, Sammy prefería a Mae Szun. Era una estupenda agente del MSE, pero el rostro y las piernas le añadían una dimensión que había resultado mortífera por lo menos en tres ocasiones. La mandó llamar a Bolonia, no para seducir sino para tomar de la mano a otro agente y fingir formar con éste un feliz matrimonio de turistas. Aunque la seducción siempre era una posibilidad. Sobre todo en el caso de Backman. El pobre hombre acababa de pasarse seis años encerrado, lejos de las mujeres.

Mae vio a Marco bajando entre la gente por la Strada Maggiore camino de Via Fondazza. Con sorprendente agilidad, apuró el paso, sacó un móvil y consiguió ganar terreno sin perder su aire de aburrida contempladora de escaparates.

De pronto, él desapareció. Giró súbitamente a la izquierda por una estrecha callejuela, Via Begatto, y hacia el norte, lejos de Via Fondazza. Cuando Mae dobló la esquina, ya lo había perdido de vista.

25

La primavera estaba llegando finalmente a Bolonia. Habían caído las últimas neviscas. La víspera la temperatura se había acercado a los diez grados y, cuando Marco salió antes de amanecer tuvo la idea de cambiarse la parka por una de sus chaquetas. Avanzó unos pasos bajo el oscuro pórtico, dejó que el frío le calara hasta los huesos y llegó a la conclusión de que aún hacía suficiente para llevar la parka. Cuando volviera dos horas más tarde podría cambiarse, si quería. Hundió las manos en los bolsillos e inició su paseo matinal.

No podía pensar en otra cosa que no fuera el reportaje del *Times*. Ver su nombre publicado en portada le había traído dolorosos recuerdos ya suficientemente inquietantes de por sí. Pero que lo acusaran de haber sobornado al presidente era un hecho legalmente punible y en su otra vida hubiera comenzado la jornada demandando a todos los implicados. Se hubiese hecho con el control del *New York Times*.

Sin embargo, lo mantenían despierto las preguntas. ¿Qué implicaba para él la atención que estaba despertando? ¿Volvería Luigi a atraparlo y se alejaría corriendo?

Y lo más importante: ¿Corría más peligro que el día anterior?

Sobrevivía bastante bien, escondido en una encantadora ciudad donde nadie sabía su verdadero nombre. Nadie reconocía su rostro. A nadie le importaba. Los boloñeses iban a lo suyo sin molestar a los demás.

Ni siquiera él se reconocía. Cada mañana cuando se terminaba de afeitar y se ponía las gafas y su gorra de pana marrón, se miraba al espejo y saludaba a Marco. Los mofletudos carrillos, los hinchados ojos oscuros y el cabello largo y espeso habían desaparecido hacía tiempo. También habían desaparecido la sonrisa presuntuosa y la arrogancia. Era uno más de los hombres que caminaban tranquilamente por la calle.

Marco vivía día a día, y los días se estaban amontonando. Nadie que hubiera leído el reportaje del *Times* sabía dónde estaba o qué hacía Marco.

Se cruzó con un hombre vestido con un traje oscuro y comprendió enseguida que estaba en un aprieto. El traje no encajaba. No parecía italiano sino comprado a toda prisa en una tienda barata, como tantos que había visto a diario en su otra vida. La camisa blanca era del mismo modelo que había visto durante treinta años en el distrito de Columbia, con las puntas del cuello sujetas con botones. Una vez había considerado la idea de repartir una circular en el bufete prohibiendo las camisas azules y blancas de algodón con botones en el cuello, pero Carl Pratt se lo había quitado de la cabeza.

No se fijó en el color de la corbata.

No era la clase de traje que solía verse bajo los pórticos de Via Fondazza antes de amanecer ni a ninguna otra hora del día, en realidad. Avanzó unos pasos, volvió la cabeza y vio que el traje lo estaba siguiendo. Hombre blanco, treinta años, corpulento, atlético, el indiscutible ganador de una carrera o una pelea a puñetazos. Así pues, Marco decidió utilizar otra estrategia. Se detuvo bruscamente, se volvió y preguntó:

—¿Desea algo de mí?

A lo cual otro contestó:

—Por aquí, Backman.

El hecho de oír su nombre lo dejó helado. Por un segundo notó las rodillas como de goma, encorvó los hombros y se dijo que no, que no estaba soñando. En un abrir y cerrar de ojos pensó en todos los horrores que la palabra «Backman» implicaba. Qué triste asustarse tanto del propio apellido.

Eran dos. El de la voz apareció en escena desde la otra acera de Via Fondazza. Vestía prácticamente el mismo traje, pero con una atrevida camisa blanca sin botones en el cuello. Era mayor que su compañero, más bajo y más delgado. Mutt y Jeff. El Gordo y el Flaco.

—¿Qué quieren? —dijo Marco.

Se estaban introduciendo lentamente la mano en el bolsillo.

—Estamos con el FBI —dijo el gordo.

Inglés estadounidense, probablemente del Medio Oeste.

—No me cabe duda —dijo Marco.

Cumplieron la necesaria formalidad de mostrar sus placas, pero en la oscuridad del pórtico Marco no pudo leer nada. La pequeña bombilla que colgaba sobre la puerta de un apartamento no servía de mucho.

—No lo leo —dijo.

—Vamos a dar un paseo —dijo el flaco.

Boston, irlandés. Se comía las letras.

—¿Acaso se han perdido? —preguntó Marco sin moverse. No quería moverse y, en cualquier caso, le pesaban mucho los pies.

—Sabemos exactamente dónde estamos.

—Lo dudo. ¿Tienen una orden?

—No la necesitamos.

El gordo cometió el error de tocar el codo izquierdo de Marco, como si quisiera ayudarlo a moverse hacia donde ellos querían llevarlo.

Marco se apartó bruscamente.

—¡No me toque! Ya se pueden largar. Aquí no pueden practicar una detención. Lo único que pueden hacer es hablar.

—Muy bien, vamos a charlar —dijo el flaco.

—No tengo por qué hablar.

—Hay una cafetería a un par de manzanas —dijo el gordo.

—Estupendo, tómense un café. Y una pasta. Pero a mí déjenme en paz.

Los dos hombres se miraron el uno al otro y después a su alrededor sin saber muy bien qué hacer, sin saber muy bien en qué consistía el plan B.

Marco no quería moverse, no porque se sintiera más seguro donde estaba sino porque ya se imaginaba el automóvil oscuro que aguardaba a la vuelta de la esquina.

«¿Dónde demonios está ahora Luigi? —se preguntó—. ¿Acaso esto forma parte de su conspiración?»

Lo habían descubierto, encontrado, desenmascarado y llamado por su verdadero nombre en Via Fondazza. Eso significaría sin duda otro traslado, otro piso franco.

El flaco decidió asumir el control de la situación.

—Por supuesto que podemos reunirnos aquí mismo. Hay montones de personas en casa que desearían hablar con usted.

—A lo mejor por eso precisamente estoy aquí.

—Estamos investigando el indulto que usted compró.

—Pues, en tal caso, están perdiendo mucho tiempo y dinero, lo cual no sorprendería a nadie.

—Tenemos algunas preguntas acerca de la transacción.

—Qué investigación tan estúpida —dijo Marco, escupiéndole las palabras al flaco. Por primera vez en muchos años volvía a sentirse de nuevo el intermediario, pegándole una bronca a algún arrogante burócrata o congresista medio lelo—. El FBI se gasta un montón de dinero enviando a un par de payasos como ustedes nada menos que a Bolonia, Italia, para abordarme en una acera y hacerme preguntas a las que nadie en su sano juicio contestaría. Son ustedes un par de gilipollas, ¿saben? Vuelvan a casa y díganle a su jefe que él también es un gilipollas. Y, cuando hablen con él, díganle que está perdiendo mucho tiempo y dinero si cree que yo pagué por el indulto.

—¿O sea que usted niega...?

—Yo no niego nada. No admito nada. No digo nada, excepto que esto es el FBI en su peor expresión. Ustedes están con el agua al cuello y no saben nadar.

En casa le habrían soltado unos cuantos tortazos, lo habrían zarandeado, lo habrían maldecido y hubieran intercambiado insultos con él. Pero en suelo extranjero no sabían muy bien cómo actuar. Les habían ordenado localizarlo, averiguar si vivía efectivamente donde la CIA decía que vivía. Y, en caso de localizarlo, tenían que pegarle un susto, meterle el miedo en el cuerpo, soltarle algunas preguntas acerca de las transferencias bancarias y las cuentas de los paraísos fiscales.

Lo tenían todo previsto y lo habían ensayado muchas veces. Pero bajo un pórtico de Via Fondazza el señor Lazzeri les estaba desbaratando los planes.

—No nos marcharemos de Bolonia hasta que hayamos hablado —dijo el gordo.

—Felicidades, van a disfrutar de unas largas vacaciones.

—Tenemos nuestras órdenes, señor Backman.

—Y yo tengo las mías.

—Sólo unas cuantas preguntas, por favor —dijo el flaco.

—Hablen con mi abogado —dijo Marco, echando a andar en dirección a su apartamento.

—¿Quién es su abogado?

—Carl Pratt.

Ellos no se movieron ni lo siguieron y Marco reanudó la marcha. Cruzó la calle, echó un rápido vistazo a su piso franco pero no aminoró el paso. Si querían seguirlo, esperaron demasiado. Cuando se adentró a toda prisa en Via del Piombo, comprendió que jamás lo encontrarían. Ahora aquéllas eran sus calles, sus callejones, las puertas oscuras de las tiendas que aún tardarían tres horas en abrir.

Lo habían localizado en Via Fondazza sólo porque conocían su dirección.

En el suroeste de la vieja Bolonia, cerca de la Porta Santo Stefano, tomó un autobús urbano y viajó media hora hasta bajarse cerca de la estación ferroviaria del norte. Allí tomó otro autobús al centro de la ciudad. Los autobuses se estaban llenando; los madrugadores iban al trabajo. Un tercer autobús lo llevó de nuevo a la otra punta de la ciudad, a la Porta Saragozza, donde inició la subida a pie de 3,6 kilómetros a San Luca. Al llegar al arco cuatrocientos se detuvo para recuperar el aliento y, entre las columnas, miró hacia abajo a la espera de que alguien apareciera de repente a su espalda. No había nadie, tal como esperaba.

Aminoró la marcha y completó la subida en cincuenta y cinco minutos. Detrás del santuario de San Luca siguió por el estrecho camino donde Francesca se había caído y, al final, se sentó en el banco donde ella había esperado. Desde allí, la vista de primera hora de la mañana de Bolonia era preciosa. Se quitó la parka para refrescarse un poco. El sol había salido, el aire era el más claro y ligero que jamás hubiera respirado y permaneció un buen rato sentado, muy solo, contemplando el despertar de la ciudad.

Valoró la soledad y la seguridad del momento. ¿Por qué no podía hacer la subida todas las mañanas y sentarse por encima de Bolonia sin nada que hacer como no fuera pensar y tal vez leer los periódicos? ¿Tal vez llamar por teléfono a un amigo y ponerse al día en cuestión de chismes?

Primero tendría que encontrar al amigo.

Era un sueño que no se haría realidad.

Con el muy limitado teléfono móvil de Luigi llamó a Ermanno y anuló su sesión matinal. Después llamó a Luigi y le explicó que no le apetecía estudiar.

—¿Ocurre algo?

—No. Simplemente necesito un descanso.

—Me parece muy bien, Marco, pero estamos pagando a Ermanno para que te enseñe. Tienes que estudiar cada día.

—No insistas, Luigi. Hoy no voy a estudiar.

—Eso no me gusta.

—Me importa un bledo. Suspéndeme. Échame de la escuela.

—¿Te encuentras mal?

—No, Luigi, estoy bien. Es un precioso día de primavera en Bolonia y voy a dar un largo paseo.

—¿Adónde?

—No, gracias, Luigi, no quiero compañía.

—¿Qué tal a la hora del almuerzo?

Unas punzadas de hambre recorrieron el estómago de Marco. El almuerzo con Luigi era siempre delicioso y además pagaba la cuenta.

—Me parece muy bien.

—Deja que lo piense. Te volveré a llamar.

—De acuerdo, Luigi. *Ciao.*

Se reunieron a las 12.30 en el Atene, una vieja tabernucha de un callejón al que se accedía bajando unos escalones desde la calle. Era un local muy pequeño cuyas mesitas cuadradas se tocaban prácticamente entre sí. Los camareros se abrían paso sosteniendo las bandejas de la comida en alto por encima de la cabeza. Los cocineros hablaban a gritos desde la cocina. El ruidoso comedor estaba lleno de humo y de gente hambrienta que disfrutaba conversando a voz en grito mientras comía. Luigi explicó que el restaurante era centenario, que era imposible conseguir mesa y que la comida era, naturalmente, exquisita. Sugirió que ambos compartieran una bandeja de *calamari* para empezar.

Tras pasarse una mañana discutiendo consigo mismo en San Luca, Marco había decidido no revelarle a Luigi su encuentro con el FBI. Por lo menos, no en aquel momento, no aquella mañana. Puede que lo hiciera al día siguiente o al otro, pero, de momento, aún estaba ordenando las ideas. El principal motivo para no decir nada era su negativa a hacer la maleta y salir otra vez corriendo según las condiciones impuestas por Luigi.

Si huía, lo haría solo.

No podía ni siquiera imaginar por qué estaba el FBI en Bolonia, evidentemente sin el conocimiento de Luigi y de quienquiera para quien éste trabajara. Suponía que Luigi no sabía nada de su presencia. Desde luego, parecía mucho más preocupado por el menú y por la lista de vinos. La vida era agradable. Todo era normal.

Se apagó la luz. De repente, el Atene se quedó completamente a oscuras y, acto seguido, un camarero con la bandeja de la comida de otra mesa tropezó con su mesita y cayó sobre Luigi y Marco entre gritos y maldiciones. Las patas de la vieja mesa se doblaron y su borde golpeó las rodillas de Marco. Aproximadamente al mismo tiempo, un pie u otra cosa le golpeó con violencia el hombro izquierdo. Todo el mundo gritaba. Se rompían cristales. Los cuerpos eran empujados y alguien gritó desde la cocina:

—¡Fuego!

La precipitada salida a la calle se llevó a cabo sin que nadie sufriera lesiones graves. La última persona en salir fue Marco, que se agachó para esquivar la estampida mientras buscaba su bolsa Silvio azul marino. Como siempre, había colgado la correa del respaldo de la silla y la bolsa descansaba tan cerca de su cuerpo que casi permanentemente notaba su peso. La bolsa había desaparecido en medio de la confusión.

Los italianos se quedaron en la calle, contemplando el café, incrédulos. Su almuerzo estaba allí dentro, a medio comer y ahora ya imposible de aprovechar. Al final, una nube de humo salió por la puerta al exterior. Vieron a un camarero corriendo cerca de las mesas de la entrada con un extintor de incendios. Y después un poco más de humo, pero no mucho.

—He perdido la bolsa —le dijo Marco a Luigi mientras miraban y esperaban.

—¿La azul?

«¿Cuántas bolsas llevo yo, Luigi?»

—Sí, la azul.

Empezaba a sospechar que le habían arrebatado la bolsa.

Llegó un pequeño vehículo de bomberos con una sirena enorme, se detuvo y los bomberos entraron corriendo en el local mientras la sirena seguía silbando. Transcurridos unos minutos los italianos se fueron marchando, los más decididos a comer a otra parte, aprovechando que aún les quedaba tiempo. Los demás se quedaron allí contemplando aquella tremenda injusticia.

Al final, apagaron la sirena y también el incendio sin necesidad de echar agua e inundar todo el restaurante. Al cabo de una hora de discusiones y disputas sin que apenas se tuviera que luchar contra el fuego la situación quedó controlada.

—Algo en el lavabo —le gritó un camarero a uno de sus amigos, uno de los pocos y debilitados clientes que se habían quedado sin comer. Se volvió a encender la luz.

Les permitieron entrar para recoger sus abrigos. Algunos de los que se habían ido a comer a otro sitio regresaban para recoger sus pertenencias. Luigi se mostró muy servicial en la búsqueda de la bolsa de Marco. Discutieron la cuestión con el encargado del comedor e inmediatamente la mitad del personal empezó a buscar por todo el restaurante. Marco oyó a un camarero comentar algo acerca de una «bomba de humo».

La bolsa había desaparecido y Marco lo sabía.

Se tomaron un *panino* y una cerveza en la terraza de un café, contemplando a las chicas bonitas que paseaban bajo el sol. Marco estaba preocupado por el robo, pero se esforzó en disimularlo.

—Siento lo de la bolsa —dijo Luigi en determinado momento.

—No tiene importancia.

—Te facilitaré otro móvil.

—Gracias.

—¿Qué más has perdido?

—Nada. Sólo unos cuantos planos de la ciudad, unas aspirinas y unos cuantos euros.

En una habitación de un hotel situado a pocas manzanas de distancia, Zellman y Krater tenían la bolsa encima de la cama con su contenido cuidadosamente colocado. Aparte del Ankyo, dos planos de Bolonia, muy señalados y marcados pero que apenas revelaban nada, cuatro billetes de cien dólares, el móvil que Luigi le había prestado, un frasco de aspirinas y el manual de instrucciones del Ankyo.

Zellman, el más ágil mago informático de los dos, enchufó el Smartphone a una toma de acceso a Internet y se puso enseguida a jugar con el menú.

—Este trasto es buenísimo —dijo, impresionado por el artilugio de Marco—. El juguete más nuevo del mercado.

Como cabía esperar, la clave de acceso le impidió seguir adelante. Tendrían que desmontarlo en Langley. Utilizando su ordenador portátil envió un correo electrónico a Julia Javier comunicándole el número de serie y otros datos.

A las dos horas del robo, un agente de la CIA permanecía sentado en el estacionamiento de Chatter, en las afueras de Alexandria, a la espera de que abriera la tienda.

26

Desde lejos la vio bajar resuelta y animosamente con su bastón pegado a la acera de Via Minzoni. La siguió y no tardó en situarse a unos quince metros de distancia. Aquel día llevaba unas botas de ante marrón, sin duda para sujetar mejor el pie. Unos zapatos planos hubiesen sido más cómodos, pero era italiana y la moda constituía siempre una prioridad. La falda marrón claro le llegaba hasta la rodilla. Llevaba un jersey ajustado de lana rojo y era la primera vez que la veía sin abrigo para protegerse del frío. Nada ocultaba su bonita figura.

Caminaba con cuidado y cojeaba ligeramente, pero con una determinación que reconfortó a Marco. En Nino sólo tomaron café durante la una o dos horas de clase de italiano. ¡Y todo por él!

Y por el dinero.

Por un instante, pensó en su dinero. A pesar de su apurada situación con su pobre marido y del poco trabajo que tenía en aquellos momentos como guía turística, Francesca conseguía vestir con estilo y vivir en un apartamento muy bien decorado. Giovanni era profesor. Puede que hubiera ahorrado cuidadosamente a lo largo de los años, pero su enfermedad obligaba a estirar el presupuesto.

En fin. Marco ya tenía sus propios problemas. Acababa de

perder cuatrocientos dólares en efectivo y el único salvavidas que lo mantenía unido al mundo exterior. La gente que no debía conocer su paradero ya sabía su dirección exacta. Nueve horas antes había oído pronunciar su verdadero nombre en Via Fondazza.

Aminoró la marcha para que ella entrara en Nino, donde los hijos del dueño la saludaron como si fuera un apreciado miembro de la familia. Después rodeó la manzana para darles tiempo a colocarla, hacerle fiestas, servirle el café, charlar un rato y ponerse al día acerca de los chismes del barrio. Diez minutos después Marco cruzó la puerta y fue efusivamente abrazado por el hijo menor de Nino. Un amigo de Francesca era un amigo para toda la vida.

Su estado de ánimo cambiaba tanto que Marco ya no sabía qué pensar. Aún estaba conmovido por su cordialidad de la víspera, pero sabía que su indiferencia podía regresar aquel mismo día. Cuando sonrió y le tomó la mano e inició toda la ceremonia de los besos en ambas mejillas, él comprendió de inmediato que la clase de italiano sería el acontecimiento más importante de un día desgraciado.

Cuando los dejaron finalmente solos, Marco le preguntó por su marido. La situación no había cambiado.

—Es sólo cuestión de días —dijo valerosamente, como si ya hubiera aceptado la muerte y estuviera preparada para el dolor.

Le preguntó por su madre, la *signora* Altonelli, y ella le facilitó un detallado informe. Estaba preparando una tarta de peras, una de las preferidas de Giovanni, por si él aspirara los efluvios procedentes de la cocina.

—¿Y qué tal ha sido su jornada? —le preguntó ella.

Habría sido imposible inventarse una serie de acontecimientos más desgraciados. Desde el sobresalto de oír su verdadero nombre ladrado en medio de la oscuridad a ser la víctima de un robo cuidadosamente organizado, no podía imaginar un día peor.

—Ha habido un poco de jaleo a la hora del almuerzo —contestó.

—Cuéntemelo.

Le describió su subida a San Luca hasta el lugar donde ella había caído, el banco, las vistas, la anulación de la clase con Ermanno, el almuerzo con Luigi y el incendio, pero no la pérdida de la bolsa. Ella no había reparado en su falta hasta el momento en que le contó el suceso.

—Hay muy poca criminalidad en Bolonia —dijo, casi en tono de disculpa—. Conozco el Atene. No es un sitio de ladrones.

«Éstos probablemente no eran italianos», hubiese querido decirle, pero consiguió asentir con la cabeza con semblante muy serio, como diciendo: «Sí, sí, hay que ver cómo está el mundo.»

Cuando terminó la charla intrascendente, ella cambió de marcha como una severa profesora y dijo que le apetecía estudiar algunos verbos. Marco dijo que a él no, pero lo que a él le apeteciera carecía de importancia. Francesca le enseñó el tiempo futuro de *abitare* (vivir) y *vedere* (ver). Después le hizo conjugar ambos verbos en todos los tiempos y en toda una serie de frases al azar. No estaba distraída en absoluto y se le echaba encima cada vez que pronunciaba mal. Un error gramatical dio lugar a una rápida reprimenda, como si Marco hubiera insultado a todo el país.

Se había pasado el día encerrada en su apartamento con un marido moribundo y una madre atareada. La clase era su única oportunidad de descargarse un poco. En cambio, Marco estaba agotado. La tensión del día se estaba cobrando su tributo, pero la extrema exigencia de Francesca lo obligaba a olvidarse del cansancio y el desconcierto. Pasó rápidamente una hora. Se recargaron con más café y ella se lanzó al cenagoso y difícil mundo del subjuntivo: presente, imperfecto y pretérito pluscuamperfecto. Al final, él empezó a derrumbarse. Ella trató de animarlo, asegurándole que el subjuntivo hunde a muchos alumnos. Pero Marco estaba cansado y dispuesto a hundirse.

Se rindió al cabo de dos horas, totalmente exhausto y deseoso de dar otro largo paseo. Tardaron quince minutos en despedirse de los hijos de Nino. Marco la acompañó gustosamente a su apartamento. Se abrazaron y besaron en las mejillas y prometieron estudiar al día siguiente.

Caminando directamente, su apartamento se encontraba a veinticinco minutos. Pero llevaba más de un mes sin ir directamente a ningún sitio.

Empezó a pasear sin rumbo.

A las cuatro de la tarde, algunos de los miembros del *kidon* ya se encontraban en distintos puntos de Via Fondazza: uno tomaba café en una terraza, otro paseaba sin rumbo a una manzana de distancia, uno iba arriba y abajo en ciclomotor y un cuarto vigilaba desde una ventana del segundo piso.

A menos de un kilómetro de distancia, fuera del centro de la ciudad, en el primer piso situado encima de una floristería propiedad de un anciano judío, los restantes cuatro miembros del *kidon* jugaban a las cartas mientras esperaban nerviosos, entre ellos Ari, uno de los mejores interrogadores en inglés del Mossad.

Jugaban sin apenas hablar. La noche que tenían por delante iba a ser larga y desagradable.

A lo largo de todo el día Marco se había debatido en la duda acerca de la conveniencia de regresar o no a Via Fondazza. Los chicos del FBI puede que todavía estuvieran allí, dispuestos a protagonizar otro peligroso enfrentamiento. Marco estaba seguro de que no se los podría quitar de encima fácilmente. No se limitarían a dejarlo correr y tomar un avión. Allá en casa tenían unos jefes que exigían resultados.

No estaba seguro en absoluto, pero tenía la fuerte impresión de que Luigi estaba detrás del robo de su bolsa Silvio. El incendio no había sido un auténtico incendio; había sido más bien una distracción, un pretexto para apagar la luz y que alguien pudiera arrebatarle la bolsa.

No se fiaba de Luigi porque no se fiaba de nadie.

Le habían quitado su precioso tesoro. Los códigos de Neal estaban escondidos en algún lugar de su interior. ¿Podrían descubrirlos? ¿Podría el rastro conducir hasta su hijo? Marco no tenía la menor idea de cómo funcionaban aquellas cosas, de qué era posible y qué imposible.

El ansia de abandonar Bolonia era abrumadora. Adónde ir y cómo llegar hasta allí eran preguntas que no había resuelto. Ahora divagaba, se sentía vulnerable y casi desamparado. Todos los rostros que lo miraban pertenecían a personas que conocían su verdadero nombre. En una parada de autobús abarrotada de gente, cortó las amarras y subió sin saber muy bien adónde ir. El autobús estaba lleno de cansados viajeros que iban y venían diariamente del trabajo y chocaban hombro con hombro a medida que el vehículo avanzaba entre sacudidas. Vio por las ventanas el tráfico peatonal bajo los maravillosos y transitados pórticos del centro de la ciudad.

En el último momento bajó y recorrió tres manzanas de Via San Vitale hasta que vio otro autobús. Se pasó casi una hora dando vueltas hasta que finalmente se bajó cerca de la estación. Se mezcló con la gente y después cruzó rápidamente Via dell'Indipendenza hacia la terminal de autobuses. Estudió el horario de salidas. Vio que uno saldría en cuestión de diez minutos con destino a Piacenza, a una hora y media de camino, con cinco paradas intermedias. Compró un billete de treinta euros y se escondió en los lavabos hasta el último minuto. El autobús iba casi lleno. Los asientos eran amplios y tenían reposacabezas, por lo que, mientras el vehículo circulaba muy despacio entre el denso tráfico, Marco a punto estuvo de quedarse dormido, pero controló el sueño. No podía permitirse dormir.

Ya lo había hecho... la huida en la que había pensado desde

su primer día en Bolonia. Estaba convencido de que, para sobrevivir, se vería obligado a desaparecer, a dejar atrás a Luigi y arreglárselas por su cuenta. A menudo se había preguntado cómo y cuándo exactamente iniciaría la fuga. ¿Qué la desencadenaría? ¿Un rostro? ¿Una amenaza? ¿Tomaría un autobús o un tren, un taxi o un avión? ¿Adónde iría? ¿Dónde se escondería? ¿Se las podría arreglar con su rudimentario italiano? ¿Cuánto dinero tendría en aquel momento?

Ya estaba. Estaba ocurriendo. Ya no había vuelta atrás.

La primera parada fue el pueblecito de Bazzano, a quince kilómetros al oeste de Bolonia. Marco bajó del autobús y no volvió a subir. Se escondió de nuevo en los lavabos de la parada hasta que el vehículo se fue y entonces cruzó la calle hasta un bar donde pidió una cerveza y preguntó al hombre de la barra por el hotel más cercano.

Mientras se tomaba una segunda cerveza, preguntó por la estación de trenes y le dijeron que Bazzano no tenía. Sólo autobuses, dijo el hombre de la barra.

El *albergo* Cantino se encontraba cerca del centro del pueblo, a unas cinco o seis manzanas de distancia. Ya estaba oscuro cuando llegó al mostrador de recepción sin maletas, algo que no pasó inadvertido a la *signora* del mostrador.

—Quisiera una habitación —dijo en italiano.

—¿Para cuántas noches?

—Sólo una.

—El precio son cincuenta y cinco euros.

—Muy bien.

—Su pasaporte, por favor.

—Lo siento, lo he perdido.

Las pintadas y depiladas cejas se arquearon con expresión de recelo y después la mujer meneó la cabeza.

—Lo siento.

Marco depositó dos billetes de cien euros delante de ella en el mostrador. El soborno era evidente... toma el dinero, déjate de papeleo y dame la llave.

Más meneos de cabeza y más fruncimientos de entrecejo.

—Tiene que presentar un pasaporte —dijo la mujer.

Después cruzó los brazos sobre el pecho, levantó la barbilla y se preparó para el nuevo intercambio de palabras. No habría manera de que cediera.

Fuera, Marco empezó a pasear por las calles de la desconocida localidad. Encontró un bar y pidió un café; ya bastaba de alcohol, tenía que mantenerse despierto.

—¿Dónde puedo encontrar un taxi? —le preguntó al hombre de la barra.

—En la parada del autobús.

A las nueve de la noche Luigi paseaba por su apartamento a la espera de que Marco regresara al de al lado. Llamó a Francesca, que le dijo que aquella tarde habían estudiado; de hecho, la clase había sido estupenda. «Muy bien», pensó él.

Sus desapariciones estaban previstas en el plan, pero Whitaker y Langley pensaban que aún faltaban días para eso. ¿Ya lo habían perdido? ¿Tan pronto? Ahora había cinco agentes muy cerca... Luigi, Zellman, Krater y otros dos enviados desde Milán.

Luigi siempre había puesto en tela de juicio el plan. En una ciudad del tamaño de Bolonia era imposible vigilar físicamente a una persona las veinticuatro horas del día. Luigi había señalado casi violentamente que la única manera de que el plan diera resultado era esconder a Backman en una pequeña aldea, donde sus movimientos fueran limitados, sus opciones muy escasas y sus visitantes mucho más visibles. Éste había sido el plan inicial, pero Washington había cambiado bruscamente de idea.

A las 9.12 se disparó suavemente un timbre en la cocina. Luigi corrió a los monitores. Marco estaba en casa. La puerta principal se abría. Luigi contempló la imagen digital de la cámara oculta en el techo de la sala de estar del apartamento contiguo.

Dos desconocidos... no Marco. Dos hombres de treinta y tantos años, con vestimenta normal, de calle. Cerraron rápidamente la puerta, en silencio y con mucha profesionalidad, y miraron a su alrededor. Uno llevaba una especie de bolsita negra.

Eran buenos, muy buenos. Para haber hecho saltar la cerradura del piso franco tenían que ser muy buenos.

Luigi sonrió emocionado. Con un poco de suerte, sus cámaras estaban a punto de grabar el momento en que atraparían a Marco. Puede que lo mataran allí mismo, en el salón, y que todo quedara grabado en la cinta. Puede que, al final, el plan diera resultado.

Encendió el audio y subió el volumen. El idioma era esencial. ¿De dónde eran? ¿En qué idioma hablaban? Pero no hubo el menor sonido mientras los hombres se movían en silencio. Dijeron algo en voz baja una o dos veces, pero apenas pudo oírlo.

27

El taxi se detuvo bruscamente en Via Gramsci cerca de la terminal de autobuses y la estación ferroviaria. Desde el asiento de atrás Marco entregó el dinero suficiente y después se agachó entre dos automóviles aparcados y se perdió en la oscuridad. Su fuga de Bolonia había sido muy breve, pero en realidad aún no había terminado. Zigzagueó por costumbre y dio una vuelta para regresar, vigilando su propio rastro.

Al llegar a Via Minzoni se movió rápidamente bajo el pórtico y se detuvo delante del edificio de Francesca. No pudo permitirse el lujo de pensarlo dos veces, de vacilar o hacer conjeturas. Llamó al timbre un par de veces, confiando desesperadamente en que contestara Francesca y no la *signora* Altonelli.

—¿Diga? —preguntó la encantadora voz.

—Francesca, soy yo, Marco. Necesito ayuda.

Una leve pausa y después:

—Sí, claro.

Lo recibió en su puerta del segundo piso y lo invitó a entrar. Para su gran consternación, la *signora* Altonelli seguía allí, de pie, en la puerta de la cocina, con un trapo en la mano, contemplando detenidamente su entrada.

—¿Le ocurre algo? —le preguntó Francesca en italiano.

—En inglés, por favor —dijo Marco, mirando con una sonrisa a su madre.

—Sí, claro.

—Necesito un sitio donde pasar la noche. No puedo conseguir habitación en un hotel porque no tengo pasaporte. Ni siquiera en un hostal me han aceptado un soborno.

—Así es la ley en Europa, ¿sabe?

—Sí, lo estoy aprendiendo.

Francesca le indicó el sofá y después se volvió hacia su madre y le pidió que preparara un poco de café. Ambos se sentaron. Marco observó que Francesca iba descalza y caminaba sin bastón a pesar de que todavía lo necesitaba. Llevaba unos vaqueros ajustados y un jersey holgado y estaba tan graciosa como una colegiala.

—¿Por qué no me dice lo que ocurre? —le preguntó Francesca.

—Es una historia muy complicada y buena parte de ella no se la puedo contar. Digamos que no me siento muy seguro en estos momentos y que necesito irme de Bolonia cuanto antes.

—¿Adónde va?

—No lo sé muy bien. A algún lugar fuera de Italia, fuera de Europa, a algún lugar donde pueda volver a esconderme.

—¿Cuánto tiempo permanecerá escondido?

—Mucho tiempo. No lo sé muy bien.

Francesca le miró fríamente, sin parpadear. Él le devolvió la mirada porque, incluso cuando miraban fríamente, sus ojos eran muy bellos.

—¿Quién es usted? —le preguntó.

—Bueno, no soy Marco Lazzeri, eso seguro.

—¿De qué huye?

—De mi pasado, que me está dando alcance rápidamente. No soy un criminal, Francesca. Antes era abogado. Me metí en problemas. Cumplí condena en la cárcel. He sido indultado. No soy una mala persona.

—¿Por qué lo persiguen?

—Por un acuerdo de negocios de hace seis años. Unas

personas muy peligrosas no están satisfechas con la manera en que se cerró el acuerdo. Me echan la culpa a mí. Quieren localizarme.

—¿Para matarlo?

—Sí. Eso es lo que quisieran hacer.

—Me parece todo muy confuso. ¿Por qué vino usted aquí? ¿Por qué lo ayudó Luigi? ¿Por qué nos contrató a mí y a Ermanno? No lo entiendo.

—Y yo no puedo responder a estas preguntas. Hace dos meses estaba en la cárcel y pensaba que allí me iba a quedar otros catorce años. De repente, estoy libre. Me asignaron una nueva identidad, me trajeron aquí, me ocultaron primero en Treviso y ahora en Bolonia. Creo que me quieren matar aquí.

—¡Aquí! ¡En Bolonia!

Marco asintió con la cabeza y miró hacia la cocina mientras la *signora* Altonelli salía con una bandeja de café y también con una tarta de pera todavía sin cortar. Mientras la colocaba delicadamente en un platito para Marco, éste se dio cuenta de que no había comido nada desde el almuerzo.

El almuerzo con Luigi. El almuerzo del falso incendio y del robo del Smartphone. Volvió a pensar en Neal y se preocupó por su seguridad.

—Es deliciosa —le dijo a la madre de Francesca, en italiano.

Francesca no comió. Observaba todos sus movimientos, cada bocado, cada sorbo de café. Cuando su madre regresó a la cocina, Francesca preguntó:

—¿Para quién trabaja Luigi?

—No estoy seguro. Probablemente para la CIA. ¿Conoce la CIA?

—Sí. Leo novelas de espías. ¿La CIA lo colocó a usted aquí?

—Creo que la CIA me sacó de la cárcel y del país y que me trajo aquí, a Bolonia, donde me han ocultado en un piso franco mientras deciden qué hacer conmigo.

—¿Lo matarán?

—Tal vez.

—¿Luigi?

—Posiblemente.

Francesca posó su taza sobre la mesa y jugueteó un rato con su cabello.

—¿Quiere un poco de agua? —preguntó, levantándose.

—No, gracias.

—Necesito moverme un poco —dijo ella, apoyando cuidadosamente el peso del cuerpo en el pie izquierdo.

Se dirigió despacio a la cocina, donde todo estaba muy tranquilo hasta que estalló una acalorada discusión entre ella y su madre, obligadas a hablar en tensos y violentos susurros.

La cosa se prolongó unos cuantos minutos, se calmó y se encendió una vez más, pues ninguna de las dos parecía dispuesta a ceder. Al final, Francesca regresó renqueando con una botellita de agua San Pellegrino y volvió a ocupar su lugar en el sofá.

—¿Por qué ha sido eso? —preguntó Marco.

—Le he dicho que quería usted dormir aquí esta noche. No lo ha interpretado bien.

—Vaya. Dormiré en el armario. No me importa.

—Es muy anticuada.

—¿Ella se queda aquí esta noche?

—Ahora sí.

—Deme simplemente una almohada. Dormiré sobre la mesa de la cocina.

La *signora* Altonelli era otra persona cuando regresó para retirar la bandeja del café. Miró a Marco con semblante enfurecido, como si ya se hubiera propasado con su hija. Miró a su hija como si quisiera propinarle una bofetada. Se pasó unos minutos trajinando en la cocina y después se marchó a la parte de atrás del apartamento.

—¿Tiene sueño? —preguntó Francesca.

—No. ¿Y usted?

—No. Hablemos.
—De acuerdo.
—Cuéntemelo todo.

Durmió unas cuantas horas en el sofá. Lo despertó Francesca con unos golpecitos en el hombro.

—He tenido una idea —dijo ella—. Sígame.

La siguió a la cocina, donde un reloj marcaba las 4.15. En la encimera, al lado del fregadero, había una maquinilla de afeitar desechable, un tubo de espuma de afeitar, gasas y un frasco de cabello no sé qué... Marco no supo traducirlo. Le entregó una funda de cuero color vino tinto y le dijo:

—Esto es un pasaporte. De Giovanni.

Marco estuvo a punto de soltarlo.

—No, no puedo...

—Sí puede. Él no lo va a necesitar. Insisto.

Marco lo abrió y contempló el rostro distinguido de un hombre al que jamás había conocido. Faltaban siete meses para que caducara, por lo que la fotografía era de hacía casi cinco años. Vio su fecha de nacimiento... Giovanni tenía sesenta y ocho años de edad, veintitantos más que su mujer.

Durante su viaje de regreso en taxi desde Bazzano, no había pensado más que en un pasaporte. Se le había ocurrido la idea de robarle uno a algún ingenuo turista. Había pensado en la posibilidad de comprarlo en el mercado negro, pero no tenía ni idea de adónde ir. Y había pensado en el de Giovanni, que por desgracia estaba a punto de no servir para nada. Nulo y sin efecto. Pero rechazó la idea por temor a poner en peligro a Francesca. ¿Y si lo pillaban? ¿Y si un guardia de inmigración del aeropuerto sospechaba algo y llamaba a su jefe? Sin embargo, su mayor temor era que lo atraparan quienes lo estaban persiguiendo. El pasaporte la podía comprometer a ella, y él jamás hubiera hecho tal cosa.

—Por favor, Marco, quiero ayudarle. Giovanni insistiría.

—No sé qué decir.

—Tenemos trabajo que hacer. Sale un autobús con destino a Parma dentro de dos horas. Sería una manera segura de abandonar la ciudad.

—Quiero ir a Milán —dijo él.

—Buena idea.

Francesca tomó el pasaporte y lo abrió. Ambos estudiaron la fotografía de su marido.

—Vamos a empezar con esta cosa que le rodea la boca —dijo ella.

Diez minutos más tarde el bigote y la perilla habían desaparecido y su rostro estaba completamente afeitado. Francesca le sostuvo un espejo mientras él se inclinaba sobre el fregadero de la cocina. Giovanni a los sesenta y tres años tenía menos canas que Marco a los cincuenta y dos, pero es que no había pasado por la experiencia de una acusación federal y seis años de prisión.

Pensó que ella utilizaba tinte para el cabello, pero no quiso preguntar. La cosa prometía dar resultado en cuestión de una hora. Permaneció sentado en una silla de cara a la mesa con una toalla sobre los hombros mientras ella le aplicaba suavemente la loción en el cabello. Apenas hablaron. Su madre dormía. Su marido descansaba bajo los efectos de una fuerte medicación.

No hacía mucho, Giovanni el profesor llevaba gafas redondas de concha marrón claro que le conferían un aire muy académico. Cuando Marco se las puso y estudió su nuevo aspecto, se sorprendió del cambio. Su cabello era mucho más oscuro y sus ojos muy distintos. A duras penas se reconoció.

—No está mal —fue la valoración que hizo ella de su propio trabajo—. Por ahora, será suficiente.

Sacó una chaqueta deportiva de pana azul marino con coderas muy gastadas.

—Mide unos cinco centímetros menos que usted —dijo.

Las mangas le quedaban unos tres centímetros cortas y la

chaqueta un poco justa en el pecho, pero Marco estaba tan delgado últimamente que hubiese cabido en cualquier prenda.

—¿Cuál es su verdadero nombre? —preguntó Francesca mientras tiraba de las mangas y alisaba el cuello de la chaqueta.

—Joel.

—Creo que debería viajar con una cartera de documentos. Parecerá más normal.

Marco no podía discutir. Su generosidad era abrumadora y él la necesitaba desesperadamente. Francesca se marchó y regresó con una vieja y bonita cartera de documentos de cuero color canela con cierre de plata.

—No sé qué decir —murmuró Marco.

—Es la preferida de Giovanni, un regalo que le hice yo hace veinte años. Cuero italiano.

—Naturalmente.

—Si lo pillan con su pasaporte, ¿qué dirá? —preguntó Francesca.

—Que lo robé. Usted es mi profesora. Visité su casa como invitado. Conseguí encontrar el cajón donde guarda usted sus documentos y robé el pasaporte de su marido.

—Es un buen mentiroso.

—En mis tiempos, era uno de los mejores. Si me pillan, Francesca, la protegeré. Se lo prometo. Contaré mentiras que desconcertarán a todo el mundo.

—No lo pillarán. Pero utilice el pasaporte lo menos posible.

—No se preocupe. Lo destruiré en cuanto pueda.

—¿Necesita dinero?

—No.

—¿Está seguro? Tengo mil euros aquí.

—No, Francesca, pero gracias.

—Será mejor que se dé prisa.

La siguió hasta la puerta donde ambos se detuvieron y se miraron el uno al otro.

—¿Pasa mucho tiempo *on line*? —le preguntó él.

—Un poco cada día.

—Busque Joel Backman y empiece por el *Washington Post*. Allí hay mucha cosa, pero no se crea todo lo que lea. No soy el monstruo que ellos han creado.

—Usted no es un monstruo en absoluto, Joel.

—No sé cómo darle las gracias.

Ella le tomó la mano derecha y la estrechó entre las suyas.

—¿Volverá alguna vez a Bolonia? —le preguntó.

Era más una invitación que una pregunta.

—No lo sé. La verdad es que no tengo ni idea de lo que va a ocurrir. Pero tal vez. ¿Puedo llamar a su puerta si consigo regresar?

—Hágalo, por favor. Tenga cuidado ahí fuera.

Se quedó unos minutos entre las sombras de Via Minzoni sin querer dejarla, todavía no preparado para iniciar el largo viaje.

Se oyó un carraspeo bajo los oscuros pórticos de la otra acera y Giovanni Ferro inició su huida.

28

Mientras transcurrían las horas con angustiosa lentitud, Luigi fue pasando gradualmente de la preocupación al terror. Una de dos, o bien el golpe ya se había producido o Marco se había enterado de algo y estaba a punto de huir. Luigi estaba preocupado por la bolsa robada. ¿Habría sido una actuación demasiado exagerada? ¿Había asustado a Marco hasta el extremo de inducirlo a desaparecer?

El caro Smartphone los había dejado a todos estupefactos. Su chico había estado haciendo algo más que estudiar italiano, pasear por las calles y probar todos los cafés y los bares de la ciudad. Había estado forjando planes y comunicándose con alguien.

El artilugio se encontraba en un laboratorio del sótano del consulado norteamericano en Milán, donde, según las últimas noticias de Whitaker, y hablaban cada quince minutos, los técnicos no habían conseguido descifrar sus claves.

Pocos minutos después de medianoche los dos intrusos de la puerta de al lado debieron de cansarse de esperar. Mientras salían, pronunciaron unas cuantas palabras lo suficiente alto como para que se pudieran grabar. Era inglés con un cierto deje. Luigi había llamado inmediatamente a Whitaker para comunicarle que probablemente eran israelíes.

Estaba en lo cierto. Ambos agentes habían recibido la orden de Efraim de abandonar el apartamento y ocupar otras posiciones.

Cuando se fueron, Luigi decidió enviar a Krater a la terminal de autobuses y a Zellman a la estación de ferrocarril. Sin pasaporte, Marco no podría adquirir un pasaje de avión. Luigi decidió olvidar el aeropuerto. Pero, tal como le dijo a Whitaker, si su chico se las había arreglado para adquirir un PC móvil de vanguardia que costaba unos mil dólares, también podría haber conseguido un pasaporte.

A las tres de la tarde Whitaker estaba gritando en Milán y Luigi, que no podía gritar por motivos de seguridad, sólo podía soltar maldiciones, cosa que estaba haciendo tanto en inglés como en italiano sin perder terreno en ninguno de los dos idiomas.

—¡Se te ha escapado, maldita sea tu estámpa!

—¡Todavía no!

—¡Ya está muerto!

Luigi colgó por tercera vez aquella mañana.

El *kidon* se marchó sobre las 3.30. Todos descansarían unas cuantas horas y después planificarían el día que tenían por delante.

Se sentó con un borrachín en un banco de un parquecito que había bajando por Via dell'Indipendenza, no muy lejos de la terminal de autobuses. El borrachín llevaba buena parte de la noche con una jarra de un líquido rosado y, cada cinco minutos más o menos, conseguía levantar la cabeza y decirle algo a Marco, situado a cosa de un metro y medio de distancia. Marco le murmuraba algo a modo de respuesta y cualquier cosa que dijera parecía agradar al borrachín. Dos de sus compañeros se encontraban en estado totalmente comatoso y permanecían acurrucados allí cerca como soldados muertos en una trinchera. Marco no se sentía lo que se dice muy seguro, pero tenía otros problemas más serios en que pensar.

Unas cuantas personas esperaban delante de la terminal de autobuses. Hacia las cinco y media la actividad se animó cuando un numeroso grupo aparentemente de gitanos bajó ruidosamente hablando todos a la vez, visiblemente encantados de abandonar el autobús después de un largo viaje desde algún lugar. Estaban llegando más pasajeros para otros destinos y Marco llegó a la conclusión de que ya era hora de separarse del borrachín. Entró en la terminal detrás de una joven pareja con su hijo y los siguió hasta el mostrador de venta de billetes donde los oyó hablar mientras adquirían unos pasajes para Parma. Imitó su ejemplo y después corrió de nuevo al lavabo y volvió a esconderse en un retrete.

Krater estaba sentado en el restaurante de la terminal, abierto toda la noche, tomando un café muy malo oculto detrás de un periódico mientras observaba el ir y venir de los pasajeros. Vio pasar a Marco. Tomó nota de su estatura, complexión y edad. Su forma de caminar le resultaba familiar, aunque le parecía más lenta. El Marco Lazzeri que llevaba semanas siguiendo podía caminar casi con la misma rapidez con la cual la mayoría de los hombres practica el *jogging*. El paso de aquel individuo era mucho más pausado, pero es que tampoco tenía adónde ir. ¿Por qué darse prisa? En las calles Lazzeri siempre trataba de despistarlos y, a veces, lo lograba.

Sin embargo, el rostro era distinto. El cabello era mucho más oscuro. La gorra de pana marrón había desaparecido, pero se trataba de un simple accesorio fácil de perder. Las gafas de montura de concha llamaron la atención de Krater. Las gafas eran un método de camuflaje estupendo, pero a menudo se abusaba de ellas. Las elegantes monturas de Armani de Marco le sentaban a la perfección, alterando ligeramente su aspecto sin concentrar la atención en su rostro. En cambio, las gafas redondas de aquel sujeto llamaban la atención.

La barba del rostro había desaparecido; un trabajo de cinco minutos, algo que cualquiera podía hacer. La camisa no era ninguna de las que Krater había visto hasta entonces y eso que había estado en el apartamento de Marco con Luigi durante los registros, en cuyo transcurso examinaban todas las prendas de vestir. Los desteñidos vaqueros eran muy comunes y Marco se había comprado un par muy parecido. La chaqueta deportiva azul con las gastadas coderas y la bonita cartera de documentos dejaron a Krater clavado en su asiento. La chaqueta había recorrido muchos kilómetros y no era posible que Marco la hubiera comprado. Las mangas le estaban un poco cortas, pero eso no era nada insólito. La cartera estaba fabricada con un cuero de excelente calidad. Puede que Marco hubiera encontrado y se hubiera gastado un poco de dinero en un Smartphone, pero ¿por que gastar tanto en una cara cartera de documentos? Su última bolsa, la Silvio de color azul marino que tenía hasta hacía unas dieciséis horas, cuando Krater se la había arrebatado durante la confusión del Atene, le había costado sesenta euros.

Krater lo observó hasta que dobló una esquina y lo perdió de vista. Una simple posibilidad, nada más. Siguió tomando café y se pasó unos minutos pensando en el caballero que acababa de ver.

Marco permaneció de pie en el retrete con los pantalones enrollados alrededor de los tobillos, sintiéndose un poco ridículo, pero en aquellos momentos mucho más preocupado por su seguridad. Se abrió la puerta. En la pared de la izquierda de la puerta había cuatro urinarios; en la otra seis lavabos y, a su lado, los cuatro retretes. Los otros tres estaban desocupados. Había muy poca gente en aquel momento. Marco prestó atención cuidadosamente, esperando oír los habituales rumores del alivio de las necesidades humanas... la cremallera, el sonido metálico de la hebilla del cinturón, el profundo suspiro que los hombres suelen lanzar, el chorro de orina.

Nada. No se oía el menor ruido desde los lavabos, nadie se estaba lavando las manos. Las puertas de los otros tres retretes no se abrieron. A lo mejor era el vigilante que estaba haciendo su recorrido con la mayor discreción.

Delante de los lavabos, Krater se agachó y vio los vaqueros enrollados alrededor de los tobillos en el último retrete. El caballero se lo estaba tomando con calma y no tenía la menor prisa.

El siguiente autobús salía a las seis de la mañana con destino a Parma; después había una salida a las 6.30 con destino a Florencia. Krater corrió a la taquilla y compró billetes para ambos destinos. El empleado lo miró con extrañeza, pero a Krater le importó un bledo. Regresó al servicio. El caballero del último retrete seguía allí.

Krater salió y llamó a Luigi. Le facilitó una descripción del hombre y le explicó que éste no parecía tener prisa en abandonar el servicio de caballeros.

—El mejor lugar para esconderse —dijo Luigi.
—Yo lo he hecho muchas veces.
—¿Crees que es Marco?
—No lo sé. Si lo es, el disfraz es muy bueno.

Alarmado por el Smartphone, los cuatrocientos dólares en efectivo y la desaparición, Luigi no estaba dispuesto a correr ningún riesgo.

—Síguelo —dijo.

A las 5.55 Marco se subió los pantalones, tiró de la cadena, tomó la cartera y salió para dirigirse al autobús. En el andén esperaba Krater comiéndose tranquilamente una manzana que sostenía en una mano mientras sujetaba un periódico en la otra. Cuando Marco se encaminó hacia el autobús con destino a Parma, Krater imitó su ejemplo. Un tercio de las plazas estaba desocupado. Marco eligió un asiento de ventanilla de la izquierda, hacia el centro. Krater mantenía los ojos apartados cuando pasó por su lado y eligió un asiento cuatro filas detrás del suyo.

La primera parada fue Módena cuando llevaban treinta minutos de viaje. Mientras entraban en la ciudad, Marco decidió echar un vistazo a los rostros que tenía a su espalda. Se levantó para dirigirse al servicio de la parte de atrás y, por el camino, miró con indiferencia a todos los varones.

Cuando se encerró en el servicio, cerró los ojos y se dijo:

—Sí, esta cara la he visto antes.

Hacía menos de veinticuatro horas, en el Atene, pocos minutos antes de que se apagara la luz. El rostro se reflejaba en un espejo de gran tamaño que cubría la pared por encima de las mesas, con un viejo perchero para los abrigos. El rostro había permanecido sentado muy cerca de él, a su espalda, en compañía de otro hombre.

Le era familiar. Puede que incluso lo hubiera visto en algún lugar de Bolonia.

Marco regresó a su asiento mientras el autobús aminoraba la velocidad y se acercaba a la terminal. «Piensa rápido, hombre —se repetía una y otra vez—, pero no pierdas la calma. No te asustes. Te han visto salir de Bolonia; no puedes permitir que te vean salir del país.»

Mientras el autobús se detenía, el conductor anunció su llegada a Módena. Una breve parada; la salida quince minutos después. Cuatro pasajeros avanzaron por el pasillo y bajaron. Los demás se quedaron en sus asientos; de todos modos, la mayoría estaba durmiendo. Marco cerró los ojos y dejó que su cabeza se inclinara hacia la izquierda contra la ventanilla y se quedó rápidamente dormido. Transcurrió un minuto y dos campesinos subieron ruidosamente con pesadas maletas de ropa. Cuando regresó el conductor y se estaba acomodando detrás del volante, Marco se levantó súbitamente de su asiento, avanzó a toda prisa por el pasillo y saltó del autobús justo cuando la puerta se cerraba. Se dirigió rápidamente a la terminal y se volvió mientras el autobús hacía marcha atrás. Su perseguidor seguía a bordo.

El primer impulso de Krater fue bajar corriendo del autobús, quizá discutiendo incluso con el conductor, pero ningún conductor discute para conseguir que alguien permanezca a bordo. Se contuvo porque estaba claro que Marco sabía que lo estaban siguiendo. Su salida en el último minuto confirmaba lo que Krater ya sospechaba. Era Marco, huyendo como un animal herido.

Lo malo era que Marco estaba perdido en Módena mientras que Krater no. El autobús giró a otra calle y se detuvo delante de un semáforo. Krater se acercó a toda prisa al conductor, sujetándose el estómago con las manos y suplicándole que lo dejara bajar si no quería que vomitara por todo el interior del vehículo. Se abrió la portezuela y Krater bajó y regresó corriendo a la terminal. Marco no había perdido el tiempo. En cuanto perdió de vista el autobús, corrió a la parte de arriba de la terminal donde esperaban tres taxis. Se acomodó en el asiento de atrás del primero y dijo:

—¿Me puede llevar a Milán?

Su italiano era muy bueno.

—¿A Milán?

—Sí, a Milán.

—*È molto caro!* —Es muy caro.

—*Quanto?*

—*Duecento euro.* —Doscientos euros.

—*Andiamo.*

Tras pasarse una hora recorriendo la terminal de autobuses de Módena y las dos calles adyacentes, Krater llamó a Luigi para comunicarle la noticia de que no todo iba bien, pero tampoco mal. Había perdido al hombre, pero su rápida huida hacia la libertad confirmaba que se trataba efectivamente de Marco.

La reacción de Luigi fue un tanto confusa. Le irritaba que Krater hubiera sido derrotado por la astucia de un aficionado. Le impresionaba el hecho de que Marco fuera capaz de cambiar tan hábilmente de aspecto y esquivar a un pequeño ejército de asesinos. Y estaba enojado con Whitaker y los estúpidos de Washington que cambiaban constantemente de planes y ahora habían provocado un desastre inminente cuya culpa le echarían sin duda a él.

Llamó a Whitaker, soltó unos cuantos reniegos más y después se dirigió a la estación ferroviaria con Zellman y los otros dos. Se reunirían con Krater en Milán, donde Whitaker prometía someterlos a un vapuleo con toda la fuerza que pudiera ejercer.

Mientras abandonaba Bolonia a bordo del directo Eurostar, a Luigi se le ocurrió una idea sensacional que jamás podría comentar. ¿Por qué no llamar simplemente a los israelíes y a los chinos y decirles que Backman había sido visto por última vez en Módena, dirigiéndose al oeste hacia Parma y probablemente Milán? Éstos lo querían atrapar mucho más que Langley. Y cumplirían sin duda la tarea de encontrarlo mucho mejor de lo que ellos habían hecho.

Pero las órdenes eran las órdenes, aunque cambiaran a cada momento.

Todos los caminos llevaban a Milán.

29

El taxi se detuvo a una manzana de la estación central de Milán. Marco pagó al taxista, le dio repetidamente las gracias, le deseó un buen viaje de vuelta a Módena y después pasó por delante de otra docena de taxis que esperaban a los pasajeros que llegaban. Dentro de la gigantesca estación se mezcló con la gente, utilizó las escaleras mecánicas y se adentró en la controlada locura de la zona de los andenes adonde llegaban los trenes a través de una docena de vías. Localizó el tablero de salidas y estudió las alternativas que se le ofrecían. Había un tren con destino a Stuttgart cuatro veces al día y su séptima parada era Zúrich. Tomó un horario, compró una guía barata de la ciudad con un plano de la misma y después encontró una mesa en un café situado en una hilera de establecimientos. No tenía tiempo que perder, pero necesitaba saber dónde estaba. Se tomó dos *espressos* y una pasta mientras sus ojos contemplaban a la gente. Le encantaban las multitudes, el inmenso gentío que iba y venía. El número le infundía seguridad.

Su primer plan fue dar un paseo de unos treinta minutos hasta el centro de la ciudad. Por el camino encontraría alguna tienda de ropa barata y se lo cambiaría todo: chaqueta, camisa, pantalones y zapatos. Lo habían descubierto en Bolonia. No podía volver a correr ningún riesgo.

Seguro que en algún lugar del centro, cerca de la Piazza del

Duomo, habría un cibercafé donde alquilar un ordenador quince minutos. Confiaba muy poco en su capacidad de sentarse delante de una máquina desconocida, poner el maldito cacharro en marcha y no sólo sobrevivir a la selva de Internet sino también conseguir enviar un mensaje a Neal. Eran las 10.15 de la mañana en Milán y las 4.15 de la mañana en Culpeper, Virginia. Neal efectuaría una comprobación directa a las 7.50.

Conseguiría de algún modo enviar el mensaje electrónico. No tenía más remedio.

El segundo plan, el que cada vez le parecía mejor mientras contemplaba a los miles de personas que subían con indiferencia a unos trenes que los diseminarían por toda Europa en cuestión de horas, era escapar. Comprar enseguida un billete y largarse de Milán y de Italia lo antes posible. Su nuevo color de pelo, las gafas y la vieja chaqueta de profesor de Giovanni no habían conseguido engañarlos en Bolonia. Si eran tan buenos, seguro que lo encontrarían en cualquier sitio.

Llegó a una solución de compromiso y dio una vuelta a la manzana. El aire fresco siempre lo relajaba y, tras recorrer cuatro manzanas, notó que la sangre le volvía a circular mejor por las venas. Al igual que en Bolonia, las calles de Milán se abrían en abanico en todas direcciones como una telaraña. El tráfico era muy intenso y a veces apenas se movía. Le encantaba el tráfico y, sobre todo, las aceras abarrotadas de gente que le ofrecían protección.

La tienda se llamaba Roberto's, un pequeño establecimiento de artículos para caballero encajado entre una joyería y una panadería. Los dos escaparates estaban llenos de un tipo de ropa que duraría aproximadamente una semana, lo cual coincidía a la perfección con el margen de tiempo de que disponía Marco. El empleado de Oriente Medio hablaba italiano peor que Marco, pero era muy hábil en señalar cosas y soltar gruñidos y estaba empeñado en transformar el aspecto de su cliente. La chaqueta azul fue sustituida por otra de color marrón oscuro. La nueva camisa era un jersey blanco con unas mangas demasiado cortas. Los pantalones eran de lana de baja calidad y de color azul marino muy oscuro. Los retoques tardarían una semana, por lo que Marco le pidió al dependiente unas tijeras. En el mohoso probador, tomó medidas lo mejor que pudo y después se cortó él mismo los pantalones. Cuando salió con su nuevo conjunto, el dependiente contempló los mellados bordes que ocupaban el lugar de las vueltas y estuvo casi a punto de echarse a llorar.

Los zapatos que Marco se probó lo habrían dejado lisiado antes de regresar a la estación, por lo que éste se quedó de momento con las botas de excursión. La mejor compra fue un sombrero de paja color canela que Marco adquirió porque lo había visto justo antes de entrar en la tienda.

¿Qué más le daba la moda a aquellas alturas?

El nuevo atuendo le costó casi cuatrocientos euros, un dinero del que no habría querido desprenderse, pero no tenía más remedio. Trató de hacer un trueque con la cartera de documentos de Giovanni, que, por supuesto, valía mucho más que todo lo que llevaba encima, pero el dependiente estaba demasiado deprimido a causa de los destrozados pantalones. Apenas tuvo ánimos para darle las gracias y despedirse de él. Marco se fue con la chaqueta azul, los desteñidos vaqueros y la vieja camisa doblados en el interior de una bolsa de compra roja; ya tenía otra cosa distinta que llevar en la mano.

Caminó unos minutos y vio una zapatería. Se compró un par que parecía un modelo de jugar a los bolos ligeramente modificado, sin duda el artículo más feo que había en aquella tienda, por lo demás muy bonita. Eran unos zapatos negros con una especie de rayas de color vino tinto, que Marco esperó que se hubieran fabricado por la comodidad y no con criterios estéticos. Pagó 150 euros por ellos, sólo porque ya estaban muy probados. Tardó dos manzanas en hacer acopio de valor para mirarlos.

Al propio Luigi lo vieron salir también de Bolonia. El chico de la motocicleta le vio salir del apartamento de la puerta de al lado de Backman y fue precisamente su manera de salir lo que le llamó la atención. Corría como si practicara el *jogging* y aceleraba la velocidad a cada paso que daba. Nadie corre bajo los pórticos de Via Fondazza. La motocicleta lo siguió rezagada hasta que Luigi se detuvo y subió a toda prisa a un Fiat rojo. El vehículo recorrió unas cuantas manzanas y se detuvo justo el tiempo suficiente para que otro hombre saltara a su interior. Salieron a velocidad de vértigo, pero, en medio del tráfico de la ciudad, la motocicleta no tuvo ninguna dificultad para seguirlos. Cuando llegaron a la estación de trenes y aparcaron en zona prohibida, el chico de la motocicleta lo vio todo y volvió a establecer contacto con Efraim a través del radioteléfono.

En cuestión de cinco minutos, dos agentes del Mossad disfrazados de guardias urbanos entraron en el apartamento de Luigi y desconectaron las alarmas, algunas silenciosas y otras sonoras. Mientras tres agentes esperaban en la calle facilitando protección, los tres de dentro abrieron a patadas la puerta de la cocina y encontraron una asombrosa colección de equipo de vigilancia electrónica.

Cuando Luigi, Zellman y un tercer agente subieron al Eurostar con destino a Milán, el chico de la motocicleta también tenía un billete. Se llamaba Paul y era el miembro más joven del *kidon* y el que mejor hablaba italiano. Detrás del flequillo y de la cara de niño se ocultaba un veterano de veintiséis años con media docena de asesinatos a su espalda. Cuando comunicó que se encontraba en el tren y éste se movía, otros dos agentes entraron en el apartamento de Luigi para participar en la autopsia del equipo. Pero hubo una alarma que no pudieron apagar. Su constante silbido atravesó las paredes lo suficiente para llamar la atención de unos cuantos vecinos de la calle.

Diez minutos después, Efraim ordenó que se interrumpiera el allanamiento de morada. Los agentes se dispersaron y después se reagruparon en uno de sus pisos francos. No habían logrado establecer quién era o para quién trabajaba Luigi, pero estaba claro que había estado espiando a Backman las veinticuatro horas del día.

A medida que transcurrían las horas sin que hubiera ninguna señal de Backman, empezaron a creer que éste había huido. ¿Podría Luigi conducirlos hasta él?

En la Piazza del Duomo del centro de Milán, Marco contempló boquiabierto de asombro la impresionante mole de la catedral gótica que sólo había tardado trescientos años en construirse. Paseó por la Galleria Vittorio Emanuele, la espléndida galería de cúpula de cristal por la que es famosa Milán. Flanqueada por numerosos cafés y librerías, la galería es el centro de la vida urbana, su más conocido punto de encuentro. La temperatura rondaba los quince grados, Marco se tomó un bocadillo y una Coca-Cola al aire libre donde las palomas se abalanzaban sobre cualquier migaja. Vio a muchos ancianos milaneses paseando por la galería, a mujeres tomadas del brazo, a hombres que se detenían a conversar como si el tiempo no tuviera importancia. «Quién fuese tan afortunado», pensó.

¿Convenía que se fuera inmediatamente o era mejor que se quedara agazapado uno o dos días? Ésta era la nueva y apremiante pregunta. En una abarrotada ciudad de cuatro millones de habitantes podía permanecer oculto el tiempo que quisiera. Se compraría un plano, se aprendería las calles y se pasaría horas escondido en su habitación y horas paseando por las callejuelas.

Pero los sabuesos que lo perseguían tendrían tiempo de reagruparse.

¿No convenía que se fuera ahora que los había dejado atrás rascándose desconcertados la cabeza?

Llegó a la conclusión de que debía hacerlo. Pagó al camarero y se miró los zapatos de jugar a los bolos. Eran francamente cómodos, pero estaba deseando quemarlos. En un autobús urbano vio el anuncio de un cibercafé de Via Verri. Diez minutos más tarde entraba en el local. Un cartel mural indicaba las tarifas: diez euros la hora, mínimo treinta minutos. Pidió un zumo de naranja y pagó media hora. El empleado le señaló una mesa donde había varios ordenadores disponibles. Tres de los ocho estaban siendo utilizados por personas que sabían evidentemente lo que hacían. Marco se sintió perdido.

Pero lo disimuló muy bien. Se sentó, tomó un teclado, contempló el monitor y tuvo ganas de rezar, pero siguió adelante como si llevara años manejando sistemas informáticos. Fue asombrosamente fácil; entró en KwyteMail, escribió su nombre de usuario, «Grinch456», y su contraseña, «post hoc ergo propter hoc», esperó diez segundos y allí estaba el mensaje de Neal:

Marco:
Mikel van Thiessen sigue en el Rhineland Bank, ahora es vicepresidente de servicios a los clientes. ¿Algo más?

Grinch

A las 7.50 en punto, hora oficial del Este, Marco escribió su mensaje:

Grinch:
Aquí Marco... directamente y en persona. ¿Estás ahí?

Tomó un sorbo de zumo sin apartar los ojos de la pantalla. «Vamos, nene, que esto funcione.» Otro sorbo. Una señora del otro lado de la mesa conversaba con su monitor. Y después el mensaje:

Estoy aquí y te leo perfectamente. ¿Qué ocurre?

Marco escribió: «Me han robado el Ankyo 850. Hay bastantes probabilidades de que lo tengan los chicos malos y de que lo estén destripando. ¿Hay alguna posibilidad de que te puedan descubrir?»

Neal: «Sólo si saben el nombre del usuario y la contraseña. ¿Los saben?»

Marco: «No, los destruí. ¿No hay manera de que puedan saltarse una contraseña?»

Neal: «Con KwyteMail, no. Es completamente seguro y está codificado. Si sólo tienen el PC, mala suerte para ellos.»

Marco: «¿Y ahora estamos completamente a salvo?»

Neal: «Rotundamente sí. Pero ¿qué estás utilizando?»

Marco: «Estoy en un cibercafé con un ordenador alquilado como un auténtico mago de la informática.»

Neal: «¿Quieres otro Ankyo?»

Marco: «No, de momento no, puede que más adelante. Esto es lo que tienes que hacer. Ve a ver a Carl Pratt. Sé que no te gusta pero, en este momento, le necesito. Pratt siempre mantuvo un estrecho trato con el ex senador Ira Clayburn de Carolina del Norte. Clayburn estuvo durante muchos años al frente del Comité de Espionaje del Senado. Necesito a Clayburn ahora mismo. Ponte en contacto a través de Pratt.»

Neal: «¿Dónde está Clayburn?»

Marco: «No lo sé... espero que siga vivo. Era de los Outer Banks de Carolina del Norte, un lugar muy apartado. Se retiró al año siguiente de que yo me fuera al campamento federal. Pratt lo puede localizar.»

Neal: «Lo haré en cuanto pueda escaparme.»

Marco: «Ten cuidado, por favor. Protégete las espaldas.»

Neal: «¿Te ocurre algo?»

Marco: «Me he fugado. He abandonado Bolonia esta mañana a primera hora. Procuraré establecer contacto mañana a esta misma hora. ¿De acuerdo?»

Neal: «No te delates. Aquí estaré mañana.»

Marco cortó la comunicación con semblante satisfecho. Misión cumplida. No había sido ningún problema. Bienvenido a la era de la magia y los artilugios de alta tecnología. Comprobó que había salido por completo de KwyteMail, se terminó el zumo de naranja y abandonó el café. Se encaminó hacia la estación, deteniéndose antes en una tienda de artículos de cuero donde consiguió un trueque equitativo: cambió la bonita cartera de documentos de Giovanni por otra negra y de mucho peor calidad; después, en una joyería barata, pagó dieciocho euros por un reloj de pulsera grandote de esfera redonda y correa de plástico de color rojo chillón, otra cosa que pudiera desconcertar a alguien que anduviera tras Marco Lazzeri, antiguo ciudadano de Bolonia; a continuación, en una librería de viejo se gastó dos euros en un manoseado volumen de tapa dura: poesía de Czeslaw Milosz, en polaco, naturalmente, cualquier cosa para confundir a los sabuesos. Por último, en una tienda de complementos de segunda mano se compró unas gafas de sol y un bastón de madera que empezó a utilizar inmediatamente en la calle.

El bastón le recordó a Francesca y lo obligó a cambiar de manera de andar y a hacerlo más despacio. Le sobraba tiempo, por lo que se dirigió a ritmo pausado a la Centrale de Milán, donde compró un billete para Stuttgart.

Whitaker recibió el urgente mensaje de Langley: el piso franco de Luigi había sido allanado, pero no podían hacer absolutamente nada al respecto. Ahora todos los agentes de Bolonia se encontraban en Milán, corriendo afanosamente de aquí para allá. Dos estaban en la estación de ferrocarril, buscando una aguja en un pajar, dos en el aeropuerto Malpensa, a unos cuarenta y dos kilómetros del centro de Milán, dos en el de Linate, mucho más próximo y utilizado sobre todo para los vuelos europeos. Luigi estaba en la estación central, todavía comentando por el móvil la posibilidad de que Marco ni siquiera estuviera en Milán. El simple hecho de que hubiera tomado el autobús de Bolonia a Módena en dirección noroeste no significaba necesariamente que se dirigiera a Milán. Pero en aquellos momentos la credibilidad de Luigi había disminuido considerablemente, por lo menos en la autorizada opinión de Whitaker, por cuyo motivo lo enviaron a la terminal de autobuses, donde empezó a vigilar a las diez mil personas que iban y venían.

Krater fue el que más cerca estuvo del objetivo.

Por sesenta euros, Marco compró un billete de primera clase para no llamar la atención viajando en coche-cama. Para el viaje al norte, el vagón de primera clase era el último. Marco subió a bordo a las 5.30, cuarenta y cinco minutos antes de la salida. Se acomodó en su asiento, ocultó el rostro cuanto pudo detrás de las gafas de sol y el sombrero de paja canela, abrió el libro de poesía polaca y miró hacia el andén donde los pasajeros caminaban pegados a su tren. Algunos se encontraban a sólo un metro y medio de distancia y todos tenían prisa.

Menos uno. El tipo del autobús había vuelto; el rostro del Atene; probablemente el ladrón que le había arrebatado la bolsa Silvio azul marino; el mismo sabueso que había tardado demasiado en bajar del autobús en Módena unas once horas antes. Ahora caminaba, pero no iba a ninguna parte. Mantenía los ojos entornados y el entrecejo fruncido. Para ser un profesional, se le veía demasiado el plumero, en opinión de Giovanni Ferro, el cual, por desgracia, sabía ahora mucho más de lo que hubiese querido acerca de fugas, escondrijos y borrado de huellas.

A Krater le habían dicho que probablemente Marco se iría bien al sur, a Roma, donde se le ofrecían más alternativas, o bien al norte, a Suiza, Alemania, Francia... tenía prácticamente todo el continente dónde elegir. Krater llevaba cinco horas paseando por los doce andenes, vigilando los trenes que entraban y salían, mezclándose con la gente, sin preocuparse en absoluto por los que bajaban, pero prestando toda su desesperada atención a los que subían. Todas las chaquetas azules de cualquier tono y estilo despertaban su interés, pero aún no había visto ninguna con las coderas gastadas.

Estaba dentro de la barata cartera negra alojada entre los pies de Marco, en el asiento número setenta del vagón de primera clase del tren de Stuttgart. Marco vio a Krater en el andén, prestando mucha atención al tren cuyo destino final era Stuttgart. Sostenía en la mano algo que parecía un billete y, cuando se alejó y lo perdió de vista, Marco hubiese jurado que había subido al tren.

Reprimió el impulso de bajar. Se abrió la puerta de su compartimiento y entró Madame.

30

En cuanto se estableció que Backman había desaparecido y que finalmente no había muerto a manos de otros, transcurrieron cinco horas de tensa espera antes de que Julia Javier localizara una información que hubiese tenido que estar más a mano. La encontraron en una carpeta guardada bajo llave en el despacho del director, antaño custodiada por el propio Teddy Maynard. En caso de que Julia hubiera visto la información, no lo recordaba. Y, en medio del caos reinante, estaba claro que no iba a reconocerlo.

La información la había facilitado a regañadientes años atrás el FBI cuando las transacciones financieras de Backman estaban siendo investigadas detenidamente a causa de los insistentes rumores de que el intermediario había estafado a un cliente y enterrado una fortuna. En caso de que fuera cierto, ¿dónde estaba el dinero? En su afán por localizarlo, el FBI seguía el historial de sus viajes cuando él se declaró repentinamente culpable y lo metieron en la cárcel. La declaración de culpabilidad no había hecho que se archivara el caso Backman, pero no cabía duda de que había reducido la presión. Con el tiempo, se completó la investigación sobre los viajes y, al final, los datos se enviaron a Langley.

En el mes anterior a la acusación, la detención y la puesta en libertad de Backman gracias a un acuerdo de fianza muy restringido, éste había efectuado dos rápidos viajes a Europa. En el primero de ellos, había volado a París con la Air France en clase *business* en compañía de su secretaria preferida y había pasado allí unos cuantos días divirtiéndose y visitando monumentos. Más tarde la secretaria reveló a los investigadores que Backman había dedicado una larga jornada a un rápido desplazamiento a Berlín para resolver un asunto urgente, pero había regresado a tiempo para cenar en Alain Ducasse. Ella no lo había acompañado.

No había constancia de ningún viaje de Backman en vuelo comercial a Berlín ni a cualquier otro lugar de Europa durante aquella semana. Hubiera necesitado un pasaporte y el FBI estaba seguro de que no había utilizado el suyo. Un viaje en tren no requería pasaporte. Ginebra, Berna, Lausana y Zúrich están todas ellas a cuatro horas de París en tren.

El segundo viaje había sido de setenta y dos horas con salida del aeropuerto Dulles en un vuelo de primera clase de la Lufthansa a Frankfurt, pese a que allí no se había detectado ningún contacto de negocios. Backman había pagado dos noches en un hotel de lujo de Frankfurt y tampoco había constancia de que hubiera dormido en otro lugar. Como en el caso de París, los centros bancarios de Suiza se encuentran a pocas horas de tren de Frankfurt.

Cuando Julia Javier encontró finalmente la carpeta y leyó el informe, llamó inmediatamente a Whitaker y le dijo:

—Se dirige a Suiza.

Madame llevaba equipaje suficiente para una acaudalada familia de cinco miembros. Un exhausto mozo la ayudó a subir las pesadas maletas a bordo del vagón de primera que ella sola ocupó con su persona, sus pertenencias y su perfume. El compartimiento disponía de seis asientos, cuatro de los cuales había reservado ella. Se acomodó en uno de los tres que había delante de Marco y meneó el voluminoso trasero como si quisiera ensancharlo. Lo miró, acobardado contra la ventanilla, y le dedicó un voluptuoso «*Bonsoir*». «Francesa», pensó él, y como no le pareció correcto contestar en italiano, decidió atenerse a lo viejo conocido.

—Hola —le dijo en inglés.

—Ah, estadounidense.

Con tantas lenguas, identidades, nombres, culturas, antecedentes, mentiras y más mentiras arremolinándose a su alrededor, consiguió contestar sin la menor convicción:

—No, canadiense.

—Ah —dijo ella mientras seguía arreglando las maletas y trataba de instalarse. Estaba claro que hubiese preferido un estadounidense. Madame era una corpulenta mujer de sesenta años con un ajustado vestido rojo, gruesas pantorrillas y cómodos zapatos negros que habían viajado un millón de kilómetros. Sus ojos muy maquillados estaban hinchados y el motivo resultó inmediatamente evidente. Mucho antes de que el tren se pusiera en marcha sacó un frasco de bolsillo de gran tamaño, desenroscó el tapón que era al mismo tiempo un vasito, y echó un buen trago de algo que parecía fuerte. Se lo bebió de golpe y después miró a Marco sonriendo y le preguntó:

—¿Le apetece?

—No, gracias.

—Es un brandy muy bueno.

—No, gracias.

—Muy bien.

Echó otro trago y volvió a guardar el frasco.

El largo viaje en tren iba a resultar todavía más largo.

—¿Adónde va usted? —preguntó ella en un excelente inglés.

—A Stuttgart. ¿Y usted?

—A Stuttgart, y después seguiré a Estrasburgo. En Stuttgart no se puede uno quedar mucho tiempo, ¿sabe?

Arrugó la nariz como si toda la ciudad fuera una repugnante cloaca.

—Me encanta Stuttgart —dijo Marco por el simple gusto de ver cómo la desarrugaba.

—Pues muy bien.

Se miró los zapatos y se los quitó sacudiendo los pies sin preocuparse por dónde iban a parar. Marco se preparó para aspirar una vaharada de olor de pies, pero enseguida comprendió que no hubiese podido competir con el perfume barato de la mujer.

En un gesto de autodefensa, fingió adormilarse. Ella lo dejó tranquilo unos minutos y después preguntó, levantando la voz:

—¿Habla polaco?

Él movió bruscamente la cabeza como si lo acabaran de despertar.

—No, no exactamente. Pero estoy intentando aprenderlo. Mi familia es polaca.

Contuvo la respiración mientras terminaba, medio esperando que ella le soltara un torrente de perfecto polaco y lo enterrara debajo.

—Ya entiendo —dijo la mujer sin demasiada convicción.

A las 6.15 en punto, un revisor invisible tocó un silbato y el tren se puso en marcha. Por suerte no había otros pasajeros en el compartimiento asignado a Madame. Varios bajaron por el pasillo, se detuvieron a mirar y, al ver el cúmulo de maletas, siguieron adelante en busca de otro compartimiento donde hubiera más espacio.

Marco estudió atentamente el andén mientras el tren empezaba a moverse. El hombre del autobús no se veía por ninguna parte.

Madame le siguió dando al codo hasta quedarse dormida. La despertó el revisor para picar los billetes. Apareció un mozo con un carrito de bebidas. Marco se compró una cerveza y le ofreció una a su compañera de compartimiento. Su ofrecimiento fue recibido con otro gigantesco fruncimiento de nariz, como si prefiriera beber orina.

La primera parada fue Como/San Giovanni, una pausa de dos minutos en la que nadie subió. Cinco minutos más tarde se detuvieron en Chiasso. Casi había oscurecido por completo y Marco sopesaba la idea de efectuar una rápida salida. Estudió el itinerario; había otras cuatro paradas antes de llegar a Zúrich, una en Italia y tres en Suiza. ¿Qué país le iría mejor?

Ya no podía correr el riesgo de que lo siguieran. Si estaban en el tren, significaba que lo venían siguiendo desde Bolonia a través de Módena y Milán a pesar de los cambios de disfraz. Eran profesionales y no podía competir con ellos. Mientras se tomaba la cerveza, Marco se sintió un miserable aficionado.

Madame estudiaba los maltrechos bajos de sus pantalones. Después Marco la sorprendió mirando los zapatos de jugar a los bolos y no se lo pudo reprochar en absoluto. A continuación, la mujer clavó los ojos en la correa roja de su reloj. Su rostro expresó lo evidente: no aprobaba su falta de sentido estético. Típico estadounidense o canadiense, o lo que fuera.

Distinguió fugazmente el resplandor de las luces de la orilla del lago de Lugano. Estaban cruzando la región de los lagos y ganando altura. Suiza ya no quedaba lejos.

Algún que otro viajero bajaba de vez en cuando por el pasillo a media luz, miraba hacia el interior del compartimiento por el cristal de la puerta y seguía adelante hacia el fondo, donde estaba el servicio. Madame había colocado sus grandes pies en el asiento que tenía delante, no demasiado lejos de Marco. Cuando llevaban sólo una hora de viaje, ya había conseguido repartir sus cajas, revistas y prendas de vestir por todo el compartimiento. Marco temía abandonar su asiento.

Al final, se impuso el cansancio y Marco se quedó dormido. Lo despertó el alboroto de la estación de Bellinzona, la primera parada en Suiza. Un pasajero subió al vagón de primera y no consiguió encontrar el asiento adecuado. Abrió la puerta del compartimiento de Madame, miró a su alrededor, no le gustó lo que vio y se fue a pegarle un grito al revisor. Le encontraron un asiento en otro sitio. Madame ni siquiera levantó los ojos de sus revistas de moda.

El siguiente trecho era de una hora y cuarenta minutos y, cuando vio que Madame volvía a su frasco de bolsillo, Marco le dijo:

—Creo que lo voy a probar.

Ella sonrió por primera vez en varias horas. Aunque estaba claro que no le importaba beber sola, siempre era más agradable hacerlo con un amigo. Pero un par de tragos bastaron para que Marco volviera a quedarse dormido.

El tren experimentó una sacudida mientras aminoraba la velocidad para la parada de Arth-Goldau. La cabeza de Marco también se sacudió y se le cayó el sombrero. Madame lo miraba detenidamente. Cuando él abrió definitivamente los ojos, le dijo:

—Un hombre muy raro lo ha estado mirando.

—¿Dónde?

—¿Dónde? Pues aquí, naturalmente, en este tren. Se detiene en la puerta, lo mira con mucho interés y se marcha sigiloso.

«A lo mejor son los zapatos —pensó Marco—. O los pantalones. ¿La correa del reloj?» Se frotó los ojos y trató de comportarse como si tal cosa ocurriera constantemente.

—¿Qué aspecto tiene?

—Cabello rubio, unos treinta años, guapito, chaqueta marrón. ¿Lo conoce?

—No, no tengo ni idea.

El hombre del autobús de Módena ni era rubio ni llevaba chaqueta marrón, pero semejantes nimiedades no tenían ninguna importancia. Marco estaba lo bastante asustado como para cambiar de plan.

Zug se encontraba a veinte minutos, la última parada antes de Zúrich. Cuando faltaban diez minutos, anunció su necesidad de ir al lavabo. Pero, entre su asiento y la puerta, se interponía la carrera de obstáculos de Madame. Mientras se abría paso, dejó la cartera y el bastón en el asiento.

Pasó por delante de cuatro compartimientos, en cada uno de los cuales había por lo menos tres pasajeros, pero ninguno parecía sospechoso. Entró en el lavabo, cerró la puerta y esperó hasta que el tren empezó a aminorar la velocidad y se detuvo. Zug era una parada de dos minutos y, hasta aquel momento, el tren había sido ridículamente puntual. Esperó un minuto, regresó a toda prisa a su compartimiento, abrió la puerta y, sin decirle nada a Madame, tomó la cartera de documentos y el bastón, que estaba más que dispuesto a utilizar como arma, y corrió a la parte de atrás del vagón, desde donde saltó al andén.

Era una pequeña estación elevada con una calle que discurría por debajo de la misma. Marco bajó los peldaños que conducían a la acera donde vio un solitario taxi con un conductor dormido detrás del volante.

—Hotel, por favor —dijo, pegándole un susto al taxista, que instintivamente acercó la mano a la llave de encendido. Éste preguntó algo en alemán y Marco probó a utilizar el italiano—. Necesito un hotel pequeño. No tengo reserva.

—Eso está hecho —dijo el taxista.

Mientras se alejaban, Marco levantó la vista y vio que el tren se ponía en marcha. Volvió la cabeza y no vio a nadie que lo siguiera.

La carrera duró nada menos que cuatro manzanas y, cuando se detuvieron delante de un edificio de tejado a dos aguas en una tranquila calle secundaria, el taxista dijo en italiano:

—Este hotel es muy bueno.

—Tiene buena pinta. Gracias. ¿A qué distancia está Zúrich por carretera?

—Dos horas más o menos. Depende del tráfico.

—Mañana por la mañana tengo que estar en el centro de Zúrich a las nueve en punto. ¿Podría usted llevarme allí?

El taxista titubeó un segundo, pensando en el dinero.

—Quizá —contestó.

—¿Cuánto me costará?

El taxista se rascó la barbilla y se encogió de hombros diciendo:

—Doscientos euros.

—Muy bien. Saldremos de aquí a las seis.

—A las seis, sí, aquí estaré.

Marco le volvió a dar las gracias y lo vio alejarse. Sonó un timbre cuando cruzó la puerta de entrada del hotel. El pequeño mostrador estaba desierto, pero un televisor parloteaba muy cerca de allí.

Al final apareció un soñoliento adolescente que lo miró sonriendo.

—*Guten Abend* —dijo.

—*Parla inglese?* —le preguntó Marco.

El chico meneó la cabeza.

—¿Italiano?

—Un poco.

—Yo también hablo un poco —dijo Marco en italiano—. Quiero una habitación para una noche.

El recepcionista empujó hacia él un impreso de registro y Marco escribió de memoria el nombre que figuraba en el pasaporte y el número. Garabateó una dirección imaginaria de Bolonia y también un falso número de teléfono. Llevaba el pasaporte en el bolsillo de la chaqueta cerca de su corazón y estaba dispuesto a mostrarlo a regañadientes.

Pero ya era muy tarde y el recepcionista se estaba perdiendo el programa de la televisión. Con una insólita ineficacia suiza, dijo, también en italiano:

—Cuarenta y dos euros.

Ni mencionó el pasaporte.

Giovanni depositó el dinero sobre el mostrador y el recepcionista le entregó la llave de la habitación número 26. En un italiano sorprendentemente bueno, consiguió pedir que lo despertaran a las cinco de la mañana. Después, casi como si le acabara de ocurrir en aquel momento, dijo:

—He perdido el cepillo de dientes. ¿Me podría facilitar uno?

El recepcionista abrió un cajón y sacó una caja llena de toda clase de artículos de primera necesidad: cepillos de dientes, tubos de dentífrico, maquinillas de afeitar de un solo uso, crema de afeitar, aspirinas, tampones, crema de manos, peines e incluso preservativos. Giovanni eligió algunos artículos y entregó diez euros.

No hubiera apreciado más una suite de lujo del Ritz que la habitación número 26. Pequeña, limpia, caldeada, con colchón firme y una puerta que cerró con doble vuelta para mantener fuera los rostros que lo perseguían desde primera hora de la mañana. Disfrutó de una larga ducha caliente y después se afeitó y se cepilló los dientes una eternidad.

Para su alivio, encontró un minibar bajo el televisor. Se comió un paquete de galletas, las regó con dos botellines de whisky y, cuando se deslizó bajo las mantas, estaba mentalmente agotado y físicamente exhausto. El bastón descansaba sobre la cama, muy cerca de él. Una tontería, pero no podía evitarlo.

31

En las profundidades de la cárcel había soñado con Zúrich y sus ríos azules y sus limpias y sombreadas calles y sus modernas tiendas y sus bien parecidos habitantes, todos orgullosos de ser suizos, todos yendo a lo suyo con su agradable seriedad. En otra vida, había compartido con ellos los silenciosos tranvías eléctricos que conducían al barrio financiero. Por aquel entonces estaba demasiado ocupado para viajar, era demasiado importante para abandonar las delicadas actividades de Washington, pero Zúrich era uno de los pocos lugares que había visitado. Era la clase de ciudad que le gustaba: sin turistas ni tráfico, reacia a perder el tiempo contemplando catedrales y museos y a adorar los últimos dos mil años. Nada de eso. A Zúrich le iba el dinero, la refinada gestión de los caudales en contraposición al burdo cobro en efectivo que antaño practicara Backman.

Se encontraba una vez más a bordo de un tranvía que había tomado cerca de la estación de tren circulando sin interrupción por la Bahnhofstrasse, la arteria principal del centro de Zúrich, si es que efectivamente había alguno. Eran casi las nueve de la mañana y estaba rodeado por la última oleada de jóvenes banqueros severamente vestidos que se dirigían al UBS y el Crédit Suisse y a miles de instituciones menos conocidas pero igualmente prósperas. Trajes oscuros, camisas de distintos colores pero muy pocas de ellas blancas, corbatas caras de nudo grande y poco dibujo, zapatos marrón oscuro con cordones, jamás borlas. Los estilos habían cambiado ligeramente en los últimos seis años. Siempre conservadores, pero con cierto donaire. No tan elegantes como los jóvenes profesionales de su Bolonia natal, pero muy atractivos.

Todo el mundo leía algo mientras viajaba. Pasaban tranvías circulando en dirección contraria. Marco fingió estar enfrascado en la lectura de un ejemplar del *Newsweek*, pero en realidad se dedicaba a observar a los demás pasajeros.

Nadie le miraba. A nadie parecían molestarle sus zapatos de jugar a los bolos. De hecho, había visto con otros iguales a un joven vestido con prendas informales cerca de la estación. Su sombrero de paja no llamaba la atención. Los bajos de los pantalones tenían un aspecto ligeramente más aceptable tras haberse comprado en el mostrador de recepción un estuche barato de costura y haberse pasado media hora tratando de reparar el desaguisado sin hacerse sangre. Su atuendo costaba una pequeña fracción de lo que costaban todos los trajes que lo rodeaban, pero ¿qué más le daba? Había conseguido llegar a Zúrich sin Luigi y todos los demás y, con un poco de suerte, conseguiría escapar.

En Paradeplatz los tranvías entraban por el este y por el oeste y se detenían. Allí se vaciaban rápidamente mientras los jóvenes banqueros se dispersaban en grupos para dirigirse a sus respectivos edificios. Marco se mezcló con la gente tras dejar el sombrero en el asiento del tranvía.

Nada había cambiado en siete años. Paradeplatz seguía siendo la misma: una plaza abierta flanqueada por tiendas y cafés. Los bancos que la rodeaban llevaban allí cien años; algunos anunciaban sus nombres con letreros de neón, otros estaban tan bien escondidos que eran ilocalizables. Desde detrás de sus gafas de sol procuró absorber al máximo el ambiente que lo rodeaba sin apartarse de tres jóvenes con bolsas de gimnasia al hombro. Parecían dirigirse al Rhineland Bank, en el lado este. Los siguió al vestíbulo interior, donde empezaba la diversión.

El mostrador de información no había cambiado en siete años; es más, la dama impecablemente vestida sentada al otro lado le resultaba vagamente familiar.

—Quisiera ver al señor Mikel van Thiessen —dijo, procurando bajar la voz al máximo.

—¿Su nombre?

—Marco Lazzeri. —Utilizaría «Joel Backman» más tarde, una vez arriba, allí no se atrevía. Confiaba en que los mensajes de Neal a Van Thiessen lo hubieran informado acerca del apodo. Al banquero se le había pedido que hiciera lo posible por permanecer en la ciudad durante la siguiente semana.

La señora estaba al teléfono, dándole al mismo tiempo a un teclado de ordenador.

—Será sólo un momento, señor Lazzeri —dijo—. ¿Le importa esperar?

—No —contestó.

¿Esperar? Llevaba años soñando con ello. Se sentó, cruzó las piernas, se vio los zapatos y escondió los pies debajo del asiento. Tenía la certeza de que estaba siendo observado desde una docena de ángulos de cámara distintos, pero le parecía muy bien. Puede que reconocieran a Backman sentado en el vestíbulo y puede que no. Ya casi se los imaginaba allí arriba, contemplando boquiabiertos los monitores, rascándose la cabeza y diciendo: «No sé, está mucho más delgado, hasta incluso demacrado.»

—Y el cabello. Está claro que lo lleva muy mal teñido.

Para echarles una mano, Joel se quitó las gafas de montura de concha de Giovanni.

Cinco minutos más tarde, un guardia de seguridad de severo rostro y atuendo mucho más discreto se acercó a él como llovido del cielo y le dijo:

—Señor Lazzeri, ¿tiene usted la amabilidad de seguirme?

Subieron en un ascensor privado hasta el tercer piso, donde Marco fue acompañado a una pequeña habitación de gruesas paredes. En el Rhineland Bank todas las paredes parecían gruesas. Otros dos guardias de seguridad estaban esperando. Uno de ellos incluso le sonrió, el otro no. Le pidieron que apoyara ambas manos en un escáner biométrico de huellas dactilares. Compararían las huellas con las que había dejado siete años antes en aquel mismo lugar y, cuando hubieran comprobado la coincidencia exacta, habría más sonrisas y después una habitación más bonita, un vestíbulo más bonito y el ofrecimiento de zumo de fruta o café. Todo lo que usted quiera, señor Backman.

Pidió zumo porque no había desayunado. Los guardias de seguridad habían regresado a su guarida. Ahora el señor Backman era atendido por Elke, una de las agraciadas colaboradoras del señor Van Thiessen.

—Saldrá en cuestión de un minuto —le explicó ésta—. No le esperaba esta mañana.

Resulta un poco difícil concertar citas cuando te escondes en retretes de lavabos. El viejo Marco ya era historia pasada. Finalmente se había librado de él después de dos meses largos de uso. Marco le había sido muy útil, le había mantenido con vida, le había enseñado los rudimentos del italiano, lo había acompañado en Treviso y Bolonia y le había presentado a Francesca, una mujer que tardaría mucho tiempo en olvidar.

Pero Marco también lo mataría, por eso lo dejó tirado allí, en el tercer piso del Rhineland Bank, mientras contemplaba los zapatos negros de tacones de aguja de Elke y esperaba a su jefe. Marco se había ido para jamás regresar.

El despacho de Mikel van Thiessen estaba destinado a impresionar a sus visitantes con su exhibición de poder. Poder en la mullida alfombra persa. Poder en el sofá y los sillones de cuero. Poder en el escritorio antiguo de caoba que no hubiera cabido en la celda de Rudley. Poder en toda la variada serie de artilugios electrónicos que lo rodeaban. Saludó a Joel en la poderosa puerta de roble y ambos se estrecharon debidamente la mano, aunque no como viejos amigos. Sólo se habían visto una vez.

Si Joel había perdido casi treinta kilos desde su última visita, Van Thiessen había ganado casi otros tantos. También tenía el cabello mucho más canoso y no tan fuerte y vigoroso como el de los banqueros más jóvenes que Joel había visto en el tranvía. Van Thiessen acompañó a su cliente a los sillones de cuero mientras Elke y otra empleada se apresuraban a servir café y pastelillos.

Una vez solos y con la puerta cerrada, Van Thiessen dijo:

—He estado leyendo cosas acerca de usted.

—Ah, ¿sí? ¿Y qué ha leído?

—Sobornar a un presidente a cambio de un indulto, vamos, señor Backman. ¿Tan fácil es eso allí?

Joel no supo si bromeaba o no. Estaba de buen humor, pero no le apetecía exactamente intercambiar chistes.

—Yo no he sobornado a nadie, si es eso lo que usted quiere dar a entender.

—Sí, bueno, no cabe duda de que los periódicos están llenos de conjeturas.

Su tono de voz era más acusador que jovial, por cuyo motivo Joel decidió no perder el tiempo.

—¿Usted se cree todo lo que lee en los periódicos?

—Por supuesto que no, señor Backman.

—Estoy aquí por tres motivos. Quiero acceso a mi caja de seguridad. Quiero retirar diez mil dólares en efectivo. Después, es posible que tenga que pedir uno o dos favores.

Van Thiessen se metió un pastelillo en la boca y lo masticó rápidamente.

—Sí, claro. No creo que nada de eso nos ocasione ningún problema.

—¿Y por qué iba a ocasionárselo?

—No hay ningún inconveniente, señor. Necesitaré sólo unos minutos.

—¿Para qué?

—Tendré que consultarlo con un colega.

—¿Puede hacerlo rápido?

Van Thiessen salió prácticamente disparado de la habitación y cerró ruidosamente la puerta a su espalda. El dolor que notaba Joel en el estómago no era de hambre. En caso de que ahora se detuvieran las ruedas, no tenía ningún plan B. Saldría del banco con las manos vacías, con un poco de suerte cruzaría Paradeplatz para subir a un tranvía y, una vez a bordo, no tendría ningún lugar adonde ir. La fuga habría terminado. Marco regresaría y, al final, Marco acabaría con él.

Mientras el tiempo se detenía bruscamente, su mente no cesaba de pensar en el indulto. Con él, la pizarra quedaba limpia. El Gobierno de Estados Unidos no podía ejercer presión sobre el suizo para que congelara su cuenta. ¡Los suizos no congelaban las cuentas de nadie! ¡Los suizos eran inmunes a las presiones! Por eso sus bancos estaban llenos de botines de todo el mundo.

¡Para eso eran los suizos!

Elke lo rescató y le rogó que la acompañara abajo. En otros tiempos, él habría acompañado a Elke a cualquier sitio, pero ahora sólo era abajo.

Había estado en la cámara acorazada durante su anterior visita. Estaba en el sótano, a varios pisos bajo tierra, aunque los clientes jamás sabían hasta qué profundidad de suelo suizo bajaban. Todas las puertas tenían un grosor de treinta centímetros, todas las paredes parecían de plomo, todos los techos disponían de cámaras de vigilancia. Elke lo volvió a dejar en manos de Van Thiessen.

Ambos pulgares pasaron el escáner para comparar las huellas. Un escáner óptico le tomó una fotografía.

—Número siete —dijo Van Thiessen, señalándolo—. Allí me reuniré con usted —añadió, saliendo por una puerta.

Joel recorrió un corto pasillo y pasó por delante de seis puertas de acero sin ventanilla hasta la séptima. Pulsó un botón y se oyeron toda clase de chirridos y chasquidos hasta que finalmente se abrió. Dentro lo esperaba Van Thiessen.

La habitación medía tres metros cuadrados y medio y tres de sus paredes estaban ocupadas por cámaras individuales, casi todas ellas del tamaño de una grande de zapatos.

—¿El número de su cámara? —preguntó.

—L2270.

—Exacto.

Van Thiessen se situó a su derecha y se inclinó levemente hacia la L2270.

En el pequeño teclado de la caja marcó unos números y se volvió a incorporar diciendo:

—Si hace el favor.

Bajo la atenta mirada de Van Thiessen, Joel se acercó a su cámara y marcó el código. Mientras lo hacía, pronunció en voz baja los números, grabados para siempre en su memoria:

—Ochenta y uno, cincuenta y cinco, noventa y cuatro, noventa y tres, veintitrés.

Una lucecita verde parpadeó en el teclado. Van Thiessen sonrió diciendo:

—Le espero delante. Pulse el timbre cuando haya terminado.

Una vez solo, Joel sacó la caja de acero de su cámara y abrió la tapa. Sacó el sobre acolchado y lo abrió. Allí estaban los cuatro discos Jaz de dos gigabytes que en otros tiempos habían valido mil millones de dólares.

Esperó un instante, no más de sesenta segundos. A fin de cuentas, en aquel momento estaba muy seguro y, si quería reflexionar con calma, ¿qué mal había en ello?

Pensó en Safi Mirza, Fazal Sharif y Farooq Khan, los brillantes muchachos que habían descubierto Neptuno y habían creado un montón de software para manipular el sistema. Todos habían muerto, asesinados por su ingenua codicia y por su elección del abogado equivocado. Pensó en Jacy Hubbard, el desvergonzado, sociable e infinitamente carismático timador que había camelado a los votantes a lo largo de toda su carrera y, al final, se había vuelto demasiado ambicioso. Pensó en Carl Pratt y en Kim Bolling y en las varias docenas de socios que él había atraído a su próspero bufete, y en las vidas destrozadas por aquello que ahora sostenía en su mano. Pensó en Neal y en la humillación que había sufrido cuando el escándalo estalló en Washington y la cárcel se convirtió no sólo en una certeza sino también en un refugio.

Y pensó en sí mismo, no en términos egoístas, no con piedad, no echándoles la culpa a otros. Qué desastre de vida había llevado, hasta aquel momento por lo menos. Por mucho que deseara regresar y hacer las cosas de otra manera, no tenía tiempo que perder con semejantes pensamientos. Sólo te quedan unos años, Joel, o Marco, o Giovanni o como coño te llames. Por primera vez en tu cochina vida, ¿por qué no haces lo que debes en lugar de lo que es lucrativo?

Volvió a meter los discos en el sobre, guardó el sobre en su cartera de documentos y devolvió la caja de acero al interior de la cámara. Pulsó el timbre para llamar a Van Thiessen.

De nuevo en el despacho del poder, Van Thiessen le entregó una carpeta que contenía una hoja de papel.

—Éste es el resumen de su cuenta —le estaba diciendo—. Es muy breve. Tal como usted sabe, no ha habido ningún movimiento.

—Pagan ustedes un uno por ciento de interés —dijo Joel.

—Usted ya conocía nuestros tipos cuando abrió la cuenta, señor Backman.

—Sí, es cierto.

—Protegemos su dinero de otras maneras.

—Naturalmente. —Joel cerró la carpeta y la devolvió—. No quiero conservarlo. ¿Tiene el dinero?

—Sí, lo están subiendo.

—Muy bien. Necesito unas cuantas cosas.

Van Thiessen se acercó un cuaderno de notas y esperó con la estilográfica en la mano.

—Sí —dijo.

—Quiero transferir cien mil dólares a un banco de Washington. ¿Me puede recomendar alguno?

—Por supuesto que sí. Colaboramos estrechamente con el Maryland Trust.

—Muy bien, transfiera el dinero allí y, junto con la transferencia, abra una cuenta de ahorro. No voy a extender cheques, sólo haré reintegros.

—¿A qué nombre?

—Joel Backman y Neal Backman.

Se estaba volviendo a acostumbrar a su nombre y no se escondía al pronunciarlo. El miedo no lo acobardaba y no temía que lo ametrallaran. La situación le encantaba.

—Muy bien —dijo Van Thiessen.

Cualquier cosa era posible.

—Necesito un poco de ayuda para regresar a Estados Unidos. ¿Podría su chica comprobar qué vuelos de la Lufthansa hay para Filadelfia y Nueva York?

—Naturalmente. ¿Cuándo y desde dónde?

—Hoy, lo antes posible. Preferiría evitar el aeropuerto de aquí. ¿A qué distancia se encuentra Múnich por carretera desde aquí?

—Por carretera, a tres o cuatro horas.

—¿Me puede facilitar un vehículo?

—Estoy seguro de que lo podremos arreglar.

—Prefiero salir desde el sótano en un automóvil conducido por alguien que no parezca un chófer. Tampoco quiero un automóvil negro, prefiero que no llame la atención.

Van Thiessen dejó de escribir y lo miró desconcertado.

—¿Corre usted peligro, señor Backman?

—Tal vez. No estoy seguro, pero no quiero correr ningún riesgo.

Van Thiessen lo pensó unos segundos y después dijo:

—¿Quiere que le hagamos las reservas de avión?

—Sí.

—En tal caso, necesito su pasaporte.

Joel sacó el pasaporte prestado de Giovanni.

Van Thiessen lo estudió un buen rato sin que su estoico rostro de banquero lo traicionara. Al final, consiguió decir:

—Señor Backman, usted viajará con el pasaporte de otra persona.

—Exacto.

—¿Y es válido este pasaporte?

—Lo es.

—Supongo que no tiene ninguno a su nombre.

—Me lo retiraron hace tiempo.

—Este banco no puede participar en la comisión de un delito. Si es un documento robado, en tal caso...

—Le aseguro que no es robado.

—Pues entonces, ¿cómo...?

—Digamos simplemente que me lo han prestado, ¿de acuerdo?

—Pero la utilización del pasaporte de otra persona es una transgresión de la ley.

—No perdamos el tiempo con la política de inmigración estadounidense, señor Van Thiessen. Facilíteme los horarios. Yo elegiré los vuelos. Que su secretaria haga las reservas utilizando la cuenta del banco. Dedúzcamelo de mi cuenta. Facilíteme un automóvil y un chófer. Dedúzcalo de mi cuenta si quiere. Es todo muy sencillo.

Era sólo un pasaporte. Qué demonios, otros clientes tenían tres o cuatro. Van Thiessen se lo devolvió a Joel diciendo:

—Muy bien. ¿Alguna otra cosa?

—Sí, necesito conectarme a Internet. No me cabe duda de que sus ordenadores son seguros.

—Totalmente.

Su mensaje a Neal decía:

Grinch:

Con un poco de suerte, llegaré a Estados Unidos esta noche. Consígueme hoy mismo otro móvil. No lo pierdas de vista. Mañana por la mañana llama al Hilton, el Marriott y el Sheraton, en el centro de Washington. Pregunta por Giovanni Ferro. Ése soy yo. Llama por la mañana a primera hora a Carl Pratt con el nuevo teléfono. Trata de conseguir que el senador Clayburn se traslade al distrito de Columbia. Correremos con sus gastos. Dile que es urgente. Un favor a un viejo amigo. No aceptes una negativa. Ya basta de mensajes hasta que vuelva a casa.

MARCO

Después de tomarse un rápido bocado y una Coca-Cola en el despacho de Van Thiessen, Joel Backman abandonó el edificio del banco a bordo de un reluciente BMW verde de cuatro puertas. Para más seguridad, se cubrió el rostro con un periódico suizo hasta que estuvieron en la *Autobahn*. El chófer se llamaba Franz. Franz se creía una promesa de la Fórmula Uno y, cuando Joel le hizo saber que tenía cierta prisa, Franz se situó en el carril de la izquierda y se lanzó a 150 kilómetros por hora.

32

A la 1.11 de la tarde, Joel Backman ya estaba acomodado en un espacioso asiento de primera clase de un 747 de la Lufthansa cuando éste empezó a apartarse de la puerta del aeropuerto de Múnich. Sólo cuando percibió el movimiento se atrevió a tomar la copa de champán que llevaba diez minutos contemplando. La copa ya estaba vacía cuando el aparato se detuvo al final de la pista para el último control. Cuando las ruedas se levantaron del suelo, Joel cerró los ojos y se permitió el lujo de disfrutar de unas cuantas horas de alivio.

Su hijo, por su parte, exactamente a la misma hora, las 7.55 hora oficial del Este, estaba nervioso hasta el extremo de arrojar objetos. ¿Cómo demonios podía él comprar inmediatamente un nuevo móvil, volver a llamar a Carl Pratt y pedirle antiguos favores que no existían y engatusar en cierto modo a un viejo y pendenciero senador retirado de Ocracoke, Carolina del Norte, para que interrumpiera lo que estuviera haciendo y regresara a toda prisa a una ciudad que evidentemente aborrecía con toda su alma? Por no hablar de lo más obvio: él, Neal Backman, tenía una jornada muy ocupada en el despacho. Pero nada era más apremiante que rescatar a su descarriado progenitor aunque él tuviera una agenda llena de clientes y otros asuntos importantes.

Abandonó Jerry's Java, pero, en lugar de dirigirse a su despacho, regresó a casa. Lisa estaba bañando a la niña y se sorprendió al verle.

—¿Qué ocurre? —le preguntó.

—Tenemos que hablar. Ahora.

Empezó con la misteriosa carta franqueada desde York, Pennsylvania, y, por muy doloroso que fuera, pasó por el préstamo de 4.000 dólares, el Smartphone, los mensajes codificados y prácticamente toda la historia. Para su gran alivio, ella se lo tomó todo con calma.

—Deberías habérmelo dicho —le repitió varias veces.

—Sí, y lo siento.

No hubo peleas ni discusiones. La lealtad era uno de los mejores rasgos de Lisa. Le dijo: «Tenemos que ayudarlo.» Neal la abrazó.

—Nos devolverá el dinero —le aseguró él.

—Ya nos preocuparemos por el dinero más tarde. ¿Corre peligro?

—Creo que sí.

—Muy bien, ¿cuál es el primer paso?

—Llamar al despacho y decirles que estoy en cama con gripe.

La conversación fue captada en directo y con todo detalle por un minúsculo micrófono instalado por el Mossad en un aplique de la habitación donde ellos se encontraban. El micrófono estaba conectado a un transmisor oculto en la buhardilla y, desde allí, todo se transmitía a un receptor de alta frecuencia situado a unos quinientos metros, en un despacho de un comercio de venta al por menor que raras veces se utilizaba y que un caballero del Distrito Federal había alquilado por seis meses. Allí un técnico lo escuchaba dos veces y después enviaba rápidamente un correo electrónico a su contacto en la embajada israelí de Washington.

Desde la desaparición de Backman de Bolonia, hacía más de veinticuatro horas, los dispositivos de escucha instalados alrededor de su hijo habían sido controlados todavía más de cerca.

El mensaje a Washington terminaba con un «J. B. regresa a casa». Por suerte, Neal no mencionó el nombre de «Giovanni Ferro» durante su conversación con Lisa. Pero, por desgracia, mencionó dos de los tres hoteles: el Marriott y el Sheraton.

El regreso de Backman fue objeto de la máxima prioridad. Once agentes del Mossad estaban situados en la Costa Este; a todos se les ordenó trasladarse de inmediato a Washington.

Lisa dejó a la niña en casa de su madre y, después, ella y Neal se trasladaron rápidamente a Charlottesville, a treinta minutos por carretera. En un centro comercial al norte de la ciudad encontraron una sucursal de U. S. Cellular, abrieron una cuenta, compraron un teléfono y, en cuestión de treinta minutos ya estaban de nuevo en la carretera. Lisa conducía mientras Neal trataba de localizar a Carl Pratt.

Gracias a la generosa ayuda del vino y el champán, Joel consiguió dormir varias horas sobre el Atlántico. Cuando el aparato tomó tierra en el JFK, a las 4.30 de la tarde, la relajación había desaparecido sustituida por la incertidumbre y el impulso de volver la cabeza para mirar a su espalda.

En el control de inmigración se puso inicialmente en la cola mucho más corta de los estadounidenses que regresaban. La cantidad de gente que esperaba al otro lado, en la cola de ciudadanos no estadounidenses era tremenda. De pronto, recapacitó, miró a su alrededor y empezó a maldecir por lo bajo mientras corría hacia la cola de los extranjeros.

«Hay que ver lo tonto que eres.»

Un uniformado chico del Bronx de poderoso cuello le estaba diciendo a gritos a la gente que siguiera esa cola, no la otra, y que de paso se diera prisa. Bienvenidos a Estados Unidos. Había ciertas cosas que Joel no había echado de menos.

El oficial del control de pasaportes frunció el entrecejo mientras examinaba el de Giovanni, pero la verdad es que también lo había fruncido al examinar los otros. Joel lo había estado observando desde detrás de unas baratas gafas de sol.

—¿Se podría quitar las gafas, por favor? —dijo el oficial.

—*Certamente* —contestó Joel, levantando la voz para demostrar su italianidad.

Se quitó las gafas de sol, bizqueó como si la luz lo deslumbrara y se frotó los ojos mientras el oficial intentaba estudiar su cara. El hombre selló a regañadientes el pasaporte y se lo devolvió sin una sola palabra. Como no tenía nada que declarar, los funcionarios de aduanas apenas lo miraron. Joel se abrió paso entre la gente en la terminal y vio la hilera de taxis en la parada.

—Estación Penn —dijo.

El taxista se parecía un poco a Farooq Khan, el más joven de los tres, un simple muchacho; Joel lo estudió desde el asiento de atrás mientras agarraba la cartera.

Circularon muy despacio en medio del tráfico de la hora punta y tardaron cuarenta y cinco minutos en llegar a la estación Penn. Compró un billete de la Amtrak para el distrito de Columbia y a las siete dejó Nueva York con destino a Washington.

El taxi aparcó en la calle Brandywine, en el noroeste de Washington. Ya eran prácticamente las once y casi todas las bonitas casas estaban a oscuras. Backman habló con el taxista que ya se reclinaba contra el respaldo del asiento, muerto de sueño.

La señora Pratt estaba en la cama intentando dormirse cuando oyó el timbre de la puerta. Tomó la bata y bajó corriendo la escalera. Casi todas las noches su marido dormía en el sótano, sobre todo porque roncaba, pero también porque bebía demasiado y padecía de insomnio. Suponía que allí debía de estar ahora.

—¿Quién es? —preguntó a través del telefonillo.

—Joel Backman —fue la respuesta y ella creyó que era una broma.

—¿Quién?

—Donna, soy yo, Joel. Te lo juro. Abre la puerta.

Miró por la mirilla de la puerta y no reconoció al desconocido.

—Un momento —dijo y bajó a toda prisa al sótano, donde Carl miraba el telediario.

Un minuto después éste ya se encontraba en la puerta enfundado en un chándal de la Duke pistola en mano.

—¿Quién es? —preguntó a través del telefonillo.

—Carl, soy yo, Joel. Deja el arma y abre la puerta.

La voz era inconfundible. Abrió la puerta y Joel Backman entró en su vida, una antigua pesadilla rediviva. No hubo abrazos ni apretones de manos, y apenas sonrisas. Los Pratt lo examinaron detenidamente porque su aspecto era muy distinto... mucho más delgado, con el cabello más oscuro y más corto y una ropa muy rara.

—¿Qué estás haciendo aquí? —le espetó Donna.

—Muy buena pregunta —contestó fríamente él. Tenía la ventaja de haberlo planeado todo. A ellos, en cambio, los había pillado con la guardia baja—. ¿Quieres hacer el favor de bajar el arma?

Pratt depositó el arma encima de una mesa auxiliar.

—¿Has hablado con Neal? —le preguntó Backman.

—Me he pasado todo el día hablando con él.

—¿Qué ocurre, Carl? —preguntó Donna.

—La verdad es que no lo sé.

—¿Podemos hablar? Para eso he venido. Ya no me fío de los teléfonos.

—¿Hablar de qué? —preguntó ella.

—¿Nos podrías preparar un poco de café, Donna? —preguntó jovialmente Joel.

—Pues no, qué caray.

—Tachemos el café.

Carl se rascaba la barbilla mientras valoraba la situación.

—Donna, tenemos que hablar en privado. Cosas del viejo bufete. Ya te facilitaré el resumen más tarde.

Ella les lanzó una mirada asesina que decía con toda claridad «os podéis ir los dos a la mierda», y después volvió a subir pisando ruidosamente los peldaños. Ellos entraron en el estudio.

—¿Te apetece beber algo? —preguntó Carl.

—Sí, algo fuerte.

Carl se acercó a un pequeño mueble bar de un rincón y preparó dos whiskys de malta... dobles. Le entregó un vaso a Joel y, sin hacer el menor esfuerzo por sonreír, le dijo:

—Salud.

—Salud. Me alegro de volver a verte, Carl.

—No me extraña. Te habrías tenido que pasar otros catorce años sin ver a nadie.

—Contabas los días, ¿eh?

—Aún estamos limpiando la basura que dejaste a tu espalda, Joel. Muchas buenas personas resultaron perjudicadas. Siento que Donna no esté exactamente encantada de verte. No se me ocurren muchas personas de esta ciudad que quisieran darte un abrazo.

—La mayoría quisiera pegarme un tiro.

Carl contempló cautelosamente la pistola.

—No me puedo preocupar por eso —añadió Backman—. Por supuesto que me gustaría regresar y cambiar ciertas cosas, pero no me puedo permitir el lujo. Estoy tratando de empezar una nueva vida, Carl, y necesito ayuda.

—Puede que yo no quiera implicarme.

—No te lo reprocho. Pero necesito un favor, y muy grande. Ayúdame ahora y te prometo que jamás me volverás a ver en tu puerta.

—La próxima vez te pegaré un tiro.

—¿Dónde está el senador Clayburn? Dime que está vivo.

—Vaya si lo está. Has tenido suerte.

—¿Cómo?

—Está aquí, en el distrito de Columbia.

—¿Por qué?

—Hollis Maples se retira después de cien años en el Senado. Celebran una fiesta en su honor esta noche. Todos los viejos chicos están en la ciudad.

—¿Maples? Pero si ya babeaba en la sopa hace diez años.

—Bueno, pues ahora ya ni siquiera ve la sopa. Él y Clayburn eran uña y carne.

—¿Has hablado con Clayburn?

—Sí.

—¿Y qué?

—Puede ser muy duro, Joel. No le gustó oír mencionar tu nombre. Dijo algo sobre que te deberían fusilar por traición.

—No importa. Dile que puede mediar en un trato que lo hará sentir un verdadero patriota.

—¿Cuál es el trato?

—Tengo el JAM, Carl. Todo entero. Lo he sacado esta mañana de una cámara de un banco de Zúrich donde lleva encerrado más de seis años. Tú y Clayburn tenéis que ir mañana por la mañana a mi habitación y os lo mostraré.

—La verdad es que no quiero verlo.

—Sí que quieres.

Pratt se bebió un par de tragos de whisky. Regresó al minibar, volvió a llenarse el vaso, se bebió otra dosis tóxica y preguntó:

—¿Cuándo y dónde?

—El Marriott de la calle Veintidós. Habitación cinco-veinte. A las nueve de la mañana.

—¿Por qué, Joel? ¿Por qué me tengo yo que meter en esto?

—Un favor a un viejo amigo.

—No te debo ningún favor. Y el viejo amigo se fue hace tiempo.

—Por lo que más quieras, Carl. Tráeme a Clayburn y mañana al mediodía ya no estarás en la foto. Te prometo que jamás volverás a verme.

—Eso es muy tentador.

Le pidió al taxista que se lo tomara con calma. Recorrieron Georgetown bajando por la calle K, con sus restaurantes, bares y locales universitarios abiertos hasta muy tarde, todos ellos llenos de personas que disfrutaban de la buena vida. Era 22 de marzo y se anunciaba la primavera. La temperatura era de unos quince grados y los estudiantes estaban deseando salir a la calle, aunque fuera a medianoche.

El taxi aminoró la velocidad al llegar al cruce de la calle I con la Catorce y Joel vio a lo lejos el viejo edificio de su despacho de la avenida Nueva York. En algún lugar de allí, en el último piso, había gobernado su pequeño reino y sus subordinados le corrían detrás, apresurándose a cumplir todas sus órdenes. No fue un momento nostálgico. Muy al contrario, se arrepentía de una vida indigna dedicada a la persecución del dinero y la compra de amigos y mujeres y de todos los juguetes que un pez gordo pudiera desear. En su recorrido, pasaron por delante de incontables edificios de despachos, los del Gobierno a un lado y los de los *lobbys* al otro.

Le pidió al taxista que cambiara de calles y se dirigiera a lugares más agradables. Giraron a Constitución y bajaron por el Mall, pasando por delante del monumento a Washington. Su hija menor, Anna Lee, se había pasado años suplicándole que la llevara en primavera a pasear por el Mall como los otros niños de su clase. Quería ver al señor Lincoln y pasarse un día en la Smithsonian. Él prometió repetidamente hacerlo hasta que ella se fue. Ahora creía que Anna Lee estaba en Denver, con un hijo al que él jamás había visto.

Cuando se aproximaban a la cúpula del Capitolio, Joel se hartó de golpe. Aquel pequeño viaje por el sendero de la memoria era deprimente. Los recuerdos de su vida eran demasiado desagradables.

—Lléveme al hotel —dijo.

33

Neal preparó el primer café de la mañana y salió fuera, pisando los fríos ladrillos del patio, para admirar la belleza de un amanecer de principios de primavera.

Si su padre había llegado efectivamente al distrito de Columbia, no estaría dormido a las 6.30 de la mañana. La víspera había guardado en su nuevo teléfono los números de los hoteles de Washington y, en cuanto salió el sol, empezó por el Sheraton. No había ningún Giovanni Ferro. Después llamó al Marriott.

—Un momento, por favor —dijo la telefonista y enseguida empezó a sonar el teléfono de la habitación.

—¿Sí? —dijo una conocida voz.

—Marco, por favor —contestó Neal.

—Aquí Marco. ¿Eres Grinch?

—Sí.

—¿Dónde estás, ahora mismo?

—En el patio de mi casa, esperando a que salga el sol.

—¿Y qué clase de teléfono utilizas?

—Es un Motorola recién estrenado que he guardado en el bolsillo desde ayer que lo compré.

—No tienes ni la menor duda de que es seguro.

—Ni la más mínima.

Una pausa mientras Joel respiraba afanosamente.

—Me alegro de oír tu voz, hijo.

—Y yo la tuya. ¿Qué tal fue el viaje?

—Muy movido. ¿Puedes venir a Washington?

—¿Cuándo?

—Hoy, esta mañana.

—Pues claro, todo el mundo cree que tengo la gripe. Estoy a salvo en el despacho. ¿Cuándo y dónde?

—Ven al Marriott de la Veintidós. Entra en el vestíbulo a las 8.45, sube en el ascensor hasta el sexto piso y después baja por la escalera hasta el quinto. Habitación cinco-veinte.

—¿Es necesario todo eso?

—Confía en mí. ¿Puedes utilizar otro automóvil?

—No sé. No estoy muy seguro de quién...

—La madre de Lisa. Pídele prestado el automóvil y asegúrate de que nadie te sigue. Cuando llegues a la ciudad, aparca en el garaje de la Dieciséis y después sigue a pie hasta el Marriott. Vigila constantemente tu espalda. Si ves algo sospechoso, llámame y lo abortaremos.

Neal echó un vistazo a su patio trasero, medio esperando ver a unos agentes vestidos de negro yendo por él. ¿De dónde habría sacado su padre todas aquellas ideas de intriga y misterio? ¿Los seis años de confinamiento solitario tal vez? ¿La lectura de miles de novelas de espías?

—¿Estás conmigo? —preguntó secamente Joel.

—Sí, claro. Voy para allá.

Ira Clayburn parecía un hombre que se hubiera pasado la vida en un barco de pesca y no alguien que había servido treinta y cuatro años en el Senado de Estados Unidos. Sus antepasados llevaban cien años pescando en los Outer Banks de Carolina del Norte, cerca de su lugar de residencia en Ocracoke. Ira se habría dedicado a lo mismo de no haber sido por un profesor de matemáticas de sexto grado que descubrió su excepcional coeficiente intelectual. Una beca para Chapel Hill lo alejó de su casa. Otra para Yale le permitió obtener un máster. Una tercera para Stanford antepuso el título de «doctor» a su nombre. Estaba enseñando felizmente economía en Davidson cuando un nombramiento de compromiso lo envió al Senado para cubrir un período de sesiones incompleto. Se presentó a regañadientes para un período completo y, a partir de entonces, se había pasado tres décadas haciendo todo lo posible por largarse de Washington. Al final lo había conseguido, a los setenta y un años. Cuando dejó el Senado se llevó un dominio del espionaje estadounidense que ningún político podía igualar.

Accedió a acudir al Marriott con Carl Pratt, un viejo amigo del club de tenis, por simple curiosidad. Que él supiera, el misterio de Neptuno jamás se había resuelto. Pero es que ya llevaba cinco años fuera del ambiente y se pasaba casi todo el día en su barco, pescando en las aguas entre Hatteras y Cape Lookout.

En el ocaso de su carrera de senador había observado cómo Joel Backman se convertía en el último de una larga lista de representantes de poderosos *lobbys* que había perfeccionado el arte de ejercer presión a cambio de honorarios descomunales. Él ya se estaba yendo de Washington cuando Jacy Hubbard, otra cobra que había tenido su merecido, había sido hallado muerto.

No le interesaba la gente de su ralea.

Cuando se abrió la puerta de la habitación 520 y entró detrás de Carl Pratt, se encontró cara a cara con el demonio en persona.

Pero el demonio era muy amable y simpático y parecía otra persona. La cárcel.

Joel se presentó a sí mismo y presentó a su hijo Neal al senador Clayburn. Se estrecharon formalmente todas las manos y se dieron las debidas gracias. La mesa de la pequeña suite estaba llena de pastelillos, café y zumos de fruta. Habían acercado cuatro sillas en círculo abierto a su alrededor y todos se sentaron.

—Esto no creo que vaya a durar mucho —dijo Joel—. Senador, necesito su ayuda. No sé hasta qué punto está al corriente del enrevesado asunto que me envió durante unos cuantos años...

—Conozco lo esencial, pero siempre ha habido preguntas.

—Pues yo estoy muy seguro de conocer las respuestas.

—¿A quién pertenece el sistema de satélites?

Joel no podía permanecer sentado. Se acercó a la ventana, miró sin ver nada y después respiró hondo.

—Lo construyó la China comunista con unos costes astronómicos. Tal como usted sabe, los chinos están muy por detrás de nosotros en armas convencionales y por eso se gastan tanto dinero en cosas de alta tecnología. Nos robaron una parte de nuestra tecnología y consiguieron lanzar con éxito el sistema —apodado Neptuno— sin el conocimiento de la CIA.

—¿Y cómo lo lograron?

—Con algo tan poco tecnológico como un incendio forestal. Una noche incendiaron mil hectáreas de bosque en una provincia del norte. El fuego provocó una enorme nube de humo y, en medio de ella, lanzaron tres cohetes, cada uno con tres satélites.

—Eso ya lo hicieron los rusos una vez —dijo Clayburn.

—Y los rusos fueron engañados con su propia triquiñuela. Ellos tampoco detectaron Neptuno... nadie lo detectó. Nadie en el mundo conocía su existencia hasta que mis tres clientes se tropezaron con él.

—Los estudiantes paquistaníes.

—Sí, y los tres están muertos.

—¿Quién los mató?

—Sospecho que lo hicieron unos agentes de la China comunista.

—¿Quién mató a Jacy Hubbard.

—Los mismos.

—¿Y hasta qué extremo están cerca de usted estas personas?

—Más cerca de lo que yo quisiera.

Clayburn alargó la mano hacia una pasta y Pratt apuró un vaso de zumo de naranja. Joel añadió:

—Tengo en mi poder el software... JAM, tal como ellos lo bautizaron. Sólo había una copia.

—¿La que usted intentó vender? —preguntó Clayburn.

—Sí. Y la verdad es que quiero librarme de ella. Está resultando muy mortífera y deseo desesperadamente deshacerme de ella. Pero es que no estoy muy seguro de quién conviene que la tenga.

—¿Qué tal la CIA? —dijo Pratt, porque todavía no había dicho nada.

Clayburn ya estaba meneando la cabeza para decir que no.

—No me fío de ellos —dijo Joel—. Teddy Maynard me consiguió el indulto para poder permanecer sentado, contemplando cómo otros me mataban. Ahora hay una directora en funciones.

—Y un nuevo presidente —dijo Clayburn—. En estos momentos, la CIA está hecha un desastre. Yo no me acercaría a ellos.

Con lo cual, el senador Clayburn cruzó la línea y, de simple espectador curioso, pasó a convertirse en asesor.

—¿Con quién me pongo en contacto? —preguntó Joel—. ¿De quién me puedo fiar?

—De la DIA, la Agencia de Defensa de Inteligencia —contestó Clayburn sin dudar—. El jefe de allí es el comandante Wes Roland, un viejo amigo mío.

—¿Cuánto tiempo lleva en el cargo?

Clayburn lo pensó un momento y después contestó:

—Diez, puede que doce años. Es experto y más listo que el hambre. Y, además, un hombre honrado.

—¿Y podría usted hablar con él?

—Sí. Nos hemos mantenido en contacto.

—¿No tiene que informar al director de la CIA? —preguntó Pratt.

—Sí, eso lo tiene que hacer todo el mundo. Hay por lo menos quince agencias de espionaje distintas —algo contra lo cual luché durante veinte años— y, por imperativo legal, todas tienen que informar a la CIA.

—¿O sea que Wes Roland tomará lo que yo le dé y se lo dirá a la CIA? —preguntó Joel.

—No tiene más remedio. Pero hay distintas maneras de hacerlo. Wes Roland es un hombre juicioso y sabe jugar a la política. Por eso ha sobrevivido tanto tiempo.

—¿Puede concertarme una reunión?

—Sí, pero ¿qué ocurrirá en la reunión?

—Le entregaré el JAM y saldré corriendo del edificio.

—¿Y a cambio?

—Es un acuerdo muy sencillo, senador. No quiero dinero. Sólo un poco de ayuda.

—¿Qué?

—Prefiero discutirlo con él. Estando usted presente en la habitación, naturalmente.

Hubo una pausa en la conversación mientras Clayburn miraba al suelo y sopesaba la situación. Neal se acercó a la mesa y eligió un cruasán. Joel se volvió a llenar la taza de café. Pratt, bajo los visibles efectos de una resaca, se bebió otro vaso alto de zumo de naranja.

Al final, Clayburn se reclinó contra el respaldo de su asiento y dijo:

—Supongo que es urgente.

—Más que urgente. Si el comandante Roland está disponible, podría reunirme ahora mismo con él. En cualquier sitio.

—Estoy seguro de que dejará cualquier cosa que esté haciendo.

—El teléfono está por allí.

Clayburn se levantó y se acercó al escritorio. Pratt carraspeó diciendo:

—Bueno, chicos, a estas alturas del juego, yo preferiría largarme. No quiero oír nada más. No quiero ser un testigo o un acusado u otra víctima. Por consiguiente, con su permiso, regreso a mi despacho.

No esperó la respuesta. Desapareció en un santiamén y la puerta se cerró ruidosamente a su espalda. Los otros tres la contemplaron unos segundos, desconcertados en cierto modo por su repentina retirada.

—Pobre Carl —dijo Clayburn—. Siempre asustado de su propia sombra.

Levantó el auricular y puso manos a la obra.

En mitad de la cuarta llamada, y de la segunda directa al Pentágono, Clayburn cubrió con la mano el teléfono y le dijo a Joel:

—Prefieren reunirse en el Pentágono.

Joel ya estaba meneando la cabeza.

—No. Yo no voy allí con el software antes de que se cierre el trato. No lo llevaré encima. Se lo entregaré más tarde, pero no puedo entrar allí con él.

Clayburn lo comunicó a su interlocutor y después escuchó un buen rato. Volvió a cubrir el auricular y preguntó:

—¿Qué es el software?

—Cuatro discos.

—Tendrán que comprobarlo, ¿comprende?

—Muy bien, llevaré dos de los discos cuando vaya al Pentágono. Es aproximadamente la mitad. Podrán echarles un rápido vistazo.

Clayburn se inclinó sobre el teléfono y repitió las condiciones de Joel.

—¿Quiere mostrarme los discos?

—Sí.

Dejó la llamada en espera mientras Joel tomaba su cartera de documentos. Sacó el sobre y después los cuatro discos y los depositó encima de la cama para que Neal y Clayburn los vieran. Clayburn regresó al teléfono y dijo:

—Estoy contemplando cuatro discos. El señor Backman me asegura que es lo que es.

Escuchó unos minutos y volvió a pulsar el botón de espera.

—Quieren que vayamos ahora mismo al Pentágono —dijo.

—Vamos.

Clayburn colgó diciendo:

—Están en ascuas. Creo que los chicos están emocionados. ¿Vamos?

—Me reuniré con usted en el vestíbulo dentro de cinco minutos —dijo Joel.

Cuando la puerta se cerró detrás de Clayburn, Joel recogió rápidamente los discos y se guardó dos de ellos en el bolsillo de la chaqueta. Los otros dos —los números tres y cuatro— los guardó de nuevo en la cartera de documentos, que entregó a Neal, diciendo:

—Cuando salgamos, acércate al mostrador de recepción y pide otra habitación. Insiste en registrarlo ahora mismo. Llama a esta habitación, déjame un mensaje y dime dónde estás. Quédate allí hasta que yo te llame.

—De acuerdo, papá. Espero que sepas lo que haces.

—Simplemente cerrar un trato, hijo. Como en los viejos tiempos.

El taxi los dejó en la cara sur del Pentágono, cerca de la boca del Metro. Dos miembros uniformados del equipo de colaboradores del comandante Roland estaban esperando con credenciales e instrucciones. Los acompañaron a través de los controles de seguridad y mandaron hacerles unas fotografías para sus tarjetas de identidad provisionales. Clayburn se pasó el rato pensando en lo fácil que era todo aquello en los viejos tiempos.

Pero, independientemente de los viejos tiempos, él había pasado a convertirse rápidamente, del crítico escéptico que era, en un destacado participante, implicado de lleno en la intriga de Backman. Mientras recorrían los anchos pasillos del segundo piso, recordó lo sencilla que era la vida cuando sólo había dos superpotencias. Siempre teníamos a los soviéticos. Los chicos malos eran fáciles de identificar.

Subieron por la escalera al tercer piso, Ala C, donde los funcionarios los acompañaron a través de varias puertas a una suite de despachos en la que evidentemente los esperaban. El comandante Roland en persona aguardaba su llegada. Tenía unos sesenta años y parecía en muy buena forma, enfundado en su uniforme caqui. Se hicieron las presentaciones y el comandante los invitó a sentarse alrededor de su mesa de reuniones. A un extremo de la larga y ancha mesa situada en el centro, tres técnicos estaban ocupados comprobando los datos de un ordenador de gran tamaño que, resultaba evidente, acababan de instalar allí.

El comandante Roland le pidió permiso a Joel para que pudieran estar presentes dos ayudantes. Por supuesto que sí. Joel no ponía el menor reparo.

—¿Le importa que grabemos la reunión en vídeo? —preguntó Roland.

—¿Con qué objeto? —preguntó Joel.

—Para tenerla filmada en caso de que alguien de más arriba la quiera ver.

—¿Como quién?

—Tal vez el presidente.

Joel miró a Clayburn, su único amigo en la habitación, aunque tampoco lo era demasiado.

—¿Y qué me dice de la CIA? —preguntó Joel.

—Tal vez.

—Dejemos el vídeo, por lo menos inicialmente. Puede que, en determinado momento de la reunión, accedamos a encender la cámara.

—Me parece muy bien. ¿Café o bebidas sin alcohol?

Nadie estaba sediento. El comandante Roland preguntó a los técnicos informáticos si el equipo ya estaba preparado. Lo estaba y les pidió que se retiraran.

Joel y Clayburn se sentaron a un lado de la mesa de reuniones. El comandante Roland estaba flanqueado por dos de sus asistentes. Los tres tenían pluma y cuaderno de notas a punto. Joel y Clayburn no tenían nada.

—Vamos a empezar y terminar una conversación sobre la CIA —empezó diciendo Backman, dispuesto a llevar la voz cantante—. Según mis conocimientos legales, o, por lo menos, tal como estaban las cosas cuando yo trabajaba por aquí, el director de la CIA está al frente de todas las actividades de espionaje.

—Exacto —dijo Roland.

—¿Qué hará usted con la información que yo estoy a punto de facilitarle?

El comandante miró a su derecha y la mirada que se intercambiaron él y su asistente dejó traslucir una gran incertidumbre.

—Tal como usted ha dicho, señor, el director tiene derecho a conocer y a tenerlo todo.

Backman sonrió y carraspeó.

—Mi comandante, la CIA ha tratado de liquidarme, ¿comprende? Y, que yo sepa, todavía me busca. No me interesan demasiado los tipos de Langley.

—El señor Maynard se ha ido, señor Backman.

—Y otro ha ocupado su lugar. No quiero dinero, mi comandante. Quiero protección. Primero, quiero que mi propio Gobierno me deje en paz.

—Eso se puede arreglar —dijo Roland con autoridad.

—Y necesitaré un poco de ayuda con otras personas.

—¿Por qué no nos lo dice todo, señor Backman? Cuanto más sepamos, más lo podremos ayudar.

Con la excepción de Neal, Joel Backman no se fiaba de nadie en la faz de la Tierra. Pero había llegado el momento de ponerlo todo sobre el tapete y confiar en que saliera lo mejor posible. La persecución había terminado; ya no había ningún otro lugar adonde huir.

Empezó con el propio Neptuno y explicó que lo había construido la China comunista tras robar la tecnología a dos contratistas distintos del Departamento de Defensa de Estados Unidos, que lo había lanzado usando una estratagema y conseguido engañar no sólo a Estados Unidos sino también a los rusos, los británicos y los israelíes. Contó la larga historia de los tres paquistaníes... de su desafortunado descubrimiento, de su temor a lo que habían encontrado, de su curiosidad ante el hecho de poder establecer comunicación con Neptuno y de su inteligencia al haber conseguido crear un programa capaz de manipular y neutralizar el sistema. Habló sin tapujos de su propia e insensata codicia al haber tratado de vender JAM a distintos Gobiernos en la esperanza de ganar más dinero del que jamás nadie hubiera podido soñar. No trató de defenderse al recordar la temeridad de Jacy Hubbard y los descabellados planes que ambos forjaron para ofrecer su producto a distintos compradores. Reconoció sin vacilar sus errores y asumió toda la responsabilidad del caos que había provocado. Y después siguió adelante.

No, los rusos no tuvieron interés por lo que él les ofrecía. Ya tenían sus propios satélites y no podían permitirse el lujo de negociar la adquisición de otros.

No, con los israelíes jamás se llegó a ningún acuerdo. Se quedaron al margen, pero lo bastante cerca para saber que era inminente un acuerdo con los saudíes. Los saudíes estaban desesperadamente ansiosos de comprar JAM. Tenían sus propios satélites, pero nada comparable a Neptuno.

Nada se podía comparar con Neptuno, ni siquiera la última generación de satélites estadounidenses.

De hecho, los saudíes habían llegado a ver los cuatro discos. En el transcurso de un experimento muy controlado, los tres paquistaníes ofrecieron una demostración del software a dos agentes de su policía secreta. El experimento tuvo lugar en un laboratorio informático del campus de la Universidad de Maryland y había sido una demostración deslumbrante y extremadamente convincente. Backman estaba presente, como Hubbard.

Los saudíes ofrecieron cien millones de dólares por JAM. Hubbard, que se consideraba amigo íntimo de los saudíes, fue el hombre clave durante las negociaciones. Se pagaron unos «honorarios de transacción» de un millón de dólares y el dinero se transfirió a una cuenta de Zúrich. Hubbard y Backman replicaron exigiendo quinientos millones de dólares.

De repente, se desencadenó un infierno. Los federales atacaron con órdenes de detención, acusaciones e investigaciones y los saudíes se asustaron. Hubbard fue asesinado. Joel se refugió en la seguridad de la cárcel, dejando a su espalda un ancho camino de destrucción y a toda una serie de enfurecidas personas agraviadas.

El resumen de cuarenta y cinco minutos de duración terminó sin una sola interrupción. Cuando Joel acabó, ninguno de los tres hombres del otro lado de la mesa tomaba apuntes. Estaban demasiado ocupados escuchando.

—Estoy seguro de que podemos hablar con los israelíes —dijo el comandante Roland—. Si éstos se convencen de que los saudíes jamás pondrán las manos en JAM, respirarán mucho más tranquilos. Llevamos años discutiendo con ellos. JAM ha sido uno de los temas más frecuentes. Estoy seguro de que se les puede calmar.

—¿Y los saudíes?

—Ellos también se han interesado a los más altos niveles. Tenemos muchos intereses comunes últimamente. Estoy seguro de que suspirarán de alivio si saben que lo tenemos nosotros y jamás nadie lo tendrá. Conozco bien a los saudíes y creo que lo descartarán como un mal negocio. Queda el pequeño detalle de los honorarios de la transacción.

—Para ellos un millón de dólares es pura calderilla. No es negociable.

—Muy bien. Creo que ahora nos quedan los chinos.

—¿Alguna sugerencia?

Clayburn aún no había abierto la boca. Inclinándose hacia delante sobre los codos, dijo:

—En mi opinión, jamás lo olvidarán. Sus clientes prácticamente los atracaron, les robaron un sistema valorado en muchos billones de dólares y, con su software de fabricación casera, lo inutilizaron. Los chinos tienen nueve de los mejores satélites que jamás se han construido dando vueltas por aquí arriba y no los pueden utilizar. No van a perdonar ni a olvidar, y la verdad es que no se les puede reprochar. Por desgracia, ejercemos muy poca influencia sobre Pekín en asuntos de espionaje.

El comandante Roland asentía con la cabeza.

—Me temo que estoy de acuerdo con el senador. Les podemos hacer saber que tenemos en nuestro poder el software, pero eso es algo que jamás olvidarán.

—No se lo reprocho. Estoy tratando simplemente de sobrevivir, eso es todo.

—Haremos lo que podamos con los chinos, pero puede que no sea mucho.

—Éste es el trato, caballeros. Ustedes me dan su palabra de que me quitarán de encima a la CIA y que actuarán rápidamente para apaciguar a los israelíes y los saudíes. Hagan todo lo posible con los chinos, aunque comprendo que, a lo mejor, será muy poco. Y me facilitan ustedes dos pasaportes: uno australiano y otro canadiense. En cuanto los tengan listos, y esta misma tarde no sería demasiado pronto, me los entregan y yo les entrego a cambio los otros dos discos.

—Trato hecho —dijo Roland—. Pero, como es natural, tenemos que echar un vistazo al software.

Joel se metió la mano en el bolsillo y sacó los discos uno y dos. Roland volvió a llamar a los técnicos informáticos y todo el grupo se congregó alrededor del gigantesco monitor.

Un agente del Mossad llamado Albert en clave creyó ver a Neal Backman entrar en el vestíbulo del Marriott de la calle Veintidós. Llamó a su supervisor y, en cuestión de treinta minutos, otros dos agentes se situaron en el interior del hotel. Albert volvió a ver a Neal Backman una hora después saliendo del ascensor con una cartera de documentos que no llevaba al entrar en el hotel, acercándose al mostrador de recepción y cumplimentando al parecer un impreso de registro. Después Neal sacó su billetero y entregó una tarjeta de crédito.

A continuación, regresó al ascensor donde Albert lo perdió en cuestión de segundos.

El hecho de que Joel Backman pudiera alojarse en el Marriott de la calle Veintidós era extremadamente importante, pero planteaba también enormes problemas. Primero, el asesinato de un estadounidense en territorio norteamericano era una operación tan delicada que habría sido necesario consultar con el primer ministro. Segundo, el asesinato propiamente dicho era una pesadilla logística. El hotel disponía de seiscientas habitaciones, tenía centenares de clientes, centenares de empleados, centenares de visitantes y nada menos que cinco convenciones en curso. Miles de testigos en potencia.

Pese a ello, inmediatamente se forjó un plan.

34

Almorzaron con el senador al fondo de un restaurante vietnamita de comidas para llevar situado cerca de Dupont Circle, un lugar que ellos consideraban a salvo de los miembros de los *lobbys* y de los antiguos conocidos que pudieran verlos juntos y empezar a divulgar uno de los muchos y escandalosos rumores que mantenían viva y paralizaban la ciudad. Por espacio de una hora, mientras bregaban con unos picantes fideos tan fuertes que casi no se podían comer, Joel y Neal escucharon los interminables relatos del pescador de Ocracoke acerca de sus días de gloria en Washington. Éste repitió más de una vez que no echaba de menos la política, pero sus recuerdos de aquellos días estaban llenos de intriga, humor y muchas amistades.

Clayburn había empezado el día pensando que una bala en la cabeza de Joel Backman habría sido muy poco en comparación con lo que éste se merecía, pero, cuando ambos se despidieron en la acera, delante del establecimiento, le pidió por favor que fuera a visitar su barco y que llevara consigo a Neal. Joel llevaba sin pescar desde su infancia y sabía que jamás conseguiría ir a los Outer Banks, pero, por gratitud, prometió intentarlo.

Joel estuvo más cerca de una bala en la cabeza de lo que jamás podría imaginar. Cuando él y Neal bajaron por la avenida

Connecticut después del almuerzo, los vigilaba muy de cerca el Mossad. Un tirador de precisión estaba apostado detrás de una camioneta de reparto alquilada. Pero aún no se había recibido el visto bueno de Tel Aviv. Y la acera estaba abarrotada de gente.

Utilizando las páginas amarillas de su habitación de hotel, Neal había encontrado un establecimiento de artículos masculinos que anunciaba retoques inmediatos, y estaba deseando ayudar. Su padre necesitaba desesperadamente un nuevo vestuario. Joel se compró un traje de tres piezas azul marino, una camisa blanca de vestir, dos corbatas, alguna que otra prenda informal y, gracias a Dios, dos pares de zapatos negros de vestir. Pagó el total de 3.100 dólares en efectivo. Los zapatos de jugar a los bolos fueron a parar a la papelera a pesar de los tibios elogios que les había dedicado el dependiente. A las cuatro en punto de la tarde, mientras ambos se encontraban en una cafetería Starbuck de la avenida Massachusetts, Neal sacó el móvil y marcó el número que le había facilitado el comandante Roland. Después le pasó el teléfono a su padre.

Contestó Roland en persona.

—Estamos de camino —dijo éste.

—Habitación cinco-veinte —dijo Joel mientras sus ojos vigilaban a los demás bebedores de café—. ¿Cuántos son?

—Un buen grupo —contestó Roland.

—No me importa cuántas personas lo acompañen, pero usted déjelas a todas en el vestíbulo.

—Así lo haré.

Se olvidaron del café y recorrieron diez manzanas a pie de regreso al Marriott, vigilados de cerca en todo momento por agentes del Mossad armados. Todavía sin respuesta de Tel Aviv.

Los Backman llevaban unos cuantos minutos en la habitación cuando llamaron a la puerta.

Joel le dirigió una nerviosa mirada a su hijo, que se quedó helado y con la cara tan preocupada como la de su padre. Ahí podía acabar todo, pensó Joel. El épico viaje que se había iniciado en las calles de Bolonia, a pie, en taxi a Módena, en taxi hasta Milán, más otros pequeños recorridos a pie y más taxis y después en tren con destino a Stuttgart, pero con un inesperado rodeo pasando por Zug donde otro taxista aceptó el dinero y lo llevó a Zúrich, dos tranvías y después Franz y el BMW verde que recorrió 150 kilómetros hasta Múnich, donde los cálidos y acogedores brazos de la Lufthansa lo devolvieron a casa. Aquello podía ser el final del camino.

—¿Quién es? —preguntó Joel, acercándose a la puerta.

—Wes Roland.

Joel miró por la mirilla y no vio a nadie. Respiró hondo y abrió la puerta. El comandante vestía chaqueta deportiva y corbata, y estaba solo y con las manos vacías. Por lo menos, lo parecía. Joel miró hacia el fondo del pasillo y vio a dos personas tratando de esconderse. Cerró rápidamente la puerta y presentó a Roland a Neal.

—Aquí están los pasaportes —dijo Roland, metiendo la mano en el bolsillo y sacando dos pasaportes de aspecto usado. El primero tenía las tapas de color azul oscuro con la palabra AUSTRALIA en letras doradas. Joel lo abrió y estudió la fotografía. Los técnicos habían utilizado la de seguridad del Pentágono, le habían aclarado considerablemente el cabello, le habían quitado las gafas y unas cuantas arrugas y habían obtenido una imagen bastante buena. Su nombre era Simon Wilson McAvoy.

—No está mal —dijo Joel.

El segundo estaba encuadernado en azul marino con el rótulo de CANADÁ en letras doradas. La misma fotografía y el nombre de Ian Rex Hatteboro. Joel asintió con la cabeza en señal de aprobación y entregó ambos pasaportes a Neal para que los inspeccionara.

—Hay cierta preocupación por la investigación del Gran Jurado acerca del escándalo del indulto —dijo Roland—. Antes no hablamos de eso.

—Mi comandante, usted y yo sabemos que yo no estoy implicado en ese asunto. Espero que la CIA convenza a los chicos del edificio Hoover de que no tengo nada que ver. No tenía ni idea de que se estaba preparando un indulto. El escándalo no es mío.

—Puede que lo llamen a declarar ante un Gran Jurado.

—Muy bien. Me ofreceré voluntariamente. Será una comparecencia muy breve.

Roland pareció darse por satisfecho. Era un simple mensajero. Empezó a mirar a su alrededor, buscando la otra parte del trato.

—Y ahora, hablemos del software.

—No está aquí —dijo Joel con innecesario dramatismo. Asintió con la cabeza mirando a Neal y éste abandonó la habitación—. Sólo un minuto —añadió, mirando a Roland, el cual ya estaba enarcando las cejas con los ojos entornados.

—¿Hay algún problema? —preguntó Roland.

—Ninguno en absoluto. El paquete está en otra habitación. Perdone, pero llevo demasiado tiempo actuando como un espía.

—No es mala costumbre para un hombre en su situación.

—Creo que ahora ya se ha convertido en un estilo de vida.

—Nuestros técnicos aún están trabajando con los dos primeros discos. Es un trabajo realmente impresionante.

—Mis clientes eran unos chicos muy listos y unos buenos chicos. Pero la codicia pudo con ellos, supongo. Como les ocurre a algunos.

Llamaron a la puerta y era Neal. Éste le entregó el sobre a Joel, el cual sacó los dos discos y se los dio a Roland.

—Gracias —dijo el comandante—. Ha hecho falta mucho valor.

—Algunas personas tienen más valor que cerebro, supongo.

El intercambio había terminado. Ya no quedaba nada más que decir. Roland se encaminó hacia la puerta. Cuando ya tenía la mano en el tirador, se le ocurrió otra cosa.

—Simplemente para que lo sepa —dijo con la cara muy seria—, la CIA está razonablemente segura de que Sammy Tin ha aterrizado esta tarde en Nueva York. El vuelo procedía de Milán.

—Gracias, supongo —dijo Joel.

En cuanto Roland abandonó la habitación con el sobre, Joel se tumbó en la cama y cerró los ojos. Neal sacó dos cervezas del minibar y se sentó en un sillón cercano. Se pasó unos cuantos minutos bebiendo cerveza y finalmente preguntó:

—Papá, ¿quién es Sammy Tin?

—Mejor que no lo sepas.

—Pero quiero saberlo todo. Y me lo vas a contar.

A las seis de la tarde, el automóvil de la madre de Lisa se detuvo delante de una peluquería de la avenida Wisconsin, en Georgetown. Joel bajó y dijo adiós. Y gracias. Neal salió disparado, deseoso de regresar a casa cuanto antes.

Joel había concertado la cita unas horas antes, sobornando a la recepcionista con la promesa de quinientos dólares en efectivo. Una corpulenta señora llamada Maureen lo estaba esperando, no demasiado contenta por el hecho de tener que trabajar tan tarde, pero intrigada al mismo tiempo por ver quién era capaz de soltar semejante cantidad de dinero a cambio de un tinte rápido.

Joel pagó primero, dio las gracias tanto a la recepcionista como a Maureen por su buena disposición y se sentó delante de un espejo.

—¿Quiere que se lo lavemos? —preguntó Maureen.

—No. Tengo prisa.

La mujer introdujo los dedos entre su cabello y dijo:

—¿Quién se lo hizo?

—Una señora de Italia.

—¿Qué color tenía usted pensado?

—Gris, un gris uniforme.

—¿Natural?

—No, más que natural. Casi blanco.

Maureen puso los ojos en blanco, mirando a la recepcionista. Aquí nos viene cada uno...

Maureen puso manos a la obra. La recepcionista se fue a casa, cerrando la puerta a su espalda. Cuando ya llevaban unos cuantos minutos, Joel preguntó:

—¿Trabaja usted mañana?

—No, es mi día libre. ¿Por qué?

—Porque tendré que venir al mediodía para otra sesión. Mañana me apetecerá algo un poco más oscuro, que cubra el gris que está usted haciendo ahora.

Las manos de la mujer se detuvieron en seco.

—Pero ¿qué le pasa?

—Reúnase aquí conmigo al mediodía y le pagaré mil dólares en efectivo.

—Muy bien. ¿Y qué va a ser pasado mañana?

—Estaré muy bien cuando parte del gris haya desaparecido.

Dan Sandberg llevaba un buen rato holgazaneando en su escritorio del *Post* a última hora de la tarde cuando se recibió la llamada. El caballero del otro extremo de la línea se identificó como Joel Backman y dijo que quería hablar. El comunicante de Sandberg tenía un número desconocido.

—¿El verdadero Joel Backman? —preguntó Sandberg, apresurándose a tomar su ordenador portátil.

—El único que yo conozco.

—Es un placer. La última vez que le vi estaba en presencia de un tribunal, declarándose culpable de toda suerte de maldades.

—Todo lo cual quedó anulado gracias a un indulto presidencial.

—Le creía escondido en la otra punta del mundo.

—Sí, me he cansado de Europa. Echaba de menos mi vieja tierra. Ahora he regresado y estoy dispuesto a volver a mis negocios.

—¿Qué clase de negocios?

—Mi especialidad, naturalmente. De eso quería hablar.

—Estaré encantado. Pero le tendré que hacer preguntas acerca del indulto. Corren muchos rumores descabellados al respecto.

—Eso es de lo primero de lo que vamos a hablar, señor Sandberg. ¿Qué tal mañana por la mañana a las nueve?

—No me lo perdería por nada del mundo. ¿Dónde nos reunimos?

—Ocupo la suite presidencial del Hay-Adams. Traiga un fotógrafo, si quiere. El intermediario ha vuelto a la ciudad.

Sandberg colgó y llamó a Rusty Lowell, su mejor fuente en la CIA. Lowell había salido y, como de costumbre, nadie tenía ni idea de dónde estaba. Probó con otra fuente en Langley, pero no encontró a nadie.

Whitaker permanecía sentado en su asiento de primera clase del vuelo de Alitalia desde Milán al Dulles. Allí delante la bebida era gratis y corría profusamente, por lo que Whitaker hizo todo lo que pudo por pillar una tajada. La llamada de Julia Javier lo había sobresaltado. Ésta empezó haciéndole amablemente una pregunta:

—¿Alguien ha visto por ahí a Marco, Whitaker?

—No, pero lo estamos buscando.

—¿Cree que lo van a encontrar?

—Sí, estoy seguro de que aparecerá.

—La directora está bastante nerviosa en estos momentos, Whitaker.

—¡Dígale que sí, que lo encontraremos!

—¿Y por dónde lo buscan, Whitaker?

—Entre aquí, Milán, y Zúrich.

—Pues están perdiendo el tiempo, Whitaker, porque el viejo Marco ha aparecido aquí, en Washington. Se ha reunido con el Pentágono esta tarde. Se les ha escapado de los dedos, Whitaker, nos han hecho hacer el ridículo.

—¿Qué?

—Vuelva a casa, Whitaker, y cuanto antes.

Veinticinco filas más atrás, Luigi, hundido en su asiento, rozaba las rodillas de una niña de doce años que escuchaba el rap más espantoso que él jamás hubiera oído. Ya iba también por el cuarto trago. No era gratis y no le importaba lo que costara.

Sabía que Whitaker estaba allí delante haciendo anotaciones acerca de la mejor manera de echarle toda la culpa a él. Él habría tenido que estar haciendo lo mismo, pero, de momento, sólo le apetecía beber. La siguiente semana en Washington sería muy desagradable.

A las seis de la tarde, hora oficial del Este, se recibió la llamada de Tel Aviv ordenando interrumpir la operación de asesinato de Backman. Abortar. Hacer las maletas y retirarse, esta vez no habría ningún cadáver.

Para los agentes fue una noticia agradable. Estaban adiestrados para moverse con sigilo, hacer su trabajo y desaparecer sin dejar pistas, ni pruebas, ni huellas. Bolonia era un lugar mucho más agradable que las abarrotadas calles de Washington.

Una hora más tarde, Joel pagó la cuenta del Marriott y salió a disfrutar de un largo paseo al aire libre. Pero no se alejó de las calles más transitadas ni perdió el tiempo. Aquello no era Bolonia. Aquella ciudad cambiaba mucho de noche. En cuanto la gente regresaba a casa de su trabajo y el tráfico disminuía, resultaba peligrosa.

El recepcionista del Hay-Adams prefería una tarjeta de crédito, algo de plástico, algo que no exigiera el uso del libro de contabilidad. Raras veces un cliente insistía en pagar en efectivo, pero aquél no aceptaba un no por respuesta. La reserva se había confirmado y, con la obligada sonrisa, el hombre entregó la llave y dio al señor Ferro la bienvenida a su hotel.

—¿Lleva equipaje, señor?

—No.

Y éste fue el final de su breve conversación.

El señor Ferro se encaminó hacia los ascensores con sólo una barata cartera de documentos de cuero negro.

35

La suite presidencial del Hay-Adams estaba en el octavo
piso, con tres ventanales que daban a la calle H y, más allá,
al parque Lafayette y la Casa Blanca. Tenía un dormitorio
inmenso, un cuarto de baño muy bien equipado de mármol
y latón y un salón amueblado con piezas antiguas, televisor y
teléfonos ligeramente anticuados y un fax que raras veces se
utilizaba. Costaba 3.000 dólares por noche, pero ¿qué más le
daban estas cosas al intermediario?

Cuando Sandberg llamó a la puerta a las nueve, sólo tuvo
que esperar un minuto para que ésta se abriera de par en par y
un cordial «¡Buenos días, Dan!» lo saludara.

Backman alargó el brazo y, mientras le estrechaba fuertemente la mano derecha con la suya, tiró enérgicamente de él
para atraerlo a su territorio.

—Me alegro de que haya podido venir —le dijo—. ¿Le
apetece un café?

—Sí, claro, un café solo.

Sandberg dejó su cartera en una silla y observó a Backman
mientras llenaba las tazas desde una cafetera de plata. Mucho
más delgado, con el cabello más corto y casi blanco, el rostro
demacrado. Se parecía un poco al acusado Backman, pero no
mucho.

—Póngase cómodo —le estaba diciendo Backman—. He

pedido el desayuno. Nos lo subirán enseguida. —Depositó las tazas en la mesita auxiliar, delante del sofá, y dijo—: Vamos a trabajar aquí. ¿Utilizará una grabadora?

—Si no le importa.

—Lo prefiero. Así se evitan malentendidos.

Ambos ocuparon sus posiciones. Sandberg colocó una pequeña grabadora sobre la mesa y después sacó el cuaderno y el bolígrafo. Backman era todo sonrisas y permanecía sentado en su sillón, con las piernas cruzadas tranquilamente y el aire de un hombre que no teme ninguna pregunta. Sandberg se fijó en los zapatos con duras suelas de goma casi sin estrenar. No había ni una sola mota de suciedad en el cuero negro. Como era de esperar, el abogado iba muy bien arreglado: traje azul marino, impecable camisa blanca con puños y gemelos de oro y una aguja por encima de una vistosa corbata rojo y oro que llamaba mucho la atención.

—Bueno, la primera pregunta es, ¿dónde ha estado?

—Por Europa, yendo de acá para allá, viendo el continente.

—¿Durante dos meses?

—Sí, es suficiente.

—¿Algún lugar en concreto?

—Pues, en realidad, no. He pasado mucho tiempo a bordo de trenes, una maravillosa manera de viajar. Se ven muchas cosas.

—¿Por qué ha regresado?

—Ésta es mi casa. ¿A qué otro sitio podría ir? ¿Qué otra cosa podría hacer? Recorrer Europa es estupendo, lo ha sido, pero no puedes convertirlo en una profesión. Tengo trabajo que hacer.

—¿Qué clase de trabajo?

—El de siempre. Relaciones con el Gobierno, asesoría.

—Eso significa volver a los *lobbys*, ¿no?

—Mi bufete tendrá una rama especializada en *lobbys*, en efecto. Será una parte significativa de nuestro negocio, pero en modo alguno la más importante.

—¿Y qué bufete será ése?

—El nuevo.

—Écheme una mano que no le entiendo, señor Backman.

—Voy a abrir un nuevo despacho, el Backman Group, con sede aquí, en Nueva York y en San Francisco. Tendremos seis socios inicialmente y, en cuestión de un año, llegaremos aproximadamente a unos veinte.

—¿Quiénes son estas personas?

—Bueno, no puedo revelar sus nombres ahora. Estamos ultimando los detalles, negociando los puntos más complejos, es algo muy delicado. Pensamos cortar la cinta inaugural el primero de mayo, causará sensación.

—No lo dudo. Pero ¿no será un bufete jurídico?

—No, pero tenemos previsto añadir más adelante una sección jurídica.

—Pensé que le habían retirado la licencia cuando...

—En efecto. Pero, con el indulto, puedo volver a presentarme al examen del Colegio de Abogados. Si me apetece empezar a presentar demandas, volveré a echar un vistazo a los libros y conseguiré la licencia. Pero no en un futuro próximo, ahora tengo demasiado trabajo que hacer.

—¿Qué clase de trabajo?

—Poner en marcha la empresa, conseguir el capital y, sobre todo reunirme con posibles clientes.

—¿Podría facilitarme los nombres de algunos de esos clientes?

—Por supuesto que no, pero espere unas semanas y la información ya estará disponible.

Sonó el teléfono del escritorio y Backman frunció el entrecejo.

—Un segundo. Es una llamada que estaba esperando. —Se acercó y levantó el auricular. Sandberg le oyó decir—: Backman, sí, hola, Bob. Sí, mañana estaré en Nueva York. Mira, te llamo dentro de una hora, ¿de acuerdo? Ahora mismo estoy ocupado. —Colgó diciendo—: Perdón.

Era Neal, llamándole según lo acordado exactamente a las 9.15, cosa que seguiría haciendo cada diez minutos a lo largo de una hora.

—No se preocupe —dijo Sandberg—. Hablemos de su indulto—. ¿Ha leído los reportajes acerca de la presunta compra de indultos presidenciales?

—¿Que si los he leído? Ya tengo preparado un equipo de defensa, Dan. Mis chicos ya están en ello. Cuando los federales consigan reunir un Gran Jurado, si es que lo consiguen, les he comunicado que quiero ser el primer testigo. No tengo absolutamente nada que ocultar y la insinuación de que pagué dinero a cambio de un indulto es perseguible legalmente.

—¿Se propone presentar una demanda?

—Por supuesto que sí. Mis abogados están preparando ahora mismo una demanda por difamación contra el *New York Times* y su lacayo, Heath Frick. Será muy desagradable. Será un juicio tremendo y me van a pagar un montón de dinero.

—¿Está seguro de que quiere que yo lo publique?

—¡Pues claro que sí! Y, ya que estamos, permítame dedicar un elogio a usted y a su periódico por la discreción de que han hecho gala hasta ahora. Es muy insólito, pero admirable sin duda.

El reportaje de aquella visita de Sandberg a la suite presidencial ya habría sido más que suficiente para empezar. Pero ahora, el reportaje acababa de ser lanzado a la portada de la mañana siguiente.

—Simplemente para que conste, ¿niega usted haber pagado a cambio del indulto?

—Lo niego rotunda y categóricamente. Y presentaré una demanda contra cualquiera que afirme lo contrario.

—Pues entonces, ¿por qué lo indultaron?

Backman cambió de posición en su asiento y estaba a punto de lanzarse a una larga explicación cuando sonó el timbre de la puerta.

—Ah, el desayuno —dijo, levantándose de un salto.

Abrió la puerta y un camarero con chaqueta blanca entró empujando un carrito con caviar y toda clase de exquisiteces, huevos revueltos con trufas y una botella de champán Kruger en un cubo de hielo. Mientras Backman firmaba la cuenta, el camarero descorchó la botella.

—¿Una copa o dos? —preguntó el camarero.

—¿Una copa de champán, Dan?

Sandberg no pudo por menos que consultar su reloj. Parecía un poco temprano para empezar a beber alcohol, pero ¿por qué no? ¿Cuántas veces podría estar sentado en la suite presidencial contemplando la Casa Blanca mientras se bebía un champán que costaba trescientos dólares la botella?

—Sí, pero sólo un poquito.

El camarero llenó dos copas, volvió a dejar la botella de Kruger en el cubo de hielo y se marchó de la habitación mientras volvía a sonar el teléfono. Esta vez era Randall desde Boston, el cual tendría que pasarse una hora más sentado junto al teléfono mientras Backman terminaba el asunto que tenía entre manos.

Colgó ruidosamente el teléfono diciendo:

—Coma algo, Dan, he pedido suficiente para los dos.

—No, gracias, antes ya me he tomado un bollo.

Sandberg tomó la copa de champán y dio un sorbo.

Backman mojó un barquillo en un montón de caviar de quinientos dólares y se lo metió en la boca como habría podido hacer un adolescente con maíz frito y salsa. Masticó mientras paseaba con la copa en la mano.

—¿Mi indulto? —dijo—. Le pedí al presidente Morgan que revisara mi caso. Y la verdad es que no pensé que tuviera el menor interés, pero es una persona muy astuta.

—¿Arthur Morgan?

—Sí, muy infravalorado como presidente, Dan. No se merecía la aplastante derrota que sufrió. Se le echará de menos. Sea como fuere, cuanto más estudiaba el caso Morgan, tanto más se preocupaba. Supo ver a través de la pantalla de humo del Gobierno. Captó sus mentiras. Como antiguo abogado defensor que era, conocía el poder de los federales cuando éstos quieren atrapar a un inocente.

—¿Está diciendo que era usted inocente?

—Por supuesto que sí. No hice nada malo.

—Pero se declaró culpable.

—No tuve más remedio que hacerlo. Primero, nos acusaron a Jacy Hubbard y a mí con pruebas falsas. Nosotros no cedimos. «Que se celebre el juicio —dijimos—. Que nombren un jurado.» Les pegamos tal susto a los federales que hicieron lo que suelen hacer siempre. Fueron por nuestros amigos y nuestras familias. Estos idiotas dignos de la Gestapo acusaron a mi hijo, Dan, un chaval recién salido de la Facultad de Derecho, que no sabía nada de mis asuntos. ¿Por qué no escribió usted nada acerca de eso?

—Sí, escribí.

—Sea como fuere, no tuve más remedio que asumir la culpa. Para mí se convirtió en un honor. Me declaré culpable para que se retiraran las acusaciones contra mi hijo y mis socios. El presidente Morgan lo comprendió. Por eso me indultaron. Me lo merecía.

Otro barquillo, otro bocado de oro, otro trago de Kruger para regarlo. Paseaba arriba y abajo, ahora sin chaqueta, como un hombre que necesitara librarse de muchos pesos. De pronto, se detuvo y dijo:

—Ya basta de hablar del pasado, Dan. Hablemos de mañana. Mire la Casa Blanca allá al fondo. ¿Ha asistido alguna vez a una cena de Estado, esmoquin, guardia de honor de la Marina a la bandera, elegantes damas con preciosos vestidos?

—No.

Backman se acercó a la ventana y contempló la Casa Blanca.

—Yo he estado un par de veces —dijo con cierta nostalgia—. Y volveré. Deme dos o puede que tres años y un día me entregarán en mano una invitación de cartulina con letras doradas en relieve: «El Presidente y la Primera Dama solicitan el honor de su presencia...» —Se volvió y miró con una relamida sonrisa a Sandberg—. Esto es el poder, Dan. Para eso vivo.

Sería un buen reportaje, pero no exactamente lo que Sandberg quería. Devolvió bruscamente al intermediario a la realidad con un repentino:

—¿Quién mató a Jacy Hubbard?

Backman encorvó los hombros mientras se acercaba al cubo de hielo para otra ronda.

—Fue un suicidio, Dan, pura y llanamente un suicidio. Jacy se sintió humillado hasta el límite de lo increíble. Los federales lo destruyeron. Y no pudo soportarlo.

—Bueno, pues es usted la única persona de la ciudad que cree que fue un suicidio.

—Y yo soy la única persona que conoce la verdad. Publíquelo, haga el favor.

—Lo haré.

—Hablemos de otra cosa.

—Francamente, señor Backman, su pasado es mucho más interesante que su futuro. Tengo una buena fuente que dice que usted fue indultado porque la CIA lo quería poner en libertad, que Morgan se vino abajo ante las presiones de Teddy Maynard y que lo escondieron en algún lugar para ver quién lo atrapaba primero.

—Necesita otras fuentes.

—¿O sea que niega...?

—¡Estoy aquí! —Backman extendió los brazos para que Sandberg lo pudiera ver todo—. ¡Estoy vivo! Si la CIA me quisiera muerto, ya estaría muerto. —Tomó un sorbo de champán y añadió—: Búsquese otra fuente mejor. ¿Le apetecen unos huevos? Se están enfriando.

—No, gracias.

Backman echó una buena ración de huevos revueltos en un platito y se la comió mientras paseaba por la estancia de ventana en ventana sin jamás alejarse demasiado de la vista de la Casa Blanca.

—Están muy ricos, llevan trufa.

—No, gracias. ¿Cuántas veces los toma como desayuno?

—No muchas.

—¿Conocía usted a Bob Critz?

—Pues claro, todo el mundo conocía a Bob Critz. Llevaba por aquí tanto tiempo como yo.

—¿Dónde estaba usted cuando murió?

—En San Francisco, en casa de un amigo, lo vi en los telediarios. Francamente lamentable. ¿Qué tiene Critz que ver conmigo?

—Simple curiosidad.

—¿Significa eso que se le han acabado las preguntas?

Sandberg estaba repasando sus notas cuando volvió a sonar el teléfono. Esta vez era Ollie y Backman le dijo que le llamaría más tarde.

—Tengo un fotógrafo abajo —dijo Sandberg—. A mi jefe de redacción le gustarían unas cuantas fotografías.

—Naturalmente.

Joel se puso la chaqueta, se arregló la corbata, se alisó el cabello y se estudió los dientes en un espejo. Después tomó otra cucharada de caviar mientras se presentaba el fotógrafo y descargaba su equipo. Éste ajustó la iluminación mientras Sandberg mantenía la grabadora en marcha y lanzaba otras preguntas.

La mejor instantánea según el fotógrafo, pero también la que a Sandberg le parecía muy bonita, era una imagen de Joel sentado en el sofá de cuero color rojo oscuro, debajo de un retrato que colgaba en la pared, a su espalda. Posó para otras fotografías junto a la ventana, procurando que la Casa Blanca siempre apareciera en la distancia.

El teléfono seguía sonando, pero, al final, Joel no le prestó atención. Neal tenía que ir llamando cada cinco minutos en caso de que Joel no contestara a una llamada y cada diez en caso de que contestara. Después de una sesión fotográfica de veinte minutos, el teléfono los estaba volviendo locos.

El intermediario era un hombre ocupado.

El fotógrafo terminó, recogió su equipo y se marchó. Sandberg se quedó unos cuantos minutos y, al final, se encaminó hacia la puerta. Al salir, dijo:

—Mire, señor Backman, mañana esto será un gran reportaje, no le quepa la menor duda. Pero, para que lo sepa, no me creo la mitad de las trolas que hoy me ha dicho.

—¿Qué mitad?

—Usted era totalmente culpable. Y Hubbard también. Él no se suicidó y usted huyó a la cárcel para salvar el pellejo. Maynard le consiguió el indulto. Arthur Morgan no tenía ni idea de nada.

—Muy bien. Esta mitad no es importante.

—¿Cuál es la importante?

—El intermediario ha regresado. Encárguese de que eso figure con toda claridad en la primera plana.

Maureen estaba de mucho mejor humor. Su día libre jamás había valido mil dólares. Acompañó al señor Backman a un salón privado de la parte de atrás, lejos del parloteo de las señoras a las que estaban peinando en el salón de la parte delantera. Juntos estudiaron los colores y los tonos y, al final, eligieron uno que resultara fácil de mantener. Para ella, «mantener» significaba la esperanza de 1.000 dólares cada cinco semanas.

A Joel le daba igual. Jamás volvería a verla.

La peluquera transformó el blanco en gris y añadió el castaño suficiente para borrarle cinco años de la cara. Allí no estaba en juego la vanidad.

La juventud no importaba. Él sólo quería esconderse.

36

La última invitada que lo visitó en la suite lo hizo llorar. Neal, el hijo al que apenas conocía, y Lisa, la nuera a la que jamás había visto, le entregaron a Carrie, la nieta de dos años con la que sólo había podido soñar. Al principio, la niña también lloró, pero después se calmó cuando su abuelo empezó a pasear con ella en brazos por la habitación y le mostró la Casa Blanca allí al fondo. La llevó de ventana en ventana y de habitación en habitación, haciéndola saltar entre sus brazos y charlando con ella como si tuviera experiencia con una docena de nietos. Neal sacó más fotografías, pero de un hombre distinto que ya no llevaba un elegante traje sino unos chinos y una camisa a cuadros escoceses con los extremos del cuello abrochados con botones. Lejos quedaban las bravatas y la arrogancia; era un simple abuelo disfrutando con una chiquilla preciosa.

El servicio de habitaciones les subió un tardío almuerzo a base de sopas y ensaladas y todos disfrutaron de una sencilla comida familiar, la primera de Joel en muchos, muchos años. Comió con una sola mano, pues la otra la tenía ocupada sosteniendo a Carrie sobre una rodilla. No dejó ni un solo momento de brincar.

Les advirtió acerca del reportaje que al día siguiente se publicaría en el *Post* y les explicó los motivos que se ocultaban detrás del mismo. Era importante que lo vieran en Washington y de la manera más visible posible. Le permitiría ganar un poco de tiempo y confundiría a todos los que tal vez todavía seguían buscándolo. Causaría sensación y se hablaría de él durante varios días, mucho después de que él se hubiera ido.

Lisa quería saber hasta qué punto corría peligro y Joel le confesó que no estaba seguro. Desaparecería algún tiempo, cambiaría de sitio y procuraría tener siempre mucho cuidado. En los últimos dos meses había aprendido muchas cosas.

—Regresaré dentro de unas cuantas semanas —dijo—. Y vendré de vez en cuando. Espero que dentro de unos cuantos años la situación sea más segura.

—¿Adónde vas ahora? —preguntó Neal.

—Tomaré el tren con destino a Filadelfia y después volaré a Oakland. Me gustaría visitar a mi madre. Sería bonito que le enviarais una postal. Yo me lo tomaré con calma y, al final, acabaré en algún lugar de Europa.

—¿Qué pasaporte utilizarás?

—No los que ayer me facilitaron.

—¿Cómo?

—No pienso consentir que la CIA controle todos mis movimientos. Excepto en caso de emergencia, jamás los utilizaré.

—¿Y cómo viajarás?

—Tengo otro pasaporte. Una amiga me lo prestó.

Neal le miró con recelo, como si ya supiera lo que significaba la palabra «amiga». Pero Lisa no lo entendió y la pequeña Carrie aprovechó el momento para ensuciarse. Joel se apresuró a devolvérsela a su madre.

Mientras Lisa estaba en el cuarto de baño cambiándole el pañal, Joel bajó la voz diciendo:

—Tres cosas. Primero, busca una empresa de seguridad para que examine tu casa, tu despacho y tus automóviles. Puede que te lleves una sorpresa. Costará diez billetes de los grandes, pero hay que hacerlo. Segundo, me gustaría que buscaras una residencia asistida cerca de aquí. Mi madre, tu abuela, está abandonada allí, en Oakland, sin que nadie se ocupe de su situación. Una buena residencia costará de tres a cuatro mil dólares mensuales.

—Supongo que tienes el dinero.

—Tercero, sí, tengo el dinero. Está en una cuenta de aquí, en el Maryland Trust. Tú figuras como uno de los titulares. Retira veinticinco mil para cubrir los gastos que has hecho hasta ahora y guarda el resto a mano.

—No necesito tanto.

—Bueno pues, gasta un poco más, hombre. Suéltate un poco. Lleva a la niña a Disney World.

—¿Cómo nos mantendremos en contacto?

—De momento, por correo electrónico, el sistema de Grinch. Soy un auténtico mago de la informática, ¿sabes?

—¿Hasta qué extremo estás a salvo, papá?

—Lo peor ya ha pasado.

Lisa ya estaba de vuelta con Carrie, la cual quería regresar a la rodilla saltarina. Joel la retuvo en sus brazos todo lo que pudo.

Padre e hijo entraron juntos en Union Station mientras Lisa y Carrie esperaban en el automóvil. El bullicio y el ajetreo volvieron a poner nervioso a Joel; le sería muy difícil librarse de las viejas costumbres. Tomó un carrito y lo llenó con todas sus pertenencias.

Compró un billete para Filadelfia y, mientras ambos se encaminaban lentamente hacia la zona de los andenes, Neal dijo:

—Quiero saber de verdad adónde vas.

Joel se detuvo y lo miró:

—Regreso a Bolonia.

—Allí tienes una amistad, ¿no es cierto?

—Sí.

—¿De sexo femenino?

—Pues sí.

—¿Por qué será que no me sorprende?

—No lo puedo evitar, hijo. Siempre ha sido mi debilidad.

—¿Es italiana?

—Mucho. Es auténticamente especial.

—Todas eran especiales.

—Ésta me salvó la vida.

—¿Sabe que regresas?

—Creo que sí.

—Por favor, ten cuidado, papá.

—Te veré dentro de un mes aproximadamente.

Ambos se abrazaron y se dijeron adiós.

NOTA DEL AUTOR

Mis conocimientos giran en torno al derecho, en modo alguno a los satélites y el espionaje. Hoy me asustan más los artilugios electrónicos de alta tecnología que hace un año. (Estos libros se siguen escribiendo en un viejo procesador de textos de trece años de antigüedad. Cuando tartamudea, tal como parece hacer cada vez con más frecuencia, se me corta literalmente la respiración. Cuando se estropee del todo, puede que yo también esté perdido.)

Todo es imaginario, amigos. No sé apenas nada de espías, vigilancias electrónicas, teléfonos vía satélite, Smartphones, dispositivos de escucha, alambres, micrófonos y las personas que los utilizan. Si algo en esta novela se acerca a la verdad, probablemente es por error.

Bolonia, en cambio, es muy real. Disfruté del gran lujo de arrojar un dardo a un mapa del mundo para encontrar un lugar donde esconder al señor Backman. Casi cualquier sitio me hubiese servido. Pero adoro Italia y todo lo italiano y tengo que confesar que no llevaba una venda en los ojos cuando arrojé el dardo.

Mi investigación (una palabra demasiado seria) me llevó a Bolonia, una preciosa y antigua ciudad de la que no tardé en enamorarme. Mi amigo Luca Patuelli me acompañó en mis recorridos. Conoce a todos los cocineros de Bolonia, lo cual no es una pequeña hazaña precisamente, y, en el transcurso de nuestro aburrido trabajo, yo engordé aproximadamente unos cuatro kilos.

Gracias a Luca, a sus amigos y a su cordial y mágica ciudad. Gracias también a GeneMcDade, Mike Moody y Bert Colley.

OTROS TÍTULOS
DEL AUTOR

EL ÚLTIMO JURADO

John Grisham

Misisipí, 1970. Recién llegado a Clanton, Willie Traynor decide embarcarse en la compra y dirección del singular semanario de esta pequeña comunidad. Ayudado por su condición de periodista, Traynor va implicándose gradualmente en la vida del pueblo, descubriendo los resortes que mueven a sus habitantes, y acaba por ejercer un papel determinante en los sucesos locales. La vida parece haberse detenido en esta comunidad hasta que un hecho lo trastoca todo: la violación y brutal asesinato de una joven viuda, y el posterior encarcelamiento del principal sospechoso, Danny Padgitt. El acusado es miembro de una familia que ha dirigido los negocios más turbios de la zona durante décadas, hecho que coarta a los miembros del jurado popular. Sin embargo, no hay duda de la culpabilidad de Padgitt, por lo que la sentencia es contundente: prisión de por vida. Tras escuchar el veredicto, Padgitt se dirige al jurado y promete venganza. Años más tarde, amparado por un sistema legal cuestionable, y gracias al peso de su familia, Danny es liberado por buena conducta. Clanton recibe la noticia con aprensión: temen que Danny acabe por cumplir su promesa.

EL REY DE LOS PLEITOS

John Grisham

A pesar de su juventud, Clay Carter ve su futuro con cierto cinismo. Hace años que ejerce de abogado de oficio y la situación no parece que vaya a cambiar. De ahí su resignación al abordar un nuevo caso que promete ser como tantos otros: debe defender a un adolescente acusado de asesinato, un hecho corriente en la ciudad de Washington. Sin embargo, cuando Clay empieza a indagar en el pasado de su cliente, se entera de que éste se hallaba bajo los efectos de un fármaco en fase de experimentación cuando cometió el crimen. El laboratorio creador del producto, ansioso de que el suceso no salga a la luz, le propone a Clay un pacto. Para cumplirlo, el joven abogado deberá estar dispuesto a jugar sucio. A pesar de sus reticencias iniciales, Clay acabará aceptando, al entender que ésta puede ser la oportunidad de su vida: la compañía es una de las empresas farmacéuticas más importantes del país. La misión promete ser dura por el complejo entramado de poder e intereses en juego, pero la tentación es demasiado grande: de la noche a la mañana, Clay podría convertirse en el nuevo rey de los pleitos.

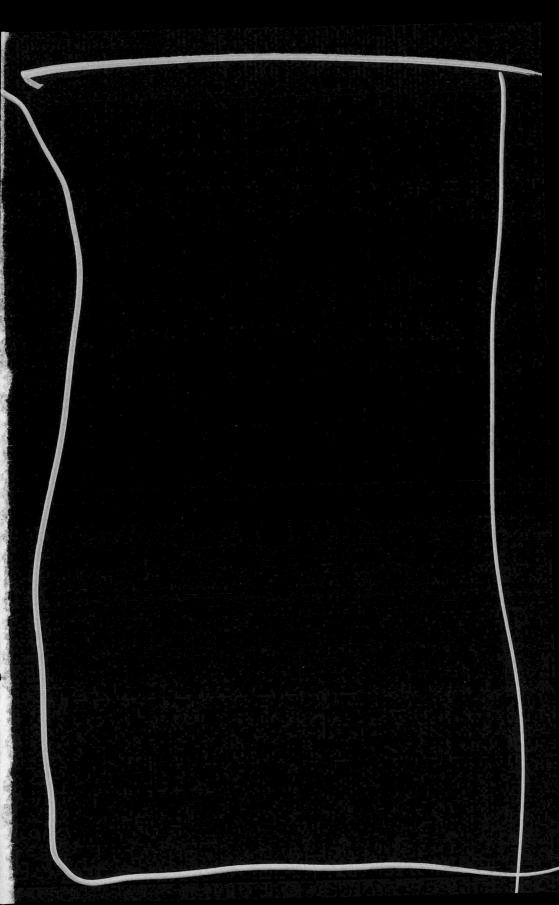

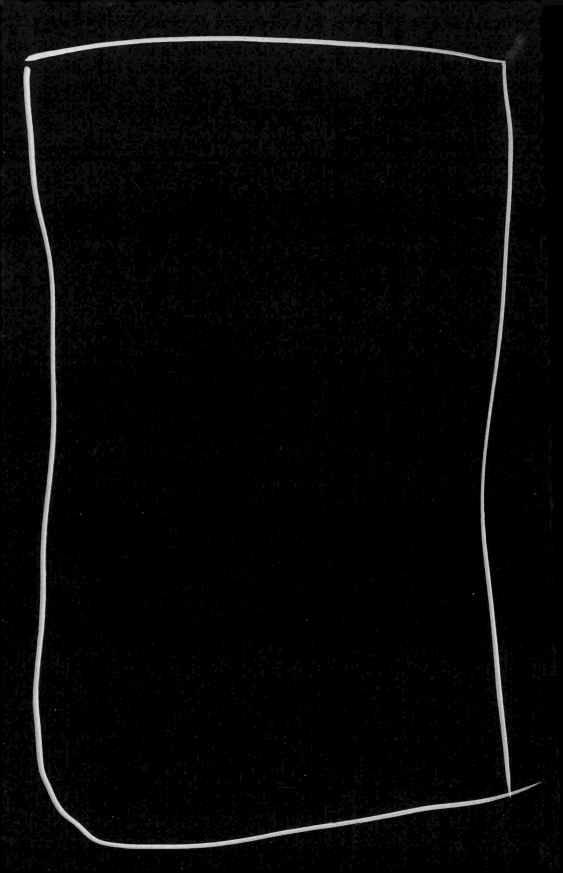